余杰作品集01

火與冰

27周年紀念版

余杰

文字的破冰船──《火與冰》二〇〇二年修訂版序言

四年之前，當《火與冰》剛剛出版的時候，我在一個滴水成冰的夜晚拿到了樣書，並懷著喜悅與遺憾交織的感情重新閱讀它──同時，也是閱讀我的一段青春、一縷柔情與一片俠骨。說喜悅，因為《火與冰》是我的第一本公開出版的作品。

在此之前，長達數年的時間裡，我的作品只能零零星星地散見於一些非常邊緣的報刊上──而且，問世的還是其中自己最不滿意的那些篇章，最好的文字被深深地埋葬在抽屜之中。

記得還是一九九二年在石家莊陸軍學院接受「軍政訓練」的時候，有一天教官突然告訴我們說，北大的老師來看望你們了。對於我來說，這簡直就是一個「冰山上的來客」般遙遠的消息。雖然我們考上北大已經大半年了，卻還沒有真正進入北大的校門──我們是拿著通知書、帶著《毛澤東選集》直接到石家莊陸軍學院報到的。幾個月以來刻板而痛苦的訓練和說教，處於精神崩潰邊緣的我每天都在憧憬著北大校園的湖光塔影。雖然見不到蔡元培、陳獨秀、魯迅和胡適他們了，也見不到八十年代叱吒風雲的啟蒙先驅們了，但北大在我心目中的神聖地位絲毫沒有淡薄。我多麼渴望見到北大的老師們啊，在我的心目中他們就像跟我有著骨肉聯繫的親人們一樣。

會見的時候，改變了陸軍學院的「中隊」和「區隊」的編制，而按照系別來安排。於是，在一間教室裡，我們四十多個中文系九二級的學生見到了當時的系主任孫玉石先生以及幾位年輕的班主任。

然而，會見的場面沒有我想像的那樣充滿了溫情。孫先生簡短的講話一直很嚴肅，而那幾位看上去不到還三十歲的年輕老師更顯得冷淡，沒有帶來我們所渴望的關心和安慰——那時，正是我們最需要關心和安慰的時刻。

老師講完之後，就是學生提問的時間了。大家七嘴八舌地發言，問起北大裡的一切，幼稚而熱忱。

我也鼓起勇氣問孫先生：「老師，北大有沒有自己的出版社，會不會出學生的作品？」

孫先生繃著臉回答說：「北大有出版社，不過一般出版教授的學術著作，不大可能出版學生創作的文學作品。我還想告訴大家，北大中文系不鼓勵學生當作家，這裡是培養學者的地方。」

孫先生的回答是真實的。的確，將近十年過去了，我並沒有看到北大出版社出版了哪個學生的作品，無論他是如何的優秀。但是，當時孫先生的回答如同給了我一記當頭的棒喝。那時，我手頭已經積攢了二十多萬字的文稿，正想尋找機會出版呢。

而孫先生說中文系只培養學者、不培養作家，也讓我們感到相當的沮喪。對於少年人來說，文學是親切的、溫柔的、甜蜜的，而學術則是嚴肅的、僵硬的、高傲的，顯然大家都會選擇前者而疏遠後者。孫先生的提醒是及時的。然而，我卻認為，教育不應劃定一個模式和界限，學生最後究竟是成為一個學者還是成為一個作家，還是應當讓他的天賦得以自由的發展。那時，我那裡敢與孫先生辯論呢？

儘管如此，我還是捨不得自己的文學夢。

第二年正式進入北大之後，除了聽課——包括專業課、各種各樣的選修課以及五花八門的講座之外，我所有的時間都泡在圖書館裡。在我那洗得發白的牛仔包中，是磚頭一樣厚的書籍，書頁間是我的稿子。

在流水和落葉的交錯中，在青草和白雲的轉換裡，我的文字也一頁接著一頁地積攢下來。我沒有考慮過我寫的是什麼——是散文，是隨筆？是雜文，還是筆記？北大中文系有兩個悠遠的傳統，一個是校園文學的傳統，也就是試驗詩歌的傳統，晦澀艱深的先鋒詩歌是一代又一代有才華的北大人最願意嘗試和沉迷的文體；另一個就是嚴肅的學術傳統，也就是考據和註釋的傳統，寫作那種註釋比正文還要長的論文是另一些有遠大抱負的北大學子的夢想所在。我對這兩種選擇都充滿了敬意，但我都不感興趣，更不願意為之付出自己的一生。我願意按照我生命的本來狀態來寫作，至於這種寫作應當怎樣命名，在我看來則是一個末流的問題。

在每年的假期裡，我會積攢下來一點點稿費。利用這幾百元錢的稿費，我請人將這學期寫作的文字列印出來，然後影印、裝訂成二三十份。到了下學期的開學，再送給老師和朋友，請他們指點。於是，這些文字便開始在朋友和師長之間流傳開來。

有一段時期，我的一本名叫《思人》的文稿，剛剛列印了一半，就沒有後續的經費了。我不好意思向家裡要錢，正在一籌莫展的時刻，我的好朋友昝愛宗聽到這個消息，立刻從城裡趕到北大，捎給我一千元錢。

昝愛宗並不是一個有錢的老闆，他是一個跟我一樣年輕的小夥子，在一家小小的報社當記者，懷著純真、青春與理想，奔波在風沙撲面的京城。後來我才知道，他一個月的收入其實才一千多塊錢。每個月他得應付昂貴的房租和其他日常生活的開支。這筆錢是他好幾個月省吃儉用節省下來的。

我把他的情誼深藏在內心深處。我從來沒有對他說過「謝謝」，對於這樣的朋友，這是多餘的禮節。

在《火與冰》正式出版以前，我自己已經編輯了四本文稿：《行者手記》、《明天》、《遠方》和《思人》，每本從十萬字到二十多萬字不等。在兩年多的時間裡，這幾本粗糙的列印稿，慢慢開始在北京的一些高校中流傳開來。而《火與冰》中的若干文章，便是從這些簡陋的小冊子中挑選出來的。

《火與冰》的出版，是由許多偶然的因素促成的。

一九九七年十月，錢理群先生邀請我參加一次名為「魯迅立人思想」的學術研討會。那時，我剛剛上研究生不到一個月，按照常理，這樣一個連研究的門徑都還沒有進入的學生，哪裡有資格參加全部都是第一流學者出席的學術討論會？

可是，錢先生鼓勵我說，魯迅研究界的研究者們年齡普遍都偏大，這些年來已經面臨著「青黃不接」的危機。他們希望魯迅研究能夠多吸引一些青年人參加，他們也願意多傾聽傾聽些青年人的聲音。年輕人能夠給學術界注入新鮮的血液。

於是，我平生第一次正式出席了一次學術會議。會議的組織者是蕭軍先生的兒子蕭鳴。正是在這次會議上，我結識了現代文學研究界許多讓我景仰的學者：王得後、王乾坤、張夢陽、徐麟、孫郁、王世家、朱正、高遠東、摩羅……以及兩位一生致力於繪畫魯迅作品的畫家──裘沙與王偉君夫婦。此後的幾年來，這些學者大都成為我人生道路上的良師益友。

會後，我將自己作品的影印稿送給諸位先生請他們指正。

孫郁先生是一位有心人，開始積極為這些作品的出版而操心。他認識了出版商賀雄飛先生，並將我的稿件轉交給他，希望他幫助聯繫出版。

頗有眼光的賀先生，是在返回內蒙的火車上讀完書稿的，據他後來說，那個在火車上的夜晚，「耳邊是火車的轟鳴，眼前是閃閃的燈光」。

第二天我便收到了賀先生的電話，他當即表示願意投資出版此書。那時，他還遠在內蒙打理公司，偶爾到北京來聯絡作者，也是行程匆匆。幾經周折，我們在孫郁先生的辦公室裡見了第一面。那是一九九七年冬天一個寒冷的中午，我轉了幾輛公車，花了兩個小時才到達。在飯桌上，我口頭同意委託賀先生負責《火與冰》的出版事宜。

又經過了許多意想不到的坎坷──其間的花絮足以寫成一篇長長的文章。到了一九九八年四月，《火與冰》終於出版了。

此後四年間，這本不成熟的、「帶著血的蒸氣」的隨筆集，獲得了遠遠高於其自身價值的評價，也引起了不少人咬牙切齒的痛恨。我意識到，在世紀交替的沉寂與冰封中，人們是如此地希望聽見一點異樣的聲音從遠方傳來。人們希望有一種文字能夠像破冰船一樣，帶來冰層破裂的訊息。

《火與冰》不過恰逢其時罷了。

《火與冰》的出版帶給我的除了喜悅，還有遺憾。之所以說遺憾，因為每本書、每篇文章都不可能是「最後的成品」。文學和藝術都是向完美發起衝鋒、卻又永遠達不到完美的事業，也是永遠被遺憾所折磨的事業。

作者與出版商之間的關係，永遠都是「剪不斷、理還亂」的，正如魯迅與李小峰之間那樣，由朋友走上了法庭。出版商首先考慮的是商業上的成功，是買點、是利潤、是炒作，這是毫不奇怪的；而作者首先考慮的則是保持作品自身的完整性，是書籍與文字形成統一的風格。

因此，從一開始起，我與賀先生之間就存在著許多明顯的分歧。我在對他那敢於推出一個無名作者的膽識表示敬意的同時，也難以接受他對《火與冰》所作的包裝與炒作——很不幸的是，它的封面最後成了一種花裡胡哨的、類似於地攤書的格調。賀先生還堅持在封面上還加上「中國大陸的第一個李敖、北京大學的第二個王小波」這兩句「觸目驚心」的廣告語。然後，許多文章的標題被賀先生按照他自己的喜好以及他所認為的市場的喜好加以篡改，許多我鍾愛的篇目和段落也被大刀闊斧地砍去了。當時，我雖然難以接受，卻又不得不接受——在中國，出版的艱難，大概每個年輕的作者都深有體驗。

後來，因為《火與冰》牛頭不對馬嘴的廣告語、花哨的封面、粗劣的紙張和草率的裝訂，我受到了許多熱心讀者嚴厲的批評。當然，這是當初的妥協所付出的代價，我也樂於接受這些善意的批評——我相信，批評也是另一種形式的關愛。但是，我還是想在這裡說出自己的苦衷：在出版過程中經歷的許多事情，並不是作者本人所能夠完全控制的。在當下的中國，作為一個作者，沒有那麼多的時間和精力來應付這一切。雖然這本書發行了幾十萬冊，我卻僅僅拿到五千冊的稿費。在一個智慧財產權沒有受到有效保護的國家裡，這也是一件讓許多作者都感到無可奈何的尷尬處境。

四年過去了。《火與冰》遭遇到了一本「別樣」的書籍在中國所可能遭遇到的一切。後來，香港天地圖書公司也以《火與冰》這個名字，將《火與冰》裡的「思想箚記」部分與《鐵屋中的吶喊》裡的「《資治通鑒》批判」部分合在一起，出版了一個小小選本。這個選本受到了許多海外讀者的注意。

我的文字就是我的靈魂。回音壁上的回音是喧雜的，有讚揚和辱罵，有理解和同情，也有擔心和欣慰……對我個人來說，更加重要的是，正是通過《火與冰》這本處女作，我認識了我的妻子。在她那裡，我找到了最甜美的愛情、最深切的理解和最無畏的支持。

四年過去了。我覺得有了重新出版《火與冰》的必要。我將盡最大的努力，讓那些被修改、被偽飾、被刪節的地方，恢復其本來的面目。同時，我也刪除了數篇自己認為不太滿意的文章。我希望，經過這一次修訂之後的重新出版，我能夠擁有一本自己真正喜歡的處女作──它最好能夠精美得像一件藝術品。它將是「表裡如一」的，它的每一篇文章、每一個字（包括編排形式）都是屬於我的。這本「全本」的《火與冰》，文字有相當程度的調整和復原，它像一隻蟄伏了許久的海豚破冰而出。

我的文字帶給我無數的朋友，記得有一次我應西西弗書店的邀請到貴州遵義講學，在書店門口遇到了兩位從幾百里外某個煤礦趕來見我的退休工人。他們的臉上還留著艱辛勞作的痕跡，花白的頭髮在料峭的春風中飄浮著。他們說，他們喜愛我的文章，因為我說出了他們的心裡話。書店外面下著細細的春雨，他們腳上深深的筒靴上沾滿了泥土。

忽然，我想起了我的父親，想起了我的童年，想起了我生活過的那個礦山。我想，我們的心是連結在一起的。我們都承受了苦難而不對苦難屈服，我們都經歷了謊言而始終堅持說真話。

有這樣的讀者，我還有什麼值得抱怨的呢？

有這樣的讀者，寫作難道不是一件美好的事業嗎？

我的文字也帶給我陰險的敵人。還在北大的時候，一位官員就揚言要開除我，因為我「給母校抹黑」。我不知道蔡元培校長聽到這樣的話會有什麼樣的感慨。幸運的是，中文系的教授們像大樹一樣留給我一片綠蔭，讓我在困難的時刻依然能夠自由地思考和寫作。

二〇〇〇年夏天，我離開了校園；緊接著，我莫名其妙地失去了工作。在我的面前，明槍和暗箭像一幅畫卷一樣徐徐展開。

但是，我絲毫不會後悔。走上文學之路、走上思想之路，是我一生都不會改變的選擇。

德國作家鈞特・葛拉軾說過：「文學的生命長過絕對的統治者、神學或意識形態的教條、一個又一個的獨裁政府；審查制度一再被解除，言論獲得自由。文學的歷史有一部分是書籍戰勝審查制度的歷史，作家戰勝權勢者的歷史。因此，在最壞的時代，文學都永遠保有一位盟友——未來。義大利小說家西洛內和莫拉維亞、德國戲劇家布萊希特和小說家德布林的生命比法西斯主義更長久，就像俄國作家巴別爾和詩人曼德爾施塔姆的生命比史達林更長久——雖然史達林主義把他們殺死了。」剛讀到這裡的時候，我想，葛拉軾也許太樂觀了。還有那麼多清脆的聲音被凍結在冰層裡呢——何況，如《齊瓦哥醫生》所描述的那樣，在刀槍和坦克的面前，文字和書寫文字的人從來都是軟弱無能的。文學真能像破冰船劃開冰面一樣戰勝邪惡嗎？

但是，我又看到了葛拉軾下面的一段話：「文學永遠具有一種強大的持久力，它確信自己的長遠影響，它可以寄望於時間，哪怕文字和句子、詩行和音節的回聲要等到數十年後、甚至數百年後才被聽見。這種預先的支付，這種時間的儲備，使得最窮的作家也變得富裕起來。即使在最可惡的時代，這些以『永恆』的名義計算成長率的自由靈魂，也是不可征服的，他們可以被監禁、被處死、或被流放，就像我們今天依然在世界各地隨處可見的那樣——但最後還是書籍勝利了，還有文字。」當我讀到這裡的時候，我就認識到，葛拉軾不是樂觀，而是在客觀描述一種歷史的、也是現實的狀況。

我們不可妄自菲薄。

曼德爾施塔姆的妻子在《回憶錄》中寫到：「革命初期，在取得勝利的人中間有許多詩歌愛好者。他們是怎樣兼顧這種愛好與野蠻部落的道德：如果我殺人——很好；如果我被人殺——不好的呢？」真正兼顧了這兩點的只有史達林。

對此，巴斯特納克解釋說：「詩人與沙皇是彼此敵對的：一個帶著子彈，另一個帶著言辭。子彈在一瞬間取勝，而言辭則永恆地取勝。」葛拉軾再次印證了巴斯特納克的觀點：我們失敗了，但我們更勝利了。

自古以來，身體可能會遭到禁錮，然而靈魂卻無法被禁錮，靈魂像飛鳥一樣在藍天上飛翔；生命可能遭到屠殺，然而思想卻無法被屠殺，思想像游魚一樣在大海中游弋；書籍可能遭到焚燒，然而文明卻無法被焚燒，文明像樹的根系一樣深深扎根在大地上。

最軟弱的必戰勝那強悍的，而最黑暗的深夜，也正是黎明到來的前夕。

《聖經》中說：「黑夜已深，白晝將近；我們就當脫去暗昧的行為，帶上光明的兵器。」（《羅馬書13：12》）

破冰的聲音，從遙遠的地方傳來；鳥兒的翅膀劃過天幕的聲音，也是從遙遠的地方傳來。我還聽見了花朵在開放，露珠在滾動，以及我自己的心跳。這是一年中最寒冷的時刻，也是春天即將到來的時刻。

最後，衷心祝願所有善良的讀者朋友們，「脫去暗昧的行為，帶上光明的兵器」。

二〇〇二年一月，大風中的京郊

一本處女作，帶來愛、信仰與流亡
——《火與冰》二〇一三年重版自序

窗外是綠意盎然的維吉尼亞的鄉村。連綿起伏的丘陵和山谷，肥沃的土壤和豐產的農莊，甘冽的山泉和寧靜的湖泊，其間還點綴著教堂高聳的尖頂。鹿群、野兔和松鼠在大地奔跑，紅雀、蒼鷹和大雁在藍天飛翔。出門漫步十多分鐘，就是南北戰爭時的一個重要戰場——奔牛河（Bull Run）。激戰之日炮口曾經滾燙的鋼鐵大炮在曠野中沉默，而無名戰士的青石墓碑經過雨打風吹之後斑駁陸離。

十五年前，我剛剛出版《火與冰》的時候，根本不會想到這裡會是我的第二故鄉。一種天啟的力量，驅使我在《火與冰》中寫下自己命運的密碼，而我本人在那時尚且懵懂不知。

十五年後，我在案頭修訂《火與冰》，找出當年厚厚的手寫的文稿，以及出版社的編輯畫滿具有殺伐之氣的刪節符號的清樣，將被刪去的部分一一復原。好像考古工作者挖掘一座遠古遺址，好像美學家高爾泰在敦煌石窟中尋找一幅失蹤的壁畫。

十五年的光陰如灌木從中奔跑的野兔一晃而過，即使是那些當年比我還年輕的讀者，也已步入中年。我所批判的對象，依然堅硬如石頭；曾經與我同行的很多人，一個接一個走上與我截然相反的回頭路。

我呢，雖然青春的心境不再，對自由的熱愛卻沒有熄滅。

一九九八年，《火與冰》能在北京出版，本身就是一個神跡，儘管在三審的過程中被編輯刪得傷痕累累。

我還記得一個有趣的小插曲：當時，經濟日報出版社害怕承擔風險，將要作出退稿的決定。出版商賀雄飛讓我給出版社的梁總編打電話，說梁總編是位女士，若使用「苦肉計」，講述一個青年學生在嘗試寫作的過程中，「頭懸樑、錐刺股」式的艱辛，也許可以喚起其同情心，「放這本書一馬」。

口吃的我，從來沒有演過戲，急中生智，找來小師弟許知遠，請他冒我的名打這通電話。小許是北京人，辯才無礙，一番聲淚俱下的陳說，終於讓對方的心腸軟下來，答應再刪去一些「敏感段落」，就可以讓這本書出版。

多年以後，許知遠已是兩岸三地風頭正勁的公共知識分子，不知他是否還記得在北大旁邊的小旅館裡幫我打那個「致命的電話」的故事？他是我的很多劍拔弩張的文章的第一讀者，也曾目睹我荒唐而失敗的初戀。當年，我們彼此分享青春的祕密與激情；如今，我們在不同的戰場上為自由而戰。

《火與冰》出版之後，果然引起中宣部的注意，梁總編因而遭到降職處分。我卻一直沒有找到機會與她見面，向她致歉。也許，人與人之間，與其相濡以沫，不如相忘於江湖。

《火與冰》出版後的熱烈反響，是我始料未及的。不是這本書本身有多麼驚世駭俗，而是從一九八九年的那場屠殺之後，這個國家萬馬齊瘖了差不多十年，人們太迫切聽春天的聲音，即便是從遙遠的冰層下傳來的魚兒無聲的呼喚。

於是，只是想成為《國王的新衣》中說出國王什麼都沒有穿的那個孩子的我，忽然成了人們眼中的「英雄」。正如作家傅國湧在《脊樑──中國三代自由主義知識分子評傳》一書中評論的那樣：「少年余杰的橫空出世，在整個二十世紀恐怕只有五四時期的胡適先生、臺灣六十年代的李敖庶幾可以比擬。……在那麼多德高望重、聲名顯赫的名流學者都不敢說真話、不敢承認常識的時候，少年余杰直言皇帝無衣當然打動了千萬讀者的心靈。」

那段日子，雪片一樣的讀者來信飛向我的宿舍。在網路尚未普及的年代，手寫的書信，仍然是身處不同地域的、孤獨中的人們唯一的交流方式。我很樂意閱讀這些來信，不是接受眾人的褒揚，而是發現這個世界上，居然有那麼多熱愛書籍、熱愛文學、熱愛真理的同伴，這本身讓我感到無比溫暖。

在成千上萬的來信中，有一封短短的來信深深打動了我。之後的故事，我都寫在長篇自傳體愛情小說《香草山》當中。故事的主題，不是老祖宗說的「書中自有顏如玉」，而是「心有靈犀一點通」。

遺憾的是，很多比我更加年輕的讀者不相信《香草山》的情節，說這是過於美好的「成人的童話」。這只能說明他們已經老得失去了相信的能力。《香草山》確實是我和妻子之間真實發生的故事：我們的生命都因《火與冰》這本書而有了翻天覆地的改變。

羅馬派駐耶路撒冷的總督彼拉多詢問囚徒耶穌：真理是什麼？

權勢熏天的彼拉多，真誠地承認自己不知道真理是什麼。在這個世界上，最可悲的事情就是，那麼多不知道什麼是真理的人，卻沒有彼拉多的那種坦白，滔滔不絕地把謬誤當作真理來言說；還有那麼多不知道什麼是自由的「奴在心者」，明明已經被關在動物莊園裡，卻以自由人自居。

在寫《火與冰》時，關於真理與自由，我也沒有最終的答案，我只是想袒露一段追求真理和自由的心路歷程。沒有想到，有那麼多人，早已與我同行。不過，在無邊的黑暗中，若稍一喧囂，就聽不到彼此的呼吸了。

幸運的是，《火與冰》不僅帶給我以愛情和愛人，更帶給我以信仰。愛情如同脆弱的瓷器，人則如同渾身長滿刺的刺蝟。那麼，愛何以成為可能？

新婚、畢業、失業、封殺、拘押……「國家的敵人」的別樣生活紛至遝來，讓本想過安穩日子的我們天旋地轉。曾以為，像堂‧吉訶德那樣推倒風車，前面的路便一馬平川，誰知道，更大的挑戰是那個無處不在的「無物之陣」。我們並沒有自我想像的那麼高貴和堅韌，魯迅小說〈傷逝〉的情節，差一點就要在我們身上重演。

就在山重水複之際，那道光照亮我們的小屋。

沒有哪個人的人生，會像童話故事裡的王子和公主那樣一直幸福快樂。更何況，我選擇的是一條少有人走的路、一條荊棘之路。

在那些被中國的蓋世太保非法軟禁在家的日子裡，我與妻子每天都要誦讀一段聖經《約伯記》。大一時，讀過俄國思想家舍斯托夫寫的《在約伯的天平上》，不太懂。沒有讀過《約伯記》，自然讀不懂《在約伯的天平上》。如今，《約伯記》中的每一句話，都像是上帝親口對我們說的：「我躺臥的時候便說：我何時起來，黑夜就過去呢？我盡是反來覆去，直到天亮。」此刻，我才理解後半生流亡異域的舍斯托夫，為何一生都在努力召喚「耶路撒冷」重新歸來，他一如先知約伯一般，「在恐懼與顫慄的深淵裡，向上帝呼告」。

十五年來，可謂屢戰屢敗。一步一步地，中國不可遏止地滑向法西斯的煉獄。而我，不是《火與冰》剛出版時出版商包裝的「中國的李敖」，而是差一點成了「中國的陳文成」。死亡與我擦肩而過，我甚至看見了隱藏在黑暗最深處的死神那更黑暗的眼睛，也聞到了死神身上那讓人噁心的陰溝般的腥臭味道。我如約伯一樣，如舍斯托夫一樣，向上帝發出呼求。因為，我知道，若非上帝的許可，我的一根頭髮都不會掉下；若上帝要取走我的生命，我又豈能敝帚自珍？

上帝沒有取走我的生命。上帝帶領我出中國。

在《火與冰》中，有一篇並不特別顯眼的文章——〈流亡者〉。我寫到了英國的拜倫、法國的雨果、德國的海涅、俄國的赫爾岑，以及更多的流亡者。不過，我並沒有設想過，我自己也會成為流亡者中的一員。

離開之前，有少許的時間挑選一批藏書，先行運到美國的友人家中。一年後，我寫了一本名為《流亡者的書架》的新書。書寫好以後，很久都找不到好名字。友人吳介民以《流亡者的書架》為題作序，他寫道：「我揣想，以作者信仰之誠篤，文藝心靈之敏銳，他可能在書房中安置著基督受難的十字架，在深夜閱讀思索，遙想其祖國大地的清寂心境中，聆聽著巴哈的馬太受難曲。」於是，我便以此作為書名。

不過，對我而言，「流亡」是一個太過悲情的詞彙，我更願意使用主動的「出走」，而非被動的「流亡」。我離開被共產黨「自我殖民」的、全部淪陷的祖國，並不意味著失敗或放棄。離開邪惡，與之保持相當的距離，有時反倒可以看出其全貌，找到其死穴。

在修訂《火與冰》的過程中，讓我感到自豪的是，《火與冰》中固然存在若干錯誤和疏漏，卻沒有一句是謊言。不是這本書決定了我的命運，而是我選擇這本書作為自由之橋的奠基石。

在火與冰的擠壓與煎熬之中，我終將如傷花般怒放。

惟願每一位親愛的讀者，都能「因真理，得自由」。

二〇一三年八月，維吉尼亞

人書俱老，還是人與書依舊青春
——《火與冰》二十七周年紀念版序

一九九八年，《火與冰》出版後，二十五歲的我，因而邁入新一段柳暗花明、落英繽紛的人生。

《火與冰》中的很多篇章是帕斯卡式的隨想錄，算不上完整、成熟、深邃的洞見與突破，但它有青春的激情與偏激，有初生牛犢不怕虎的勇銳，也有魯迅所說的「血的蒸氣」。那時的我，不懂得「打擦邊球」的技巧，只知道「我口說我心」、「我手寫我心」，卻由此贏得一九八九後一代的深切共振——在大屠殺之後長達十年的鴉雀無聲中，這一聲稚嫩的吶喊，「忽如一夜春風來，千樹萬樹梨花開」。

在中國嚴苛的新聞出版審查制度中，《火與冰》成為「漏網之魚」，是因為趕上了一九九八年美國總統柯林頓訪華和北大百年校慶。柯林頓是一九八九年之後首位訪華的美國總統，那時急於加入世界貿易組織（WTO）的江澤民政權對其竭盡阿諛奉承之能事，當然要在其訪華前夕做出一系列親善舉動，比如釋放若干政治犯，比如在新聞出版上稍稍放寬，營造出一種類似「小陽春」的形勢。於是，《火與冰》在這個大氣候下破土而出，如同在原野上奔跑的野孩子，健步如飛。不過，那時我對國際政治和美國政治還沒有什麼涉獵和思考，對柯林頓訪華及隨後中國加入世貿給美國和中國帶來的嚴重後遺症毫無「先見之明」。

中國的書商十有八九都是奸商，沒有一點點韋伯所說的清教倫理和資本主義精神。即便《火與冰》一砲而紅，短短幾個月便暢銷百萬冊，書商印書如同印鈔票，卻不願按照印量支付版稅。書出版之前，書商故作慷慨地預付三千元人民幣，那是我生平得到的最大一筆稿費。隨後，我與書商在一家小飯館吃飯時，將外套搭在座椅靠背上，兜中裝錢的信封被旁邊一桌看似社會青年的小偷順手牽羊了。錢到我手上只有一個小時，還沒有捂熱，就不翼而飛。這個故事似乎預示著一個不祥的結局：我不太可能靠寫作發財致富。

感謝上帝，直到今天，《火與冰》出版二十七週年後，我每天以寫作為職業和志業，除了寫作，我不會幹別的事情。寫作是我的工作，是我的手藝，是我的樂趣，也是我養家糊口的手段。作為寫作者，我從未在錢財上富足過，卻也從未匱乏過，我和家人都能過上有尊嚴的生活。我沒有為錢財所困，也沒有為錢財所累，不為五斗米折腰，也不為金山銀山、寶馬香車而眼饞，正如聖經中說：「我求你兩件事，在我未死之先，不要拒絕我：求你使虛假和謊言遠離我，使我不貧窮也不富足，賜給我需用的飲食。免得我飽足了，就不認你，說：『耶和華是誰呢？』又恐怕我貧窮就偷竊，以致褻瀆我上帝的名。」

《火與冰》的第一行文字寫於十八歲高中畢業那一年，最後一行文字寫於二十五歲大學本科畢業那一年，大部分都是在燕園中完成的。《火與冰》算是我對二十五歲人生的一個小結。

光陰如梭，不知不覺，《火與冰》問世已二十七年。十七歲的兒子余光益（Justin）已完成他的第一本書、電影評論集《The Marrow of Life》（生命的精髓，來自梭羅的名言「I wanted to live deep and suck out all the marrow of life」，我希望生活得深刻並汲取所有生命的精髓。）兒子的寫作生涯比我更早開啟，我陪伴他在美國這片自由的天地茁壯成長，祈願他的人生比我的人生更加寬廣壯闊、多姿多彩。

當年寫作《火與冰》之時，我是跟今天的兒子一樣新發於硎、躊躇滿志的少年人，雖不至於「少年不識愁滋味，為賦新詞強說愁」，卻也有李白「趙客縵胡纓，吳鉤霜雪明；銀鞍照白馬，颯沓如流星。十步殺一人，千里不留行；事了拂衣去，深藏身與名」的夢想。在六四屠殺後那些憤懣的噩夢中，我屢屢將自己想像成飛簷走壁、騰雲駕霧的大俠，在一個漆黑的長夜，隻身潛入中南海，揮刀斬下屠夫鄧矮子的狗頭。也如同俄國作家赫爾岑在沙皇屠戮十二月黨人之後，在麻雀山上發出終身反抗暴政的誓言：「我們還不理解要面對怎樣一個龐然大物，但是我們決心戰鬥。這怪物使我們歷盡艱辛，但是不能摧毀我們，我們不會屈膝投降，不論打擊多麼沉重。我們蒙受的創傷是光榮的，正如雅各的瘸腿是他與上帝的使者夜戰的證據。」

到了北京之後，我才知道「侯門深似海」，更知道自己「畢竟是書生」，只好以筆為匕首投槍，但求成為暴君喉頭一根拔不出來、也吞不下去的魚刺，讓暴君每天都不舒服。但暴君會讀書嗎？「坑灰未冷山東亂，劉項元來不讀書。」毛澤東只讀線裝書，鄧小平連線裝書都不讀，習近平更是只讀書單、白字連篇。

《火與冰》中的文字，再也無法重複，如同人生不能再踏進同一條河流。那種天塌下來也不管的少年意氣，如今自己讀來都會微微發笑。二十七年後，「壯年聽雨客舟中，江闊雲低斷雁叫西風」，當然是不一樣的心情及不一樣的文字。所以，儘管當年的《火與冰》有瑕疵，有自戀，有矯情，有不切實際的理想主義，甚至有帶著毒素的民族主義和民粹主義情緒，但我不會加以事後諸葛式的修改，二十七年之後，仍然讓其原汁原味地呈現在讀者面前。

二〇一二年一月，離開中國前夕，我從幾名書商、編輯口中聽到出版社接到宣傳部命令將我的書銷毀的消息，包括以寧萱之名出版的研究小山詞的《幾番魂夢與君同》（其中沒有一個「敏感」詞彙）。這是讓我做出離開中國決定的最後一根稻草——一個以焚書為榮的國度，絕非值得我愛的祖國。

中共的焚書史源遠流長，中共以焚書興起，也必將以焚書滅亡。一本一九四七年版《北方通訊》油印小冊子內有一篇〈從晉西南新收復區採集圖書歸來〉，文章說，晉西南土改中毀書無數。因為農民痛恨地主老財，連他們的藏書也恨，「以痛恨地主老財的心情來痛恨這些書」，見到書不是燒去也要撕毀。翼城西下莊張家、浮山車家垣、洪洞蘇堡等地大批藏書燒光了。作者還目睹區公所幹部將《四部叢刊》撕爛，背面當信紙用。

更大規模的、讓納粹焚書運動望塵莫及的焚書場景，出現在文革期間。一九六六年夏，焚書運動達到高潮。北京的紅衛兵在東單體育場大規模焚書，場中堆放著小山般的圖書。八月二十三日，北京印刷學校、女八中等校的兩百多名紅衛兵，在國子監孔廟大殿前院焚燒北京市文化局所屬各劇院存放在孔廟的大批戲裝和圖書。老舍、蕭軍、駱賓基、荀慧生、端木蕻良等二十九位文藝界名人被帶到現場，以頭頂地，圍著火堆跪成一圈，身後是數百名紅衛兵，有的拿著木刀、長槍、金瓜錘等道具，有的解下銅頭皮帶，劈頭蓋臉地毒打他們。文革史學者王友琴在《文革受難者》一書中描述：「銅頭皮帶打下去，一下一塊血漬，打得衣服的布絲都深深嵌進肉裡。這二十九人後有紅衛兵，前有大火堆，無處躲閃。」

當時，蕭軍心中憤怒至極，他年輕時練過武功，心裡想，如果動手反抗，憑自己的功夫，可以打倒十幾個人。但是，他看到老舍跪在旁邊，臉色煞白，額頭有血流下來。他想，如果自己反抗，寡不敵眾，會被打死，其他二十八個「牛鬼蛇神」，包括文弱的老舍，一定會跟自己一道統統被打死在現場，自己不應該連累別人。不要連累老舍被打死的念頭，使蕭軍壓下反抗的衝動，忍受了三個小時的毒打和折磨。後來，蕭軍寫下〈國子監〉一詩：

> 烈火堆邊喊打聲，聲聲入肉地天驚。
> 藤條皮帶翻空舞，棍棒刀槍閃有風。
> 俯伏老翁呈瘦脊，恐惶婦女裂褫裎。
> 英雄猛士多年少，袒露臂章耀眼紅。

次日，不甘繼續受辱的老舍在太平湖投湖自盡。隨他而逝的，還有林海音《城南舊事》中全部的老北京風韻。

多年以後，我與老舍居然以一種詭譎荒謬的方式發生了聯繫——二〇〇〇年七月，我從北大碩士畢業，簽約到中國現代文學館工作。但尚未去報到就被告知：文學館接到中宣部命令，單方面撕毀工作合約，不允許我去工作，且不給出任何理由。多年後，國保警察才告知：從《火與冰》開始，你寫的所有文章都是反黨反政府的，不能給你任何工作做。

當時，任現代文學館館長的，正是老舍的兒子舒乙。父親被中共迫害致死，兒子卻加入中共官僚系統參與迫害更年輕一代寫作者。這就是中共體系下的「平庸之惡」。至此，加害者與受害者界限模糊，精神同構。

一九三三年二月二十八日凌晨三點半，兩名德國刑警敲開作家、記者、人權活動家卡爾・馮・奧西茨基的房門，將其逮捕。他們允許他洗漱穿衣，然後帶走他。「打起精神來，」他向妻子莫德道別，「我很快就回來。」然而，奧西茨基再也沒有回家。三年後，他成為在獄中榮獲諾貝爾和平獎的第一人。五年後，他在一所戒備森嚴的醫院中病逝。

希特勒不會讓奧西茨基活著重獲自由。此前，奧西茨基在《世界舞台》上發表了一篇針對希特勒的政論文章，他擲地有聲地寫道：「一個民族到底要在精神上淪落到何種程度，才能在這個無賴身上看出一個領袖的模子，看到令人追隨的人格魅力？」

同一天被捕的還有數以百計的作家、記者、律師、國會議員。凌晨五點，《世界舞台》撰稿人埃貢・歐文・基施也被捕。來到警察局後，他在通往政治警察部的走廊上遇到很多熟人，其中就有《世界舞台》的律師阿爾弗雷德・阿普費爾博士，這位律師曾幫助很多異議人士打贏官司。基施想，也許阿普費爾能把自己弄出去，於是叫道：「你好，阿普費爾博士，我被捕了。」沒有想到，對方的回答異常平靜、波瀾不驚：「我也是。」

同一天上午，希特勒在總理府召開內閣會議，拿到了總統興登堡簽字的應對「國會縱火案」的法令。法令廢除了國民所有重要的基本權利，人身自由、言論自由、新聞自由、結社和集會自由、郵政和電話保密，以及住宅和財產不可侵犯統統失效，警察可以隨意逮捕任何人，無限延長逮捕時間，並阻止被拘禁者與律師聯繫。

納粹德國與共產中國有什麼差異呢？或者，正如我用一本書的書名中所彰顯的那樣，中國就是「納粹中國」？奧西茨基、基施、阿普費爾等人經歷的一切，很快在劉曉波、我以及李和平律師等人身上重演了。

二〇〇四年十二月十三日下午，我與劉曉波因為組織起草《二〇〇四年中國人權狀況報告》，同時被北京警方傳訊、抄家。四年後，劉曉波因組織起草《零八憲章》被捕，後被判刑十一年。二〇一〇年，獄中的劉曉波榮獲諾貝爾和平獎。二〇一七年七月十三日，劉曉波在警察圍堵的醫院中因肝癌去世。

在我被抓捕之後，上門來提供法律幫助的友人李和平律師，同時也被警察帶走恐嚇。此後，李和平更是成為「七〇九」大抓捕——中國版的美麗島事件——的主要受害者，在獄中受盡酷刑折磨，被強制灌藥，一度神志不清。

我和我的朋友們以親身的經歷證明：中共政權就是升級版的納粹政權，任何對中共政權的正面評價和想像，都是自取其辱和自取滅亡。

《火與冰》是我邁向自由的第一步。至於共產黨為何以《火與冰》為依據，從此將我定義為

「萬惡不赦」的「國家的敵人」，我相信讀者朋友們讀完這本書就會明白背後的緣由。從某種意義上說，共產黨的判斷沒有錯（共產黨從來就很善於區分誰是朋友，誰是敵人），如果中國每人手上都有一本《火與冰》，中共宣傳部炮製的謊言哪裡會有人相信？

二十七年來，我的文字和思想不斷深化、前進、突破，如同梁啟超那樣「不惜以今日之我與昨日之我戰」，但毫無疑問，我的基本立場從未改變：反共、反左、反中（華），三者環環相扣，層層遞進，缺一不可。當然，反對的意義並不在於反對本身，我所有文字的目標都指向自由。我從未改變初心，我絕不背叛自己。

在《火與冰》那個時代曾與我並肩前行者，很多已然漸行漸遠乃至背道而馳。我如同嵇康一樣寫過好幾篇〈與山巨源絕交書〉——那些骯髒的名字就不必一一列出。我將當年這些人送給我的書扔進垃圾桶，我相信他們也做了同樣的事情。

二十七年後的中國，朝著我當年期待上升的方向高速墜落，焚書司空見慣，就連香港公共圖書館都將我的所有著述下架。遭到禁絕的《火與冰》，自然無法被更年輕一代中國讀者接觸和閱讀。於是，我讓《火與冰》在華文世界唯一既有出版自由也有出版市場的臺灣安家落戶，正如我本人也將台灣當做第二故鄉，每次到台灣都如同回家。

在網路和數位時代，讀書似乎逐漸變成一件古典而奢侈的愛好，但總有那麼一小部分人，矢志不渝地熱愛閱讀，以書為友，以作者為友。在花蓮，有一位九十多歲的老先生，每天用放大鏡讀我的書，還推薦給兒女、孫兒孫女、重孫重孫女閱讀；在新竹，有一位台積電高級主管，在繁忙的工作之餘，將讀我的書當做一大享受，給我傳來長長的讀後感；在台東都蘭的藍天碧海間流浪的作家、大廚江冠明在臉書上寫道：「邊讀邊欣賞，余杰那股行天下窮盡萬里路的風骨，字裡行間流露知識分子的見識。看余杰的書，也是救贖和告解，他選擇正面迎戰，把自己的歷史和思想，揮灑成一本本書。閱讀余杰，思緒越走越高，看清事件的時空脈絡，不僅批判更提出論述制高點，讓讀者展望歷史走向，而非迷失在事件衝突的情緒迷惘。」讀者的反饋，知己的共鳴，乃是作者最大的幸福，真的是「莫愁前路無知己，天下誰人不識君」。

謝謝臺灣。感謝水牛出版社在十二年前推出《火與冰》的第一個臺灣版本，也感謝秀威出版社在十二年後推出《火與冰》的第二個臺灣版本。人書俱老的陳詞濫調被推翻了，人與書依舊青春無敵。

二〇二五年二月十七日，美東維吉尼亞綠園群櫻堂

目次

第四輯　自由的滋味

第一輯　灰燼的風采

——隨想與斷章

1

沒有噓聲的北大是殘疾的北大。

今天，北大最多的不是學生，也不是教授，而是柵欄。一個同學因發出噓聲而受到嚴厲的懲罰，而旁人不過發些「太不走運」的感想而已。

然而，防民之口，如同防川一樣，是靠不住的。

齊克果：一個噓自己的人，一個以噓自己為樂的人。這正是齊克果的偉大之處。在噓別人之前，先噓自己，這是我想對朋友們說的話。

2

世界上最不能容忍的垃圾——文字垃圾。

所以我每次提起筆時，不禁心驚膽戰。

3

丹尼爾・莫伊尼漢說過：「如果一個國家的報紙上都充滿了好消息，該國的監獄一定充滿善良的人。」

我不看報紙已經很久了。

4

朋友警告我：「你的思想太偏激，要是生活在中世紀宗教裁判盛行的年代裡，你一定會被捆在火堆上燒死。」

我笑著回答朋友：「你也太高估我了。那時，我大概已經墮落成為一名說謊者。」

5

墮落。

這是一個朋友對當下大學生階層的精闢評價。我卻寧願使用這樣一組比喻：如果說當代人的墮落如同坐在一架猛然向山頭撞去的飛機裡，爆炸之後屍骨蕩然無存；那麼大學生的墮落則是從機艙裡跳出來後做自由落體運動，可得一副全屍。北大人呢？北大人只不過多了一把佈滿破洞的降落傘而已，照樣摔個半死不活。

墮落，程度的不同，僅僅是降落速度的不同。墮落，具有相同的性質。我們沒有資格沾沾自喜。北大，已經不是過去的「北大」。

6

「十一」是這個國家的「國慶節」，我騎車經過海淀路，一瞥之下，覺得那家金碧輝煌的「肯德基」快餐連鎖店有些異樣。走近了，原來門口掛出一幅紅色的標語：「馬列主義毛澤東思想萬歲！」標語下面，是那個美國肯德基老頭笑眯眯的肖像——桑德斯上校一身西裝，滿頭白髮及山羊鬍子的形象，全世界都一樣。

頓時覺得，老美倒還挺能入鄉隨俗的。

7

讀完《資治通鑑》，這才明白蹲在監獄裡的柏楊為什麼要費巨大的心血去翻譯它。《資治通鑑》是本適合在監獄裡閱讀的書。愛國的青年最好不要讀，這裡面找不到你想找的「悠久的歷史，燦爛的文明」的論據。

「悠久的歷史，燦爛的文明」，明明白白地寫在中小學的課本裡。

8

海外學者回國來做報告，總喜歡激情澎湃地談「愛國主義」，談得聲淚俱下，一往情深。我一次又一次地被這樣的場面所感動，一次又一次誠誠懇懇地接受愛國主義教育。

終於有一次，我突然冒出異樣的想法：到底「愛國」的是誰？是在國內埋頭苦幹、拚命硬幹的普通人，還是揚我國威、衣錦還鄉的海外同胞？誰更有資格談「愛國」的話題？

我絕對尊重海外遊子們純潔的感情。但我總認為，真正愛國的人都是不說「愛國」的。

9

老先生們津津樂道「乾嘉學統」，大師們的牌位重新被抬出來供奉起來。對我來說，卻只記得顧炎武、黃宗羲、王夫之這清初的三大思想家，乾嘉諸老的名字一個也記不得，也不願意去記。

所謂「漢學」空前絕後的輝煌，不過是文字獄最殘酷時代的一堆文字垃圾，我統統不懂，也不以之為恥。

10

薩達姆又當選伊拉克總統了。唯一的候選人，全票通過。

伊拉克外長阿濟茲說：「選舉是公正的。」

11

週末，當代商場。一字排開的十多位美豔照人的廣告小姐很快淹沒在人堆裡。一大堆男人和女人衣冠楚楚，卻拋開紳士淑女的風度，像飢餓的乞丐撲向麵包一樣向櫃檯前面擠，一雙雙伸出去的手，像是溺水者拚命想抓到一根救命的稻草。

抓起來的卻是一支支的香煙。原來，這是「萬寶路」香煙在搞促銷活動，美女們胸前佩著「萬寶路小姐」的彩帶，櫃檯前是一盤盤供顧客免費品嘗的香煙。

報載，中國已經是世界上最大的香煙消費國。而美國總統柯林頓卻向幾大煙草公司宣戰，頒佈了新的禁煙法案，規定青少年買煙必須提供年齡證明。

為同胞的健康擔心，不知道這樣做是不是狗拿耗子多管閒事。這個問題，還得向林則徐老前輩請教請教。

12

認識自己的愚昧與卑微，是自信心得以建立的根基。

13

自信是一種遭人怨恨的品質，因為自卑的人占絕大多數。於是，我註定了不可能擁有太多的朋友。

14

一九九五年的最後一分鐘，在未名湖畔的銅鐘前，一群手裡拿著小蠟燭的學生圍著幾位老教授。其中的一位白髮蒼蒼的老教授敲響了新年的鐘聲，「北大的鐘聲已經沉睡了好些年，今天，它又響了！」老教授們個個都像年輕人一樣生氣勃勃、笑聲朗朗。

我聽到了一段對話。某人問：「為什麼你們都拿著蠟燭呢？」某人答：「在這樣黑暗的夜晚裡，我們想保留一點點光明。」

這一夜，我徹夜未眠。耳邊是悠遠的鐘聲，眼前是閃閃的燭光。

15

這個世界上，愛我的人很多，真正理解我的人呢？

16

生命可貴。

史達林就是一個異常珍惜自己生命的人。有一次他必須乘飛機去波茨坦，飛機準備好了。但是經過長時間搖動後，他拒絕乘飛機，決定改乘火車。代表團甚至開會都遲到了，準備得這麼長久一切都做了檢查。貝利亞報告說：「準備了一條專線，專門的列車，裝甲的底部。在離柏林的每一公里上站有約十五名士兵，並有數輛裝甲車護送。在波茨坦，有內務部所屬的七個精銳團圍成三個圈守衛著他，而契卡分子又有多少。」可是，別人的生命對史達林來說只是官方不公開的統計學範圍的事。

生命可貴。

記得在石家莊陸軍學院軍訓的時候，有一次「拉練」，途經井陘煤礦，體驗礦工的生活。帶我們參觀的一名工人師傅說：他們已經不知道什麼叫害怕了。井下暗無天日，漆黑一片，誰知道什麼時候會出現塌方呢？瓦斯燈下，他安詳的笑容顯得那樣動人。我聞到他身上嗆人的煙味和汗味，驀然覺得這個陌生人的生命與我有著某種神祕的聯繫。

人固有一死。有人重如泰山，有人輕若鴻毛。重如泰山者壓在別人的頭上，壓得別人艱於呼吸；輕若鴻毛者飛向天際，引後人仰首眺望。

再版註：「拉練」是軍事用語，意思是把官兵從營房「拉」出去到野外去訓「練」。

17

真正的太平盛世裡，政府官員即使是鞠躬盡瘁、死而後已，民眾也並不一定要讚揚他，因為他們認為這是他份內的事。吏治敗壞的時候，「清官」也就出現了，因為「清官」的所作所為實在是出人意外。

中國人的「清官」情結，只不過是對意外的憧憬而已。當電視連續劇《包青天》風靡大街小巷的時候，我充分體驗到「子民」的辛酸。

18

孔夫子所說的「禮崩樂壞」的時代，卻是百家爭鳴的時代。

19

我對「學術」總持懷疑的態度。學術繁榮的時代，往往是思想匱乏的時代。在清代，學術大師們舒舒服服地做亡國奴，舒舒服服地搞學術研究。音韻、訓詁、版本、文獻終於掩蓋了揚州嘉定的血與火，掩蓋了三寸金蓮與豬尾巴。

20

讀張中行的雜文，寫及紅樓的點滴舊事，令人神往。特立獨行之士、異想天開之論，比比皆是。又讀汪曾祺的散文，追憶西南聯大的校園瑣事，同樣讓人心儀。困窘中的尊嚴，苦澀中的幽默，乃見中國新型知識分子之人格獨立。而今在北大，「好聽」的課和值得尊重的教授如同鳳毛麟角。老先生方方正正，年輕教授也學會了照本宣科、斟詞酌句。

如果每個教授都變成了同一個面孔，那麼北大和別的學校又有什麼區別呢？這是針對北大而言的。

約翰・斯圖爾特・密爾說：「一個社會中，怪僻的數量一般總是和那個社會所含的天才異秉、精神力量和道德勇氣的數量成正比。今天敢於獨立怪僻的人如此之少，這正是這個時代主要危險的標誌。」

21

我想尋找北大的故事，今天的北大的故事。

一天晚上，我經過一片建築工地。一座巨型大廈即將完工，旁邊有一排破舊低矮的房屋。其中，有一家小雜貨鋪，門口擺著一臺十四英寸的黑白電視機。電視機前，裡三層外三層圍了四五十個衣衫襤褸、瑟瑟發抖的民工。他們睜著眼睛貪婪地看著，儘管小小的螢幕上佈滿雪花，畫面模糊不清。然而，好惡卻由不得他們，貨鋪的主人可不管他們喜不喜歡看，「啪」的一聲就調到另一個頻道去了。一陣輕輕的惋惜聲之後，他們又津津有味地看下去。那天晚上，氣溫是零下好幾度。

這是一群無聲的人。在這座一千多萬人口的巨型都市裡，他們數量巨大，他們幹著最髒最累的活，卻遭到蔑視和厭惡。他們從來不說話，也說不出話來。沒有人知道他們在想什麼，他們有什麼痛苦與欣悅、煩惱與快樂？於是，他們只好圍著一臺十四寸的黑白電視機，從這個窗口仰望都市。

在這一瞬間，我理解了傅柯的偉大。他以自己畢生的精力為監獄的犯人說話，為精神病院裡的病人說話，為現代社會一切失語的人說話，他是二十世紀真正的知識分子。在這一瞬間，我想起了波普對「歷史」憤怒地指責：「這種殘酷而幼稚的事件幾乎從來不涉及真正在人類生活領域中發生的事件。那些被遺忘的無數的個人生活，他們的哀樂，他們的苦難與死亡。這些才是歷代人類經驗的真正內容……而存在的一切歷史，大人物和當權者的歷史，充其量都不過是一齣庸俗的喜劇而已。」

指責寫歷史的人也許過於苛刻。因為知識分子同樣存在著表達的困難，他們連自己是誰也搞不清，又怎能指望他們為別人說話呢？就「失語」這一點而言，知識分子與民工毫無區別。

22

二戰的硝煙裡，聽到日本占領新加坡的消息後，遠在巴西的奧地利猶太裔作家史蒂芬・褚威格與夫人雙雙服毒自殺。作家在遺言中寫道：「與我操同一種語言的世界對我來說業已沉淪，我的精神故鄉歐洲也自我毀滅……而我的力量由於長年無家可歸、浪跡天涯，已經消耗殆盡……對我來說，腦力勞動是最純粹的快樂，個人自由是這個世界上最崇高的財富。」

史蒂芬・褚威格的最後兩句話將永恆地延續他的生命。除此之外，知識分子再沒有別的快樂和財富了。一切為捍衛這兩條原則而獻出生命的知識分子，都將如長明燈一樣，閃爍在後人的心中。

23

在圖書館臺灣報刊閱覽室，我希望看到幾種新到的臺灣報紙。

管理員說：「你有介紹信嗎？」

我詫異地問：「看看報紙還得要介紹信？」

管理員說：「當然啦。你先到系辦公室開介紹信，證明你正在搞某方面的學術研究，我們才能讓你看報紙。」

在報刊閱覽室看報紙還得開介紹信。這不是天方夜譚，這是一篇卡夫卡的小說。

24

項羽的無能，他能放一把火燒掉阿房宮，卻燒不掉一代又一代的皇帝們大興土木的嗜好。

「燒了就修，反正我有的是子民。」皇帝如是說。於是，放火者陷入薛西弗斯的境遇之中：明知放火無用，可又不得不放火。

25

蔡元培先生說：「往昔昏濁之世，必有一部分清流，與陋俗奮鬥……風雨如晦，雞鳴不已。而今則眾濁獨清之士，亦且踽踽獨行，不敢集同志以矯末俗，洵千古未有之跡象也！」

不知蔡校長回到今日之北大，會有何感想？我想多半還是無言。因為漢語中沒有哪個詞彙，能表達他深深的失望。

26

一九二四年，梁漱溟離開北大。有人問他原因，他回答說：「是因為覺得當時的教育不對，先生對學生毫不關心。」他認為，先生應與青年人為友。所謂為友，指的是幫著他們走路；所謂走路，指的是讓包括技能、知識在內的一個人全部的生活往前走。「教育應當是著眼一個人的全部生活，而領著他走人生大路，於身體的活潑、心理的樸實為至要。」

梁漱溟的看法大有古代學院的風範，使人想起《論語》中描述的情景來：「暮春者，春服既成，冠者五六人，童子六七人，浴乎沂，風乎舞雩，詠而歸。」今日之北大，「品性感應品性」、「人感人」之教育如何呢？「多乎哉？不多也！」

27

在故宮、頤和園等昔日皇家禁地，遊人如織。租古裝照相的攤位比比皆是，皇袍鳳冠應有盡有，國人樂此不疲，有的還坐上八人抬的大轎威風一番。因此，這些攤位撈足了油水，而遊人也過足了帝王癮，留下了彌足珍貴的黃袍加身的照片。快門按下的瞬間，他們的笑容比任何時候都要燦爛。

每當看到這樣的笑容時，我趕緊轉過身去，我不能抑制自己的噁心。正因為每個人都自我崇拜，所以才有難於根除的個人崇拜；正因為每個人都渴望龍袍加身，所以才有長久不衰的皇權。只要這種深層的民族心理不徹底改變，無論統治階級怎樣更替，也無法改變皇權的本質以及個人崇拜的蔓延。做了五千年奴隸的中國人，只能怨自己不爭氣。

28

朋友中，喜歡讀新書的居多，今天「東方主義」說得頭頭是道，明天「後殖民主義」準吹得天花亂墜。我卻喜歡翻舊書。舊則舊矣，舊中有舊的趣味。

逛舊書攤時，看到一本破舊不堪的一九六六年第六期的《中國婦女》，封面是個小女孩。平淡無奇，一翻封面說明，才覺得妙趣橫生：「封面的小女孩叫馬平國，今年九歲，是邢臺地區一個貧農的女兒。她非常熱愛毛主席。今年三月，邢臺地區發生地震，小平國家的房子倒了，她的腿受了重傷。媽媽來搶救她的時候，她說：『先別管我，快把毛主席像取出來。』當她看到毛主席像邊上砸破了一點，她傷心地哭了……小平國被送上飛機，這時她突然喊：『媽媽，我要毛主席像！』……她看到毛主席像後，高興地說：『毛主席呀！我已見到您了。』」

我們這個民族善於忘卻，然而，忘卻這樣的千古絕唱，未免太可惜了。

29

第歐根尼是古希臘的大哲學家。有一天，關心知識分子政策的亞歷山大大帝跑來慰問他的生活情況。第歐根尼正坐在院子裡曬太陽，當亞歷山大大帝問他有什麼需要時，他不知天高地厚地說：「別擋住了我的陽光！」

然而，連陽光也是亞歷山大大帝的。最後，第歐根尼不得不縮進一個古代埋人的大缸中，留給弟子的最後一句話是說：「像狗一樣生活！」

犬儒學派便誕生了。

「威武不能屈，貧賤不能移，富貴不能淫」——知識分子在服用大量的鴉片之後，看到的自己便是這副模樣。實際上呢？把江青捧為鳳凰的，是馮友蘭；為江青講《離騷》的，是魏建功；積極批林批孔的，是周一良；為江青講李商隱是法家的，是林庚。以前我常常將這些大學問家神話化。拿小時讀四書五經獲得的期望去套他們，結果往往是「告別諸神」。

知識分子也人，大學問家也是人。是人，便有人的弱點；是人，便有人的陰暗面。用不著去苛責他們，但一定要警惕：千萬別把人當神！

30

在故宮養心殿看見一副對聯：「惟以一人治天下，豈為天下奉一人。」此聯為雍正所撰。此時的心情難於言說，忽然想起北島的一句詩來：「卑鄙是卑鄙者的通行證，高尚是高尚者的墓誌銘。」北島過於天真了，他還相信「歷史」。養心殿大義凜然的對聯告訴我：「高尚是卑鄙者的通行證，卑鄙是高尚者的墓誌銘。」

我的讀書心得：面對所有漢語寫作的文章時，讀出每個字、每個詞的反義詞來，這便是真相。

31

相對於真話而言，假話的製作乃是一門精緻的藝術。一九〇三年塞爾維亞國王與王后雙雙遭暗殺，當時報紙的頭條新聞是：「國王與王后消化不良逝世。」確實也是「消化不良」，鋼鐵製成的子彈讓嬌生慣養的國王與王后如何消化？

32

哲學家奧卡姆與巴伐利亞國王結成反對教皇的聯盟。哲學家對國王說：「請你用劍保護我，我則用筆保護你。」可是沒有多久，國王向教皇妥協。於是，國王將哲學家出賣給教皇，哲學家被燒死在火刑柱上。哲學家的天真使他枉送卿卿性命。筆的力量怎麼能與劍並列呢？

韓非是權術思想的大師。秦始皇讀了韓非的著作，歎息說：「寡人得見此人以與之遊，死不恨矣！」韓非一輩子研究人的陰暗心理，提供給帝王用統御臣下。然而，韓非最終死在暴君奸相的手下。難怪司馬遷感慨萬分：「余獨悲韓子為〈說難〉而不能自脫耳！」

認識到人主不可侍，卻仍然為人主服務，並最終慘死於人主手上。一代代的士大夫很少覺悟過：思想是危險的，尤其是在思想家沒有人格獨立的時候；思想家是軟弱的，尤其是在思想為專制服務的時候。

培根說：「知識就是力量。」實際上，知識更是一種權力，一種能夠毀滅知識者本身的權力。

33

瓦文薩當完總統再當工人，當總統期間，他是向工廠申請「停薪留職」的。

與其把瓦文薩的這種行為看作是一種崇高品德，不如看作是民主體制下個人意志的自由選擇。

34

牛蠅。

林肯身邊有個智囊，專與他唱反調，每有決議，必提出嚴厲的批評。林肯身邊的高級官員受不了這名教授出身的老傢伙，聯名要求林肯將他趕出白宮。林肯笑著講了一個故事——

我在鄉下工作時，看見農夫用一匹弱馬耕田，他吆喝一聲，馬才肯走一大步。我發現馬背上叮了一隻大牛蠅，想幫農夫趕走。可農夫趕緊阻止我說：「幸虧有了這隻牛蠅，不然馬連半步也走不了。」

從本質上講，知識分子就是牛蠅。杜威說過：「思想家只消開始思維時，都多多少少把穩定的世界推入危險之中。」因此，除了林肯這樣明智的領袖外，一般以「穩定」為己任的政治家都會伸出巴掌去，狠狠拍向牛蠅。結果可想而知。

也有少數的例外。曾經說過「知識分子是一切社會的不安定因素」的捷克劇作家哈維爾卻當上了總統。不過，哈維爾的總統當得並不快樂，電視新聞裡我曾看到他疲憊不堪的神態，反倒不如他的一張在監獄裡的照片——目光炯炯，注視著柵欄外的天空。

牛蠅只能是牛蠅，牛蠅很難變成蝴蝶。

35

普希金死後。

沙皇不僅沒有欣喜若狂，反而憂心忡忡，他說：「人民為普希金的死亡而流露出來的悲傷，已多少表現出自由主義者勝利的醜惡景象。」因此，他命令說：「以祕密手段取消各種致敬的表示是政府的責任。」

編輯克拉耶夫斯基在《俄羅斯殘疾人報》發表文章紀念詩人的逝世：「我們詩歌的太陽沉落了。普希金在壯盛的年歲，在偉大的中途去世了。」第二天他就被傳到書刊審查委員會。主席嚴厲地斥責他說：「為什麼在這個品級既低、又未擔任重要公職的人物死亡的消息周圍加上黑邊呢？這算什麼『偉大道路』？難道普希金是個將軍、元帥、部長、政治家嗎？寫寫歪詩是談不上走偉大道路的。」

誰在走「偉大道路」？一百五十年以後的今天，強大的沙皇政府已經灰飛煙滅，末代沙皇一家被槍殺在簡陋的地下室裡，嘍囉們就更不足道了。而普希金的詩歌還迴響在一代代人的心靈深處。

36

北大「文明修身工程」搞得如火如荼。又是宣言，又是講座，又是新聞報導，大舞臺上人人登場。

「文明修身」並不是什麼新發明。一九三三年末，美麗的蔣夫人宋美齡鑑於社會道德淪喪，號召開展「新生活運動」。蔣介石強調：「我們一有合乎禮義廉恥的新生活，就從不亂吐痰做起。」「法古今完人」的蔣介石相信，一旦所有的中國人都不隨地吐痰，進廁所小便、用冷水洗臉，將會引起「人的心靈」發生變化，隨之國家和社會同樣會獲得新生。蔣氏又說：「我現在所提倡的新生活運動是什麼？簡單的講，就是使全國國民的生活能夠徹底軍事化！能夠養成勇敢迅速，刻苦耐勞，尤其共同一致的習性和本能，能隨時為國家犧牲。」

然而，一九三四年初，「新生活運動」便冷冷清清地收場了，留在民間的只有一些並無惡意的笑話——湘西的農民一直以為「新生活」是個欽差大臣一樣的官員，要到窮鄉僻壤來盤剝一通，所以緊張了好一陣。

六十多年以後，北大成了湘西。在學生公寓廁所的大門上，共青團支部貼上「舉手之勞，何樂不為？」的標語，宣傳便後要沖廁所的真理。沒有兩天，這條標語便出現了兩個修訂版本：「舉手之勞何樂？不為！」、「舉手淫之勞，何樂不為？」一個是改動了標點符號的位置，另一個則是在中間增添了一個「淫」字。蔣介石若遇到這樣的情況，會做怎樣的反應呢？「藍衣社出動，將『凶手』斃了！」

「文明修身工程」是當代中國最奇妙的漢語新詞。「文明」與「修身」聯繫起來，就已經令人匪夷所思了，再添上「工程」做尾巴，更是莫名驚詫。何謂「工程」？《現代漢語辭典》中的解釋是「土木建築或其他生產、製造部門用比較大而複雜的設備來進行的工作」。何謂「修身」？按照中國聖賢的說法，修身的根本在於「修心」，修身是純粹個人化的活動。

現在，修身卻變成了攪拌機和起重機，北大「國學大師」多如牛毛，為什麼沒有哪位大師出來指出這點小小的誤差呢？

37

「衣食足而知榮辱」這是古代聖賢說的話。今天那些遊走在高級酒店的妓女們，似乎沒有哪個是因為「衣食不足」才去賣身的。她一身的金銀珠寶足以睥睨大學教授們。

衣食不足固然不知榮辱，衣食足照樣也不知榮辱，這就是人類真實的生存狀況。

38

文章與妻子。

「文章是自己的好，妻子是別人的好。」這是愚人之論。我的觀點是：「文章是別人的好，妻子是自己的好。」

39

魯迅說專制令人冷嘲。我卻說允許人們冷嘲的專制我願意為它鼓掌。

實際上，專制只允許熱頌，冷嘲者的命運便是嵇康的命運。

40

僅靠自己翅膀飛翔的鳥，無法飛到更高處。
太過自戀的人，其成就必定有限。

41*

嚴復譯的《天演論》中有一句名言：「物競天擇，適者生存。」生存下來的都是優秀分子嗎？猶太作家普利摩・李維說過：「敢於承認一個基本的事實，這個事實便是——最壞的、能適應的活下來了；最好的卻都死去了……我們這些還能逃生的，做不了真正的見證。我們不但是少數的少數，例外的例外；我們實在只是由於扯謊，幸運或著沒有辦法沉下去而已。」奧斯威辛是這樣，「文革」也是這樣。傅雷死了，老舍死了，遇羅克死了，張志新死了……在他們的毀滅面前，誰不低下高貴的頭顱？當然，我們無權苛責活下來的人，活著並不都是苟活。但是，活下來的人已然喪失了承接歷史的權利。

那麼，相信那些白紙黑字的歷史，未免是一種虛妄。絕大多數寫歷史的人，目的不過是為了換取他們短暫的生存。

42*

薩達姆。

伊拉克電視臺晚間新聞播出前，必定先奏樂，歌唱他們的偉大領袖薩達姆，最精彩的歌詞是：「薩達姆，薩達姆啊，您有無數偉大的勝利，您像最高的山峰，沒有人比得上您。」報刊上引用薩達姆的語錄時，全都採用粗體大號字印刷。開會時，發言人不時要引用薩達姆的語錄，全場不厭其煩地報以熱烈的掌聲。

在巴格達市中心的勝利廣場上，安放著一對巨大的鐵手腕，雙手交叉，高舉阿拉伯長刀。這對手腕仿照薩達姆的雙手而製作，甚至鑄上他的指紋。

薩達姆在講話中提及自己時，從不說「我」，而是自呼其名「薩達姆」。因為這個名字已經成為一個符號，一個象徵，遠遠比他本人的肉身要偉大。

我想起了希特勒、墨索里尼、東條英機、毛澤東，一切獨裁者都有著驚人的相似性。

43

〈岳陽樓記〉之所以名垂千古，全是因為范仲淹的名言：「先天下之憂而憂，後天下之樂而樂。」此等精神境界，為歷代士人高山仰止。

然而，沒有人仔細想想：天下究竟是誰的「天下」？老祖宗早就講得明明白白：「普天之下，莫非王土；率土之濱，莫非王臣。」天下是天子的天下，而不是蒼生百姓的天下。廣廈千萬間，庇的從來都是達官貴人，何曾庇過寒士？更不用說黎民了。

所以，體現中國知識分子最高人格的范文正公所能做的，無非是「先天子之憂而憂，後天子之樂而樂也」。

44

戒煙日那天的一則電視新聞引起我的注意。北京一家醫院組織保安人員，一旦發現吸煙者，便讓他拿著一塊「我是吸煙者」的牌子，站在醫院的院子裡義務執勤，直到有下一位吸煙者來代替他。該醫院的院長笑容可掬地告訴記者：「這種方法推行以後，效果好極了！」

我記得以前在《聊齋誌異》中讀到的一則故事。投水自盡者的鬼魂為了來世投胎，必須隱藏在水邊，誘惑下一名想自盡的人。這位聰明的院長一定讀過這個故事。我又記起美國作家霍桑的名作《紅字》，那是一個「猩紅A字母」猖獗的時代，凡是犯通姦罪者都必須佩戴這樣一種恥辱的標記。今天，這個時代又回歸了。

毫無疑問，我是一個反對吸煙的人。但是，我也堅信：法律的目的不是羞辱，人的尊嚴與人格神聖不可侵犯。

45

沉默是一種消極的自由。

當這種自由都不存在時，思想者就大難臨頭了。

46

歐洲不少國家的教堂都面臨著嚴重的經濟危機。為了嘗試走出低谷，神職人員不惜利用教堂開餐館、辦舞會、演戲劇、設攤點。

德國科隆的一位主教說：「我們別無選擇，只有從商。錢比禱告更可以給我安慰。」

47

龐然大物的蘇共在總書記戈巴契夫的「建議」下黯然解散。那天，有成千上萬的群眾把黨中央大廈圍得水泄不通，正要撤離的蘇共大員們心裡暗自竊喜：「看來我們還有這麼多的支持者！」然而，當他們剛走出大門時，蜂擁而上的群眾爭先恐後地擠上前來，一口接一口的唾液吐向他們的臉上和身上。

我是個十足的懷疑主義者，但我終於發現歷史之中畢竟還是有值得信賴的東西，譬如說這些唾液。我想起了半個世紀以前巴斯特納克所寫的一首短詩：「我用圍巾圍住脖子／我用手掌遮住臉龐／站在庭院裡大聲疾呼／我們在哪兒慶祝什麼太平盛世。」詩人的哀號與群眾的唾液，將二十世紀真實的俄羅斯凸現在我的面前。

48

什麼是考試？傅柯認為，考試是一種規範化的監視，一種能夠導致定性、分類和懲罰的監視。它確立了一種關於個人的能見度，由此人們可以區分和判斷每個人。考試把層級監視和技術與規範化裁決的方法結合起來。這就是為什麼在所有規訓機制中，考試被高度儀式化。在這裡，權力的儀式、考試的形式、力量的部署、真理的確立都結合起來。因此，學校變成一個不斷考試的機構，有血有肉的個人變成成績單上冷冰冰的數字，並置身於文件的網絡中不能自拔。

今年高考，又傳來幾名落榜學生自殺的消息。大城市的兒童，更早地成為考試的俘虜：在北京，因一兩分之差，不少家庭被迫為孩子繳納數萬元的學費，以求進入重點中學。在電視上，我看到一名被採訪的、痛哭流涕的、考試成績不佳的孩子的家長。考試是人創造的制度，考試卻控制了人自身。膨脹的考試與渺小的人形成鮮明的對比。

可是我還得去系辦公室看自己的考試成績，結果無非是沮喪和驕傲兩種。

寬容。

仁人志士們都在提倡寬容，彷彿現在真的是一個不寬容的時代。可是，中國能出貪官陳希同、王寶森，難道還能說中國不寬容嗎？

還是殷海光說得好：「自古至今，容忍的總是老百姓，被容忍的總是統治者。」寬容和權力緊密相連；有權力的人享有被寬容的權利，沒權力的人享有寬容的權利。

50

看舊書往往比看新書更有趣。我在二十年代初的《新青年》雜誌中讀到一篇題目為〈一個貞烈的女孩子〉的文章。文章描寫一個十四歲的望門寡，被她父親關在屋裡強迫自殺，慘狀觸目驚心。

父親讓女兒餓死。餓到第四天，女孩哭著喊餓，她的父親循循善誘地說：「阿毛，你怎麼這樣的糊塗？我自從得了吳家那孩子的死信，就拿定主意叫你殉節。又叫你娘苦口勸你走這條路，成你一生名節，做個百世流芳的貞烈女子。又幫你打算叫你絕粒。我為什麼這樣辦呢？因為上吊、服毒、跳井那些辦法，都非自己動手不可，你是個十四歲的孩子，如何能夠辦到的？我因為這件事情，很費了躊躇，後來還是你大舅來，替我想出這個法子，叫你坐在屋子裡從從容容地絕粒而死。這樣殉節，要算天底下第一種有體面的事，祖宗的面子，都添許多的光彩，你老子娘沾你的光，更不用說了。你要明白，這樣的做法，不是逼迫你，實在是成全你，你不懂得我成全你的意思，反要怨我，真真是不懂事極了！」

餓到第六天，她的母親不忍心了，勸她父親乾脆送點毒藥進去，早早「成全」算了。她父親卻說：「你要曉得我們縣裡的鄉風。凡是絕粒殉節的，都是要先挿官。因為絕粒是一件頂難能而又頂可貴的事，到了臨死的時候，縣官還要親自去上香敬酒，行三揖的禮節，表示他敬重烈女的意思，好教一般婦女都拿來做榜樣。有這個成例在先，我們也不能不從俗。阿毛絕粒的第二天，我已託大舅爺稟報縣官了。現在又叫她服毒，那服過毒的人，臨死的時候，臉上要變青黑色，有的還要七竅流血。縣官將來一定是要來上香的，他是常常驗屍的人，如何能瞞過他的眼？這豈不是有心欺騙父母官嗎？我如何擔得起？」

阿毛在第七天餓死了。縣官送來一塊匾，上題四個大字——「貞烈可風」。

真想提醒今天那些興致勃勃地編寫《傳世藏書》的學者們，把這篇文章也收進去。有這樣「偉大」的傳統，中國文化如何不能拯救世界？東風如何不能壓倒西風？

51

當你埋葬前人的時候，把你抬出來的人，已經站在門口。

但我依然以掘墓者自居。這是我與馬克思唯一的精神共鳴。

自己的命運是無須考慮的。

52

亂世與盛世，這是一對可以互換的詞語。對老百姓來說，魏晉是亂世；對知識分子來說，魏晉是盛世，魏晉有了「人」的覺醒，有〈廣陵散〉，有陶淵明。對老百姓來說，康乾是盛世；對知識分子來說，康乾是亂世，康乾有八股文，有斷頭臺。

大多數時候，關於亂世與盛世的認同，老百姓與知識分子是有區別的。相同的時候是例外，譬如「文革」時代，絕大多數的老百姓與知識分子都會異口同聲地說：「亂世。」

53

自古以來，中國有順民，也有暴民，唯獨沒有「公民」。要麼縮起頭來做烏龜，要麼像李逵那樣操起板斧來殺殺殺，所以中國鮮有進步。

54

歌德說過：「先有人的墮落，然後文學墮落。」這就是當下中國文壇的現狀。

55

權力的控制是每個人的人生不可避免的事實，所以追求自由往往要付出極端殘酷的代價。每個時代都有一股要求人人整齊畫一的巨大力量。在石家莊陸軍學院軍訓的時候，我是隊列課上挨訓最多的人。直尺一樣整齊的隊列裡我總是情不自禁地提前零點一秒跨出我的腿，於是教官指著我的鼻子大罵：「你，你這個害群之馬！」最後，我終於成為隊列中規規矩矩的一員。在人人都激動萬分的方隊裡，我突然感到失去自己的恐懼。

我不否定別人對整齊畫一的選擇，但我希望每個時代都能有它的「不加入者」，這些不加入者不至於被認為是瘋子或罪犯，關進精神病院或監獄裡去。

56

尼采說：「上帝死了。」於是，尼采成了西方的大哲。其實，中國人個個都可以算尼采。早在北宋，梁山泊的那群英雄好漢們便打起了「替天行道」的旗號——誰是天？我就是天；何為道？握在我手裡的便是道。因此，李逵在劫法場時，揮舞板斧，砍下的是百姓一顆接一顆的人頭。怎麼，不服氣？我是在替天行道。

所謂哲學，所謂真理，不過是李逵手中的板斧而已。

57

明十三陵，在定陵的一座大殿外，我發現空地上有兩種石桌石椅：一種是明代的遺物，圓桌圓凳，裝飾著細膩的花紋，雖然經歷了幾百年的風雨，依然閃爍著藝術的光澤；一種則是今人的手筆，方桌方凳，無非是用幾張水泥板拼湊而成的，粗糙、醜陋、潦草，大煞風景。

一個民族的藝術創造力、審美能力、想像力都急劇地衰退了。如果說衰退是歷史的必然趨勢，那麼我們至少該有些自知之明：千不該、萬不該把如此粗鄙的物體搬到祖宗面前。北京的各大旅遊名勝，我都發現數不清的醜陋的售票亭、購物亭、廁所、招牌、標語，那麼隨心所欲，那麼粗心大意，和諧的美感和莊嚴的歷史感遭到了毀滅性的破壞。而一處古跡可以養活無數的人，他們捧著鈔票咧嘴而笑。

一個民族對待祖宗遺產的態度，比一個民族祖宗遺產的豐富與否，更能表現出一個民族文明的程度。

58

儒教中國以忠孝為立國之本，史書上對孝行的歌頌比比皆是。《新唐書》中記載，安徽壽州安豐縣官員李興的父親患了重病，李興就從大腿上割下一塊肉來，送給父親當作藥物食用。後來，著名文學家柳宗元還為李興專門寫了篇〈孝門銘〉。《淮安府志》記載，東漢時有個叫李妙宇的女子，為醫治公公的病，從自己的左大腿割下三塊肉，燒成湯給他吃。在這一孝舉之後不久，她的公公就恢復了健康。

美國學者鄭麒來教授在研究明代歷史時，僅根據《明史》和《古今圖書集成》兩種史料的記載，就統計出明代有六百一十九名賢慧女子割肉為長輩或丈夫療傷，割肉的部位有大腿、上臂、肝臟、手指、耳朵、乳房、肋骨、腰、膝、腹等，她們被譽為「人類道德的典範」。

每個為中華文明感到陶醉的人，都是歷史書讀得太少的人，雖然有些人表面上看似乎是博學鴻儒。

59

飯碗。

飯碗就是那種毀滅人的創造力、想像力，吞噬人的自尊、自信，卻又讓人活下去的東西。

金飯碗、鐵飯碗、泥飯碗，飯碗的不同，也就是人的不同。

60

世有淵明，生為菊花無憾也；世有白石，生為梅花無憾也；世有嵇康，生為琴弦無憾也；世有余純順，生為窮山惡水無憾也。

不遇知音，是人生無法克服的悲劇之一。

61

生於清，當見雪芹；生於明，當見李贄；生於宋，當見東坡；生於唐，當見李白；生於魏晉，當見阮籍；生於漢，當見太史公；生於周，當見莊子。

世間面目可憎之人多，欲與交遊者，一二三子矣！

62

蘇共政治局開會的時候，會議廳的每張椅子都有自己固定的主人，這些椅子認識自己的主人，就像他們認識它們一樣。

在這間會議室裡，椅子遠遠比人要高貴。主人會死亡，會辭職，會垮臺，會遭罷黜。昨天貝利亞還穩穩當當地坐在他的椅子上，他的眼睛令人渾身起雞皮疙瘩，第二天他卻趴在椅子下面，身上是一排彈孔。赫魯雪夫去休假的時候，他以為自己與椅子是短暫地分別，誰知道終其一生再也沒坐上那張心愛的椅子。在這間會議室裡，一切皆流，一切皆變，只有椅子依舊，只有椅子永恆——「它們」對著「他們」冷笑，弄不清誰是誰的主人。

沒有政治局的俄羅斯，椅子安在？

63

一九四六年八月，阿根廷文學大師波赫士被正式告知：市政廳決定將他調出米格爾・卡內圖書館，「升任」科爾多瓦街國營市場的家禽及家兔稽查員。西班牙語裡雞、兔是怯懦的同義詞，這是裴隆一夥的奇襲藝術。

波赫士的反應令裴隆政府目瞪口呆，他們原以為性格內向的作家會把蒼蠅吞到肚子裡去，沒能想到作家的手指輕輕一彈，將死去的蒼蠅彈到他們香噴噴的咖啡裡。波赫士在聲明中這樣寫道：「我不知道我剛才講述的故事是不是一則寓言，然而我懷疑記憶與遺忘的天神，它們十分清楚自己所做的事。如果它們忘卻的是其他的事情，如果它們只保留了這一荒唐的傳奇，它們或許有一定的道理。讓我歸納一下：獨裁導致壓迫，獨裁導致卑躬屈膝，獨裁導致殘酷；最可惡的獨裁導致愚昧。刻著標語的徽章、領袖的頭像、指定呼喊的『萬歲』與『打倒』聲、用人名裝飾的牆壁、統一的儀式，只不過是紀律代替了清醒……同這種可悲的千篇一律做鬥爭是作家諸多的職責之一。」

波赫士，那個優雅而不關心政治的波赫士突然變成阿根廷此後十多年裡反對極權主義的象徵。對他這樣一個害羞的、靦腆的人來說，這是個意想不到的角色，然而他毫不畏縮地擔當起了這一角色。看來裴隆政府為他的雞、兔們選錯了稽查員。真正受到侮辱的，並非被侮辱者，而是侮辱者自身。

64

我有三本書愛不釋手：充滿豪俠之氣的《史記》、充滿雅稚之氣的《世說》、充滿狐魅之氣的《聊齋》。有此三「氣」，足以抵擋今世之俗氣也。

65

軍訓的時候，每逢週六下午，有兩種選擇：一是去廚房包包子，二是在宿舍裡聽班長讀報紙。包包子，聞多了蔥蒜的味道，到了開飯的時候便是一個包子也吃不下去，心裡直想嘔吐。於是只好聽讀報紙，讀的偏偏又是最枯燥無味的文章。唯一的解脫之道是睜著眼睛養神（不敢閉目養神，因為時不時有教官走進來查看）。養神的時候，把中學時代漂亮的女同學都想像成自己的女朋友，便覺得幸福觸手可及。後來一問戰友們，十有八九以此法渡過難關。看來，在「食色」二字上，大家都一樣。

小時候，有許多奇思異想。曾想過，假如誰發明一種芯片，植入人的大腦，然後在螢幕前將人的所思所想顯露出來，豈不妙哉！現在，我才暗自慶幸，幸虧沒有人把這種發明付諸實踐。要不然，在神聖的讀報時間，英雄的故事在空氣裡瀰漫，電腦螢幕上卻將聽讀報的學員和來視察的教官的大腦活動顯示出來。互相之間豈不尷尬——螢幕裡都是美不勝收的裸體女郎。

66

髮型。髮型是人身上最能表現個性的地方之一。所以，一進軍營，要做的第一件事便是剪髮。男孩子倒是無所謂，排著隊理髮，嘻嘻哈哈的；女孩子那邊呢，青絲縷縷落塵埃，哪能不哭得淒淒慘慘？

一日為兵，一日無「髮」。內務中明文規定，男兵頭髮為二點五釐米。大家摸著自己的光頭，這才發現每個人的腦袋竟是如此地相似。然而，腦袋的相似，並不等於思想的相似。想出剪髮妙方的傢伙，一定是個大傻瓜：剪去頭髮，就能剪去個性和思想嗎？回到北大後不久，我打量著昔日的戰友們：原來他是這模樣！漸漸地，統一的小平頭的形象在記憶裡模糊了，取而代之的是迥異的個性與迥異的思想的外化——迥異的髮型的形象。

67

假裝像小孩一樣天真的政府，總喜歡把民眾當作天真的小孩來治理。

68

吻。

一個女人肯接受你的吻，並不意味著她喜歡你。女人有冒險的天性，她讓你吻她，多半是想試試：自己敢不敢讓人吻和你敢不敢吻她，僅此而已。自作多情的男子往往由此誤入歧途，正如年輕時候的我。

同樣，競選中的政治家在街頭抱起一個嬰兒吻一吻，並不意味著他喜歡小孩。政治家一邊吻小孩，一邊盯著小孩父母手中的選票，儘管此時淘氣的小孩可能撒了一泡尿在他的手上，他恨得牙齒癢癢的。電視機前的觀眾被政治家的溫情深深打動了，他們毫不猶豫地在選票上填上政治家的名字。這一瞬間，他們忘了政治家曾有貪污、欺騙、性騷擾等斑斑的劣跡。多麼神奇的一吻！

吻，一種傳遞錯誤信息的通訊工具。

69

講臺上教官滔滔不絕地講，下面是一片鋼筆寫字的沙沙聲。是在記筆記嗎？非也。每個人都在一疊厚厚的信箋紙上寫信。時間如此漫長，信寫了一封又一封，絞盡腦汁，給每一個能夠聯繫上的朋友都寫信去。

卡夫卡曾否定過寫信的意義：「真不知道這種想法是怎麼產生的：人們可以通過信件互相交流！人們可以想念一個遠方的人，人們可以觸及一個近處的人，其他一切都超越了人類的力量。寫信意味著在貪婪地期待著的幽靈們面前把自己剝光。」然而，當我們被重重包裹起來的時候，剝光自己便成了唯一的衝動。

那些日子裡，中隊的信箱常常爆滿，一位朋友說，他一天創下過寫十八封信的紀錄。那時，我們的信都成了「軍郵」，不用貼郵票。

70

沉默使我開始寫作。經過一段時間的寫作之後，我卻陷落在更深的沉默中。

71

女人的眼淚。每當她們理虧的時候，她們便開始流淚，一直流到男人恍然大悟理虧的原來是自己為止。男人流淚，只能表明軟弱；女人流淚，卻能增添可愛。

72

相信真理，不要相信那些宣稱掌握真理的人；懷疑一切，不要懷疑自己所擁有的懷疑能力。

73

胡適留美歸來，相信改造社會必須從改造文化入手，因此有「二十年不談政治」的自我約束。他們一班談政治的朋友調侃地說：「適之是處女，我們是妓女。」然而，不久胡適就大談政治，參與實際運作，處女之身也就破了。

想當處女又不甘心，想當妓女又覺得可恥，這是二十世紀中國知識分子的尷尬。

74

齊克果說：「在哥本哈根我是唯一不被重視的人，是唯一一無所用的人，是一事無成的半癡半癲的怪人。」他不願做觀眾，他忍受不了舞臺上庸俗的喜劇；他更不願做小丑，儘管小丑的角色在觀眾眼裡是偉人。

他中途退場了。於是，觀眾和演員都向他吐唾沫。

75

陸軍學院請來一名參加過長征的老紅軍做報告，一講就是三個小時，而且一點兒沒有結束的意思。一位同學實在支持不住了，舉手向旁邊的教導員報告：「教導員，我請假上廁所！」該教導員勃然大怒：「你的膀胱就這麼小？」

馬克思說：「存在決定意識。」那麼，膀胱的大小顯然與覺悟的高低無關。然而，那時候我們誰也不敢說什麼。

76

個性。個性是一捧荊棘，所有的刺都對著自己的肌膚。小學的時候，老師在給我的通知書上的評語中往往有這麼一句說：「該同學個性太強、不合群……。」

而我渾然不覺。老師得出這樣一個結論，無非是當同學們都蹲在教室外的花壇邊看地上的一群螞蟻時，我卻一個人趴在窗口看他們。

77

渴望理解的往往都是弱者。相反，很少有人能夠理解強者，更沒有人能夠理解獨裁者的內心世界。

於是，希特勒便成了同性戀者、女人、兩性人及精神病人。

如此，並不能消除產生希特勒的社會土壤。

78

王爾德說過：「男人與女人之間的關係只有兩種，即愛和恨，而不可能存在友誼。」可惜的是，這樣的真理卻由一名同性戀者道出。

79

我曾看見一對五歲的雙胞胎搶一大包餅乾，他們的媽媽將餅乾分成兩半，在他們面前各自放了一大堆。他們卻用眼光死死盯著對方的那堆，拚命去搶，搶得驚天地泣鬼神。其實，依他們的食量，最多能吃三四片而已。

從那時起，我便不再相信老聃所謂的「赤子之心」。老聃不是真正的虛無主者，我才是。

80

哥倫布。

他們用鐵鍊將他押解回國時，他或許也認為自己失敗了，但是這不證明地球上沒有美國這個地方。

我。當我口吃的時候，並不意味著我對世界的認識出現了障礙，恰恰說明我為表層後面的真相所震驚。

81*

北京不是一座大都市，而是一座十足的小村鎮。長城飯店、亞運村、三環路、長安街，仍然掩蓋不了它的本質。

周口店的遺址上，幽靈們茹毛飲血。燧人氏還沒有誕生。

82

錢鍾書。

吳組緗是錢鍾書的同窗學友。在一次同學會上，兩位八旬的老人久別重逢，吳組緗卻說了一句冰冷的話：「你的著作裡什麼都有，就是沒有自己。」事後錢鍾書寄了一套厚厚的《管錐編》給吳組緗：「我的書，你都沒讀懂！」不平之氣，溢於言表。不久，吳組緗去世了，而錢鍾書成了一個活的神話。吳組緗去世後，沒有人敢質疑這個神話。於是，神話愈傳愈神奇。

據說，錢鍾書在病房曾用蛋糕砸到記者的攝影機鏡頭上。眾人五體投地，這年頭，誰不想上電視亮亮相？還是這位文化崑崙灑脫。

但我總覺得，這些故事像是變了味的美酒，姜太公早就釀過了。你姜太公不願釣魚，沒有人強迫你釣，何必垂著敲直了的魚鉤整天坐在水邊？我想起了〈北山移文〉。

無疑，錢鍾書是一位優秀的學者。但他並非奧林匹斯山上的神祇，否則在那些悲慘的日子裡，他何必拚命抓《毛澤東詩詞》英譯本編委會負責人這根救命稻草呢？錢鍾書字「默存」，然而要是他真的保持沉默，他就不可能生存，他必須配合當局說謊。

大學者，除錢鍾書外，還有陳寅恪。五十年代初，新政權邀其北上任學術要職，陳氏卻要約法三章：「不學馬列，不參加會議，不見高官顯貴。」如此不識時務，日後只能落得個目盲腳臏的悲慘下場。「讀史早知今日事」、「讀書久識人生苦」，看透人世滄桑而不做鄉愿之人，這需要阿基米德支起地球的勇氣。

在《柳如是別傳》中，我讀出了陳寅恪的面貌音容；在《管錐編》中，我讀到了密密麻麻的注釋，而錢鍾書自己的面目卻模糊不清。

83

思想：在黑暗中觸摸每一張息息相關的面孔。一隻鐵柵欄中伸出去的傷痕累累的手。

84

當一個學者成了學霸的時候，就是他在報紙上給青年學生開「必讀書目」的時候。

85

歷史學家余英時在論文〈「五四」文化精神的反省〉中說：「『五四』乃是一個早熟的文化運動，先天不足而且後天失調。」

話雖不錯，但我反過來想：「倘若先天足而後天調，那就不叫『五四』運動了。在中國，只有宮廷政變是『先天足而後天調』的。」

86

深圳《街道》雜誌報導，一九九六年八月十五日，在上海商業超市供配貨有限公司副總經理辦公室內，翰維廣告公司的沈雙為一生首次下跪，成了上海第一個向客戶下跪的廣告人。

六月十七日夜起，沈雙為連著幹了三個通宵，及時將廣告策劃書交到對方進出口部經理手中，開價一萬兩千元。但對方卻以種種理由推託，遲遲未能付款。當沈第十一次踏進該公司時，仍吃白板。此時沈突然下跪，達五分多鐘。沈認為自己選擇這種「斯文掃地」的形式，絕非僅僅為了一萬兩千元。他多次對該公司經理們重複了一點：請尊重我的智力勞動。

讀著這則報導，我的心裡總覺得不是滋味。古人說，男兒膝下有黃金；今人則說，人人膝下有尊嚴。沈氏之舉動，自己首先放棄了自己的尊嚴，別人怎麼可能尊重你的智力勞動呢？報導的行文，好像十分欣賞沈的「敬業精神」，有意為其立一個「下跪牌坊」。

中國人總愛下跪，一見清官大老爺膝蓋就不由自主地軟下來。下跪便表明自己是弱者，是正義的，是值得同情的。下跪包蘊了極為豐富的身體語言，它將評判是非的標準懸空了，它給人以這樣一種誤解——人家都已下跪了，你還不滿足人家的要求，你是人還是畜牲？

報導說，這是沈的第一次下跪，我懷疑；報導說，沈下跪不是為了一萬兩千元錢，我更懷疑。這樣的敬業精神氾濫起來實在有些可怕，我們便成了乞丐的國度。

87

異曲同工。在一九九六年十月十一日的《南方週末》上又看到這樣一則報導：「『不跪的人』上學了。」說的是韓國女老闆讓中國工人下跪時，唯一不下跪的打工仔孫天帥，最近被鄭州大學錄取。十月七日，鄭州大學現代管理學院專門為孫天帥舉行了入學儀式。鄭州大學學生處處長將「鄭州大學」校徽戴在孫天帥胸前。鄭州大學現代管理學院院長說，孫天帥可貴的氣節正是我們民族的脊梁，他的行為正是我們這個民族所具有、所表現、所呼喚的，同時也是現今社會有些缺乏的，我們免費接受孫天帥入學，是對他這種不卑不亢的民族氣節的推崇和彰揚。

我讀到這則報導時，也有一種不對味的直覺。就好像一道精美的菜，各種佐料放得恰如其分，但一入口味道便令人皺眉頭。孫天帥的民族氣節固然令人欽佩，但品德高尚並不能說明他具備了讀大學的文化素質；報導沒有指出孫天帥所受的教育程度，大約是不便提及。大學不是樹貞節牌坊的地方，也不是先賢祠，它僅僅是一個教育機構。七十年代工農兵大學生的「炮製」，效果如何，大家都知道。

物以稀為貴。道德、品質、氣節這些東西是這個時代缺乏的東西，假如把它們當作進入大學的通行證時，它們自身的價值也就被顛覆了。因為知識與道德畢竟是兩個不同的判斷標準：有人有知識而無道德，有人有道德而無知識，有人既無知識又無道德，也有人既有知識又有道德。我們不能說：有知識就擁有一切，或者有道德就有了一切。

傳授知識的大學是要靠考試進入的。當然，我們不妨為品德高尚的年輕人們辦一所道德大學。

88

當一位學者的創造力枯竭的時候，他便使用「學術規範」的話語來掩飾自己內心的虛弱和捍衛自己已取得的、而且將要失去的地位。一位大師誕生以後，他便成為某種「規範」，這是背叛他的學生們的傑作。學生們本人成不了「規範」，只能依靠這些「規範」混碗飯吃。這樣，他們理所當然地把一切突破「規範」的行為當作打破他們飯碗的行為。於是，突破「規範」的年輕人便成了人人喊打的過街老鼠。

愛因斯坦的一個基本思想，這一思想是在若干年前由卡爾・波普爾推廣的：在任何一個領域裡，用來評價某種理論的科學標準，並不在於人們可以據此來檢驗每種對該理論提出質疑的新體驗的精確性，而恰恰相反，在於人們可以至少在某些情況下指出它的錯誤。這樣，在波普爾看來，列寧式的馬克思主義和東正教的精神分析學都被它們的信徒誤以為是科學，因為這些教條「總是」有理。它們自我封閉，沒有留下任何未經開墾的處女地、任何懸而未決的觀點、任何沒有答案的疑問。然而，真正的科學同某種極權主義思想是不相容的：只有它才具有活力。為此，科學中應該具有缺口。對於文學和文學研究來說也完全一樣。

我不喜歡讀規範化的學術論文，我寫學術論文時總喜歡「出格」。寂靜無聲的學術界，有幾個淘氣的孩子或齊天大聖，豈不有趣得多？

89

從不談足球，哪怕因此受到攻擊。坐出租車的時候，司機滔滔不絕地談北京國安隊，我卻一言不發。他開始眉飛色舞，後來臉色陰沉下來，心裡也許在嘀咕：居然有這樣的怪人！

到了目的地，司機狠狠地多要了我好幾塊錢，就因為我不談足球。

人人都在談足球，如癡如狂，即使是女孩子們也著魔似的加入進來。我仍然不談足球，因為這是我的自由——別人愛幹什麼，絕對與我無關。

90

周策縱教授的《五四運動史》出版後，羅素夫人勃拉克致信給他說：「我於一九二〇年和羅素一同訪問中國，作為一個外國人，我當時未能知道中國正在進行的活動的詳情，這些詳情在你的書裡是那麼美妙地敘說了。但我自己也確實感受到那個時代的，和當時中國青年的精神與氣氛。這種精神與氣氛似乎穿透了我的皮膚。而且從那個時候起我就說過，我已經從在中國的那一年裡吸收了我的生命哲學。我只希望目前英國能有像當年中國青年的年輕一代，希望有像蔡元培校長等人一樣的大學校長，願意支持他們的學生。」

那種能夠穿透一個外國人的皮膚的精神與氣氛，不禁令我神往。那是一個鳥兒在天空中飛翔、魚兒在江水中游弋的時代。他們的血液是鮮紅的，他們的笑容是燦爛的，他們的聲音是清脆的，他們的心靈是透明的，他們的頭髮是衝冠的，他們與我們是如此地不同——除了慚愧，我們一無所有。

人最大的有限性在於，他不能選擇自己生活的時代。當我認識到這種有限性的時候，我更加痛苦。

91

社會封閉，圖騰高懸。

社會開放，圖騰崩潰。

92

在不健全的社會裡，沉默意味著一種惡劣的態度，一種異端的身分。

在健全的社會裡，沉默僅僅是不做判斷，有那麼一些保持不做判斷的姿態的人，整個社會的判斷才有可能朝正確的方向發展。

93

一片茶葉一旦曝曬在陽光之下就會變色。這是遠離孤獨的保護、背叛孤獨的懲罰。只有螞蟻才喜歡成群結隊，並為食物而互相撕咬。像我這樣的人，只有在孤獨中才能感受到幸福。

寫作是孤獨的分泌物。

聶魯達說：「孤獨培養不出寫作的意願，它硬得像監獄的牆壁，即使你拚命尖叫嚎哭，讓自己一頭撞死，也不會有人理會。」何必讓人理會呢？放不下桂冠詩人架子的聶魯達，不敢在孤獨中寫作，因而被波赫士視為名利場中的俗人。

孤獨是籬笆。有籬笆，才有自己的園地。

94

兒童喜歡獨白，成人渴望交流。

所以，成人比兒童更軟弱，更缺乏自信。成長是一個喪失的過程。

95

教授桃李滿天下，教授的兒子卻淪為不良少年。能教好學生，卻不能教好兒子，這是教授的困惑，也是教育本身的困惑。

誰能給出令人滿意的解答？

96

當我求學北京之後，母親每天都關注北京的天氣預報。父親說，看北京的天氣預報是母親一天中最重要的事。

在蜀中的母親，居然能像把脈一樣，把出北京的體溫。而母親，至今沒到過北京。北京的一千多萬人口中，母親只認識她的兒子一個人。

關於愛，沒有比這更好的定義了。

97

曾任沙俄財政大臣的維特伯爵在《俄國末代沙皇尼古拉二世》中，記載了李鴻章赴俄參加沙皇加冕典禮時的情況。

當時，霍登廣場發生慘案，觀看典禮的百姓互相擠壓，人山人海的波動失去了控制，擠壓死傷兩千人。李鴻章問：「是否準備把這一不幸事件的全部詳情稟奏皇上？」維特說，當然要稟奏。李鴻章搖搖頭說：「唉，你們這些大臣沒有經驗。譬如我任直隸總督時，我們那裡發生了瘟疫，死了數萬人，然而我向皇上寫奏章時，一直都稱我們這裡相安無事。當時有人問我，你們這裡有沒有什麼疾病，我回答說，沒有任何疾病，老百姓健康狀況良好。」

看到維特驚異的表情，李鴻章接著說：「您說，我幹麼要告訴皇上說我們那裡死了人，使他苦惱呢？要是我擔任你們皇上的官員，當然我要把一切都瞞著他，何必使可怕的皇帝苦惱？」

在這次談話後，維特伯爵想：我們畢竟走在中國前頭了。

兩種文化進化程度差異，就在這一席對話中。

98

繆塞是法國國王的兒子、奧爾良大公的同學。有一次，奧爾良大公給繆塞一張宮廷舞會的請帖。詩人見到路易・菲利浦時，他所受到的接待使他大吃一驚。國王愉悅而詫異地笑著，走到他面前說：「你是剛從約安威爾來的吧？我很高興見到你。」繆塞深懂人情世故，沒有流露出一點驚訝的神色。他深深地鞠了一個躬，然後就苦苦地想國王的話究竟是什麼意思。最後，他想起來了，他有一位遠房親戚，是約安威爾皇家產業的森林看管人。國王從來不會把作家的名字來勞累自己的記憶的，可是對於管理皇家地產的全部官員的名字，他瞭如指掌。

連續十一年之久，每年冬天，國王以同樣的愉快見到他假想的森林保管人的面孔，並對他優渥有加，點頭微笑，使滿朝文武嫉妒得臉都白了。這份皇家恩典被認為是賜賞給文學的；然而這一點更可以肯定：路易・菲利浦從不知道，在他統治的時期，法國有過一位偉大的詩人，他和國王的森林保管人是同姓的。

這種類型的誤會，在不同的時間和地點，不斷地上演著。詩人因此翹起孔雀的尾巴。

99

司湯達說過：「我看見一個人上衣上佩戴很多勳章，在客廳裡高視闊步時，就情不自禁地想到，他必定是幹了所有卑鄙的勾當，不，甚至是賣國的行徑，他才為此收羅了這樣多的證據！」

對於勳章，沒有比這更為深刻的認識了。真正的榮譽，是無法獲得勳章的；真正的勳章，是流放地和火刑架。康德認為，我們眼中的世界只是世界的表象。我想，勳章與榮譽的關係，大概是康德這一高深莫測的哲理的最庸俗又最貼切的比喻吧。

100

人們總是厭惡臭襪子，把它們扔到床底下去。其實，襪子有什麼過錯呢？臭的是自己的腳，襪子不明不白地充當了替罪羊。

歷史便是這樣寫成的。

101

陳寅恪在〈贈蔣秉南序〉中這樣評價自己：「默念平生固未嘗侮食自矜、曲學阿世，似可告慰友朋。」我想，千載而下，學者如過江之鯽，能擔當起「未嘗侮食自矜、曲學阿世」十個字的能有幾個呢？

肚子往往比氣節重要，翎子往往比書本重要。託命於非驢非馬之國，焉能成為雄獅、鷹隼？

102

高爾基的悲劇。

一九二八年，蘇共展開了一個爭取高爾基回國的全國性運動。甚至中小學生也寫信給作家：「為什麼您寧願生活在法西斯的義大利，也不願生活在熱愛您的蘇聯人民中間？」高爾基回國後，享受政治局委員的待遇，別墅周圍種上從外國搞來的花卉，特地從埃及給他訂購香煙。儘管高爾基多次拒絕使用奢侈品，但他被告知說：「馬克西姆・高爾基在全國只有一個。」

高爾基所得到的榮譽是世界上最偉大的作家連夢想都不敢去夢想的：大工業中心下諾夫哥德市被更名為高爾基市，相應地整個下諾夫哥羅德省也被更名為高爾基州。然而，榮譽也需要代價。高爾基的日程被安排得滿滿的。他被帶到克格勃（ＫＧＢ，蘇聯國家安全委員會）準備好的工廠、農場參觀，人們向他熱烈鼓掌。精心挑選的犯人與高爾基交談，朗誦他的作品，並把監獄生活描繪得像田園一樣，令富有同情心的作家流下熱淚。從此，作家生活在一塊玻璃罩之中，過著空中樓閣的生活。

高爾基畢竟是高爾基，他逐漸發現了那些笑容背後的怨恨，那些遠比陽光龐大的陰影。

他拒絕為史達林寫傳記，史達林憤怒地說：「從一隻生了疥的羊身上哪怕能拔下一撮毛來也好。」祕密警察頭子亞戈達向高爾基轉達主人的命令：要他為《真理報》寫一篇〈列寧與史達林〉的文章。高爾基又拒絕了，於是，他出國過冬的權利被取消。他本人的意見不受重視。史達林說，高爾基留在國內對「人民」有益。

高爾基逝世後，克格勃從他的遺物中找到了他珍藏的幾本雜記。雅戈達看完後，氣得破口大罵：「狼終究是狼，餵得再好也還是想往森林裡跑！」

103

我一直認為，邏輯學乃是民主制度最堅實的根基，只有懂邏輯的國民才能建立民主的國家。不懂邏輯的史達林說出這樣的話便是自然而然的了——他威脅列寧遺孀克魯普斯卡婭說，如果她不停止對他的「批評」的話，那麼黨就將宣佈，列寧的妻子不是她。他對目瞪口呆的克魯普斯卡婭說：「是的，黨是什麼事情都幹得出來的。」

權力取消邏輯與缺乏邏輯導致權力絕對化，兩者互為因果。史達林的話絕非兒戲，這一類不循任何邏輯的話，國王和獨裁者們從古說到今。

104

金錢之所以可鄙可憎，就是因為它甚至會賦予人以才能。這是杜斯妥也夫斯基的話。

人心之所以可鄙可憎，就在於它所孕育的所有才能全是為了不擇手段地獲取金錢。這是我的觀點。

105

世紀末，「錢學」大盛，也算是雜草叢生的學術界的一朵雜葩。此「錢學」（錢——錢鍾書也）固非彼「錢學」（錢——金錢也），但同樣令我懷疑。

我以為，錢鍾書是一位偉大的注釋家，而非原創性的思想家，他的注釋當然都是第一流的。那麼，千百個再來注釋這些注釋的學者呢？英國人常常諷刺某些「莎學」研究家已經淪落到「靠研究莎翁肚臍眼的大小來混日子」的地步，那麼，中國的「錢學」家們呢？只怕有過之而無不及吧，他們把錢老先生吐出的一口濃痰也當作湯藥吮吸得津津有味。

同樣，「紅學」與「魯學」等顯學也淪落得差不多了。但還有人拚命想擠進來。

106

友人一說起晚清便是一副不屑的樣子，晚清恰如《二十年目睹之怪現狀》所說，只有三種東西：「第一種是蛇蟲鼠蟻，第二種是豺狼虎豹，第三種是魑魅魍魎。」

我不以為然。因為晚清還有能勾勒這三種東西的作家，所以晚清還是一個值得懷念的年代。連一個記錄怪現狀的人都沒有的時代，豈不等而下之？

107

寫詩成詩人，不復有詩句。

讀書到博士，書中已無趣。

108

阮遙集好屐，收集了一屋子的各種質地的屐，一邊上蠟一邊歎息說：「未知一生當著幾量屐？」這該是最悲涼的感歎吧？

月壇郵市裡，郵票不過是鈔票的等價物。收集到了這樣的地步，阮氏又當作何感慨？

109

看似石頭。再堅硬的石頭也會在流水中失去它的稜角，我想，最沒有力量的流水是最可怕的。

110

以偉大的名字命名城市和街道是巨大的冒險——自以為玩弄歷史的人，恰恰被歷史所玩弄。

111

一九六一年十月三十一日夜，史達林的屍體被移出列寧陵墓。士兵們七手八腳地抬下盛殮史達林遺體的水晶棺，取出保存完好的屍體，放入一口濕漉漉的、粗糙不堪的棺材內。然後，他們把棺材扔進克里姆林宮腳下的一個深坑，幾分種內便完事了。

在泥濘中腐爛的屍體一定在懊悔：當初「不朽」的想法是多麼地無知！企圖「不朽」的君王們，只有「速朽」的下場在等待著他們。對於屍體的崇拜，畢竟是遙遠的古埃及時代的盛典。

112

我曾經醉過，卻總是醒來。

我正在行走，卻沒有方向。

113

湯恩比說，這是一種謙遜的思想——我們擁有大得多的物質力量這一事實，反而使我們置身於對自己來說大得多的危險之中。

生物學家們卻沒有這種謙遜的思想，他們只研究如何克隆。

114

也許散文本身就是一種氾濫的文體。但我讀到一本又一本如同嚼蠟的散文集時，我很難再保持這樣寬容的心理。二三十年代二流的散文家葉靈鳳的文筆，也足以令今天的散文「大家」們競折腰。

胡適說過，最滑稽的事情便是「長阪坡裡沒有趙子龍，空城計裡沒有諸葛亮。」今天，許多寫文章的人並不一定都是有才氣的人。

115

聖經《傳道書》中說：「誰如智慧人呢？誰知道事情的解釋呢？人的智慧使他的臉發光，並使他臉上的暴氣改變。」英國詩人威廉・布萊克說：「面龐上沒有亮光的人，永遠不會成為星辰。」

我匆匆地在街上行走，發現這座城市沒有智慧的人，人形狼臉在路上奔跑。

116*

在徐悲鴻故居看徐悲鴻的生平展，有兩幅照片引起了我的注意：一幅攝於四十年代中期，西裝革履，雄姿英發，若奔馬馳騁於曠野，若猛虎長嘯於莽林。炯炯的眼神背後是一顆自由的心靈，坦率的微笑背後是一派恣肆的情懷。另一幅攝於五十年代中期，中山裝的扣子扣得嚴嚴實實，簡直讓我也喘不過氣來。眼角滿是疲憊的神色，眉宇間既忐忑又不安，微微翹起的嘴角似乎在無奈地自嘲。看到這幅照片，我已然明白：徐悲鴻的藝術生涯此處便畫上了句號。那時，他正在認認真真地為志願軍戰士畫速寫。

兩幅照片，一個人兩種精神。

兩幅照片，兩個時代兩種活法。

這不僅僅是悲劇。就好像早上起床，迷迷糊糊地穿上襪子。當發現穿的是兩隻顏色不同的襪子的時候，已經晚了。

我們並沒有選擇的權利。

117

不再把貧乏當作貧乏，是一個時代絕對貧乏的標誌。

電視廣告中，連洗髮水也有數百種。朋友質問我：你為何老嚷著貧乏？貧乏的貧乏性被遮蔽了。智力在急劇地倒退：三年「自然災害」中的人們，知道浮腫代表著貧乏和飢餓；今天的人們，則把浮腫當作遲來的健康。

118

我是一個走錯舞臺的演員。觀眾都是我所陌生且厭惡的，劇場經理卻讓我逗他們笑。

119

深夜的時候，在沒有聲音的暢春園看月亮，才明白什麼是孤寂。

120

顧城說：「我想在大地上／畫滿窗子／讓所有習慣黑暗的眼睛／都習慣光明。」我說：「我想在窗子上／全蒙上帷幔／讓所有習慣光明的眼睛／都習慣黑暗。」

正視黑暗的勇氣，是對光明唯一的呼喚。缺乏這種勇氣，光明只能像蠟燭一樣熄滅。缺乏這種勇氣的顧城，逃到了小島上，可悲地死去。而我生活著，掙扎著，艱辛且苦楚。

121

三流的統治者，使天下不敢言而敢怒，如秦二世、崇禎；二流的統治者，使天下不敢怒而敢言，如宋代諸帝；一流的統治者，使天下既不敢言且不敢怒，如康熙和乾隆。

農民起義者會選擇三流統治者的時代，知識分子會選擇二流統治者的時代，而一流統治者的國度裡，只有一群忠實的太監在忙碌著。

122

原先，我對孩子們的追星行為百思不得其解。一個名叫景岡山的三流歌星，居然讓千百個妙齡少女哭得死去活來，為的便是與他握一下手。

後來，我想，我不該嘲笑這點僅存的浪漫。在「現實主義」拿起屠刀扼殺了思想的浪漫之後，這份可笑的浪漫也許是最後一根堅固的支柱。每個人都在做著成功的夢想，正是夢想產生了偶像。

123

春天，花在一夜之間開放，炫目的美麗。

而我在一夜之間喪失語言，發現了沉默。

124

「現代是孤立的對立面，文明的演進使人類越來越害怕被逐出集體。」陳凱歌在回憶錄《我們都經歷過的日子》中寫道，「在一個個人的利益或權利都必須通過國家的形式體現的制度下，反過來說，個人的一切都可以被視為國家的恩賜。」正是出於「離群」的恐懼，他在家被抄之後，穿上黃軍裝，戴上紅袖章，騎著自行車飛馳，「在絕望中仍然希望人們能把我看作他們中的一員」。這是小草的國度，不適宜樹的生長。

「合群」是對存在的否定。因此，我選擇「離群」，讓孤獨成為我一生中最陰毒的敵人與最忠實的朋友。當年北大那位在樓頂上撒傳單的文科學長陳獨秀說過：「我只注重我自己獨立的思想，不遷就任何人的意見，我在此所發表的言論，已向人廣泛聲明過，只是我一個人的意見，不代表任何人。我已不隸屬任何黨派，不受任何人的命令指使，自作主張，自負責任，將來誰是朋友，現在完全不知道。我絕不怕孤立。」我想，獨秀先生一定會把我當作朋友的。

125

手可以採玫瑰，但採不來玫瑰的香氣。
文字後面的血淚，又豈是沒有心肝的人所能體味的？

126

梨，外甜內酸。誰知道他的心是酸的呢？吃梨的人把心都扔掉了。

127

「異端」英文單詞的希臘源是「選擇」，而「民主」的核心也是「選擇」。所以，「異端」的存在是「民主」得以實現的前提。

沒有異端，也就無所謂主流、正統、權威。

128

利希頓堡說過，有些人讀書只是為了取得不再思考的權利。讀書，實在是一件值得懷疑的活動。讀書破萬卷，不一定是好事。

那麼，寫書呢？寫書的人當中，相當一部分人抱著君臨天下的姿態提筆——有些書之所以寫作、印刷、傳播，就是為了不讓人們思考，如大部分的「經典」。

難怪叔本華認為，不讀之道才是真正的大道。「無論引起轟動的是政府或宗教的小冊子，是小說或者是詩，切勿忘記，凡是寫給笨蛋看的東西，總會吸引廣大的讀者。讀好書的先決條件，就是不讀壞書：人壽有限。」

129

權力，在它自己變得愈來愈不透明時卻要求民眾的生活應當是整個兒透明的，是傅柯所說的「圓形監獄」。

相反，權力愈透明，民眾的生活愈隱匿。當美國總統柯林頓的寵狗的性情被媒體摸透的時候，千百萬普遍人享受著以總統一個人犧牲隱私為代價換得的知情權。

130

只有在面對永恆或缺乏永恆的狀態時，人才暴露出他的脆弱性。否則，人永遠是狂妄的、自足的。

131

上車的那一刻，還是欣喜的。沒想到，下車的時候，發現自己落在一個充滿敵意的地方。旅途。

132

天安門之前原來是大清門。大清門是真正的「國門」，其名稱隨朝代的更迭而變，在明代稱大明門，在清代稱大清門，民國時改稱中華門。

大清門匾是石頭做的，字跡用青金石琢製，鑲嵌在石中。民國更換門名時，有人想把石匾拆下來掉個臉兒，把「大清門」三字翻到牆裡，把原先的背面放在外面，刻上「中華門」三字。及至將石匾拆下來，發現裡面竟是「大明門」三字。原來清人是在二百多年前就使用了這偷工減料的高招兒。於是只好刻了一塊木板掛在簷下。

歷史大可不必看得那麼神聖。就單憑秦始皇想世世代代為皇帝，我就覺得他是個智商很低的傢伙。

133

常常和朋友討論「共產主義」的問題。有位偏激的朋友說：「這是一個烏托邦，絕不可能實現！」

我卻笑著對他說：「人間確實有『共產主義』。」我翻開《葉爾欽自傳》給他看。葉爾欽寫道，如果爬上黨的權力金字塔的頂尖，則可享有一切——你進入了共產主義！專門的醫院、療養院、漂亮的餐廳和特製佳餚、不花錢的源源不斷的奢侈品、舒適的交通工具等等。

那時就會覺得什麼世界革命、什麼最大限度提高勞動生產率，以及所謂世界大同啦，都不需要。「因為共產主義完全可以在一個單獨的國家裡為那些獲取權位的少數人而實現。暫時一億人只能為一二十人建立『真正』的共產主義」。當然，所有這一切都不是屬「個人」的，而是屬「職位」的。制度可以把這些享受賜予個人，也能把它們從個人手中奪回來。

134

貴族往往是悲觀主義者，他們窮奢極欲，因為他們不知道明天是否還能窮奢極欲。奴隸往往是樂觀主義者，他們像綿羊一樣忍耐，因為他們相信自己會有幸福的明天。

135

一九七三年八月二十八日，中共第十次全國代表大會閉幕式後，毛澤東主席因身體衰弱一時無法站立。周恩來急中生智，向大會宣佈：「請代表們先走，主席目送大家退場。」《老照片》雜誌上，配照片的這段文字的標題是「周恩來的機智」。

136

一元論是民主的死敵。我所理解的西方傳統是三元的，即古希臘的理性傳統、古羅馬的法律傳統和希伯來的宗教傳統。三元論所教育出的民主應當如此：一、民主作為一種切實可行的手段在整個社會發生作用，它不僅要確保法律面前人人平等，而且要保證基本人權不受侵犯，包括言論自由、遷徙自由、出版自由、集會自由、宗教自由以及獲得財產的自由。

二、法律獨立於行政權力範圍，法律作為個人利益和國家利益之間獨立的調和手段，絕不能是統治集團的工具。三、民主是被大多數社會成員普遍認同的生活方式，它滲透到衣食住行、待人接物之中，似乎看不見，又確乎存在。

在天人合一的國度，民主是海市蜃樓。

137

在一個日暮窮途的時刻，最痛苦的是血氣方剛的青年。什麼都嘗試過了，只剩下墮落；片刻的歡悅，並不能根除分崩離析的恐懼。

蜘蛛們在網上徒勞地奔波著。

138

在我的心目中，與「真理」相比，「國家」無足輕重。當左拉被宣佈為叛國者的時候，他皈依了真理；當托馬斯・曼被宣佈為叛國者的時候，他皈依了真理——他們的國家，是「不義」的國家。

斯賓諾莎說：「國家存在的目的是實現自由。」卡萊爾說：「我們的國家只有在不損害我們的思想觀念時才是可愛的。」中國人一向「太愛國」，看見「愛國主義」的幌子便兩腿發軟，沒有信心去觀察打著這個幌子的是什麼人。中國知識分子最怕的便是被指認為「不愛國」，為了表明自己的「愛國心」，犧牲理想、犧牲真理、犧牲親人、犧牲生命都是在所不惜的。

「說不」是應該的，關鍵是對誰說「不」。中國一向鮮有說「不」的勇氣，突然之間人人都在慷慨激昂地說「不」，這足以令我警惕。陳獨秀早就說過：「我們愛的是人民拿出愛國心抵抗被人壓迫的國家，不是政府利用人民愛國心壓迫別人的國家。我們愛的是國家為人民謀幸福的國家，不是人民為國家做犧牲的國家。」這才是真正地說「不」——對「愛國主義」說「不」。

139

中國的哲學偏向於鞏固與粉飾一個熟悉的傳統世界。西方的哲學偏向於質疑舊世界和建構新世界。

140

我聽到鴿子翅膀撲打空氣的乾澀的聲音，頓時感到飛翔的艱難。

141

城堡。
懦弱的人們聚集在這裡，抽著煙，炫耀著潰敗後僅存的尊嚴。

142

時間。
井邊的青苔以及被水桶擦去的部分。當年提水的人是外婆，現在提水的人是我。

143

欺騙是愛情的本質嗎？
當羅密歐對茱麗葉說「我愛你」的時候，他知道自己在演戲嗎？

144

李奧納度・布倫尼在《佛羅倫薩史》中認為，羅馬帝國衰亡之始，應追溯到羅馬帝制取代共和制之時。當自由失去，羅馬唯知效忠於統治者而已，國家權力落入一人之手，公民之德性與獨立精神乃受統治者所忌；於是，卑鄙而無自由志節之人獨能取悅皇帝。得入皇帝宮廷者，非佼佼之強者，乃無骨之弱徒；少勤奮上進之流，多諂媚寡恥之輩。政府事務為社會最下流人所操縱，羅馬帝國遂面臨重重危機矣！

與之極為相似，杜贊奇在《文化、權力與國家——一八九〇～一九四二年中國華北農村》一書中，也描述了「小人」當道的中國農村世界。「白骨露於野，千里無雞鳴」的情況，在中國歷史上屢見不鮮。皇帝、總統、主席、委員長之類的「英明領袖」固然難逃罪責，但一個龐大的「小人階級」卻在恢恢法網中被遺漏了。助紂為虐者比紂更具有破壞作用。

我以為，好的制度便是能抑制「小人階級」的制度。

145

宣傳。

宣傳的使命是——在強化某一社會範疇的心安理得的同時，破壞另一社會範疇的心安理得。

146

現代社會的衰敗，部分原因是對群眾的畏懼。所有高貴的頭顱都在肥皂泡一樣的「群眾」面前低下了。這就是民粹主義的本質。

哪兒有群眾，哪兒就有虛偽性。

哪兒有群眾，哪兒就有最嚴酷的專制。

147

無聊。

這個時代，連無聊感也缺席了。帕斯卡認為，無聊即沒有激情，無所事事，沒有消遣，也無所用心。人感受到自己的空虛、自己的淪落、自己的無力、自己的無能、自己的空洞。

能夠意識到自己的無聊，已然不是真正的無聊。真正的無聊是對最不堪忍受的事情處於完全的麻木。意識到無聊，乃是反省的開始。

所以，有無聊感的人都是我的朋友。

148

有人說，奴隸只需要財富，不需要自由。可是，誰見過擁有財富的奴隸？誰保證奴隸的財富不被剝奪？

主人說，我很寵愛奴隸。然而，這是奴隸所交的好運嗎？寵愛與鞭子，只在主人的一念之間。仁慈的賈府裡，也有投井的金釧、吞金的尤二。最不覺悟的該是焦大，他大概至死也不明白：「我跟太爺打過江山，怎麼換來滿嘴的馬糞？」

在奴隸制度中，焦大所起的建構作用遠遠大於各位姓賈的主人。我以為。

在這個意義上，最應當憐憫的不是晴雯，而是襲人。

149

齊克果思索過的兩條道路：一條是去迎受痛苦；一條是上學畢業做教授，專門講授別人的痛苦。前者是「踏出一條路來」；後者是「在道路旁磨蹭」，它多半以沉淪告終。

選擇後者的人們，懷著悲壯的犧牲精神上路，以為可以走到終點，卻沒有意識到這是一條平行的路——無論怎樣匆匆行走，也不能令距離縮短。

堅守象牙塔的行為本身，不足以讓我們驕傲。

150

窮國的混亂，並非因為窮，而是因為人們想致富。窮人的仇恨，並非因為生活的艱辛，而是因為他們發現的不正義。

151

城市承載了太多的文化內涵。美國漢學家費正清這樣看待北京：「北京的氣勢雄偉的對稱佈局，毫無疑問使它成為一切首都中最有氣派的……沒有一個西方首都能這樣清醒地構成中央集權和君主專制政體的象徵。」北京是一座在記憶裡存在的城市，在這裡，一切曾經發生過的故事總是以各種形式存在著，北京那巨大的廣場、開闊的近十里的東西長安街，以及綿長的圍牆和圍牆上的巨幅標語，都不是實物而是象徵。

龐大的東方廣場雄踞王府井的黃金地帶，「瓜皮帽」的象徵意義卻與現代商業精神錯位；更加龐大的西客站也是如此，它的美學效果與現代交通的實質背道而馳。在這種絕望的割裂中，我發現了現代的可能與不可能。我明白了，為什麼中國古代城市從來只是專制主義和民族主義的起源地，為什麼市民階級在中國不能成為由傳統社會躍到自由資本主義的動力。象徵吞沒了實體，過去吞沒了現在。

相反，紐約、巴黎、倫敦、香港這些現代都市裡，象徵早已不復存在，寸土寸金、大廈林立、交通便利，建築僅僅是建築。城市設施的目的是讓人們過上舒適的生活。「人」比「象徵」重要。

直到今天，中國的很多城市仍然樂於把巨額的金錢投諸於大量的裝飾活動和器物上，例如政治節日期間，每個單位門口都被要求設置巨大的花壇，這種花壇只存在短短幾天。然而，全市的花壇加起來，耗費的資金則是一個天文數字。相反，政府卻吝於多建幾座公用電話和公共廁所。在偉大的首都，我有過整整走完三條漫長的街道找不到一座公用電話的經歷，也有過在狹小的廁所裡排長隊隊等待「更衣」的經歷。

金字塔頂端的人缺乏這種經歷，他們唯有一種經歷：坐在豪華轎車上，不受紅燈的約束，飛馳而去，窗外建築物的象徵意義激起他們生理和心理上的雙重快感。這也許才是中西文化的真正差異，本體性的差異。

152

爭論。

說中國缺乏爭論的傳統是不公平的，中國爭論的空氣還是挺濃厚的：一首古詩是何人何時所作，一個古字是何讀音、是何意義，知識界可以自由地爭論若干年、出版若干本專著。馮其庸作為紅學大家，顯然有足夠的真誠——有人企圖論正曹雪的「雪」字沒有「雨」字頭，馮就痛心疾首，撰寫長文，細加批駁，凜然之氣，令後生肅然起敬。

然而，爭論也就僅此而已。康乾的屠刀是爭論的上限；一切問題都可以爭論，唯有君主專制這一政體不能爭。

與真理、自由脫鉤的知識，形同垃圾。

153

一九三〇年十一月，羅隆基曾有過一次被國民黨特務扣押的經歷。雖然只有短的六個小時，但他由此深味了「黨國」的內核——自稱「三民主義」的國民黨，實施的不過是武人政治和分贓政治。在〈我的被捕經過與反感〉一文中，他指出：「黨權高於國，黨員高於法」是社會最大的危險。

國民黨在中國崩潰的根源正在於此。

154

二十世紀九十年代初，索忍尼辛受葉爾欽的邀請重返俄羅斯。最令他憤怒的是《真理報》。當《真理報》發表文章歡迎他歸國的時候，他一點也不領情，反而尖銳地說：「《真理報》大半個世紀仗著政權的力量打擊我們。報上沒有一句話不是指著人民的鼻子說的。沒有一期《真理報》的內容曾為水深火熱的人民請命過。但一夜之間它搖身一變，變成一份純粹的人民爭奪利益的報紙，甚至完全不理會其他問題，他們一次也不曾公開承認：『是的，我們欺騙了大家。我們一直發佈假消息。但現在我們發誓願意成為人民的喉舌。』」

魯迅早就看到這種現象。按照魯迅的說法，這叫做「咸與維新」。

155

中國人相信人性是善的，所以惡能夠在這個國度裡肆虐。

戈爾丁的《蒼蠅王》讓我幾乎讀不下去，一群天真無邪的孩子因為事故，滯留在荒島上。剛開始，他們還按照文明社會的規則，有組織地生活。後來，恐懼席捲了他們，一個個野性大發，陷進吃人與被吃的深淵。

西蒙是第一個喊出真理的人。當孩子們開會商討如何圍剿想像中的「野獸」的時候，西蒙說：「大概野獸就是咱們自己。」惡與原罪一樣，是人與生俱來的永恆部分。西蒙死於亂石之下。殺人之後，「惡」的代表傑克等人把臉塗成五顏六色，在假面具後面，他們擺脫了羞恥感和自我意識，嗜血成為壓倒一切的異己力量。只剩下拉爾夫一個人，反對塗臉，堅守著文明的最後一道防線，卻受到「獵人們」的追殺。

我想，中國人應該把《蒼蠅王》列為一本必讀書。《蒼蠅王》對我們來說，比《論語》更加重要。沒有勇氣回答「什麼是最骯髒的東西？」的人，不能稱之為成年人。

156

體育迷。

體育迷與體育無關。體育迷是現代社會異化的表徵：他們像患上了惡性的自我強迫症，把自己的喜怒哀樂繫在已被「遊戲」所取代的「體育比賽」上。

愛因斯坦說過：「現代社會的一大特徵就是手段的完善和目標的混亂。」體育項目的章程比法律大典還要複雜，但比賽的意義卻缺席了；為了祖國或民族的榮譽？為了體育迷的厚愛？為了百萬獎金？都是，卻又都不是。

我懷念古希臘時代的奧林匹克運動會，那裡，沒有複雜的規則，沒有豐厚的獎金，沒有被賄賂的裁判，也沒有服了興奮劑的運動員。

我不知道花幾十億美元的運動會，還叫不叫「體育」？押了幾億美元舉行的拳擊賽，還叫不叫「體育」？本來，體育應當是最能體現自由的領域，然而，現代體育的黑幕比起官場商界來絲毫不遜色。參與者與觀賞者都沒有意識到他們失去了什麼。

157

「大學文化程度」，這個詞只存在於漢語之中。它的冠冕堂皇與內心空虛「雌雄同體」。大學文化，意思是：我雖然沒有受過正規的大學教育，但我通過別的方式，如函授、速成、培訓等，擁有了與受過正規大學教育的人相同的文化素質。

「大學文化」這個詞頻頻出現在大小官員的履歷、簡介之中。它試圖起一支「打氣筒」的作用，增添幾分自信，抬高幾分身分。結果恰恰相反，它像一滴多餘的墨水，滴到一幅畫好的山水畫上，整幅畫的意境全毀了。

有無「大學文化」並不是最重要的。學徒出身的齊白石照樣成為藝術大師，他沒有「大學文化」，卻到北大的課堂上為大學生們講課。這樣的天才數不勝數。

有就是有，沒有就是沒有，這是世界上最簡單的道理。不幸的是，中國人習慣做這樣單線的思維，他們會說：「大概有吧？似乎有吧？不會沒有吧？差不多吧？」於是，漢語的藝術功能在此得到淋漓盡致的凸現：一大批諸如「大學文化」的詞語被智商高絕的庸人們製造出來，唯一的作用便是遮蔽真相。千百年以來，漢語所受的毒化已無藥可治——有多少人能參透「大學文化」真正的意義是什麼？按照索緒爾語言學的理論來分析，「能指」與「所指」已經完全分裂甚至對立。

「大學文化」，按我的理解——就是一件穿在文化素質遠遠低於「大學」的人身上的「皇帝的新衣」。更為不幸的是，我自以為是在選擇童話裡那個孩子的命運，偏偏要說出絕不能說出的真相。皇帝的禁衛軍持著劍戟氣勢洶洶地向我走來，而我手無寸鐵。

不搗毀禁忌，便得不到真理，我終生不渝地堅信這一點。

158

專家。

專家就是最明白該領域的狀況，他的話卻從無法通過權力運作在實踐中發揮作用的那些人。專家像菩薩一樣被供奉起來，主持廟宇、享用供奉的卻是外行們。

159

蘇曼殊作畫。

有人拿了張大而且劣的紙來求畫。曼殊生平不作大幅，何況紙又是劣的，當然不願效命。後來被擾不過，就替他在東南角畫了一隻小小的船，在西北角畫一個小小的人。求畫者看了莫名其妙，又不敢作聲。等了半天，喝完幾口酒，曼殊不慌不忙，畫了一條繂繩過去，竟成一幅絕妙圖畫。

現在很難看到這樣的畫了。美術館的畫展上，全是萬紫千紅，油彩滿紙，令人目不暇接。我私下裡估量：一幅畫究竟用了多少公斤的顏料，這些顏料值多少錢？

在藝術的天平上，「少」往往比「多」更重。

160

跟學法律的朋友閒談，發現他們講起法律條文頭頭是道，對「法律」的本質卻茫然不知。其他許多學科的學生也大抵如是。王陽明說過：「只做得個沉空守寂，學成一個癡騃漢。」這是許多博士、博士生導師們的寫照。

161

一九一五年，陳獨秀為蘇曼殊的小說《絳紗記》作序。歎曰：「人生最難解之問題有二，曰死，曰愛。死與愛皆有生必然之事。佛說十二因緣，約其義曰，老死緣生……遂紛然雜呈，不可說其究竟。，耶氏言萬物造於神復歸於神……且主張神愛人類，人類亦應相愛以稱神意。審此耶氏之解釋死與愛二問題，視佛說為妥貼而易施也。」讀者梁漱溟寫了一封長信抗議此序「譏難佛理」，激烈批駁陳獨秀的論點。當時陳已是全國大名鼎鼎的革命家與文化領袖，而梁不過是直隸公立法政專門學校畢業、籍籍無名的一名司法部祕書。幾年以後，梁又以一篇論佛理的文章，毛遂自薦於北大文科學長陳獨秀，得破格聘教授，在北大講「印度哲學」，不久以《東西文化及其哲學》一書出名。

陳梁之交，堪稱大俠之交。在陳，心懷天下，唯才是敬；在梁，直抒己見，以才自負。

當時北大的教授，要麼是舊學大師，要麼是戴著歐美博士帽的新銳，陳偏偏慧眼看中了無文憑無名氣的、批評過他的梁氏。而梁則儼然是《戰國策》裡的人物，箭在弦上，不得不發；錐在囊中，脫穎而出。

在陳、梁的心靈裡，沒有「私」這個字。否則，陳對無名之卒的批評定然會懷恨在心；梁對文壇泰斗的地位定然會彎腰獻媚。陳、梁相互之間懷著敬畏的感情，他們把對方作為一面鏡子，在裡面看見了自己的形象。

162

蔡元培聘陳獨秀更是一段佳話。據汪孟鄒回憶說，一九一六年年底的那些天，「蔡先生差不多天天要來看仲甫，有時候來得很早，我們還沒有起來，他招呼茶房，不要叫醒，只要拿凳子給他坐在房門口等候」。

陳獨秀從來沒有在大學教過書，又沒有什麼學位頭銜，蔡元培為何力約他出任文科學長？蔡說：「翻閱了《新青年》，便決意聘他。」陳起初回絕說：「不幹，因為正在辦雜誌……。」蔡說：「那沒關係，把雜誌帶到學校裡來辦好了。」

這就是蔡元培的偉大。劉備三顧茅廬請諸葛亮，不過是想讓諸葛亮幫他個人打江山；蔡元培請陳獨秀，卻完全是為了辦好北大，境界高出劉備豈止十萬八千里。我遙想蔡校長默默地坐在旅店門口的那些清晨，心裡暖呼呼的。這位前清翰林、光復會領袖、留洋學者，坐在簡陋的木凳上時，在想些什麼呢？北大就像是將要出生的孩子，在他淡淡的、寧靜的微笑裡孕育著。陽光的影子在窗格子上悄悄移動，先生從沉思中醒來。

北大有過許多任校長，留名者寥寥。蔡元培獲得所有人的敬重，原因肯定不簡單。時下，我在學校裡常常看見某些九品芝麻官甚至不入流的辦事人員也對教授呵責有加，我就想：北大離「北大精神」已經很遠了。北大，不再是教師和學生的北大，不再是知識的北大，不再是人文的北大；北大，變成了權力的北大，資歷的北大，生物學和計算機的北大，三角地老有兩個警察閒話說玄宗的北大。

那麼多的老師和朋友跟我講起蔡元培。其實，大家都沒有趕上能夠諦聽蔡校長教誨的時代。而對那一時代的回憶，乃是對這一時代的否定。

163

潘光旦是一個被遺忘了許多年的名字，因為心理學是一門被權力驅逐出科學領域的學科。直到八十年代《性心理學》重版，我才知道靄理士的譯者是潘光旦。宿舍裡，每人的床頭都有一本《性心理學》。

一九六六年的那場大風暴裡，潘光旦卻被辱罵為「流氓教授」。紅衛兵命令先生到清華園一角除草。先生以衰老之年，殘廢之軀，無辜成為暴力的實施對象。獨腿的潘先生因不能像正常人蹲踞工作，曾懇求攜一小凳，以便於坐，竟遭到昔日的學生慘無人道的拒絕。先生曾有著名的

〈從遊論〉，認為教育乃是大魚引導小魚游，此時當是何種心境？他被迫坐於潮濕的地上，像畜牲一樣爬行著除草。一九六七年五月，先生病重，膀胱及前列腺發炎，小腹腫脹如鼓，便溺不通，不獲醫治，慘痛哀號數日，於六月十日慘死。

在這樁悲劇裡，被害人和害人者的界限應當格外分明。但我沒聽說哪個學生的懺悔——他們只是說自己當年太天真，被欺騙了。

164

許廣平有一段回憶魯迅的文字：「他不高興時，會半夜裡喝許多酒，在我看不到他時候。更會像野獸的奶汁所餵養大的萊謨斯一樣（用何凝先生的譬語），跑到空地去躺下。至少或者正如他自己所說，像受傷了的狼，跑到草地去舔乾自己的傷口，走到沒有人的空地方蹲著或睡倒。有一次夜飯之後，睡到黑黑的涼臺地上，給三四歲的海嬰看到了，也一聲不響地並排躺下。」

這樣的場景是令人無法忘懷的。現在喝酒的人，大抵都是因為快樂，官僚和高人們以上千元一瓶的人頭馬豪飲。然而，這僅僅是價格的高低而已，他們跟豬圈裡喝餿水的肥豬們沒有什麼區別。真正的飲者乃是「抽刀斷水水更流，舉杯消愁愁更愁」，是曹操，是劉伶，是李白，是東坡，是魯迅，是郁達夫，是金庸、古龍小說中的大俠們。

酒之誕生，乃是源於感情的脆弱。真正喜歡喝酒的人，在喝酒之前就已經知道酒什麼也改變不了，對酒並不抱什麼希望，因此永遠不醉。

165

在一九九七年三月二十七日的《文藝報》上看到這麼一則消息：雲南省作協召開「三大件」文學創作選題論證會。據報導說，雲南作協向全省作家徵詢未來一到五年的創作規劃，各地的作家都報來了自己不同門類的創作計劃，省作協在既要突出主旋律，又要保證各種風格、題材的文學作品百花齊放的前提下，結合老、中、青三代作家的比例和民族作家的分佈情況，確定了首批參與選題論證的十九位作家。

這則報導比《聊齋誌異》的故事要精彩許多。經濟都已經是市場經濟了，文學還在「計劃」裡鬼打牆。按照年齡、按照民族，確定比例來挑選作家作品，是對文學本身的羞辱。作協領導的用意是良好的，現在不是宣傳扶貧嗎？文學也應該扶一把，挑選一批作家重點扶植，豈不能「多快好省」地出作品？

可惜創作不是母雞下蛋，第一流的作家往往都是「扶不起來的阿斗」。

教育部的「二一一工程」，也是同樣荒謬的思路。

166

燕園舊事，有的舊事彷彿海市蜃樓。舊事我都沒有經歷過，是聽學長們講的。

據說，八十年代中葉三角地的海報字跡工整，好些是抄錄自己的論文提要，然後在後面寫道：「以文會友，肝膽相照，對我的論文有興趣，或者在這一領域有所見解的同學，歡迎來與我討論交流，我的住址是：X樓X室。」據說，那時候先生與先生、先生與學生、學生與學生見面，所說的第一句話就是：「你在讀什麼書？你在寫什麼文章？」然後就熱烈地討論起來。三十出頭的學長在談論這些舊事的時候，一臉的傷感；而我在傾聽的時候，卻是整顆心神往之。因為，三角地我所能看到的海報是：「天上掉下來的餡餅——一天能掙五百元」；「重金徵求托福高手，絕對保證安全」；「霸必龍酒巴，情侶最低消費二十五元」……。

白頭宮女在，閒話說玄宗。天寶的遺事，真的是一杯陳年的老酒？而我，寧可早生一頭的華髮。

167

作家王安憶去採訪女勞教隊，管教幹部向她推薦了一些採訪對象。他們推薦的人選確實都很有意義，比較有「故事」，可是王安憶發現，這些人是經常由幹部推選去和採訪者說話，他們的表述過於完熟和流利，她不禁懷疑：其間真實的東西是不是很多？

掩蓋真實的手段有很多種，這也許是其中最具善意的一種。這樣的場合，是對採訪者智商的最好的檢驗。

168

畏懼。

信仰便是「畏」，這一點德國詩人席勒講過。席勒認為，一個自然混沌的人無所畏懼，因為他沒有道德意識，一旦他有了道德意識，首先得到的便是畏懼。「畏」與「怕」不同，前者包含著尊敬、肅穆、純潔的情感，而後者僅僅是恐慌、卑下、不安的心理和生理反應。

中國人有「怕」的感受而無「畏」的感受。中國的百姓怕官而不畏官，中國的官讓百姓怕不能讓百姓畏。所以，「文革」中大小官員們下場悲慘。

缺少讓人敬畏之物的民族，永遠停留在蠻荒階段。蠻荒階段的民族，一邊殺皇上，一邊殺天鵝，除了忍耐，就是破壞。

169

義大利左派思想家葛蘭西在《獄中札記》中寫道，在無產階段成為統治階段的國家裡，「某項法律可能遭到下述人的破壞：第一，被這條法律剝奪了權利的反動社會成員；第二，受這條法律壓制的進步人士；第三，還沒有達到這條法律所代表的文明水平的人」。這是現代法律的困局，法律與正義像是牛郎織女星，只能隔海相望。他還寫道：「當黨是進步的政黨時，它的行動是『民主』的；當黨是退步的政黨時，它的行動是『官僚式』的。在第二種情況下，黨實際上是警察機關。」這番話不是針對法西斯政黨而發的，而是針對他親手締造的義大利共產黨而發的，遵循史達林主義的意共走到了葛蘭西信念的反面。

革命的蛻變是革命者必須承受的深重的打擊。蛻變的革命為投機者加冕，卻把革命者送上絞刑架。

170

傳記。

近年來，傳記類書籍最為讀者所喜愛。市場需要大大地刺激了生產，傳記著作一時間百花齊放。

然而，我至今沒有發現一位入流的傳記作家，能與伊爾文・史東、史蒂芬・褚威格相提並論。重複的資料和故事像一團亂麻堆砌起來，傳主的面貌卻模糊不清，更不用說精神了。

原因在於：作傳記的人的思想人生境界離傳主太遠了。市面上有那麼多蹩腳的蔡元培先生的傳記，幾乎令我憤怒：寫作之前，這些作者們可曾掂量過自己的道德文章有幾兩幾斤？

171

幾名學生去看望梅貽琦先生，談到至純至真的本性，在社會上往往鑿枘冰炭，格格難容。梅先生告訴學生說：「由於各人的機遇、環境和人生觀不同，看起來好像成就差別很大，其實向遠一點看，並沒有什麼差別。赤子之心必須保留，凡是能做的和應當做的，好好去做就行了！」然而，今天的先生卻一味地告訴學生說，你要去適應社會。單向的「適應」是一條危險之路，它意味著無條件地妥協、不平等地交換，在這一套價值體系裡，「赤子心」是沒有重量的。

一味地適應只能導致精神的枯萎和心靈的麻木。梅校長所激賞的「赤子之心」，今天卻被千夫所指，指斥為「不能適應社會」。我曾看過一部美國科幻片，影片中外星人統治地球的方式不是血腥的戰爭，而是「同化」——用某種先進的儀器在人類的大腦上鑽個孔，塞進預設好的儲存器，這樣人類全成了奴隸。這種可怕的方法眼下正在各個角落有條不紊地進行著。

172

人類精神創造只有兩種形式：科學和詩歌。前者給我們便利，後者給我們安慰。更通俗地說，前者讓我們在肚子餓的時候有飯吃，後者讓我們意識到吃飯不僅是吃飯，吃飯是一件很有情趣的事。只有科學，沒有詩歌，原子彈便會被引爆；只有詩歌，沒有科學，詩人便會成為路上的凍死骨。

科學家不應該蔑視詩人，詩人不應該疏遠科學家。兩個領域若互相對立，人類也就大禍臨頭了。實際上，最偉大的科學家都是具有詩性的人，如牛頓、愛因斯坦、居里夫人。我堅持認為，牛頓觀察落地的蘋果時，既發現了萬有引力定律，也寫了一首優美的詩。

173

討論。

所謂討論，就像夜晚的學生宿舍，各人說各人的夢話，卻聽不到對方在說什麼。那些看似熱烈的討論，其實並沒有真刀實劍的交鋒。沒有人願意傾聽並試圖理解對方的觀點，只顧自己說，喋喋不休。

174

菜單。

菜單的名字僅僅是名字，切勿對它們產生美好的想像。點菜的人是最不幸的人。等菜端上桌以後，他所經驗的是，從希望的山峰跌落失望的谷底。怎麼是這樣？怎麼是這樣？錯誤出在廚房裡，還是侍者的路上？

錯誤出在菜單上。菜單是文明已經名不副實的一大表徵。

175

石頭。

用來砸人的時候才會感覺到他的堅硬。而在觀賞的時候，以為石頭是自己的朋友。

石頭，石頭，古往今來，你砸死了多少個犯罪的異端？

176

偏激。

這是唐僧的緊箍咒。每當孫悟空想叛變、想走歧路、想拋棄師父的時候，面容慈善的唐僧便唸起了緊箍咒。無論你孫猴子一個筋頭飛十萬八千里，也保管痛得你跌下雲端，滿地打滾，磕頭告饒。偏激。

這種命名讓你無以逃遁，泰山壓頂般而來。你無法爭辯，無法申訴，無法抗爭，失敗已經註定了。說你偏激是巧妙的修辭，意思是：你是錯的。因為你是錯的，你就無須多說了。

用偏激來拼湊對他人的宣判，是思想枯竭的大師們最後的殺手鐧，他早已是一眼沒水的井，也要強迫別人守在面前，寸步不離，而當旁邊打出一眼新井，清洌的泉水汩汩而出時，他又善意地告誡人們：「那口井的水有毒，不能喝。你們還是在我的面前耐心等待吧。」

在遭受一系列的挫折之後，我學會了先開口對別人說：「對不起，我的思想太偏激，您別太在意。」

177

暗夜行路時，總是忍不住回頭，害怕有一把刀子從背後捅來。而背後，只有自己的足音，從青石板上傳來。

178*

不點名的點名，比點名更可怕。

軍訓時，教官在臺上做總結，不緊不慢地說：「今天我發現某些人有違反紀律的行為……！」聽到這樣的說法，我心裡便直打小鼓。儘管我知道我如履薄冰地熬過了一天，沒有絲毫可挑剔之處，但我還是感到一種莫名的恐慌。這就是所謂的原罪感吧？

看似愚昧的教官實際上比我們都聰明，他是一名傑出的心理學家。他不點名，也就點所有人的名。誰是違法亂紀者已然不重要了，重要的是警醒所有的人。

希特勒統治世界的方式與之大同小異。

179

軍訓時，教導員是我們中隊的馬列權威，是哲學家。當他發現我是一個聰明的青年的時候，便把我叫到他的辦公室，跟他討論馬列著作。他從書架上取下馬列的原著，一頁一頁地翻給我看，上面用紅、藍兩色鉛筆畫滿了點、槓，寫滿了眉批。

不知為什麼，我有一種奇怪的感覺：這些批註和記號的意義已經超過了馬列經典本身。教導員所談的也不是馬列文本，而是竭力想表明他自己是一個虔誠而勤奮的馬列主義者。

我擠出偽善的笑容，裝出聆聽的樣子。傳道者，總喜歡無辜的羔羊。

我還知道，我離去之後，這些書本會被合起來，放回書架上。然後，教導員與軍官們開始交流各自的黃色笑話。

對這兩件事，教導員都幹得一樣認真。所以，我敢肯定他不是教條主義者。

180*

在石家莊陸軍學院號稱亞洲第一大的操場上，幾個中隊的方隊在各自占據的場地上操練著。軍號淒烈地響起來，表明下課了。隊列中的每個都像快散了架般，渴望利用十分鐘到中央的草坪上趴一會兒。但中隊長看見旁邊的另一個中隊沒有休息的跡象，便聲如洪鐘地鼓動說：「同志們，他們不休息，我們怎麼能休息呢？大閱兵時我們要得第一。第一怎麼得來？首先得有時間保證！同志們，願意加班練習嗎？」

「願意！」異口同聲地回答，說假話是人的天賦。

後來，我問旁邊中隊的同學，他們說，他們的中隊長跟他們說的是同樣一番話。

從此，我才知道什麼是叫惡性循環。而惡性循環的機制一旦被啟動，任何人都阻止不了它。

儘管清醒的人占多數，但清醒跟不清醒之間無甚差別。

中隊長與中隊長之間的友誼是奇特的。

181*

在陸軍學院裡，連牙杯、牙刷的擺放也有詳盡的規定。例如，牙刷必須靠著牙杯北邊的邊緣，這樣，一排一排牙杯牙刷看起來便像方隊一樣，這樣，具有統一的質地。

這也是牙刷的不幸，進了陸軍學院，連牙刷也被剝奪了自由。

182*

報紙上對《離開雷鋒的日子》一片好評如潮。《北京青年報》說：「面對各種褒獎，紫禁城影業公司的有關領導表示，雖然這是一部主旋律電影，但也將堅持按商業片方式運作，以影片的實力和觀眾的口碑爭取做好發行工作。」

這是一段可以載入史冊的文字，尤其是「雖然」和「但」兩個虛詞，巧奪天工，繪影傳神。看來，「商業片的運作」已成氣候，「權力話語」也不得不向「商業話語」獻媚，優孟衣冠，方能堂堂正正地登登場。

影院裡依然是空蕩的，而經理說，票全賣出去了。對此，洋人永遠無法理解。

183

關於魯迅。

「魯學」在一九四九年以後成為顯學，成為官學。我的一位朋友說，如果魯迅真的在他之後的世界裡樹起一竿大旗，大喝一聲：「跟我來！」他一定會喜出望外地看到四面塵土滾滾而來。不再像他生前「荷戟獨彷徨」的淒涼。而一旦人馬走近，塵埃落定，他定睛打量麾下梁山一百零八條好漢的面孔，一定會嚇得棄旗而逃，比他生前任何一個流亡的時刻還要倉皇。至於那些好漢們，他們並不追回逃走的主帥。既然他們是衝著那面大旗而來的，現在大旗已經到手，扛走就是。至於魯迅本人是否參戰，已不重要。憑著這旗，就能招兵買馬了。

最有趣的還是周作人。他最恨魯迅，可晚年不得不寫回憶魯迅的文章來混飯吃，只有那樣的文章能賣錢。

魯迅死前對海嬰說：「忘了我。」這並非矯情。與其被「闡釋」，不如被忘卻。在這樣一個小鬼當家的國度裡，被忘卻是魯迅最大的、卻無法實現的願望。

朋友最後說了一句跟魯迅本人一樣陰毒的話：「在魯迅的遺體上覆蓋寫著『民族魂』的旗幟，是無情的中華民族最多情的時刻。」

184*

演習。

演習是軍訓中的家常便飯。半夜裡，正做著美夢，哨音響起，宿舍裡亂成一鍋粥。穿戴妥當，帶著行李、槍枝衝出門去集合。集合完畢，教官站在臺階上嚴肅地說：「X時X地發生暴亂，我部率命星夜奔赴現場，維持秩序……！」

雖然一切都是烏有，但每個人必須當真。每次聽到教官的命令，我總想笑，在心裡笑，臉上當然是一片寒氣。那時我以為，演習只是在軍營裡才會發生。

後來，我才發現，原來時時、處處都在演習。我們所做的事情本身，跟我們設想的目的，像地上的草與天上的星一般遙遠。我們堅信我們是為了那些目的才做這些事情，卻不曉得宇宙飛船早已脫離既定的航道。

齊克果說，人們在商店的櫥窗中看見一個木牌，上面寫著「供出售」，便以為商店中的商品供出售。誰知，「供出售」的是木板本身。

在行軍途中，我無精打彩，我進入不了「情境」之中。軍官在我的身邊咆哮：「就你這模樣，還是解放軍戰士？」

我本來就不是戰士，你們為什麼偏偏要把我當作戰士呢？

185

美誕生於醜。

安徒生寫出了最美的童話，可安徒生是全丹麥最醜的男人。姑娘們說，他是一根連小鳥也不願在上面憩息的樹幹。

醜誕生於美。

那些在星級賓館裡賣淫的妓女們，無不具有驚人的美麗。男人們孜孜以求的，不正是這樣的美麗嗎？

186

鞋。

路還是那條路，而鞋卻換了無數雙。鞋是最準確的尺子，測量著路的長度。

187

東德共產黨總書記昂奈克倒臺後，記者採訪他，問及他打獵的愛好。東德共產黨政治局有專門的「打獵區」，為了滿足政治局委員及來訪的外國元首的需要，專門從別處空運野獸到這兒來，特別加以飼養。記者問：「這對於您這位打獵迷難道不是一種反常現象嗎？」

昂奈克回答說：「經過一週非常緊張和非常疲勞的工作後，我們想去打獵，呼吸新鮮空氣，活動活動身體。」他再三強調自己遵守打獵法，並非破壞生態平衡：「附近村子，對於我打獵一直非常理解，從來沒有任何抱怨。我同那裡的村長及其他人交談過。」

我理解這種「理解」——平頭百姓難道敢於「不理解」總書記嗎？昂納克輕信了這種「理解」，最後被唾液所淹沒。昂奈克還有一段妙論，解釋他並不喜歡坐豪華的巨型轎車。

「許多人對我們坐轎車感到氣憤，但沒有看到我們外出總有陪同人員跟著，經常要進行安檢，從而不再有私人生活等等。雖然這些安全人員是非常好、有教養、舉止文雅、講禮貌和非常樂於助人的同志，但我們不高興周圍總是有人陪同著。這不是私人生活。我們希望有人在這方面能同我們換一下。」

最後一句是點睛之筆。富有的妓女遇見貧寒的貞婦時，往往會說：「我真羨慕你的好名聲。」但她真的願意跟對方換個位置嗎？

188

蚯蚓會原諒切斷牠的犁嗎？

189*

「內部發行」，這是具有中國特色的出版業術語。

什麼是內部？什麼是外部？在一個社會主義的新中國裡，人人平等地享有憲法賦予的自由和權利。何來「內」？何來「外」？

「內部」意味著特權，意味著對知識的壟斷。具有諷刺意義的是。「內部發行」的書籍被差點跨掉的一代青年如飢似渴地閱讀，「內部發行」的書籍成為顛覆「內部」的精神武器。

閱讀與級別掛鈎的時候，專制和壓迫便降臨了。

190

北魏使者李諧至梁，梁武帝與他一起遊歷。梁武帝是個篤信佛教的人，有意向李諧炫耀他的仁慈。當他們行到放生池時，武帝問：「彼國亦放生否？」李諧回答說：「不取亦不放。」帝大慚。

「放」的前提是「取」——而正是「取」摧毀了「放」的本質。世間如梁武帝者多如牛毛。慈禧太后自詡最關心犯人的生活條件，而時下的貪官們最喜歡過年時去慰問赤貧人家，送上各色年貨。

191

在頤和園的諧趣園，讀乾隆的御碑，心想，乾隆是個道道地地的藝術家，這麼個巧奪天工、集南北園林大成的園子虧他想得出！他的詩雖不佳，但愛寫詩畢竟無可厚非。他的書法雖有珠光寶氣，但在帝王中亦可算一流了。在五臺山顯通寺，又見乾隆的不少墨蹟，儼然是一位虔誠的佛教徒，心地善良，慈悲為懷。

然而這些都是假象而已，天真的人往往被它們欺騙。高陽有小說《乾隆韻事》，前些年又流行電視連續劇《戲說乾隆》，不讀史書的小百姓耳薰目染，乾隆成了風流才子，可愛得像美國小男孩。還是歷史書讀得多的兩位武俠小說作家看明白了乾隆的真面目，梁羽生的《七劍下天山》、金庸的《書劍恩仇錄》中，乾隆陰險毒辣，令人髮指，直抵李宗吾「厚黑學」的最高境界。

這位「十全老人」御宇六十餘年，不能說沒幹過好事，但幹的壞事也堪稱是空前的。僅以文字獄而論，乾隆朝大案就有一百三十多起，文網之密、文禍之巨，讓人瞠目結舌。

第一大案為偽造孫嘉淦奏稿案。該稿在民間流傳，指斥乾隆「五不解十大過」，遍劾滿朝重臣。乾隆震怒，釀成巨案，緝捕人犯上千，革職拿辦督撫大員十數名。乾隆所發上諭就達三萬餘言。大學士孫嘉淦心驚肉跳，對圍在他身邊的妻兒說：「皇上屢戒我好名，偽稿縱然與我無關，但奸徒為什麼假託我的名字？我真是罪無可辭！」終於驚懼而死。

禁書運動：開動整個國家機器，全面查禁明末清初野史為主的禁書，乃是乾隆的獨創。徐述夔《一柱樓詩》中有「明朝期振翮，一舉去清都」，即被開棺戮屍，梟首示眾，且讓後代子孫也掉了腦袋。乾隆嚴斥江寧布政使陶易：「如此重大案件，全然不以為事，是成何心！」指示辦案官員，「徐述夔身繫舉人，卻喪心病狂，所用《一柱樓詩》內繫懷勝國，暗肆底譏，謬妄悖逆，實為罪大惡極！雖其人已死，仍當剖棺戮屍，以伸國法。」鄭少秋扮演的笑嘻嘻的乾隆，說得出這樣的話來嗎！

王錫侯花十七年時間編成一部體例新穎的字典《字貫》，因未避諱，乾隆發現直書康熙、雍正和他本人的名字，大怒：「罪不容誅，應照大逆律問擬。」結果，王錫侯斬立決，子孫七人秋後處決，妻媳及年未歲之子為奴。在乾隆眼裡，人的性命是沒有任何價值的，而自己的江山無價。於是，殺人便成了保衛江山不變色的正義行為。

我對乾隆這個「明君」的厭惡超過了桀、紂等「暴君」。

192

上古我欣賞刑天，欣賞他斷首之後仍舞干戚的英姿；中古我欣賞嵇康，欣賞他刑場奏〈廣陵散〉的悲壯；近古我欣賞李贄，欣賞他天牢中揮刀自刎的豪邁；近代我欣賞譚嗣同，欣賞他留下來為求一死的決絕；現代我欣賞魯迅，欣賞他讓海嬰「忘了我，好好生活」的透脫。

有一天，我將欣賞我自己。

193

以前我很佩服書讀得多的人，他們在我的面前宛如廟裡的菩薩。後來我發現菩薩是泥塑的，心裡頓時涼了。王韜在《淞隱漫錄・自序》中有這樣一段話：「見世之所稱為儒者，非虛驕狂放，即拘墟固陋，自帖括之外，一無所知，而反囂然自以為足；及出而涉世，則忮刻險狠，陰賊乘戾，心胸深阻，有如城府，求所謂曠朗坦白者，千百中不得一二。」

學院是偽君子最多的地方，一個個做高蹈狀，一有風吹草動，便成為畫眉的張敞。人沒有知識並不可怕，人沒有骨氣也不可怕，怕就怕那些雖有知識卻沒有骨氣的人。

194

在普林斯頓大學有一句名言：「要麼著書立說，要麼退職回家。」這句話令教授們不敢有絲毫的鬆懈。普大的傳統：一本好書能提高大學的聲望，反之，一個沒有建樹的教授將影響學校的聲望。

北大可不這樣認為。北大出版社近年來出得最好的書卻是比爾・蓋茲寫的《未來之路》，這本書與北大無關。北大教授的數目比美國任何一所大學都多，但數目卻與研究實績不成比例。

195

泰戈爾與甘地見面。

泰戈爾說：「你們不要毀滅藝術。」甘地說：「藝術不要毀滅我們。」是藝術重要，還是「我們」重要？幾代中國知識分子也百思不得其解。

196

殷海光說過：「當人的思想不通時，須靠固執或依靠權威來維持自己的中心觀念；當人的思想不透徹時，容易受市面流行的浮詞泛語的搖惑；當人的思想嚴密且靈動時，他既不需要依靠權威，又不會受到一時意見的搖惑。」中國知識分子中，前兩類人居多，後一類屈指可數。讀書破萬卷的經學大師們，沒有幾個是思想「通」了或「透徹」了的，只好走向權威和大眾。「幫閒」並非他們的本意，只是實在找不到自己，姑且這樣混口飯吃。

197
小說的命運。
舍斯托夫說：「文學虛構是為了使人們能夠自由地談話。」卡繆說：「小說首先是一種為懷念的或反叛的感情服務的智力實踐。」由是，小說的命運是悲慘的。
肯亞當代最傑出的小說家恩古基，因小說中的反獨裁傾向被當局逮捕入獄，一九八〇年被迫流亡英國。他的〈筆桿子：抗拒新殖民時期肯亞的壓迫〉一文，揭露了獨裁體制的「自我殖民」，比昔日英國白人的殖民主義更加可怕。他的小說《一粒麥子》、《血之花瓣》對非洲的命運做了深刻的反思。他的傑作《戰爭的倖存者》在肯亞被查禁，是小說的主人公「馬迪加里」闖的禍。肯亞總統莫伊聽見大家說，有個叫馬迪加里的傢伙在全國宣傳革命，他便下令逮捕這個人。警察頭子領命後折騰了半天，才發現這個人是小說裡的人物。於是，小說便被禁了。
非洲作家也有非洲作家的幸運，他們的獨裁者愚昧得有些天真。

198
傑姆遜說：「樂觀主義，甚至最微弱的樂觀主義，只能推薦給那些願意讓人利用和操縱的人。」

這句話擊中了樂觀主義者的要害。

199

愛一個人，不要戀棧他。戀棧的結果無一例外是悲劇。誰能白頭偕老，誰能海枯石爛？愛一個人，就要離開他。或說，當你離開他，才會明白你對的愛。「去年今日此門中，人面桃花相映紅。人面不知何處去，桃花依舊笑春風。」這才是世間最動人的愛情。儘管這是一首最讓人哀傷的唐詩。

200

最愚蠢的獵人。

最愚蠢的獵人們在熊皮還在活熊身上的時候，便開始討論、爭吵怎樣分配熊皮。結果，他們全都喪生在熊掌之下。

201

倘若用聽單口相聲的心境去聽元首們的講話，那麼將保證永遠不受其迷惑。可惜的是德國人太老實，把希特勒這個相聲演員當成了佈道者。

202

檢查制度。

檢查制度劃定一個圓圈，規定：禁止踏入！

懦弱的寫作者，則在自己心中劃定一個圓圈，這個圓圈的面是前者的很多倍。

203

《荷馬史詩》中，特洛伊英雄赫克托爾戰死疆場。出征前，他說：「如果避而不戰能永生不死，那麼我也不願衝鋒在前了。但是，既然遲早都要死，我們為何不拚死一戰，反而把榮譽讓給別人？」

說人有選擇的自由極度虛妄。我的處境比赫克托爾要好，我的表現卻比赫克托爾更糟。

放棄自由，成為俘虜，充當異族或本族的奴隸，多數人走這條道路。

204 奧里略說：「死亡如同果實從樹上熟落，或演員幕落後退場。」這是淺薄的樂觀主義。絕大多數果實還沒有熟便被鳥兒啄壞了，絕大多數演員幕還沒有落便倒在舞臺上。

205 大家結黨去革命，結果黨外的人便成了反革命。

206 古來清君側的人太多，但知道問題出在君本身的，卻太少了。古來殺皇帝的人很多，但殺了皇帝之後自己不做皇帝的，至今還沒有一個例外。殺來殺去，血流成河，帝國體制卻秋毫無損。

207

正如人有左臉、右臉，社會也是這樣，它的半邊臉是經濟，另半邊臉是人文。當半邊臉長了個豔若桃李的大瘡，另半邊臉也不會再有動人的魅力。

208

為什麼青年的血是熱的呢？胡適說：「凡一國的政治沒有上軌道，沒有和平改換政權的制度，又沒有合法的代表民意的機關，那麼，鼓動政治改革的責任總落在青年智識分子的肩膀上。」「因為青年人容易受刺激，又沒有家眷兒女的顧慮，敢於跟著個人的信仰去冒險奮鬥，所以他們的政治活動往往是由於很純潔的衝動，至少我們可以說是由於很自然的衝動。」

韓國的今天，是青年學生爭來的，軍事獨裁者全斗煥、盧泰愚是否想過會成為被告？看到他們在法庭上的虛弱表情，死者瞑目，生者欣慰。沒有等來的民主，只有爭來的民主。俱往矣，殺氣騰騰的全、盧二君的同伴們，且看你們的好朋友今日的下場！

209

加州大學伯克萊分校物理系人才濟濟，半個多世紀出了七名諾貝爾物理獎得主。問及其奧祕，系主任曰：「物理系教授和學生的原則是：做自己想做的事，不做別人讓你做的事。我們不做實用的，尤其是和武器有關的實驗，而長期從事純理論純科學研究。」

中國高校卻像喧譁的菜市場——把所有研究都變成現實生產力。

210

文章寫出來後，朋友減少，敵人增多。

這樣的文章，必是能千古流傳的好文章。

211

研究人性，與其在哲學系裡聽教授高談闊論，不如到動物園裡去看禽獸張牙舞爪。

212

讚美現存制度的人都是蚊帳中人，他們的蚊帳裡沒有一隻蚊子，心安理得在床上打坐修行。否定現存制度的人都是蚊帳外人，被蚊子咬得活蹦亂跳，自然要把蚊帳撕扯掉。

213

只能讓兒童讀的童話不是好的童話。好的童話還能淨化污染了的成人的心靈。

214

在中國，「好人」的定義就是——認認真真地生活在虛偽裡。

215

最好的文學藝術都是悲哀的，第一流的天才也是悲哀的。叔本華說：「天才所以伴隨憂鬱的緣故，就一般來觀察，那是因為智慧之光愈明亮，便愈看透生存意志的原形，那時便會瞭解我們人類竟是一副可憐相，便油然興起悲哀之念。」所以，黛玉寫出了「寒塘渡鶴影，冷月葬詩魂」的悲哀的詩句。

216*

需要英雄的時代是不幸的時代，英雄的光輝是建立在無數凡人的鮮血之上的。戰爭年代，邱吉爾應運而生；和平年代，邱吉爾再無用武之地。選民們並非可恥地拋棄了他們的救世主，邱吉爾也不必對此耿耿於懷。

217

所有的鞋匠都恨不穿鞋的人，所有的理髮師都恨禿子，所有的皇帝都恨童言無忌的孩子。

218

舊夢是不能重溫的，一旦重溫，舊夢便破碎了。每個人都常常憶起兒時在故鄉所吃的蔬果，每一種都是極其鮮美可口的。正如魯迅所說：「後來，我在久別之後嘗到了，也不過如此；唯獨在記憶上，還有舊有的意味留存。他們也許要哄騙我一生，使我時時反顧。」

219

重溫舊夢，是人們所做的最煞風景的事情。

選舉制度是民主的櫥窗。

有的櫥窗僅供參觀，有的卻是為了買賣。

220

「鍛鍊」是當代漢語中運用頻率極高的新詞，主體是上級、長輩，受體是下級、青年。

對後者而言，「鍛鍊」是求之不得的榮耀，是被信任、被器重的起點。

「鍛鍊」的意識畸形發展，結果是很多人把摧殘當作了培養。

221

齊克果說：「當所有人都是基督徒時，基督教本身就不存在了。」

世間一切美好的東西都是如此。

222

連危機意識都沒了，危機便像決堤的黃河水一樣席捲而來。

223

人最脆弱的時候便相信愛，人最堅強的時候便相信恨。

224

有歌唱的權力的，往往並非夜鶯，而是喜鵲。
有寫作的權力的，往往並非大師，而是御用文人。
人們被迫聽最難聽的歌聲，被迫讀最難讀的作品。日復一日，年復一年，喜鵲也就成了我們心目中的夜鶯。

225

弱者的影子是善良，因為弱者沒有作惡的條件。這與弱者的本性無關。
沒弄懂這點的人，會吃大苦頭，「文革」中許多人便稀裡糊塗地因此而送命。

226

愛情產生於錯誤。我以為自己一貫正確，因此愛情便離我而去。
現在，我終於意識到了自己的錯誤。但愛情還會降臨嗎？

227

杯子是用來裝水的，詩是用來裝靈魂的。
現代漢詩是一堆空杯子。

228

德富蘆花有篇短文〈寫生帖〉，講了一個淒美的故事：從前有個畫家，只畫過一幅畫。其他的畫家有更豐富與更珍貴的顏料，而且畫出更驚人的畫。然而，這位畫家只用唯一的一種顏色，畫中卻泛著奇異的紅色光輝。其他的畫家問他：「你是從哪裡弄到這種顏色的？」他只是微笑，依然低頭畫著畫。畫愈來愈紅，畫家的臉色卻愈來愈蒼白。終於有一天，畫家死於畫前。人們在埋葬他前，為他更衣時，在他的左胸前發現一個舊傷。可是，人們還在說：「他是從哪兒得到那種顏色的呢？」不久，那位畫家被人們遺忘了，只有他的畫永遠活著。

這是一個寓言，它道出了藝術創造的本質：藝術之於人如同吸血鬼。藝術毀滅了藝術家的健康，藝術奪走了藝術家的生命，但藝術家無怨無悔。

想從藝術中獲得名譽、金錢和權力的人，趁早改旗易幟吧。

229

黑格爾死於肆虐全歐洲的黑死病。

病菌並沒有因為他是黑格爾而特別對待他。他的智慧、他的哲學，全都救不了他。到頭來，他還得和愚夫愚婦一樣在病床上呻吟，然後死去，塵歸塵，土歸土。

這是多麼令人沮喪的事實啊！我們一輩子追求智慧，但智慧在好多領域內都無能為力。往往是我們受苦的時候，它束手無策地站在一旁，幫不了我們。

230

一切的占有都是走向喪失。成吉思汗擁有整個世界的時候，卻失去了童年最喜愛的小馬，他想用整個帝國去換小馬，卻換不回來。

愛情往往以占有為標誌，但卡繆卻看到了其中的荒誕：「任何人，哪怕是最被愛著的人和最愛我們的人，也不能永遠占有我們。在這嚴酷的大地上，情人們有時各死一方，生又總是分開的，在生命的全部時間裡完全占有一個人和絕對的溝通的要求是不可能實現的。」然而，年輕的戀人們互相欺騙著，自欺亦欺人。

占有與喪失的尷尬對峙，使生活淪為一種在其形式後追趕而永遠找不到這種形式的運動。在這個意義上說，我們每個人都是追日的夸父，將渴死在中途上。

231

研究歷史的人，以為熟讀正史便抓住歷史的「脈絡」。我不以為然。真的歷史在哪裡呢？在零落的報刊裡，在雜亂的日記裡，在心靈的回聲裡，在文字及文字之外。

一九三二年，中原西北災荒。五月二十日，「國聞通訊社」鄭州電訊：「鹿邑拓城春糧告竭，流離歸德者七千餘人，僵臥於途者日眾，死相枕藉，慘不忍睹。鹿邑本境經股匪擾五月之久，廬舍為墟，糧米盡罄，鬻妻子以延生。二區朱愷店、三區老鴉店、五區寧平鎮、六區澤民鎮、八區桑園集，均立人市，年幼婦女每人不值十文，十一二歲幼童僅易千文，孩提嬰兒拋棄遍地……某婦買一饅頭，留小姑為質，賣饅頭者索錢不得，小姑謂我寧不值一饅頭，一賣燒餅者代償饅頭帳而換得此幼女。」西北的甘肅、陝西、山西等本已貧瘠不堪的省份，情形就更悲慘了。災荒戰禍，百業蕭條，唯「人市」興旺，全國形成了潼關、天津、武漢、上海、廈門、廣州六個販賣女婢的中心。

只有從這些材料中才能捕捉到歷史的觸角。民國二十一年，中國大地上並非只有國共兩黨在開戰，還有許許多多的事件在發生和演變著。忘記這些平凡的人、事、物的學者，不配搞歷史；對於曾經生存過的人們苦痛的生存缺乏悲憫感的人，不配搞歷史。歷史是熱的學問，而不是冷的學問，我以為。

232

徐志摩死於天空，聶耳死於大海，瞿秋白死於荒野。秋白瞭望四周山水，駐足說：「此地甚好。」遂平靜坐地，從容就義。

死亡也富有詩意的人，可以成佛矣。我們應為他們欣悅，而不應悲傷。

中國是否是「儒教中國」，我一直心存懷疑。我以為，中國更像是「法家中國」。對「法家」這種說法，我也不以為然。中韓一派，是中國政治哲學的末流，是為獨夫民賊張目的鷹犬，他們何嘗知道什麼是「法」？他們那裡，哪裡有古希臘的法的精神、自由的精神和權力制衡的觀念？與其稱之為「法」家，不如稱之為權術家、陰謀家。

儒教徒都是書呆子，書呆子玩政治是玩不轉的。政壇上長袖善舞、多財善賈的都是陰謀家。只會注六經的儒生在朝廷裡不過是一堆花瓶。真正儒生當國的，二千年來不過只有王莽一人而已。

中國正統史家一向對篡位者深惡痛絕，口誅筆伐，因此王莽也被史家五馬分屍，肢解得不成樣子。史書描繪他「侈口蹶項，露眼赤精，大聲而嘶」，我認為是一派胡言。相貌凶惡到這樣的程度，他焉得在朝廷裡有升遷的機會？王莽的本來面目乃是一地地道道的儒生，是一個大學者。少年時代他即摒棄聲色犬馬，拜名儒陳參為師，折節向學，穿戴完全像窮書生。後人往往把王莽看作熱衷於虛名假譽的偽君子，我看問題絕沒有這麼簡單。他按《周禮》來治國，確實是書呆子的一廂情願。黃仁宇在《赫遜河畔談中國歷史》一書中分析得頗為精到：「他也有很多我們今天視作離奇的辦法，例如事前造成理想上的數字公式用在真人實事上，以一種象徵性的指示當作實際的設施，注重視覺、聽覺上的對稱均衡，不注重組織的具體聯繫，這都與傳統中國思想史有關。」王莽呆得有些可愛，他以為書上寫的都是真的可以實踐的準則，殊不知中國的經典全是騙人的鬼語，即使有百分之一的真話，也早就過時了。

西元八年，王莽廢漢稱帝，改國號為新。在位期間，實行「托古改制」，將全國土地改為「王田」，屬朝廷所有，私人不得買賣；改官制為周制，復行五等爵；改革幣制，立「五均六管」。在長安、洛陽、邯鄲、臨淄、宛、成都六大都市立五均司市、錢府官，行賒、貸之法，並掌管物價；設六管之令，對酤酒、賣鹽、鐵器、鑄錢以及從名山大川開採物資者，統一由朝廷徵稅，頗有些「初期社會主義者」的氣派。當改革失敗、形勢惡化時，王莽憂煩不能食，倦則憑几而寐。大司空崔發指出：「宜哭告天以求救。」莽乃率群臣至南郊，仰天大哭，伏而叩頭。我相信王莽的痛哭是真誠的：我全照著聖人的話來做，為民眾謀福利，為何落得這樣的下場？老天難道不因我之眼淚而感動嗎？

黃仁宇總結說：「王莽則眼高手低，只能宣揚天下大局應當如是，做事經常文不對題，可能被他自己的宣傳所蒙蔽。」他的下場是極其悲慘的：為商人杜吳殺死後，軍人分其屍為數十段。傳莽首於宛時，百姓共擊之，或切食其舌。

這就是最高明的儒生治國的成就。

所以，我認為中國並非儒生之天下，而是陰謀家的天下。被史家稱為「玩弄權術與沽名釣譽之徒」的王莽，骨子裡仍是儒生。真正的陰謀家，對這樣身敗名裂的儒生是看不起的，他們才是成功者。如劉邦、李世民、朱元璋輩，都是不太讀書的人。毛澤東的名言：「讀書多的人，把國家搞不好，李後主、宋徽宗、明朝的皇帝，都是好讀書卻把國家搞得一塌糊塗的人。」

最骯髒的政治，需要最骯髒的心靈去周旋，孔子的徒子徒孫缺的就是這一點。

234

北京街頭，常有豪華車隊在一路紅燈中疾馳。前有警車開道，沿途交警攔下其他車輛，畢恭畢敬地站在一旁。北京高官雲集，京城百姓以目睹這樣的場面為驕傲於其他城市市民的本錢。常看到父母親帶著孩子立於道旁，目睹車隊經過時，父母親苦口婆心地教育孩子：「你長大了要是能到這一步，爹媽死也瞑目了。場面，那陣勢，嘖嘖……！」小孩眨巴著眼睛，一副心領神會的表情。

這時，我宛如生活在遠古時代，聽見那西楚霸王大叫：「富貴後不衣錦還鄉，如之奈何？」又看見漢高祖浩浩蕩蕩的還鄉隊伍，劉邦已然是漢高祖。這個千年帝國的進步小得可憐，既然挪動一張桌子也要流血，那就不要挪了。對權力的膜拜，從古至今沒有什麼改變，甚至愈演愈烈了。

如果每個聰明的小孩都把擁有能闖紅燈的大轎車作為人生理想，那麼我們依然生活在阿Q的年代裡，那麼平等、正義永遠只是美麗的字眼，掛在天邊。

父母們煞費苦心地教育孩子，我卻不識時務地在旁邊說：「救救孩子！」

235

晚景。

作家楊逵的晚景十分淒涼，他在政治高壓下被迫放下了心愛的筆。但一個作家除了寫作，還能做什麼呢？他只好靠賣花為生。周作人的時代，作家還能有「自己的園地」，花不是要賣才種的，種花只是為自己欣賞。楊逵卻做不到這點。然而，淒慘的晚景無損於楊逵的偉大，他直到死都不曾缺鈣，不曾彎腰。

同樣，鍾理和也是在貧病交加中死去。他甚至比曹雪芹還悲慘，有時，連粥也吃不上。他死的時候，文集還未能結集出版，幾乎死不瞑目，對於一個作家來說，難道還有比這更傷心的事嗎？然而，淒慘的晚景無損於鍾理和的偉大，夕陽最後一抹的亮色甚至超過了朝陽。

相比之下，中國的「老作家」們晚景頗佳。功成名就，弟子們恭恭敬敬地抬著轎子。他們還在寫作，回憶那瑣碎得像小草的舊事，並且對現狀發些不痛不癢的議論。他們用真正的「白話」來寫作，像白開水一樣的口語，卻被後生晚輩們歎為「庾信文章更老成」、「近樸歸真、脫盡鉛華」。他們擔任著百十個機構的名譽主席、委員、顧問、評委……享受著局級、部級甚至更高的待遇。每逢節日，總有各大員上門問寒問暖，因為他們是「國寶」。

結果，他們輝煌的晚景並沒有增添他們一絲一毫的偉大。他們在空中樓閣裡自言自語，他們欣賞著自己鏡中不老的容貌。他們的下半身（生）把上半身（生）煮著吃，吃得津津有味。許多年前，他們的創造力便全部喪失了，他們的晚景並非由晚年的成就來支撐。他們在大小廟宇裡享受著香火。他們都喜歡養波斯貓，因為貓比他們本人還要柔順。

我並不是讚美苦難——我想，晚景淒涼或幸福不是最重要的差別，最重要的差別乃是對晚景的態度。文化老人們安於做廟裡的菩薩，而杜甫卻病死在孤舟上。

我想送點鈣片給偉大的老人們，他們需要鈣片。

236

北大快沒有文科教育了。這似乎是危言聳聽。但我以為，文科教育的根本在於「賦予社會和世界以意義、目的和方向」。就這一點來看，北大的文科已然不是「文科」。

史丹福大學校長查理·萊曼在《美國生活中的人文科學》中指出，人文科學必須直面「做人究竟意味著什麼？」這個問題。而且，它只提供一些線索，不可能提供完整的答案。

人文科學告訴我們：在一個不合理、絕望、孤獨和死亡的現象與誕生、友誼、希望和理性的現象同樣明顯地並存的世界裡，人們是如何力圖創造一個有道德、有信仰、有文化的社會的。人文科學還告訴我們，個人和社會應如何解釋道德生活，如何設法使這種道德生活成為現實，如何試圖使自由與公民的責任協調起來，以及如何得體地表達自己的觀點。

我們逃避的正是這個時代最深刻的需要。這裡傳授著知識，能夠轉化為金錢和權力的知識。擁有這樣的知識，對絕大多數人而言就足夠了。

237

陌生化。

波赫士一直在當圖書館館員，即使他成了一位名作家之後。他的一位同事在百科全書中讀到「波赫士」的條目，非常驚奇，興沖沖地跑來告訴他：「百科全書裡有一個人，不僅跟你同名同姓，而且出生日期也完全一樣。」

對於那些驕傲的中國當代作家來說，這個故事不啻是一劑良藥。

238

智齒。

去年我長了智齒，反覆發炎，痛得我死去活來。最後只得去北京口腔醫院把它拔掉。

後來我想，「智齒」真是一個有趣的命名。智齒就是一顆多餘的、而且還會惹禍的牙齒。「智慧的牙齒」只會帶來痛苦——因為它的「智慧」嗎？

智慧與痛苦是孿生兄弟，明知痛苦，我們還要追求智慧。這是人與動物最明顯的區別。

王小波在追求智慧的道路上痛苦地死去了。他一個人在公寓裡呻吟而死，沒有人發現。

但他的信念依舊——「智慧本身就是好的，有一天我們都會死去，追求智慧的道路還會有人在走著。死掉以後的事我看不到。但在我活著的時候，想到這件事，心裡就高興。」

239

不自由的生活就像牙疼一樣，睡覺也睡不安穩。沒有勇氣拔牙的人，便抽上了鴉片。

240

最好的文章是東踢一腳、西打一拳地信手寫出來的，沒有任何章法和規範，就像漫遊的堂・吉訶德，不停地走著，不停地遇到好玩的事，享受樂趣或受到折磨。難怪李卓吾寫作的時候，「每研墨伸楮，則解衣大叫，作兔起鶻落之狀」。

241

一個真正的家，應該是一處工作、娛樂、交友和人類一切思想凝結為一體的空間，也就是一處個人的空間。在擁擠的學生宿舍裡，這只能是天方夜譚。

卡內提認為，家的最好定義是一座圖書館，女人最好不要住進來。那麼，我好歹也算擁有一個「家」了。

242

人們往往以向上司點頭哈腰為代價，換取看不起下級的權力。

243

男子失戀以後，一邊發誓不再戀愛，一邊搜索下一位戀人。官員倒臺以後，一邊發誓不再從政，一邊搜索殘存的支持者。戀愛與從政一樣，都是男子樂此不疲的遊戲。

244

職業之於人，如同豬圈之於豬。豬圈是不可少的，沒有豬圈，豬就可能被狼吃掉；但豬因此付出了喪失自由的代價。

245

當人以最大的惡意看世界的時候，世界不得不回報他一眼。

246*

哈維爾一九九〇年就任捷克總統時，說過這樣一番話：「我都已經變得習慣極權主義體制，把它作為一個不可改變的事實來接受，並保持它的運行……沒有誰是它純粹的犧牲者，因為我們一起創造了它。」

就連哈維爾這樣承擔過牢獄之災的自由主義知識分子，也勇於跟極權主義體制「掛鉤」，而不是「一刀兩斷」。那麼，聰明的「中國鴕鳥」們還有什麼理由心安理得呢？

247

晉趙至年十二，與母共道旁看新令上任。母曰：「汝先世非微賤家也，汝後能如此不？」至曰：「可爾耳。」歸便就師誦書。早聞父耕叱牛聲，釋書而泣。師問之，答曰：「自傷不能致榮華，而使老父不免勤苦。」

古人確實比現代人高尚得多。趙至之孝，豈是今天的小皇帝們所能比擬的？兩種思路：孽子會反問：「爸媽為什麼要生我？為什麼不給我選擇的權利？」孝子則說：「恨不得割塊肉煮給父母大人吃。」

孝與不孝不是我關注的重點。我關注的是：書與權力的關係。書是磚頭，搭成通向權力的橋樑。「遇」是夢想，遇到了伯樂便可雞犬升天。我們難道該全盤認同這樣的知識傳統嗎？——就好像明明知道妓女有愛滋病，也要義無反顧地與她性交？便是我也要焚書了。

248

殷海光說，雖然，梁啟超已經是歷史人物了，「可是在這發霉的社會看來，反而顯得他的見解是那麼鮮活、剛健、康正、開朗而有力」。

一位魯迅研究專家對我說，魯迅逝世六十多年後，人們卻只有魯迅可談，這是今天的悲哀。天公能不能重抖擻呢？我搖搖頭。

249

東方出版社整理出版了《民國學術經典文庫》，善莫大焉。其中，有一冊為蔣廷黻所著《中國近代史大綱》。在出版說明中說：「原書中的個別觀點、提法，不盡恰當。最後一節『蔣總裁貫徹總理遺教』，所論有失公允，故刪去，其他一切依舊。」

我最痛恨妄自充當法官的編輯。編輯就是編輯，法官就是法官，編輯充當法官，要壞大事的。你有什麼權力下別人的論斷「不公允」的論斷？你這論斷難道就公允嗎？即使你認為作者的論斷不公允，你也該保持原樣，讓讀者自己來判斷。不管三七二十一，揮刀閹割別人的思想，這種卑劣行為比法西斯還要法西斯。

我有許多朋友在當編輯，我深知編輯的苦衷。但面對上面兩句似乎自以為是的「說明」，我依然怒火萬丈。我批評的目標，不是編輯「這一個」，而是閹割自我和閹割他人的文化行為，以及迫使文化人這樣做的意識形態的無形之力量。

250

河北省清河縣武家村人根據《陽穀縣志》和明代修立的《武氏家譜》記載，認為武大郎其實是個身材魁偉、愛民如子的父母官，潘金蓮則是位賢妻良母，兩人相親相愛，白頭到老，還生下四個兒子。他們提出「還武大郎、潘金蓮真面目」的口號。

這則消息堂堂正正地登在一家層次頗高的報紙上，我很是為武大郎的後代們惋惜，可惜施耐庵與蘭陵笑笑生早就死了，否則告他們一個「誹謗罪」，一定是一筆飛來的橫財。此武大郎與彼武大郎、此潘金蓮與彼潘金蓮必須像鏡子與鏡中人一樣，要麼你別寫！

法國女作家莒哈絲說過：「面對文學，我感到慚愧萬分。」而武家村的人們則深信：文學面對我們考據出來的真理，將慚愧萬分。

251

《讀書》雜誌日益形成一種文體，一種讓普通人不讀書的文體。著名或不著名的學者們，玩弄一串串的專業術語，猶如千手觀音一般，讓人眼花繚亂。其間時不時還夾一些外語單詞。美國人愛吃漢堡，麵包中間夾上牛肉和蔬菜，跟中國餡餅一樣，確實很好吃。但在中文中間夾外文，卻做不成漢堡或餡餅。

魯迅在〈作文祕訣〉中寫道：「至於修辭，也有一點祕訣：一要朦朧，二要難懂。那方法，是縮短句子，多用難字。譬如罷，作文論秦朝事，寫一句『秦始皇乃始燒書』，是不算好文章的，必須翻譯一下，使它不容易一目了然才好。這時候就用得著《爾雅》、《文選》了，其實是只要不給別人知道，查查《康熙字典》也不妨的。動手來改，成為『始皇焚書』，就有些『古』起來，到得改成『政俶燔典』那就簡直有了班、馬氣，雖然跟著也令人不大看得懂。但是這樣的做成一篇以至一部，是可以被稱為『學者』的。我想了半天，只做得一句，所以只配在雜誌上投稿。」半個世紀以後，有沒有什麼進化呢？

現在，由「古氣」搖身一變而成「洋氣」——一個個儼然是中國的海德格爾、哈伯馬斯了。骨子裡還是那一套老戲法，不過是馬戲與猴戲的差別罷了。奉勸青年朋友，不要看花了眼，看軟了膝蓋。我們的見解，不知比這些「學者」要高明多少！

252*

北大的學生社團中，愛心社、希望工程支持會一類的愈來愈多。三角地的海報，常見到一些情深意切的文字，如「天冷了，為山區孩子捐衣服」、「救救母親——為某同學無錢治病的母親捐款」等等。也曾感動過幾次，捐助過幾次。後來，漸漸麻木了。

倒不是麻木，而是因為思考的緣故——一思考，便壞事了。我想，大學畢竟跟福利機構有所不同，大學生也不是福利工作者。大學裡的大學生參與一些社區服務是理所當然的，但一有什麼疑難雜症便拉到大學裡來，就好像看病找錯科室一樣。

當這些活動是為了營造「校園精神文明建設蒸蒸日上」的新聞效應的時候，就更令人啼笑皆非了。頻頻讓沒有收入的大學生捐款，這個現象本身就說明這個社會的救援機制非常不健全。套用王朔的話說：沒有愛心是萬萬不能的，但愛心也不是萬能的。即使所有北大學生都有一顆慈善家的心腸，這個社會未必就能因此而改觀。

「水滴石穿」的故事，只能迷糊幾個單純的孩子。

253

民謠：新幹部在腐化，老幹部等火化，農民離村自由化，工人階級苦菜花。

北京是對「外來人口」管理最嚴厲的地方，農民兄弟想到這裡來「自由化」恐怕沒有那麼容易。而經濟學家發明的、用來拯救某些國營大企業的「股份制」，卻強迫工人繳納上萬元來入股——他們的月收入僅有數百元，否則你就算是「自動離職」，甚至連「下崗」的待遇都沒有。於是，「領導階級」只好「啞巴吃黃連，有苦說不出」了。

254

梁恭辰《北東園筆錄》記載了一個有趣的故事：「有盜夜入某令家，露刃脅之曰：『吾與若均盜也，以盜得盜物，不得謂之盜。吾之盜，得財而已，不必殺人；若之盜，常殺人以得其財，與吾孰賢耶？夫盜之罪必死，吾知之，而乃冒死為之，徒以貧故，不得已出此計。所歷若干家，所犯若干案，較若所為，曾未及半，而徒獲盜名，甚無謂也。今獨取若貲，吾可以歸里買田，恂恂為善人，不猶勝若之終身為盜乎！』攜其篋千金逕去。某令大懼，不敢洩其事。」

莊子早就說過：「竊國者侯，竊鉤者誅。」故事中的強盜非梁山草莽可比，真正是個世事洞明的智者。所謂名教世界，無非是給那些終身為盜者「正名」而已。說什麼文忠公、文正公，戴什麼紫金冠、白玉佩，寫什麼策對文、詩詞賦，統統掩蓋不了「大盜」的真面目。

「文起八代之衰」的韓愈，不過是貪酷的匹夫；乾嘉學派宗師的王先謙，不過是頑劣的庸人。這些「滿口仁義道德、滿肚男盜女娼」的傢伙，居然成了中國歷史的主角，那麼中國歷史比《水滸傳》還要糟糕得多。

近來，從報上時不時讀到類似的報導，小偷將某某官員家中財物洗劫一番，而官員不敢報案。直到小偷被抓，才將官員牽扯其中，順藤摸瓜，最後挖出一個大貪污犯來。我想，反貪局是無甚大用的，不如招安一幫神偷組成一個反貪組織，所到之處哪個貪官不落入法網呢？魏源有「以夷制夷」之說，但中國還是不免為夷所制；我的「以盜制盜」之說，說不定真能解決雷聲大、雨點小的反腐敗問題呢！

255

胡適的文章〈多研究些問題，少談些「主義」〉在歷史教科書中被歸入「反動文章」之列。教科書背多了，也不由自主地相信了，雖然並沒有看過原文。

有一次，找來原文一看，方有觸目驚心之感，要是這些年來我們照著這篇「反動文章」所說的去做，也就不至於悲劇接二連三地發生、使鮮血浸透二十世紀的史書了。適之先生分三個層次分析「主義」之害：

第一，空談好聽的「主義」，是極容易的事，是阿貓阿狗都能做的事，是鸚鵡和留聲機器都能做的事。

第二，空談外來進口的「主義」，是沒有什麼用處的。一切主義都是某時某地的有心人，對於那時那地的社會需要的救濟方法。我們不去實地研究我們現在的社會需要，單會高談某某主義，好比醫生單記得許多湯頭歌訣，不去研究病人的症候，如何能有用呢？

第三，偏向紙上的「主義」，是很危險的。這種口頭禪很容易被無恥政客利用來做種種害人的事。歐洲政客和資本家利用國家主義的流毒，都是人所共知的。現在中國的政客，又要利用某種某種主義來欺人了。羅蘭夫人說：「自由，自由，天下多少罪惡，都是借你的名做出的！」一切好聽的主義，都有這種危險。

真理被貶為狗屎，豈止是真理的不幸！胡適還說：「主義」的大危險，就是能使人心滿意足，自以為尋著包醫百病的「根本解決」，從此用不著費心力去研究這個那個具體問題的解決法了。主義的墮落，實際上是談主義的人的墮落。我近來研究汪偽史，發現汪偽政權的重要人物，原來大半曾是談「社會主義」頭頭是道的熱血青年。周佛海、陳公博、丁默邨……當年哪個不是「主義」虔誠的信徒呢？最後落水當了漢奸。

256

一九三一年，「紅色」恐怖籠罩閩西地區。二月二十一日，閩西蘇維埃政府發出第二十號通告。通告指示：「在整個反動政黨——國際社會民主黨沒有全盤破獲以前，各級政府應集中火力進行這一肅反工作。」該區先後捕獲原紅軍一〇〇團政委林梅汀為首的「社黨分子」六十多人，許多人被即時槍殺。閩西紅軍連以上、地方區以上幹部被殺者占十之八九，閩西蘇維埃政府三十五名執委和候補執委，被殺者占半數以上。中共中央要求採取「最嚴厲的手段來鎮壓」。

這就是「主義」殺人。「紅色恐怖」一點也不亞於「白色恐怖」，同志殺同志的效率，往往比敵人殺同志要高得多。

257

美國學者羅素‧雅柯比在《最後的知識分子》一書中，對故作玄虛、裝神弄鬼的學院派知識分子竭盡嘲諷之事，他讚揚的「公共知識分子」是那些直接向民眾說話的人。在早期美國的傑佛遜式民主政治中，知識分子乃是生活在有學識的百姓（他們的聽眾）周遭，以及他們的心中。現在，機構、公司和媒體向大眾發聲，再也沒有潘恩的小冊子式的「一條直通讀者的管道」了。

雅柯比追尋伽利略的傳統：伽利略的「罪行」跟他發現了什麼或說了什麼沒多大關係，反倒跟他如何說和在哪兒說比較有關。他棄拉丁文不用，而是以流暢的義大利文來為一群新公眾寫作。正如佛羅倫薩公使在一場羅馬教會當局與伽利略的會議後所記載的：「他被告知說，如果他想要堅持此一哥白尼的意見，那麼就默默地堅持吧，可別花費這麼大的力氣來試圖與他人分享。」

而這正是伽利略所拒絕的。伽利略決定跳過大學，並以通俗的語言向整個有知識的大眾表達自己的意見。伽利略並不在乎讓自己成為怕見光並分散在各處的學者所屏除於外的成員，他在街道上和廣場中甚為怡然自得。

這樣的知識分子，正是今天森嚴的大學制度試圖扼殺的對象。

而我期待我的作品，讓受過中學教育的讀者都能閱讀。

258

為鼓舞軍人士氣，俄軍方最近延請《花花公子》玩伴達娜‧博利索娃主持軍事電視節目。一時間，這位身著三點式、腿跨坦克、手執衝鋒槍的美女成為俄國軍人的偶像。

俄國人總算明白了，軍人首先是「人」。所以，一名美女的感召力勝過千萬名政治指導員。僅有「愛國主義」是遠遠不夠的。而這一點，美國早就明白了，越戰時他們便推出瑪麗蓮‧夢露作為軍中女神，果然令士氣大振、所向無敵。

在長達七十年的時間裡，俄國人充當了意識形態的玩偶後，如今終於學會過「人」的生活了。我們呢？

259

清末陳康祺《郎潛紀聞》記載了一名「老吏」的心聲。自言做幕僚二十年，做官三十年，遊歷九行省，極論兵亂以前各省吏治之壞，滔滔汩汩，口若翻瀾，且云：「當時知府、知縣，幸不甚知；知則劫富民，噬弱戶，索土產，興陋規，百姓更不堪命。巡撫、巡道，幸不常巡；巡則攪驛道，折夫馬，拆供張，勒餽賮，屬吏更不堪命，仍苦百姓耳。」

知縣不知，巡撫不巡，總統不統，總理不理，這種情形在民主體制下是民眾的不幸，在專制體制下卻成了民眾的大幸。聽說過一件真事：某地地方官因貪污被捕，搜出家財萬貫，可比昔日之和坤。該地百姓不僅沒有載歌載舞，鳴鑼放炮，反倒如喪考妣，有大禍臨頭之感。怪哉，水蛭吸人血也要將其拍死，此官員之害千百倍於水蛭，人們為何戀戀不捨？也是一老吏說出了真相：「當地人好不容易養肥了這名官員，他已大腹便便，進一步吸收消化的功能有限。現在重新派來一飢腸轆轆者，又將像蝗蟲一樣吃個雞犬不留。兩相比較取其輕，當然要懷念事敗的官員啦！」

260*

天下興亡，跟匹夫是沒有關係的。興，匹夫苦；亡，匹夫亦苦。「天下興亡，匹夫有責」是顧炎武老夫子一廂情願的想法。

261*

臺灣立法委員洪性榮如此比喻臺灣的政治生態：這是一個狗社會，無論大狗、小狗，只要是有利於得票，總要有一條狗先叫。

不過，我想，狂吠一陣才能拉來選票，這已經是不小的進步了。萬犬齊吠總比萬犬齊喑有趣得多。

262

國民黨雲南省黨部嚴令各報館不得刊登有關聯大紀念「五四」的消息。特務頭子出主意讓昆明三家影院贈送五月三日、四日各場電影票兩千八百張給學生，企圖以此干擾破壞紀念活動。同學們把電影票取回，轉讓給難得看上電影的士兵和居民。

我不禁想起「魔高一尺，道高一丈」的成語來。我佩服特務的聰明，釜底抽薪，笑裡藏刀，抓住了青年學生愛看電影的心理，在關鍵時刻體現政府對青年學生的關懷。我更佩服學生的聰明，電影票不領白不領，取之於民，亦用之於民，好一招借花獻佛，倒是讓政府的關懷落到了實處。

263

中研院院長李遠哲如是評價臺灣的教育狀況：「就算是請愛因斯坦或愛迪生到臺灣參加聯考，也一定考不取任何高中。」

中國亦如是也。

264

顧炎武曰：「飽食終日，無所用心，難矣哉，今日北方之學者是也；群居終日，言不及義，好行小慧，難矣哉，今日南方之學者是也。」

前者的代表在北京的胡同裡可以找到，後者的代表在上海的里弄裡可以找到。近年來，關於南人與北人孰優孰劣的爭論又狼煙四起，殊不知顧亭林早就看出，南北小異而大同，都是一群空心人。

265

一位在太行山深處擔任中學教師的朋友向我講述山區小學條件的艱苦。一九九三年夏天，我到過因開過某次中央全會聞名的西柏坡，那裡的小學校被譽為「明清的房子，民國的凳子，新中國的孩子」。據說現有了改觀，靠希望工程的捐款修了幾所漂漂亮亮的樓房。但是，基礎教育靠「希望」來維持，似乎有點不大對勁。

266*

西南聯大名教授張奚若，早年參加同盟會，坐過清朝的牢，一九一三年赴美，入哥倫比亞大學，原想學土木工程，後改學政治學。這一改，改出了他後半生的坎坷。

四十年代，國民黨政府的國民參議會寄給他路費，請他到重慶開會。他將路費退回，並附上八字電報：「無政可參，路費退回。」當時他還有退回路費的自由，還能像他崇拜的盧梭那樣不向權貴低頭。

數年之後，這位治西洋政治思想史的大學者，卻被喜歡讀《資治通鑑》的偉大領袖毛主席玩弄於股掌之中，如貓捉老鼠一般。這是政治學的悲劇，還是中國的悲劇？這是政治學在中國這一特定的時空內的悲劇。

267

殷海光概括中國的文化傳統「有自由之俗，而無自由之德」。這個國家只有當奴隸的自由——一旦有禁之者，則其自由可以忽然消滅而無蹤影。而官吏之所以不禁者，亦非專注人權而不敢禁也，不過其政術拙劣，其事務廢弛，無暇及此云耳。官吏無日不可以禁，自由無日不可以亡，若是者謂之奴隸之自由。

奴隸的自由只能靠時勢來獲得，好比農民的收成只能靠老天爺來獲得，風調雨順能果腹充饑，旱澇交加則只能啃觀音土。我認為，一八九四～一九二七年是東方專制主義全面失控的時代，這個時代的人們幸福地享用了奴隸的自由。我羨慕梁啟超、陳獨秀那幾代人。他們利用奴隸的自由求得了人的自由，儘管那是曇花一現的自由。

268*

北京華聯商場的門廳內陳設一個高達三米的花瓶，精美絕倫，恐怕昔日的皇宮中也沒有此等寶物。該花瓶是不會用來插花的，它是非賣品，用來吸引顧客的目光，使顧客為該商場的氣魄折服。

傳媒上會議的消息很多，尤其是政協、所謂「民主黨派」的會議。會議之出席者十之八九為老態龍鍾之人，這些人聲名顯赫，如雷貫耳，比如費孝通、吳階平、雷潔瓊等人。他們之於公眾，恰如大花瓶之於顧客。花瓶不插花，多少是花瓶的悲哀；老人不在家中享受天倫之樂，多少也是老人之悲哀。小孩子被大人抱來抱去，小孩子是不由自主的；那麼，老人呢？

花瓶雖大，其實還不如一個簡陋的玻璃瓶。老人們學問和名氣雖然大，其實還不如那些不曾出現在舞臺中央的少年人。

269

常常有「少年維特之煩惱」，倒不是「為賦新詞強說愁」。讀顧隨《苦水詩話》，心中大驚。顧隨認為人的煩惱、苦痛可分三等：第一等人不去痛苦，不思煩惱，「不斷煩惱而入菩提」。煩惱是人的境界，菩提是佛的境界。第二等人借外來事物減少或免除苦痛、煩惱。第三等人終日生活於苦痛、煩惱中，整個被這洪流所淹沒。

我想，魯迅該是第一等人，他一生反抗絕望，煩惱在他的身上不是一種負擔而是一種力量動機。徐志摩該是第二等人，逃到愛情中，逃到天空中，誰知道他微笑後面的悲苦呢？朱湘該是第三等人，在形而上與形而下的雙重煩惱、苦痛中，投入滔滔江水，企圖質本潔來還潔去，不過一廂情願而已。

我自己呢？

270

某學者游弋學界久矣，久而未成名，甚憂苦。一日，閒翻《論語》，讀到孔子「三月不知肉味」之處時，眼睛為之一亮：此處的「肉」究竟是豬肉、牛肉還是羊肉？以前學界沒有人研究過這個問題，好大一塊處女地被我發現了！

於是，這位「問題意識」極強的學者為了解決這一學術難題，揭開千古疑案，乃讀書萬卷，行路萬里。遍覽古書，經史子集，爛熟於胸；遠赴曲阜，行遍齊魯，沿孔子遊學舊路來一次「新長征」。最後，終於寫出一部百萬言的專著，論證出孔子所說的「肉」不是豬肉而是羊肉，因為當時齊魯產羊不產豬。引用材料千條、古書百部，且融入作者自身的人生體驗。於是，此巨著轟動學界，海內外傳誦，一時洛陽紙貴，號稱新《日知錄》、新《管錐編》。

學者名聲鵲起，乃脫去「學者」之舊帽，戴上「國學大師」的新帽。歐美日韓的漢學家們視之為聖賢，為轉世之乾嘉諸老。邀請函如燕山之雪片，片片飛至。乃遊學全球，宣揚我儒家之文明，儼然中華之耶穌也。

我懷疑古人製作乾屍的最終目的還是為了「吃」。孔老夫子的屍骨是被七十二弟子啃完的，啃得連一塊骨頭也不剩。余生也晚，沒資格分一杯肉湯，只好啃刻有《論語》、《春秋》的甲骨了。可是還有密密麻麻的白蟻來爭奪這僅剩的口糧。

孔夫子的偉大，便是他留下的每個字都能讓「會吃的人」吃成個大胖子。向國學大師們學習！

271*

畢業後進入形形色色的單位的大學生，大都要經歷四個階段：大有作為——剛走上工作崗位時的理想；難有作為——屢受挫折後的清醒認識；無所作為——理想破滅時的悲觀論調；胡作非為——向仕途爬升的唯一途徑。

272

被譽為「貧民窟中的聖者」的印度修女德瑞莎嬤嬤逝世了。她一生救助那些「最窮的窮人」，連諾貝爾和平獎的獎金也全數捐出。她逝世前曾說，一生中最大的夢想是「到中國為窮人服務」。

修女的話大概會讓某些中國的「大人物」十分不快；我們這裡形勢大好、一片光明、鶯歌燕舞，沒有一個是窮人，誰需要你來服務？你瞎操心什麼！

修女的話有讓中國的小民為之淚下。我見過三峽兩岸衣不蔽體的農夫、見過黃土高原上搖搖欲墜的窯洞、見過貴州山區茹毛飲血的少數民族……願意為他們服務的，偏偏是一位不同文化背景和宗教信仰的異國的修女。

每個自以為是的中國知識分子面對德瑞莎修女的臨終之言，都該開始自我反省。

273

社會學家費孝通在回憶「文革」的遭遇時說：「我們都是戰鬥劇中的演員，都在扮演角色，有些人比其他人會演，但是都扮演角色。有時我也扮演批判別人的壞角色，譴責和寫大字報反對別人！我們不得不演。……我變成了旁觀者，那時很有意思的，因為在觀察別人的過程中，也有機會觀察自己。我想，經過那些年我的確懂得做人應當超脫些，境界要高一些。」

我想起錢鍾書夫人楊絳的小說《洗澡》。其敘述筆調跟費孝通一樣輕鬆自如。魯迅有個精闢的概括，中國人都是「會做戲的虛無黨」，中國的大知識分子們更是「清醒的做戲者」。他們有本領將巨大的痛苦轉化為一場滑稽的遊戲。「做人應當超脫些，境界要高一些」，這是他們在浩劫之後所得到的「收穫」。最大的「智慧」，乃是遺忘的智慧和將「重」轉化為「輕」的智慧。

274

海涅誕生兩百週年，賀敬之在《文藝報》發表詞〈懷海涅〉，最精彩的有這麼幾句：「曾聞狂言終結、咒語告別——堪笑一丘愚劣。扶天傾，補地裂。導洪流，警覆轍——自有人心、詩心堅勝鐵！喚萊茵吹春水，踏崑崙溶雪，且看新隊列！」

所謂「終結」大概是諷刺美國學者福山的著作《歷史之終結與最後一人》，所謂「告別」大概是諷刺李澤厚、劉再復的對話錄《告別革命》。這兩部著作的觀點是否正確，當然可以討論，但是胡亂攻擊別人的人品，難道是一個「詩人」的特權嗎？這只能是一種繼續玩弄「文革」時期的金箍棒的文痞行徑。

這首所謂的「詞」的「藝術性」究竟如何姑且不論，這首「詞」究竟與海涅有沒有關係也姑且不論（海涅大概做夢也沒有想像到自己會成為一個「偉大的無產階級革命家」），單是那「扶天傾，補地裂」的萬丈豪情，就直追領袖的〈沁園春‧雪〉。不過。詩人的大話與政治家的大話是不一樣的，政治家的大話一句也能讓百萬人餓死，而詩人的大話一萬句也吹不出一個氣球來。且讓詩人手淫吧，不去看他。

回家的時候，一條小狗在繁華的大街上拚命地叫著，但匆匆來去的人們沒有一個停下來關心牠叫得是否好聽。

275*

擺出遺體讓人參觀，想必不是死者的本意，而是後死者為表明自己是死者正宗的接班人而操弄的把戲之一。

貴如列寧者，並不見得被所有人愛戴。一九三四年，有人混在人群中，企圖向列寧的遺體開槍，被衛兵和參觀者制止，此人乃開槍自殺。一九五九年，有人用錘子敲破靈柩之玻璃，當場被捕。一九六〇年的那次最成功，有人跳進圍欄，踢破靈柩玻璃，碎片劃過遺體面部，而無淋漓的鮮血。之後經蘇共中央研究決定，改用防彈玻璃覆蓋其表面。一九七三年，有人混進學生的參觀隊伍中，引爆炸彈，多人受傷。

生者向死者討債，悲壯變得有點滑稽。伍子胥鞭打楚王的屍體，元朝的國師挖出宋朝帝王的骨頭再塞進狗骨頭，我總覺得多此一舉。

葉爾欽是一個明白事理的人，計劃將列寧的遺體遷出紅場，按其遺願與他的母親合葬。

葉爾欽意識到，在一個泱泱大國的首都的中心地帶，供奉一具僵屍，只能說明這個國家的文明仍然停留在古埃及製作木乃伊的時代。

對死者如何評價姑且不論，「塵歸塵，土歸土」才是正確的做法。

276

看與被看是相對的。梁啟超云：「靜觀人我成雙遣。」然而，意識到這種相對性的有幾人呢？沿長江而下，人人都在看青山之嫵媚，殊不知青山卻在看人之醜陋——多少垃圾被不假思索地擁進「滾滾長江東逝水」之中！

277

「做作」成了當代文化的母題，即令汪曾祺、張中行等世外高人輩亦受其害，誰還能免俗呢？北大裝模作樣的教授太多了。學生也學會了。

278

史鐵生把生命的終極價值和意義看作是「美」。他說，活著就意味著接受差別、忍受苦難，又在苦難中去尋找一片溫馨與寂寥，尋找一份安詳與豁達。

279

我還要在「接受」後面加上「反抗」，在「忍受」後面加上「改變」。

漫步書店，我發現那些只有書的形式而不配叫做書的東西竟是如此之多。書店演變成一處高級的垃圾場。

280

伯特．蘭特在〈關於刮臉的道理〉中寫道：「當剃刀觸到我的臉上，我不免有這樣的疑懼：假如理髮匠忽然瘋狂了呢？」這是休謨式的懷疑主義人生觀。

宋代詩人黃庭堅卻賦詩云：「養性霜刀在，閱人清鏡空。」寫理髮師如寫大俠。這是純粹審美的人生觀。中國士大夫比西方知識分子過得瀟灑快樂多了。

281*

在經濟地位上而言，學生算是最窮的那群人，比失業工人和失地農民稍好——而碰巧出身於這兩種家庭，則雪上加霜。

一些老教授看不慣青年學生跑到校園外掙錢，指責說，這是不安心學習。殊不知，衣食不足，安能做學問？德高「忘重」的名教授享受政府津貼，基金會送錢上門，站著說話自然不腰疼。對於金錢能否正確認識，可以判定此人虛位或真誠。契訶夫不到而立之年寫出名作《草原》，獲得一千盧布，他大大地改善了自己的生活。契訶夫深知清貧的味道不好受，在努力掙錢的同時，一直為改變青年作家的物質境況不遺餘力地呼籲。他直截了當地說不喜歡托爾斯泰，托爾斯泰年輕時候花天酒地，到老來擺出道德家的面孔說擁有財富等於盜竊。契訶夫卻說，自己很高興擁有別墅和大片土地。倘在辛苦後，一覺醒來，突然變成資本家，應是人間樂事。

誰否定人的正常欲求，不管他的調子有多高，我都十二分地警惕他，如同警惕法西斯分子。

282*

這是一個扼殺真浪漫而又製造偽浪漫的時代。

圓明園藝術村的藝術家們像喪家之犬一樣，被警察四處驅趕；而倪萍、趙忠祥、成龍、趙本山這些人卻成為萬人仰望的明星。

283

在石家莊陸軍學院裡，政治學習是一項重要的內容，連週末的時間也被塞進去。盛行繞口令：「你學習，我讀報；學什麼，都知道。先國內，後國外；老一套，新一套。兩手抓，兩手硬；安定團結，形勢大好。」

284

錢鍾書的著作中引了大量中外典籍，把上帝、君王、最高統治者的統治術比喻為「伏鼠、竊賊、夜行人、神出者、鬼沒者、紅雲掩其面者、潛藏者、深居簡出者、處於陰暗角落的伺機者、藏刀匿器者……」，然而，史書和報紙上全都堂而皇之地寫著：「太陽、旗手、拯救者、詩人、思想家、先驅者、父親、舵手、萬壽無疆者。」

285

受到壓迫必然會感覺到痛苦。對這種痛苦一般有兩種對策：一種是笨人，為擺脫痛苦奮起抗擊壓迫，結果掙脫手銬，迎來枷鎖。另一種是聰明人，想方設法努力讓自己相信，這些壓迫是必要的，對自己善意的。

我是個學不聰明的笨人。

286

被我視為「小希特勒」、「小史達林」的紅色高棉領袖波爾布特眾叛親離，被手下逮捕囚禁。波爾布特對採訪他的美國記者泰耶說：「你不知道我每天受的是什麼罪！」他反覆抱怨自己被囚在滿是蚊蟲的監獄裡。當對方問及三百萬柬埔寨人民被殺害的事時，波爾布特瞪大眼睛說：「你可以看著我的眼睛，我是一個野蠻人嗎？一直到現在，我的心都是清白的。」

大惡人是不會懺悔的，波爾布特希望「平靜地死去」。對於宋成事件，被殺的宋成及其十四個家屬，波爾布特說：「那個人，那些孩子，我沒有下令殺他們。那是我們將計劃付諸實施時犯的一個小錯誤。」

終於看到了波爾布特的照片，他是一個左半邊身體癱瘓、左眼失明、滿頭白髮、滿臉浮腫的老人。一副楚楚可憐的模樣，要是不知道他是波爾布特，我差點要動惻隱之心了。

走投無路的獨裁者，比無家可歸的喪家犬還不如。

與當年的波爾布特一樣囂張的傢伙們，真該欣賞一下這張的照片。

287*

號召取消娼妓制度的政治家，往往是嫖妓次數最多的政治家。

正如呼籲清理農民工的「高級華人」，往往是那些最大限度地享用農民工勞動果實的城裡人。

288*

一九八六年，丁紹光、袁運生等在紐約組成海外藝術家聯盟，發表宣言：「我們最大的責任是，努力使中國人儘快地成為充滿自由創造精神的新人。自由是創造的條件。尊重差異、維護多元是我們的信念。」

我在為這個宣言猛烈鼓掌之後，進一步反思：五千年沉重的專制文化所孕育的國人，有可能儘快地成為充滿自由創造力的新人嗎？我的回答是否定的。當下的環境不僅沒有改善，反而惡化了。在本世紀前三十年生活和思想的魯迅，在圍剿與陷害、追捕與羞辱中掙扎著活了五十五歲；在本世紀末期，同樣為自由而生活的王小波卻只活到四十五歲——奪去他生命的，不僅是疾病，更是巨大的「無物之陣」。

因此，我不得不悲觀。不是為自己的壽命而悲觀，而是為能否看到宣言中的藍圖變成現實的那一天而悲觀。

289

袁中郎曰：「今東坡之可愛者，多其小文小說。其高文大冊，人固不深愛也。使盡去之，而獨存其高文大冊，豈復有坡公哉？」
沒有一部長篇小說的魯迅依然是二十世紀中國最偉大的作家。懂得此理，可少寫少看學術論文和長篇小說也。

290

契訶夫《第六病室》中的醫生，僅僅因為喜歡「思想」，想逃出無從脫逃的生活牢籠，卻被看作有精神病，關進病室之中。
我還有什麼可抱怨的呢？我沒被關進第六病室，我太幸運了。

291

烏鴉希望一切都是黑的，鴿子則希望一切都是白的。
你呢？

292

在北京，掌握真理的不是深宮大院裡的高官顯貴，不是胸有萬卷書的文人學者，而是出租汽車司機。出租汽車司機是一個流動的原子，與形形色色的人物交談、契合或對峙。瞭解、觀眾、品評與體味，此後反芻而出的必然是真理。

想瞭解世界，其實並不難，上街與出租司機聊聊就行了。

293

山東泰安市委書記胡建學推出《胡建學選集》。不愧為孔子故里的地方長官，比別的貪官污吏站得高看得遠，由「武功」上升到「文治」的境界。

這是令熱愛「傳統文化」的人們欣慰的事情：孔子思想，光芒萬丈，照得貪官也形象高大。別的地兒，能孕育出這樣高層次的貪官來嗎？

294

一旦愛情進入公眾領域，它立刻沉重起來，成為包袱。

295

很喜北大的「勺海」。巴掌大的湖，也敢稱「海」！「勺」與「海」之間的差距形成巨大的張力，使這個詞具有了「動如脫兔，靜如處子」的魅力。一勺水，何妨存煙波萬頃之想？

296

人性中的首惡，莫過於對同類的殘忍。知識分子最大的罪惡，便是用「真理」來解釋殘忍。

297

中國的道德是以不承認人的弱點為前提的。這樣的道德最終成為殺人的利器。

298

不強迫每一個學子都成為思想鬥士，但絕不能扼殺那一兩個想成為思想鬥士的學子。這是一個健康多元的社會應當遵循的一條原則。只有梁山泊才強迫每個人都入夥革命，只有法西斯才扼住每張想呼喊的口。

尊重別人的選擇，也堅定自己的選擇。

299

編輯一本紀念北大百年校慶的書，想約一位在媒體工作的師兄寫篇稿。但他在回信中說：「作為記者，我可能會去採訪；但作為學生，我沒有任何喜悅。年紀大並不能說明什麼，有過自由思想更不說明什麼；事實證明：往往是懂得自由的人在壓制別人的時候就特別的起勁，因為他能從中獲得別人不能理解的愉悅。」

把這樣揪心的話寫出來，需要怎樣的勇氣呢？跟我一起在石家莊陸軍學院接受軍政訓練的一名國政系學生，本科畢業後在某系當上了團委書記，頓時搖身一變，從當年痛恨教官管制的青年變成了趾高氣揚的官員，而且對付學生的手段比他的年過中年的前任要厲害百倍。

魯迅說得好：「殺戮青年的，似乎倒大概是青年，而且對於別個的不能再造的生命和青春，更無顧惜。」青年急著升官發財自然會不顧一切的。自由早已是昨日黃花，不僅自己不要自由，還不惜剝奪別人的自由。

學術聖地向官場墮落，是社會整體墮落的最後一步。

300

一九四五年十一月二十五日的晚上，錢端升教授在西南聯大圖書館前草坪舉行的時事論壇上，慷慨陳詞，反對內戰，反對個人獨裁。這時，國民黨軍隊在圍牆外打機關槍相威脅。錢氏仍然高聲演講，與槍聲相應和。

這一幕，理應是西南聯大校史上最令人神往的一夜，讓我懂得了什麼是人的尊嚴，什麼是知識分子的尊嚴。

301

思考死亡問題，對我這樣的青年來說不太恰當。

當我讀到瑪格麗特・莒哈絲的句子「我看見我的生命，你的死亡。我那在繼續的生命，你那在繼續的死亡」的時候，我驚呆了。生命和死亡都同時在繼續著，「我」很快就變成「你」了。

我第一次感到了死亡恐懼。

302

因《自由中國》事件，主編雷震被判「煽動叛亂罪」，此罪可致死刑。此時，主要撰稿人夏道平、殷海光、宋文明三人挺身而出，共同發表聲明，對於他們在《自由中國》上寫的社論和文章自負其責，而被控為「鼓動暴動」、「動搖人心」的文字多半是他們寫的。在那人人自危、軟骨症盛行的時代裡，那種做人的嶙峋風骨令人震撼。

久違了，有尊嚴的知識分子！久違了，知識分子的尊嚴！

今天，知識分子正在普遍爬蟲化，回首當年孤島上的「三座大山」，恍若隔世。

303

文人都想當諸葛亮，於是劉備便成了曠代聖主。

304

宋徽宗、李後主當皇帝的時候，是文人學士、畫家樂師日子過得最舒服的時候，然而國也亡得快。

305

《二十四孝圖》公然刻在白雲觀裡，是為儒家的道家化。儒家高貴的學說，通過道家這個庸俗的宗教，深入千家萬戶。

306

等到貝克特得到諾貝爾獎的時候，六十年代也接近尾聲了，夢想與光榮、鮮血與鮮花，隨風而逝，隨水而流。貝克特的一生不是在等待，就是在被等待。他最終沒有出席頒獎典禮，我很難想像《等待果陀》的作者在典禮上會有怎樣的言行。但他也沒有拒絕獎金，否則他就成了沙特。用不著把諾貝爾獎看得如此重要——為什麼我們不能擁有讓諾貝爾獎慚愧的偉大作家呢？

307

《西遊補》是一本比《西遊記》還要奇怪的書。有一節寫孫行者審秦檜，高總判有一段稟告：「爺，如今天下有兩樣待宰相的：一樣是吃飯穿衣、娛妻弄子的臭人，他待宰相到身，以為華藻自身之地，以為驚耀鄉里之地，以為奴僕詐人之地；一樣是賣國傾朝，謹具平天冠，奉申白玉璽，他待宰相到身，以為攬政事之地，以為制天子之地，以為恣刑賞之地。」

千朝百代以來，除了王安石等三兩個書呆子外，宰相全是以上兩類人，要麼是昏蛋，要麼是奸佞。不信，列個名單數將下來，大一統的太平盛世多是前者，偏安一隅的小朝廷多是後者。

308

這是什麼——無德而尊，無勢而熱，無翼而飛，無足而走，無遠不往，無幽不至。上可以通神，下可以使鬼。繫斯人之生命，關一生之榮辱，危可使安，死可使活，貴可使賤，生可使殺。故人之憤恨，非這個不勝；幽滯，非這個不拔；怨仇，非這個不解；令聞，非這個不發。

這是金錢。作為一名貧困的學生，我在情感上對上面這段話表示認同；作為一名清醒的思想者，我又不得不對這樣的憤怒表示質疑。仇恨金錢的原因大抵是得不到金錢。在貧困中，保持對金錢的平常心，則是對一個人理智力量的檢驗。

309

「老」是一個可怕的詞，如愛滋病一樣，沾到別的詞，別的詞便倒大楣。如，「處女」本來是個讓人感到「純潔」的詞，但添上「老」成為「老處女」以後，便立時有了陰森、扭曲、變態的含義；「學生」本來是個讓人感受到「天真」的詞，但添上「老」成為「老學生」以後，便立刻有了迂腐、愚笨、拙劣的含義。

310

不要忽視年輕時感動過你的東西。
不要相信年老時你堅持著的東西。
前者是純真，後者是僵化。

311

李鴻章晚年總結一生事業，撫膺歎息：「我辦了一輩子的事，練兵也，海軍也，都是紙糊的老虎，何嘗能實在放手辦理？不過勉強塗飾，虛有其表，不揭破猶可敷衍一時。如一間破屋，由裱糊匠東補西貼，居然成一淨室，雖明知為紙片糊裱，然究竟決不定裡面是何等材料，即有小小風雨，打成幾個窟窿，隨時補葺，亦可支吾對付。乃必欲爽手扯破，又未預備何種修葺材料，何種改造方式，自然真相破露，不可收拾，但裱糊又何術能負其責？」

李鴻章把自己定位在「裱糊匠」的位置上，倒也有些自知之明。然而，老大帝國僅有裱糊匠是不夠的——外邊已是暴風驟雨，茅屋隨時傾覆，這時需要一名大建築師。

梁啟超之《李鴻章傳》曰：「李鴻章不識國民之原理，不通世界之大勢，不知政治之本原。」

可謂一針見血。李鴻章身上的優長皆是「支那人之性」的典範，如陸宗光概括的幾條：涼血類動物、事大主義、容忍力強、硬腦硬面皮、詞令巧妙、狡獪有城府、自信自大。

諺所謂「做一日和尚撞一日鐘」，中國朝野上下之人心，莫不皆然，而李亦其代表人物也。

李鴻章總算還是一個把「鐘」撞好的人，而大多數出將入相的大人物卻連「鐘」也撞不好。難怪梁任公要感歎：「念中國之前途，不禁毛髮栗起，而未知其所終極也。」要是梁任公生在今天呢？

312

竇鎮《師竹廬隨筆》有一則「玻璃罩」記載葉名琛事：「咸豐六年，廣東私鹽船用外國旗號，粵督葉名琛辦理不善。明年冬，英、法兩國攻陷廣州，葉制軍被擄至印度，令穿公服，紅頂花翎，外用玻璃罩，沿途斂錢。至九年三月，死於西夷。」

我的感覺是「哀其不幸，怒其不爭」。不過，讓清政府的封疆大吏充當被人觀看的「猴子」，對一貫把別人稱為「夷」的天朝大臣來說，亦是一個響亮的耳光。

313

有的人以自己像個知識分子而驕傲。出租汽車的司機對我說：「您像個讀書人。」我並不為之而高興。我想起著名記者布札第對卡繆所說的話，那是他們的第一次見面：「感謝上帝，您不像知識分子，倒像個運動員，頭腦清晰——一副普通人模樣，穩重，愛說善意的譏諷話，長相有點像汽車修理工。」

314

二戰期間，美國國內愛國主義情緒高漲，國旗四處飄揚。在升旗儀式上加入了忠誠測試，拒絕向國旗敬禮的孩子被趕出公立學校的大門。這些孩子是耶和華見證會的信徒，他們稱自己的宗教信仰禁止這樣的做法。

一九四〇年，最高法院駁回了孩子們對公立學校的上訴，只有大法官哈倫・斯通一人提出反對意見。三年後，最高法院改變了主意，在另一個案件中，以六票對三票的絕對多數意見認定，強制他人向國旗敬禮侵犯了憲法第一修正案：「國會不得立法限制言論、出版自由。」

傑克遜法官起草了多數意見，他寫道：「我們之所以能夠擁有富於理智的個人主義和豐富多彩的文化多樣性，乃是因為我們擁有種種特立獨行的心靈，而為此需要付出的代價僅是容忍偶爾的離經叛道和荒唐念頭。」他繼而強調說：「自由的實質表述，正是對現存秩序對核心表示異議的權利。……如果使我們的憲法星空還閃爍著永遠的恆星的話，那麼它便是：任何官方、權威以及大受歡迎者都無權規定什麼是政治、國家、宗教或者其他思想問題方面的正統，或者強迫公民用語言或行為承認其正統地位。」

315*

「文革」中殘酷的武鬥表明：相同信仰的人們也可能勢不兩立。高喊「毛主席萬歲」的一群人，向同樣高喊「毛主席萬歲」的另一群人開槍。我不得不承認，這才是推動「歷史」發展的真正動力。歷史不是用智慧寫成的，相反，是用愚昧寫成的。

316

一八三七年，蕭邦來到巴黎。他說：「巴黎有你希望的一切：你可以歡樂、憂傷、嬉笑、哭泣、你可以幹你喜歡的一切事情，誰也不會看你一眼，因為這裡成千上萬的人與你相同，各走各的生活之路。」

北大亦如是也。

317

中國當代文學最缺乏的是古希臘偉大悲劇中的那種激情和憤怒的力量。

318

高中語文教學的結果。中學生們都說：「尼采是瘋子。」
「誰說的？」
「魯迅先生說的，在〈拿來主義〉中說的。」
我無言。

319*

一個以為到處都是敵對勢力的政權，最大的敵人其實是自己。

320

真理總是讓人覺得難以置信。所以，追求真理的人永遠是少數。
「異想天開」是一個我非常喜歡的成語。異想真能打開天堂之門嗎？
要想記載自己全部的胡思亂想，這篇劄記永遠也無法結束。
就此打住，因為「異想」僅僅是我個人的。

足本版後記

在推特和臉書（以及中國的微博）等社交媒體還沒有出現的年代裡，我就很喜歡寫隨想與斷章，大約是受帕斯卡和尼采的影響吧。幾年下來，收攏起來，也算集腋成裘了。這部分內容就成了《火與冰》的第一部分，也是最受讀者歡迎的部分。

中國的簡體字版，刪去了百分之十左右的內容，但我無法知曉編輯刪稿的標準何在。有些我認為無關宏旨的內容，偏偏被刪去；有些我認為「包藏禍心」的內容，卻幸運地保留下來。如今，我終於可以將其完全復原。

編按：於本書復原之內容，以＊符號註記之。

第二輯　白衣飄飄的年代

水邊的故事

水邊的故事，是一疊由瞬間流向永恆的故事。

我是個在水邊長大的孩子，外婆的小閣樓後面就是一條小河，河水潺潺，是我最好的催眠曲。長在水邊，卻一直沒有學會游泳。夥伴們個個都是皮膚光亮、身手矯健的浪裡白條，我卻從早到晚靜靜地坐在河邊，像一尊古代的石像。

正是在無數靜止的時刻，水邊的故事像一面面鏡子，伸出閃爍的手捕撈著歲月的流痕。波光粼粼，人在水的邊緣，心靈深處常常湧起潸然欲淚的難以言說的寂寞。每根脆弱如蛛絲的神經，都被當作琴弦撥動了。

河邊的每個故事都像桃花源那樣美麗奇幻。翻開一本線裝的《詩經》，最先牽著你的眼光走的是這樣的句子：「所謂伊人，在水一方。溯洄從之，道阻且長；溯游從之，宛在水中央。」於是，滿紙的方塊字都蕩漾起來，青青的是河畔的草，盈盈的是河中的波。是不是眼睛花了呢？「魚戲蓮葉東，魚戲蓮葉西，魚戲蓮葉南，魚戲蓮葉北」，在可採蓮的江南，如果說每一朵蓮花下都有一條自由自在的小魚，那麼每條河邊豈不都有一段刻骨銘心的情感？

水邊盛產至純至真的感情，水是一種由人的眼淚匯集成的，卻能讓人忘憂的液體。在這平坦如砥、光潔如玉的水裡，映著朝朝代代都不動聲色的明月，擁有梅的疏影與藕的深根，也剛剛掠過鶴的白羽與蝶的金翅。

對於健忘的人類而言，水是一部宇宙間最大的留聲機：詩人苦澀的歌吟，舟子曠達的漁唱，縴夫蒼涼的縴歌，女子悠閒的擣衣聲……還有那湘水的屈子、烏江的霸王、赤壁的東坡、梁山泊的一百零八條好漢……每個深陷在苦難中無法自拔的人，都會不約而同地到水邊去，去尋找最後的安慰。

水的使命則是尋找與她最知心的人。所以，濟慈把自己的名字寫在水上。水與人血管中的血一樣，存在著鮮明的愛與憎，而愛與憎又冰炭相容。在水沉默的表象背後，演奏著交響樂中循環不止的延長號。

對於極少數人而言，水象徵著一種絕望且高傲的理想。古希臘哲人赫拉克利特嘗言：「人生無法兩次踏進同一條河流。」其實，在人生不同的分分秒秒裡，人又何嘗擁有過同一顆心靈？正是在這個意義上，人類的心靈就是一條流動的河。逝者如斯，水同生命一樣，無法被賦予某種特定的形象。因此，偉大的藝術家所能達到的最遠處恰恰正是藝術的局限處。

梵谷那令人讚歎的怨言就是所有藝術家高傲而絕望的呼聲：「痛苦的我不能夠沒有某種比我更偉大的東西。」梵谷沒有找到支撐人軀體的土壤，卻發現了憩息著人類靈魂的流水。他無法面對人類不可能突破的局限，便向自己舉起沉重的手槍。真的，沒有哪門藝術能與流水交鋒，無論什麼樣的藝術，在水的面前都顯得如此蒼白與粗糙。

與河水相比，海水更為神祕莫測。在太平洋中一個蒼涼荒蕪的小島上，消瘦的高更日日夜夜面對茫茫無涯的海水。巴黎的燈紅酒綠、車水馬龍、脂粉與金錢、權勢與令名，統統比不上環繞在他四周的水。終於有一天，高更的眸子變得比海還要深邃，他在畫布上重重地寫上三個問號：我是誰？我從哪裡來？我到哪裡去？海水是否回答了他的問題，人們不得而知。但那一瞬間，高更確實在海邊與自己的靈魂不期而遇。這個世界上，有幾個人發現自己的靈魂丟失了呢？又有幾個人願意到海邊傾聽靈魂的聲音？

生活像水一樣如此之輕，也如此之重。在風的吹拂下，人的青絲忽然化作白髮，而水依舊汩汩地從指縫裡流過，哪裡才有岸呢？流逝的水不會問盡頭在哪裡，或許根本就沒有盡頭？那麼，人類剩下的使命，便是在已經成為汪洋的世界中展示一個倔強的小島，用自己真實的感受去預示另一種可能性的來臨：人類面臨的是遙不可及的未來，讓我們如暴風雨中飛回來的海燕，靜靜地停在水邊，承受那即將降臨的幸福或苦難。

水邊，最讓我無法忘懷的故事是艾特瑪托夫的《白輪船》，它像一支靈魂的溫度計，測量著人們心靈的冷暖。在這個詩一般透明的故事裡，孩子的世界是一個與水一樣，永遠也不會變得醜陋、混濁的世界。孩子每天在湖邊的山坡上遙望湖裡停泊的白輪船，這是孤寂中長大的孩子唯一的樂趣：沒有父母，與爺爺相依為命的孩子，愛森林，愛湖水，愛湖上的白輪船，愛爺爺故事裡的長角鹿媽媽。

然而，迫於生計，在守林官員的壓迫下，爺爺不得不射殺了長角鹿。孩子從堆滿鹿肉的餐桌上狂奔出來，跑到湖邊痛苦地向遠方眺望，卻再也望不見白輪船了，白輪船已起碇開往伊塞克庫爾。孩子不停地問自己：「為什麼有的人歹毒，有的人善良？為什麼歹毒的人幸運，善良的人不幸？」孩子無法接受殘忍的成人世界，終於去實現自己變成魚的夢想了。

吉爾吉斯作家艾特瑪托夫也許是含淚寫下這段後記的：「你游走了，我的小兄弟，游到自己的童話裡去了。你是否知道，你永遠不會變成魚，永遠游不到伊塞克庫爾，看不到白輪船，不能對他說：『你好，白輪船，這是我！』我現在只能說一點——你否定了你那孩子的靈魂不能與之和解的東西，而這一點就是我的安慰。你生活過了，像亮了一下就熄滅的閃電，閃電在天空中劃過，而天空是永恆的。這也是我的安慰。孩子，在向你告別的時候，我要重複你的話：『你好，白輪船，這是我！』」

合上書的時候，我的眼淚奪眶而出——水和白輪船都隱喻著一個未給定的世界，一個唯有真、善、美和自由的世界。這個世界需要有人為它獻身，與貧乏和虛偽抗爭是艱難的，生活的奇蹟豁然出現的時刻畢竟太少了。這便是《白輪船》的可貴之處：明知滿載真理的小舟已經傾覆，寧願遭受滅頂之災也不苟且偷生。

卡夫卡說過：「誰若棄世，他必定愛所有的人。因為他連他們的世界也不要了，於是他就開始覺察真正的人的本質是什麼，這種本質無非是被人愛。」水邊的故事大都以悲劇結局，然而這種悲劇之中卻蘊含了一種火山噴發一般強烈的熱情。水邊那些平凡或偉大的人們，用他們獨特的方式去解答時與變的謎底，並在殘忍與非正義之中展現永生之愛。

一切的矛盾最後都糾結到水邊。無論你是預言家還是落伍者，水都是你無須付出什麼的知音。卡繆在《置身苦難與陽光之間》一書中寫道：「在阿爾及利亞的郊區，有一處小小的裝有黑鐵門的墓地，一直走到底，就可以發現山谷與海灣。面對這塊與大海一起呻吟的祭獻地，人們能夠長久地沉湎於夢想。但是，當人們走上回頭路，就會在一座被人遺忘的墓地上發現一塊『深切哀悼』的墓碑。幸運的是，有種種順應諸物的理想者。」我是一個在南方水畔長大的孩子，身上有許許多多水的特質。看慣水面的波瀾，聽慣水邊的故事，這才發現自己度過的那段並不漫長的歲月，也成為水邊故事峰迴路轉的細節。

無可奈何，作為一個心甘情願帶著「花崗岩腦袋」去見上帝的徹頭徹尾的理想者，我只能虔誠地掬起一捧水，細細咀嚼其中的苦澀與甘甜——不管是苦澀還是甘甜，都固執地讓河邊的故事演繹下去。

薄酒與醜妻

偶讀黃庭堅的詩集，這酸老頭還頗能發些天籟之音。最喜歡的便是：「薄酒可以忘憂，醜妻可以白頭。徐行不必駟馬，稱身不必狐裘。」這真是一種可愛的阿Q精神。與黃老頭不同，現代人的夢想是：「食有魚、行有車、飲洋酒、追美女，黃老頭落伍了。」

酒有烈酒與薄酒之分，有名酒與劣酒之分。飲烈酒最見男兒本色，有友為晉人，對汾酒讚不絕口。袁子才的《隨園食單・茶酒單》中記載：「既吃燒酒，以狠為佳。汾酒乃燒酒之至狠者。余謂燒酒『人中之光棍，縣中之酷吏』也。打擂臺，非光棍不可；除盜賊，非酷吏不可；驅風寒、消積滯，非燒酒不可。」然而，我總是懷疑這位風流才子有喝汾酒的本領。斗酒萬盅，多半是文人的自吹自擂，誇張喝酒的本領，李太白起了最壞的作用。還是歐陽修說得坦白：太守好飲，而「飲少輒醉」。醉去之後呢？「抽刀斷水水更流，舉杯消愁愁更愁。」能夠忘憂的，是什麼樣的酒呢？

薄酒可以忘憂。我所愛的，乃故鄉用糯米製作的「醪糟」。到北京以後，少有一飲的機會。雪花飄飄的冬夜，故鄉來人。那時，我正經歷一段幽暗的心路歷程，偌大的都市裡，我如同落進眼睛裡的一粒沙，怎也也融不進去。於是，與老鄉一起冒著鵝毛大雪，穿了不知多少大街小巷，終於找到一家掛著「川妹子」的招牌的小飯館。飯館是不入流的，稍有身分的人都不會踏進來。

在清脆如「大珠小珠落玉盤」的鄉音中，我們相對而笑。

兩碗煮得滾燙的醪糟端上來了，雪白的糯米粒懸浮在半透明的液體中，中間是一隻黃白相同的荷包蛋，真是一幅天然去雕飾的好圖畫。輕輕地品一口，閉了眼，外婆的小鎮出現在面前：長滿青苔的天井，堆滿罎罎罐罐的廚房。而每到過年的那段時間，總有一個罎子裡裝著外婆親自做的醪糟。那時，我常常偷偷地舀上一勺子，躲到天井的花臺後品嘗半天。外婆發現了，少不了既疼愛又生氣地責怪：「生醪糟怎麼能吃呢？吃了會鬧肚子的。要吃，外婆給你煮。」但我還是更喜歡吃沒有煮過的原汁原味的醪糟。而今，外婆老矣，已經沒有精力做醪糟了，媽媽和姨媽們都沒有學會外婆的絕藝，醪糟怕是永遠留在記憶裡了。

拿醪糟來對抗軒尼詩、人頭馬，似乎太「土包子氣」了。但我覺得，人的尊嚴還不至於非得用酒的價值來衡量。中國成為法國名酒的最大銷售地，我不覺得有什麼驕傲之處。相反，我倒覺得國人的心理太脆弱。我喜愛一塊錢一大碗的醪糟，因為它能解我的憂苦，解我的鄉愁，僅此而已。

說完酒，再說女人，這是中國文人的劣根性之一。沒辦法，黃老先生的詩句就這麼寫。

我也只好東施效顰。以醜妻為榮，黃老夫子是中國歷史上少有的坦率而可愛的男士之一。據說袁枚大才子的妻妾也個個姿色平庸，旁人問其緣故，袁枚說天機不可洩也。天機為何？黃庭堅一語點破：「白頭」也。老夫子著眼於「白頭」，而不在乎美醜，眼光之高遠，實非時下「非美不娶」的芸芸鬚眉所能比擬也。

「多情卻被無情惱」，東坡居士的告誡猶在耳朵邊上，又有千千萬萬男士掉進美女的陷阱。

假如你是一個平凡的男人，那麼你在追一個美麗的女孩前，首先得做好「上刀山、下火海」的準備，把自尊心像一張廢紙一樣揉成一團扔到垃圾堆裡去。儘管如此，人們也算準了失敗的機率為百分之九十九。當然，這也怪不得漂亮的女孩，驕傲本來就是漂亮的影子，驕傲是她們無須用法律來保障的權利。誰能怪海倫有罪呢？特洛伊戰爭與她無關。

我又想起了一則動人的希臘神話：阿爾弗斯在打獵時愛上了仙女亞麗蘇莎。但美麗的亞麗蘇莎不答應他的求愛，總是從他面前逃開，直至在奧第加島上變成一泓噴泉。阿爾弗斯哀傷著，苦痛著，終於變成了伯羅奔尼撒半島上的一條河。他仍未忘記他所愛，就到海中與那噴泉相融匯。

變形的時代已經過去了，而那浪漫的時代也過去了。今天還有美麗的女子變作一泓與世界一無罣礙的純澈的噴泉嗎？一個上海作家不無誇張地說：「上海的美女一半嫁到外國去了，一半住在酒店的包房裡。」那麼，就讓我們姑且做一次阿Q吧，說不定退一步海闊天高呢？在武漢作家池莉的小說《煩惱人生》中，妻子是一個趿拉著拖鞋、頭髮亂蓬蓬、臉上已有皺紋的平庸女子。可是，早上丈夫離家上班的時候，都市千千萬的窗戶下面，只有她的眼睛一直目送丈夫消失在人流中。想到這一幕，丈夫煩惱的心也就暖呼呼的了。美妻並非不能白頭，可醜妻卻絕對能白頭——只要你飛黃騰達的時候不要充當陳世美。

「白頭」的觀念於新潮男女看來，簡直保守到了極點。「只要曾經擁有，不在乎天長地久。」這一生已夠沉重的人，何必再給自己加上一個包袱呢？大學城裡，戀愛成了一本薄薄的《半月談》，沒有一句是真話。被奉為校花的美女，周旋於幾個男士之間，說愛就愛，說翻臉就翻臉。不是你我不明白，這世界變化就是這麼快。愛與不愛，冷漠與深情，成了一張隨時可以翻轉的撲克牌。

但我還是想尋找「白頭」，在將近八旬的數學家程民德家裡，我看到了最平凡而最動人的一幕。老院士興致勃勃地要找年輕時的照片給我們看，翻了幾本影集卻沒找到，轉身問老太太：「是不是你藏起來了？」老太太行動不方便，眼睛也不好使，撇撇嘴說：「自己胡亂放，卻好意思怪別人！」老頭老太真的像青梅竹馬的小孩一樣拌起嘴來。我們在一邊，想笑又不好意思笑。忽然想起辛棄疾的句子來：「醉裡吳音相媚好，白髮誰家翁媼？」當你也白髮蒼蒼的時候，有沒有一個同樣白髮蒼蒼的、可以拌嘴的伴侶呢？薄酒喝過了，儘管只有幾度，卻也微微醉了。美麗的女子遠遠地走過，行走的風景，奪人魂魄。多情是一把對準自己心窩的刀，傷的只能是自己。

牽手

一

對愛人有一種詩意盎然的稱呼，叫做「牽手」。

「牽手」的稱謂據說緣起於臺灣原住民平埔族群。平埔族群是母系家庭制度，嫁娶都由男女青年自己挑選，自由組合。女孩長大後，父母就給她建一間房子，讓她單獨居住。到了適婚年齡，姑娘家天天打扮得花枝招展的。男孩相中了意中人，便以檳榔或小米串等帶有象徵意義的物品來贈給女方。女孩如果中意，便將男方迎入房中同居，懷孕後牽著丈夫的手去稟告父母雙親，請求「承認」。據《鳳山縣志》載：「男女千山間彈嘴琴、吹鼻簫，歌唱相和意相投，各以佩物相贈。告父母……名曰『牽手』。」

人類居然也可以這樣相愛，不計貧富貴賤，只是為了愛而愛，單純得使聰明的現代人不敢相信。我喜歡「牽手」這個樸素的、而且帶有動感的詞語，愛的真諦，盡在其中，愛的溫馨，撲面而來。當人類進化到不相信愛情的階段，「牽手」則成為一組不褪色的照片，剪輯著互相阻隔的時空。伸出手去，牽住的不僅是另一隻手，而且是一個跟自己的生命一樣重要的人。百聽不厭的是蘇芮唱的〈牽手〉，漢語的張力在歌詞中達到了極致。「因為愛著你的愛，因為夢著你的夢……所以牽了手的手，來生還要一起走。」那歌聲，不是單純熱烈，而是蒼涼激越，使人悵然若失。

確實，牽手時，能感受到擁有的愉悅，也能感覺到沉重厚實的責任。牽手，意味著愛得成熟，愛得豐厚。牽手，與其說是一種行動，不如說是一種姿態。《詩經》中有這樣閃光的句子：「死生契闊，與子成說。執子之手，與子偕老。」千百年來，平凡和卑微的人類就這樣走了過來，牽著手，涉過一條條的不歸河。

張愛玲說，「執子之手」是最悲哀不過的詩句。因為「牽手」之後便是「放手」。「放手」是一個恐懼的動詞，看似瀟灑，實際上是淚乾心枯之後的絕望。「放手」的時候，已然無愛，即使當年的愛溢滿萬水千山，傾國傾城。「放手」是人世間最淒烈的場景，尤其是在渡口之類的地方。江流岸凝，帆起舟行，此岸彼岸，「放手」——放即成永絕。那麼，「放手」之後呢？「落花人獨立，微雨燕雙飛」，下意識地伸出手去，才發現已經無手可握。空蕩蕩的只有滿袖的秋風。

想伸出手去，牽住那隻有緣的手，但又害怕出現「放手」的那一斷腸時刻。愛，也會永遠存在於尷尬不安之中。

二

蕭軍與蕭紅是一對本該「執子之手，與子偕老」的愛人，卻無奈地相互放手。兩個人一樣地單純，一樣倔強，一樣地才華橫溢，一樣地渴望完完全全地擁有對方。因此，悲劇誕生了。

蕭軍在致蕭紅的信中這樣寫道：「你是世界上真正認識我又真正愛我的人！也正為了這樣，也是我自己痛苦的源泉，也是你痛苦的源泉。可是我們不能夠允許痛苦永久地齧咬我們，所以要尋求各種解決的法子。」蕭軍是個有浪子習性的東北漢子，他知道最好的藥方是「忍耐」，卻無法真正實現「忍耐」。他時時讓詩人的浪漫衝擊著心靈，而不能沉潛自己真摯的感情。

蕭紅赴日本養病之後，蕭軍在信中寫道：「花盆在你走後是每天澆水的，可是最近忘了兩天，它就憔悴了。今天我又澆了它，現在是放在門邊的小櫃上曬太陽。小屋裡沒有什麼好想的，不過，人一離開，就覺得什麼全珍貴了。」蕭軍正是這樣一個大大咧咧的男人。他懂得花的珍貴，卻養不好花；他瞭解蕭紅的弱點，卻不知道怎樣保護她。蕭軍是個優秀的小說家，卻不能算優秀的愛人。

蕭紅呢，是一個看起來極端堅強、極端自尊，實際上卻極端軟弱、極端敏感的女子。遠在日本，她還惦記著蕭軍的飲食起居：「現在我莊嚴的告訴你一件事情，在你看到之後一定要在回信上寫明！就是第一件你要買個軟枕頭，看過我的信就去買！硬枕頭使腦神經很壞。你若不買，來信也告訴我一聲，我在這邊買兩個給你寄去，不貴，而且很軟。第二件你要買一張當作被子來用的有毛的那種單子，就像我帶來那樣的，不過更該厚點。你若懶得買，來信也告訴我，也為你寄去。還有，不要忘了夜裡不要（吃）東西。」寫這封信時，蕭紅忘了自己是個出色的女作家，而只是一顆體貼入微的女子的平常心。這些事情對她來說是「最重要的」，愛人的冷暖，也就是她自己的冷暖。這樣的愛，是禁不起傷害的。

然而，傷害還是出現了。愛的傷害是不能判斷誰對誰錯的，結果卻是永遠的遺憾。三十年代中國文壇最幸福的、願做鴛鴦不羨仙的「二蕭」決然分手了。一九四〇年，蕭紅帶著心靈的創傷遠走香港，寫出最出色的作品《呼蘭河傳》、《小城三月》。日軍攻陷香港後，蕭紅生活困苦，肺病日重。

一九四二年，年僅三十一歲的才女不幸逝世。在最後時刻，她還說：「我愛蕭軍，今天還愛，他是個優秀的小說家，我們在思想上志同道合，又一同在患難中掙扎過來！可是做他的妻子卻太痛苦了！」而鋼鐵漢子蕭軍呢，在將近半世紀以後，還懷念著單純、淳厚、倔強的蕭紅，整理出版了昔日的通信集。

愛，真的是一泓激蕩的水流，沒有容器容納得下？曾經牽過手的，燈火闌珊處的那個人，是否真的要到放手之後，才會被珍惜與懷念？

三

在愛情中受傷最大的一方往往是女子——這令每個有良知的男子羞愧，但僅僅是羞愧而已，他們不可能有什麼改變。

女雕塑家卡蜜兒・克羅戴，童年時代便開始其藝術生涯。來到巴黎後，她結識了藝術大師羅丹，成為羅丹的學生和情人。羅丹說過：「最重要的是受到感動、愛戀、希望、顫抖、生活，在成為藝術家之前，首先是一個人！」中年的羅丹遇到野性未馴的少女卡蜜兒，兩人的愛火立刻熊熊燃燒。

羅丹曾占有過無數的女子：輕佻的女模特兒、上流社會的貴婦、煙花巷裡的妓女，但這些女人對他毫無益處，僅僅是肉體的嬉戲令他歡樂。直到他看見卡蜜兒的目光——那種理解的、溫存的、閃爍著靈性的，甚至令他害怕的目光，他才找到了自己的藝術女神。羅丹對女孩說：「在你身上，在你的身體裡，我所崇拜的東西，除了它的如此漂亮的形式，再就是將它照亮的、體內的火焰。」他把《思想者》獻給他，更把《吻》獻給他——被上層社會評論為「粗魯唐突」的《吻》，表現的正是他與她激情迸發、驚世駭俗、生死纏綿的瞬間。卡蜜兒也創作了《沙恭達羅》，用天才的作品證明了自己不僅僅是「羅丹的情人」。

藝術與愛情要想保持長久的平衡是不可能的。藝術家與藝術家之間、愛人與愛人之間，爆發了激烈的衝突。羅丹抽身而去，踏進公爵夫人的殿堂，卻把十五年的愛情留給卡蜜兒一個人。卡蜜兒說：「最偉大的愛情的標記：為自己所愛的人獻出生命。」從本質上講，她依舊是個弱女子，她不能忍受愛成為回憶的事實。

巴黎，成了一座眼淚的迷宮。卡蜜兒開始毀壞自己的作品。一九〇六年，四十二歲的卡蜜兒離家出走，精神徹底崩潰。「留下的那個女人在等待有人打開這座大門／將她推進去／然而，沒有人來過這裡。」

一九一三年七月，一輛救護車呼嘯而來，將卡蜜兒送往瘋人院。同年，羅丹半身不遂，喪失了創作能力。

三年後，羅丹黯然辭世。卡蜜兒則掙扎著，在瘋人院裡幻想了三十年，才以七十二歲的高齡告別愛恨交加的世界。

卡蜜兒的弟弟、作家保羅・克羅戴這樣深情地描述姐姐的容顏：「一副絕代佳人的前額，一雙清秀美麗的深藍色眼睛……身披美麗和天才交織成的燦爛光芒，帶著那種經常出現的，甚至可以稱得上是殘酷的巨大力量。」這種力量，或許就是愛吧？這是令凡人神往的愛，有了這種愛，才有羅丹的《思想者》、《巴爾札克》、《加萊義民》，才有卡蜜兒的《羅丹胸像》、《成熟》、《命運之神》，這些雕塑在人類的藝術殿堂裡有如群星閃爍。也正是這種令人不寒而慄的愛，使卡蜜兒變成了「瘋子」，遭受了長達三十年駭人聽聞的監禁。卡蜜兒留下的最後一行文字是：「餘下的僅僅是緘默而已。」

卡蜜兒征服了羅丹，終於招致愛神的嫉妒。愛神這樣懲罰她與他：愛的盡頭，是瘋狂——無論愛者，還是被愛者。

四

熱戀中的小兒女常常發下海枯石爛的不變心的盟誓，彷彿真的能海枯石爛不變心。對於年輕人的愛情，我寧可保持十分的懷疑態度。電閃雷鳴，僅僅是愛的初始階段，只有到了「隨風潛入夜，潤物細無聲」的境界，愛才可能向永恆靠近。因此，我對那些校園裡卿卿我我，你餵我一口飯、我餵你一口菜的戀人們不以為然，卻常常為小徑上互相攙扶著散步的、白髮蒼蒼的老夫妻之間的體貼和溫柔而感動。

錢理群教授是我最尊敬的老師之一，他的每一本著作中，都能看到一顆真誠坦率的心和一團燃燒著的激情。在《大小舞臺之間》一書的後記中，他深情地談起自己的妻子，這是一段樸實無華的文字：

而我尤其要說的，是我的老伴可忻。我十分清楚，我能最終走出生命的「冰谷」，全仰賴她的堅定、果斷（我的性格根本上是軟弱的），她的溫柔、體貼（我是最不會照料自己的）。每當思及充滿未知因素的「將來」，不免有些惆悵時，只要想到她會默默地與我共同承受一切，我就似乎有了「底」。她是我生活中永遠不倒的樹，我樂於公開承認這一點，並無半點愧點。因為我知道，在她的心目中，我也是這樣一株樹——在充滿險惡的人世中，我們互相苦苦支撐：這就足夠了。我的這本書當然應該獻給她，我的可忻。記得在十五年前的新婚之夜，我也曾向可忻獻過一本書——那時十年浩劫還沒有結束，我雖也寫有近百萬字，卻不可能出版；獻上的是手抄本，書名《向魯迅學習》。現在，「書」由手寫變成了鉛印，但那份情意卻沒有變，依然那樣深摯、純真——但願我們永遠像年輕人那樣相愛，儘管如此我們都已兩鬢斑白，並一天天走向歸宿。

兩棵樹，並不參天，並不偉岸；兩棵樹，枝枝連理，葉葉相貼，連根系也連結在一起。風裡雨裡，兩棵樹互相溫暖、互相慰藉。這段用「心」寫的文字，也要用「心」去讀。我想，先生是沒有必要羨慕年輕人的，因為先生的愛是一種歷盡滄桑之後沉甸甸的愛。錢老師送給師母的著作，無論是當年的手抄本，還是今日的出版物，也都是沉甸甸的，也只有師母才受得起錢老師的禮物。

今天的女孩子大都喜歡首飾與時裝。當愛變成「每週一歌」、「半月談」，變成「一場遊戲一場夢」；當牽手變得隨心所欲、自由自在、輕輕鬆鬆的時候，愛便失去了純潔，也失去了真摯，只剩下一個蒼白的外殼。

有一次，我到錢理群教授家請教問題，師母正在外間忙碌著，偶爾走過書房一次。我很想悄悄地問老師初戀的經過，卻一直沒有開口。不是「不敢」，而是「不忍」——就讓它成為一個讓我們追思與嚮往的「謎」吧，最美麗的情感往往如「羚羊掛角，無跡可尋」。

五

牽手這個動作，需要一個前綴，那就是時間。對有的人來說，時間是溫柔的刀，割去了三千煩惱絲，也劈開了一雙相牽的手；對另一些人而言，時間則是愛的容順，愛無形，容器也無形，兩鬢青青變星星，只是為了一顆癡心。

毀滅愛的是時間，證明愛的也是時間。這些道理，為什麼年輕時候總不明白？

一九九六年五月三日，英國老人約翰‧布朗去世了，兩天後，他的妻子裘蒂絲也溘然長逝。他們便是本世紀最動人的愛情故事「戴紅玫瑰的醜女人」的主人公。

一九四二年，二十出頭的布朗趕到北非的英軍第八集團軍。此時，英軍處境很難，隆美爾攻勢凌厲。布朗在大炮和坦克的轟鳴裡染上戰爭恐懼症，甚至想逃走和自殺。有一天，他偶然讀到一本《在炮火中如何保持心靈平衡》的書，他被深深地打動了。這本書成為他心靈的支柱，尤其令他驚異的是，作者是一名年輕的女性：裘蒂絲。他開始給裘蒂絲寫信，經過三年的通信，兩人相愛了。

一九四五年，戰爭結束了。已晉升為中校的布朗急切地給裘蒂絲寫信，要求會面。裘蒂絲回電說：「在倫敦地鐵一號口等我。你的手中拿本我寫的書，我的胸前將佩一朵英國國花——紅玫瑰。不過，我不會先認你，讓你先見到我。如果你覺得我不適合做你的女友，你可以不認我。」

布朗在約定的時間來到地鐵口。還有一分鐘，他經歷了無數次戰鬥、平靜如水的心，卻情不自禁地猛跳起來。這時，一位綽約多姿的綠衣女郎從容地走來。是她嗎？她沒有戴紅玫瑰。布朗再次張望四周，一位戴著紅玫瑰的女人慢慢地走上前來。布朗定睛一看，張口結舌：這是一個重度燒傷、拄著拐杖的女人！怎麼辦？認不認她？

布朗的內心激烈衝突起來。「她在我最需要的時候，伸出了援助之手。經過殘酷的戰火的考驗，我們的愛是神聖的，我沒有理由不認她。」於是，布朗追了上去，叫住那名「奇醜無比的女人」，微笑著說：「我是布朗。我們終於見面了，非常高興！」

「不，您錯了。五分鐘前，剛才過去的那位綠衣姑娘請求我戴上這朵玫瑰，從您面前走過。她一定要我不主動認您，只有當您按照約定，先同我相識，才把真相告訴您，您已經成功地接受了一場或許比戰爭更嚴酷的考驗。她正在對面的餐館裡等您。」

我既為裘蒂絲喝彩，也為布朗喝彩，布朗伸出手去的時候，他的愛已經昇華得無比神聖。布朗給了愛一個能夠容納海洋和天空的容器，他便獲得了人生的真愛。

伸出手去，牽住一段不了的情緣，牽住一份永恆的真愛。

今夜飛雪

半夜裡忽然醒來，夜出奇地靜。梅影橫窗瘦，窗外一種「沙沙」的聲音充滿天地之間，若有若無，若遠若近，如春蠶嚼桑葉般透明。忍著刺骨的寒意打開窗，呵，下雪啦！在漆黑的夜空裡，綿綿不斷的雪花輕盈地飛舞著，空靈而晶瑩。有幾片還調皮地飛進窗來，吻我的臉，鑽到我的脖子裡。昨天廣播說今夜西伯利亞寒流南下，北京將降第一場雪。

今年北方的冬天來得真早，南方呢，南方的南方呢？今夜，我在京城一個寂寥的角落裡，與這場不約而至的飛雪相對無語。而你帶著綠紗的窗前，是否依舊椰影婆娑，海風裡帶著鹹味？你呢，是否枕著一本《簡愛》甜甜地做夢，夢見到了英格蘭的莊園裡？寒流一直南下，但願愛穿黃裙子的你珍重加衣。

收到你的第一封信是在我到燕園的第一個濃秋。在一顆金燦燦的銀杏樹下，我疑惑地展開你的信箋。樹蔭濃濃，漏下點點溫暖的跳動著的光斑。信箋上清香的字跡，如你清秀的面容。我們中學時並不很熟。那時我還是個故意讓自己寂寞的少年。女孩子們悄悄地把我的詩句抄在日記本上，我卻對她們的嘰嘰喳喳不屑一顧。

你與我迥然不同，擔任文娛委員的你像一顆燃燒的鳳凰樹，幾乎所有男孩都對你敬且畏——別看你滿臉清秀，要是哪個男孩欺負了女孩，你會走到他面前，當眾把他斥責得手足無措。有一次文具盒裡爬出一條手指粗的毛毛蟲，你淡淡一笑，用鉛筆把牠撥到窗外，後排那個牛高馬大的男孩子目瞪口呆。你在枯燥無味的政治課上聚精會神地讀三毛的小說，你在運動會上拖著摔傷的腿跑到終點，你在校園藝術節上自編自導自演了一場轟動全校、毀譽參半的現代舞。

雖然我在表面上對你和別的女孩沒有什麼兩樣，但你一襲與眾不同的黃裙子開始成為我案頭一枚伶俐清晰的藏書票——女孩子們都說，那件最美麗的黃裙子是你自己做的。高考像一陣狂風，颳走了我們像舊報紙一樣沒有重量的昨天，我幸運地收到了夢寐以求的通知書，而你卻落榜了。我北上的那一天，你託朋友捎來一張小小的紙條：「謝謝你的詩，祝福你學業有成。而那個醜小鴨一樣的女孩，渴望實現流浪的夢想。」

今夜，我拉開檯燈，在雪的夜曲中翻揀你半年多以來給我的信。我不習慣遙遠的北國，卻深深地被今夜的雪感動。蜀地沒有這樣的雪。我用單純的靈魂來接受這突如其來的雪，我沉醉於它的淡泊、溫柔，它那冷中的暖，靜中的動。雪中我似乎看到了你，你略略仰起的頭，你齊耳的短髮，你忽閃忽閃的眼睛，疊印著我昔日人為的寂寞。而蜀西那個潮濕而陰雨的小城顯然留不住你，你穿著學生時代的黃裙子，提著小小的行李箱，獨自一人飄呀飄，飄到了海南，那個有陽光、有沙灘、有海浪的地方，那天空很高、海風很熱、椰汁很甜的地方。

經歷了一次次的失敗的應聘，在一次關鍵的面試中，你靈機一動穿上一雙高得不能再高的高跟鞋，掩藏了略顯嬌小的身材，瞞過了經理那雙對身高要求苛刻的眼睛。從此，穿黃裙子的你滿面春風地坐在資訊公司的一臺電腦前。你在信中興致勃勃地說；「我的辦公室正對著東方。早晨，我第一個來到辦公室，一開門便是一束紅豔豔的陽光投懷而來。我伸出手去，真想把陽光抱在胸口。」

雪還在下著。漫漫長夜，並不因為你案頭的信而變短。我真想把今夜幾片最輕盈的雪花寄給你。在南國你見不到這樣大瓣大瓣的雪花。也許面對那一次次用舌頭舔著岸的海浪時，你才可能擁有與我面對雪花時相通的情感。流年似雪，是因為我們在孤獨的光影裡走了太長的路，還是因為一場雪後我們昨天的足跡都將不復存在？你沒有見過北方的雪花，你卻與北方的雪花一模一樣，執著地尋找自己的著陸點，執著地尋找自己棲居的大地。

學校裡，老夫子對你糟糕的數學成績施以白眼；家裡，繼母把沉重的家務甩給你一個人幹。給你寫情書被拒絕的男孩，四處傳播著謠言；嫉妒你的笑聲的女孩，想方設法讓你流淚。這些，都被你當作一縷蛛絲輕輕抹去。你一如既往地笑著，那麼明媚。在學校，在家裡，在高考落榜的日子裡，在異鄉陌生城市擦肩而過的人流中，你倔強地笑著，像一朵朵的雪花，不容一點雜色來污染，旋轉奮飛在凜冽的天宇下。

你珍惜自己的美麗，在淡妝中明豔若盛開的迎春花，金黃的裙裾一閃一閃的；你珍惜自己的青春，在同事去逛商場的假日，你卻趴在小床上有滋有味地讀我寄給你的《苔絲》。你在信中自我誇獎：「雖然比起你來覺得慚愧，但是還能夠學一點英語，讀一點唐詩宋詞，還有精神揮動球拍把經理打得敗走網球場。我說自己沒有學壞，真好！同來海南的一批女孩，有許多陷進金錢的漩渦，為了金錢出賣自己也在所不惜。生活在這樣的壞環境中，得時時提防潛移默化的種種影響啊！」

你說你要學習我堅強的心性，像棵樹一樣在鹽鹼地上生根發芽、開花結果。你說你抱著一把吉他，彈一曲自己編的歌，約一個時間讓我在北國古城的星空下收聽這心靈的旋律。你說你穿著半舊的黃裙子跳舞，一個人跳，卻好像握著我寬厚的手掌。你說你收到我的信時，在車水馬龍的繁華大街上，一邊讀一邊旁若無人地開心大笑。是呵，什麼都被歲月改變了，只有你還是當年那個什麼也不在乎、不懂得憂慮、不害怕苦難的女孩。但是，也只有你才最理解寒冷，最理解今夜的雪，最理解不停變換驛站的生命之旅。

面對飛雪，我敞開自己的心靈，卻發現它已退化成沙漠。我突然有一種想哭的感覺。今夜的飛雪，用它無聲勝有聲的語言告訴我生命原本就是一場「甜美的苦役」。窗口對面，是隱隱約約的閣樓的飛簷，在飛簷與飛簷間，迴盪著唐時的那曲琵琶曲。二十歲的我們只能部分地領略它的蘊含，我們不知道什麼是悲傷，我們只知道不低頭、不抱怨，這就已經夠了。

不抱怨生命，就意味著擁有了充實的生命；不向命運低頭，便意味著命運向你低頭。用世俗的眼光看你，你也許算不上一個「好女孩」——你沒有學歷文憑，沒有小家碧玉的安分賢淑，甚至沒有一個穩定的工作單位。你任性，你倔強，你出人意料的言行，你把握現實又不安於現實。一天十幾個小時緊張地工作後，你居然還能做這樣的夢：「夢見有一扇配著綠色窗簾的好大好大的窗，窗前不是閃爍著霓虹燈的街道，最好是片鬱鬱的樹林，一條小河也成。乾乾淨淨的一張大書桌上，擺著一本本的文學著作：《紅樓夢》、《漱玉詞》、《追憶逝水年華》、《狄金森詩集》……。」真好，我們都還有夢，儘管我們都像蝸牛一樣擠在集體宿舍裡，但我們並不為此而耿耿於懷。大亨有大亨的別墅、轎車，我們卻堅守自己的生活原則和生存方式，簡單、自然、快樂、不強求、不逃避、不奢望，平靜地接受喜歡的和不喜歡的東西。

今夜的飛雪，如山花般盛開，如清泉般流瀉，如時光般永久，如生命般高貴。面對今夜的飛雪，面對我們的心靈，何須牽掛於苦，何須自足於甜？今夜的飛雪，屬我，也屬你。願我們都能好好地生活著。

會流血的樹

北京的街道，我最喜歡的是經常行走的白頤路，因為路上有樹。一路都是高大挺拔的白楊、梧桐，夏天綠蔭如傘。我騎自行車飛奔的時候，烈日都被樹蔭篩成點點星光，在車輪前閃耀著。這是唯一的騎車不會汗流浹背的街道。

有時，乘坐「三三二」公共汽車，總愛眺望窗外可愛的樹們，宛如一群行走的朋友，向我招手。因為有這些樹，街道才有幾分田園鄉村的詩意，令我想起久已不歸的故鄉。

一位西方哲人說過，最容易被毀滅的是美好的事物。今年夏天，白頤路拓寬，樹的生命走到了盡頭。一天我出門去，映入眼簾的是一片淒慘的景象：昔日延綿十幾公里的悠悠綠蔭已蕩然無存，剩下的是一個接一個的樹樁。有關部門說，白頤路太窄，交通擁擠，不得不拓展。要進步，就會有犧牲，樹就只好消失了。確實，海淀區一帶堵車的情形令人頭痛，好幾次「打的」，一聽去海淀，司機都擺手不願去。然而，我仍然感到心頭像被砍了一刀般疼痛，為這些沒有力量保護自己的、被殺戮的樹。

屠殺的現場，還有蛛絲馬跡，不過很快連蛛絲馬跡都不復存在。漆黑的瀝青將迅速鋪到柔軟的泥土上，很多年以後的孩子們，不會知道瀝青下面，曾經是樹的根系。我最後一次走向樹的年輪，它散發著濃烈的香氣和潮氣。樹是不流血的，或許流的是一種比血更深的東西，滲入到地下，像把咬碎的牙嚥回腹中。旁邊坐有幾個休息的工人，是他們揮起鋒利的電鋸，頃刻之間便將樹們砍殺？我知道，臨刑前你們不曾屈過膝，不曾呼過痛，你們像嵇康一樣，最後一次仰望已經不是蔚藍的天空，然後漸漸撲倒，聲如落髮。〈廣陵散〉響起來。

樹一生都沒有選擇過，記得一位研究文字學的老先生曾對我說，「樹」由「木」和「對」組成，因此「木」總是「對」的。災難會毀滅木，但毀滅不了木所代表的真理。又有一位紅學專家對我說，曹雪芹欣賞的是木石因緣，拒斥的是金玉良緣，木代表著人間正道。

我佩服兩位老先生的智慧和固執，他們揭示了人與樹之間純粹的關係：樹為人在提供詩意的棲居，背叛樹就意味著背叛自然，背叛歷史，背叛文明。

《詩經》和《楚辭》是中國文學的源頭。對這兩部詩集有千百種讀法。我有我的讀法：我把它們看作關於「生物」的著作，這裡的「生物」當然不是生物學意義上冷冰冰的「生物」；而是洋溢著生命氣息的、孕育著人類成長的「生物」。孔子說過，讀《詩經》多識鳥獸草木之名。其中，木的比重最大。

那時的情人們都在樹下約會，樹下有花有草，隨手拔起一根初生的小草贈給心愛的男孩，「匪女之為美，美人之貽」。樹下才能有令人心醉的單純樸素，樹下才能有心靈與心靈的直接碰撞。《詩經》中的名作〈伐檀〉，我視之為第一首關於「綠色和平」主題的作品。

「坎坎伐檀兮，置之河之干兮，河水清且漣漪。」砍樹人的痛苦與樹的痛苦交織在一起，砍樹人的命運也就是樹的命運。他們共同詛罵的是那些真正與樹為敵的人。

同樣，《楚辭》中的樹木種類更是五花八門；宿莽、辛夷、若木、桂樹、松柏、若蕙……許多樹的名字，我們已經陌生，儘管我們與它們共同生存在一個星球上。「風颯颯兮木蕭蕭」、「洞庭波兮木葉下」，樹上掛著屈原的心，樹葉飄零，屈原的心也感受到樹的疼痛。誰說現代人的感覺比古人敏銳和豐富？至少在對樹的態度上，現代人是極其遲鈍的。

各國的民間故事裡，幾乎都有老樹精這一角色。某些印第安部落認為，人死了以後，靈魂便寄居到樹裡，永遠不滅。一旦有什麼重大的決策，祭司便到森林裡去，聆聽樹的指示，也就是祖先的指示，這些行為並不代表愚昧與弱智，而是顯示著這樣的理念；樹是人類某種特定觀念標準的象徵和化身。

我在北京的國子監裡瞻仰過那棵千年的古柏。聖廟內是萬世師表的孔夫子，聖廟外是數人方能合抱的巨柏。這棵柏樹被稱作「辨奸柏」，據說奸相嚴嵩率領文武百官拜祭孔廟時，突然狂風大作，柏枝飛舞，將嚴嵩頭上的烏紗帽掃落塵埃。這是野史中的記載，我卻寧可信其有。

與人一樣，樹的生存是艱難的，因為有人間的刀斧和莫名的野火。莊子把自己喻為「樗」，這是一種「惡木」，用來修屋要朽，用來造舟要沉，它以自身的「無用」捍衛了生存的權利，儘管無奈，也不失悲壯。比起龔自珍筆下的「病梅」來，這種自由生長的可能畢竟值得珍惜。

聖經中記載，大洪水的時候，挪亞躲進方舟裡，他想知道外邊的情況如何，便放鴿子出去。到了晚上，鴿子回到方舟裡，嘴裡叼著一個新擰下來的橄欖葉子，挪亞就知道地上的水退了。由此可知，樹是生命的象徵，是希望的象徵，樹是人類最好的朋友。

與樹為敵的後果是可怕的；有個指點江山的偉人偏偏不理解這一點，他把樹看作煉鋼的燃料，命令子民大肆砍伐。於是，這個民族將長久地承受沒有樹的災難。我行經千溝萬壑的黃土高原時，一整天沒有遇到一棵樹。那時，我只想哭。

在海淀白頤路旁，面對齊地的樹樁時，我的感覺也是想哭，我仰望著這些曾經很高的樹，它們的靈魂依然站立著，在風中沙沙作響。齊克果把自己比作一棵樅樹，卡繆也說自己是沙漠中那棵最寂寞的樹。他們都忍受著無形的殺戮。而今天，我卻在有形的殺戮的現場，身邊是車水馬龍，一輛車比一輛車更加豪華，這是一個愛車不愛樹的時代。情人們不再在樹下約會，而在香車裡做愛。就連泥土也睡著了，那吸收不到養分的根系還能支撐多久呢？樹怎麼也想像不到，那群當年在它們身上玩耍的猴子，會如此殘酷地對待他們昔日的恩人。沒有血泊比血泊更加可怕——自然給人類一個天堂，人類還自然半個地獄。

綠蔭消失了，根被拔起來。心中的綠蔭也消失了，人類自己的根也被拔起來。我與故鄉唯一的聯繫被斬斷了，我真的成了流浪兒。也許，若干年後，我的後代只有在公園裡，指著那些水泥做的堅硬而冰冷的樹樁問：「這就是樹嗎？」

不，這不是樹。樹是站著的魂魄。米蘭•昆德拉在《被背叛的遺囑》中寫道：如果一個年老的農民彌留之際請求他的兒子不要砍倒窗前的老梨樹，老梨樹便不會被砍倒，只要他的兒子回憶父親時充滿著愛。

昆德拉是一位不輕易動感情的作家，這是他少數的最動感情的文字。是的，老梨樹會留在窗前，老梨樹也會留在窗前，只要那位農民的兒子活著。

再版註：「打的」是「搭『的士』〔計程車（Taxi〕）」的異化詞。

作為家人的牛

在所有的生命裡，我對牛懷有特殊的敬意。這並不僅僅因為我屬牛，也不僅僅因為我是一個享受著牛耕種的糧食的人。

牛是最有生命感的動物。牠們是從文明之前的險峻高原，來到大河流域的。粗暴消盡，溫馴凸現。牠們行走的姿態，像是有智慧的人。老子出函谷關去的時候，為什麼不騎馬、不騎驢，而要騎著青牛呢？也許只有牛才配得上老子這樣的大哲人。出了函谷關後，青牛與老子到哪裡去了呢？這又是一個中華文化的謎，恐怕只有從青牛的子子孫孫的眼睛裡才能讀解出來吧！

牛的眼睛很大。據說，牛眼裡的事物比實物本身大許多倍。我沒有向學生物的朋友證實過，但我寧可相信這是真的。這種動人的謙恭顯示著世間溫暖的精神。聖經中，神這樣說：「你要把公牛牽到會幕前，亞倫和他兒子要按手在公牛的頭上。你要在耶和華面前，在會幕門口，宰這公牛。要取些公牛的血，用指頭抹在四角上。……這牛是贖罪祭。」在眾多的動物中，只有牛是沒有罪孽的，所以牛能夠充當人類贖罪的祭品。牠那龐大的身體匯納眾厄，命定與捨身聯繫在一起。牠們以極其悲壯的犧牲，維繫著眾生的終極平衡，把地獄引向天國。

小時候，七夕之夜母親講牛郎織女的故事。那被哥嫂虐待的牛郎賺了我不少淚水，而那會說話的老牛最牽動我的心。織女被抓回天國後，是老牛以自己的獻身，給予牛郎一條通往上天的路徑。那時我還很小，不懂得牛郎織女愛情的酸甜苦辣、刻骨銘心，只是把滿腔的心思都傾注在老牛的身上。少年寂寞的我，沒有同齡的好友，便羨慕起有老牛作伴的牛郎來。我訪遍了村裡的牛們，不厭其煩地跟牠們說話，但沒有一頭牛回答我的問題。牠們只顧低頭默默地吃草，用尾巴掃蠅蚊。但我在牠們的眼睛裡看見了自己，一個透明的孩子。對於農人來說，牛是伴侶，是家庭成員，是生命的一部分。不心痛牛的農民算不上真正的農民，奶奶說。說這句話時，奶奶乾涸的眼眶濕潤了。那是一九四九年十二月，國民黨將領胡宗南在大西南兵敗如山倒，共產黨的劉、鄧大軍節節挺進，在家鄉五面山下的平原上，兩軍最後一戰。一群國軍的散兵游勇闖進村裡，飢餓了幾天，他們嚷著殺牛來吃。他們找到了爺爺的牛，那頭叫「黑炭」的驃悍的牛，皮毛像緞子一樣光滑的牛。連長舉起了槍，爺爺嚎叫著撲了上去。士兵們原以為此地民風淳樸，沒想到百姓也會拚命。爺爺倒在了血泊中，「黑炭」活了下來。憤怒的村民們抄起鋤頭、犁鏵，潰兵們狼狽逃出村子。

爺爺死了，用他的生命換取了牛的生命。「黑炭」自從爺爺死後，拚命地為這個家庭賣力。奶奶一個寡婦，帶大了兩個男孩一個女孩，大伯和父親先後成為村裡第一個和第二個大學生。這在當地是一個奇蹟，而創造這個奇蹟的，除了奶奶，還有「黑炭」。奶奶不分白晝夜地勞動，「黑炭」也一樣。父親說，念小學時，他半夜裡醒來，藉著月光，透過窗戶，看見院壩裡人影晃動。原來，是奶奶和「黑炭」一起推磨，雪白的豆漿在月光下像水銀一樣透明，從磨盤眼裡涓涓流出。他還看見，奶奶額頭亮晶晶的一片，「黑炭」的身上也是亮晶晶的一片。那是汗水。

我出生的時候，「黑炭」已經死去很多年了，牠的墳就在爺爺的墳旁邊。「陰間裡你爺爺也不孤單了。」奶奶自言自語說。每年清明回鄉掃墓，奶奶準備紙錢香燭時，總忘不了「黑炭」也有一份。有一次，童言無忌的弟弟說了一句：「那只是一頭牛呀！」奶奶的臉色立刻陰沉下來：「不！牠是通人性的牛！」斬釘截鐵的。

從本質上來說，牛是孩子。聽王岳川教授講課，他回憶起十三歲的時候，作為年齡最小的知識青年下鄉放牛。有一次，他從牛背上摔下來，摔下懸崖，不省人事。不知道過了多久，感到有熱氣噴到臉上，掙扎著睜開眼睛，原來是牛，牛跪在地上，目光溫存地看著他，示意讓他騎上去。以前人們以為，只有訓練過的戰馬才會跪下來讓主人騎上去，沒想到一頭普通的村野間的牛，也會這樣做。我忽然又想起了奶奶斬釘截鐵的話：「牠是通人性的牛！」爺爺救了一頭牛的命，而另一頭牛救了一個孩子的命，這僅僅是巧合嗎？

最先意識到自己罪孽的猶太人，用牛來作為他們與上帝交流的中介。而上帝賜予他的子民的，往往是漫山遍野的牛羊和跟牛羊一樣多的後代子孫；上帝憤怒的時候，則讓牛都死光，牛死了，也就意味著善死了，這一族人的滅頂之災也就降臨了。

牛在印度等南亞國家是聖物，慢吞吞地行走在街道上時，連總統的車隊都不敢鳴笛驅趕。對牛的親近與敬畏，也就是對善的親近與敬畏。牛與善一樣，都處於造物秩序的最低級，卻像金字塔的基座一樣，承受著所有的重量。難怪有人把牛比作哲學家。

我常常想起爺爺，爺爺的形象是模糊的，爺爺死的時候剛好四十歲，沒有留下一張照片。我常常想起「黑炭」，「黑炭」的形象是清晰的，栩栩如生的。人與人之間很不同，我很難在人們中間找到一個人來作為爺爺的參照系，牛與牛之間卻很近似，我很容易發現一頭與奶奶的描述相近的「黑炭」。我離故鄉愈來愈遠了，離故鄉的牛們也愈來愈遠了。

作家鐵凝有一篇散文，題目就叫〈孕婦和牛〉。孕婦和牛停在村頭，一起閱讀斑駁的古碑，孕婦和牛都不識字，但都在「閱讀」，用各自的心在閱讀。那也是在寫我的奶奶和「黑炭」啊！有時，我不禁天真地想：假如希特勒讀到這樣的文章，發現有一頭這樣的牛，他還會發動那場血流成河的戰爭嗎？

我開始理解死也不寬恕敵人的魯迅為什麼自比為「孺子牛」了。其實，這並不矛盾，消滅惡，也就保存了善。

我站在遠方的山崗上，眺望看不見的故鄉，彷彿有一群牛向我走來，牠們是一支暴力與罪惡之外的力量，微弱不息地生存在這個世界上。

舟中人生

人類文明誕生之初，便有了舟。

聖經《創世記》中，神對挪亞說：「你要用歌斐木造一隻方舟，分一間一間地造，裡外抹上松香。方舟的造法乃是這樣：要長三百肘，寬五十肘，高三十肘。方舟上邊要留透光處，高一肘。方舟的門要開在旁邊。方舟要分上、中、下三層。」洪水氾濫的時候，挪亞整六百歲。挪亞就同他的妻和兒子、兒媳，都遷入方舟，躲避洪水。洪水退去後，地上一切惡的生命都消失了，挪亞走出方舟，重建以善為根基的生活。這是一個悲慘中又透著一絲溫情的故事，那一絲溫情便繫在方舟之上，人類的生存和繁衍，真的始於這艘方舟嗎？

「泛彼柏舟，在彼中河。髧彼兩髦，實唯我儀。」這是《詩經》中的句子，舟被作為起興的景物，可見它在先民心目中和日常生活中都有著重要的地位。舟，不僅是水上的交通工具，而且是若干次洪水氾濫時，人們最後的棲居之所。茫茫平原，滔滔洪水，大禹誕生之前，舟為先民們提供了唯一的庇護。

第一個在舟中作詩的人，大概是屈原。屈子漫長的流放之途，就是在諸多江河間的漂泊。我猜想，屈子的最後歲月，有一大半是在舟中度過的。他所度過的時光，應當加上「水」的偏旁——「渡過」。在〈涉江〉中，最悲哀的詩句都是與舟有關的：「乘舲船余上沅兮，齊吳榜以擊汰。船容與而不進兮，淹回水而疑滯。」舟是屈子的知心，屈子心如亂麻，舟也在水上蕩漾：「將運舟而下浮兮，上洞庭而下江。去終古之所居兮，今逍遙而來東。」一路的伴侶只有舟了，詩人心中，舟豈止是交通的工具和手段？有了舟，便有了舟子和漁夫，以舟為生的人都是最聰明的人。能與屈子辯難的是漁夫。

他聽了屈子的一席話，莞爾而笑，鼓槳而去，歌曰：「滄浪之水清兮，可以濯吾纓。滄浪之水濁兮，可以濯吾足。」發現桃花源的也是漁夫。他棄舟登岸，在落英繽紛中有意無意地闖入了桃源世界。我想，陶淵明絕不是隨隨便便地就把這一殊榮交到一名漁夫身上。舟中的人，就像舟外的水一樣，在流動中保持純潔，在流動中尋覓著什麼。舟中的人有一顆不安分的心，有一雙會發現的眼睛。以舟為生，無論是擺渡還是打魚，都不僅僅是一種職業。

六朝人與舟的關係比前代密切得多。六朝之前，文明的中心在北方，北方是高山和平原，是土的世界。土的世界由車充當主角。六朝時候，文明的中心在南方，南方是江河和湖泊，是水的世界。水的世界由舟充當主角。六朝人的故事裡總少不了舟。雪中訪戴的王子猷，興趣只在乘舟的過程而不在訪友的目的；波濤洶湧中唯有謝安神色不改，處舟中如處平地。

六朝人第一次發現了水的魅力，於是酈道元寫出了四十卷的《水經注》，記載全國水道一千兩百五十二條。其中，有多少條，他曾經乘舟親臨？遙想舟中一點如豆的孤燈，一個素心的著書人，足以溫暖人心。

《世說新語》中最有名的故事之一是：「華歆、王朗俱乘船避難，有一人欲依附，歆輒難之。朗曰：『幸尚寬，何為不可？』後賊追至，朗欲捨所攜人。歆曰：『本所以疑，正為此耳。

既已納其自託，寧可以急相棄邪？』遂攜拯如初。世以此定華、王之優劣。」舟成了考驗人格高下的標尺，有限的空間，可見無限的胸襟，同舟又怎能不共濟呢？

唐代的人們，老老少少都在奔波，在馬背上，也在舟船上。為了功名，為了還鄉，為了告別和為了聚合，更為了山山水水本身。誰能統計出唐詩中有多少首，是在渡口和舟中寫成的呢？我想，大概是不會少於三四成。「故人西辭黃鶴樓，煙花三月下揚州。孤帆遠影碧空盡，唯見長江天際流。」朋友看不見了，舟也看不見了，只有隱隱約約的一點孤帆。一江春水，依舊東流。

中國人的時間意識，大約是在舟中獲得的。路易・加迪在《文化與時間》一書中為中國文化裡強烈的時間意識所驚歎，原因很簡單：困居在石頭城堡裡的歐洲人孕育出寬廣的空間意識，而寄身於舟中的中國人則孕育出悠長的時間意識。

唐代的詩人們最大限度地從舟的身上汲取靈感。最後，舟成為他們生命的歸宿。李白的最後一夜是在舟中度過的。他為了撈水中的月亮失足落水，謫仙終於回到天上。杜甫也是在舟中告別他深愛的世界，「親朋無一字，老病有孤舟」，一切都在他的預料之中。少年王勃覆舟而亡，像一顆彗星劃過初唐的天幕，對於這位早熟的天才而言，這樣的結局，幸耶？不幸耶？千年之後，在遙遠的英倫島國，也誕生了一群舟中的詩人：雪萊、濟慈、拜倫、華茲華斯、柯爾律治……他們虔誠地把名字寫在水上，因此永恆。

宋代最愛坐舟的詩人，當推東坡。出三峽、遊石鐘山、觀赤壁、賞西湖、謫海南，哪一次離得了舟？偉大的〈赤壁賦〉是東坡與小舟共同完成的——小舟也是作者之一，沒有小舟的參與，想寫關於赤壁的文章，無異於建造空中樓閣。所以，東坡一開頭便寫道：「蘇子與客泛舟於赤壁之下……於是飲酒樂甚，扣舷而歌之……。」在客人的理想世界中，舟亦為不可缺少的道具：「漁樵於江渚之上，侶魚蝦而友麋鹿，駕一葉之扁舟，舉匏樽以相屬。」江流有聲，山高月小，水落石出，泛舟中流，人生至樂。東坡已明確地區別出，陸上生活與舟中生活，並非形式上的不同，而是本質上的差異。陸上的生活「長恨此生非我有，何時忘卻營營」；舟中的生活「小舟從此逝，江海寄餘生」。這是自由與不自由的對立，是他者與自我的衝突。在陸上，生命向世界關閉；在舟中，生命向世界敞開。

與乘舟看遍大半個中國的東坡不同，明末奇才張岱只是局限於江浙一隅。不過，張岱卻寫出了《夜航船》這部奇書，謂：「天下學問，惟夜航船中最難對付。」因為夜航船中所遇的，皆是陌生的人與物，面臨的是無以準備的「考試」。「夜航」可以看作人生極限狀態的象徵。

在西湖人鳥聲俱絕的雪天，「拿一小舟」往湖心亭看雪的唯有張岱這樣的「癡人」。而在龐公池，更是情趣盎然。「龐公池歲不得船，況夜船，況看月而船。」一開頭便強調舟的重要性，緊接著筆鋒一轉：「自余讀書山艇子，輒留小舟於池中，月夜，夜夜出。」看來，他是兵馬未動，糧草先行，早把小舟準備好了。這才有如是享受。「臥舟中看月，小溪船頭唱曲，醉夢相雜，聲聲漸遠，月亦漸淡，嗒然睡去。」人已融入舟中，舟已融入水與月中。

最後：「舟子回船到岸，篙啄丁丁，促起就寢。此時胸中浩浩落落，並無芥蒂，一枕黑甜，舂舂始起，不曉世間何物謂之憂愁。」這樣的心境，比之李清照「但恐雙溪舴艋舟，載不動，許多愁」高出甚遠。

舟中之張岱，已同天地萬物共浮沉矣。舟中人看到的，是一段空間化的時間之流，沒有等級秩序，唯有定格的、能凝視的美。人在舟中，便從低級庸俗的日常經驗中抽象出來，對自我與世界都獲得了嶄新的視角。舟之於人類，有如窗戶之於房屋。

「行雲流水一孤僧」的蘇曼殊，時而東流扶桑，時而西渡印度，坐過各式各樣的舟船，既有木舟一葉，也有萬噸鐵輪。但當他真情流露的時候，偏偏是在如豆的舟中。夜月積雪，泛舟禪寺湖，病骨輕如蝶的曼殊歌拜倫〈哀希臘〉之篇。歌已哭，哭復歌，亢音與湖水相應。舟子惶然，疑為精神病作也。曼殊比柳宗元還要瀟灑，連寒江雪也不釣了，千山萬徑統統與他無干，無端地歌哭，哪裡真的「無端」呢？

紹興是舟的王國，周氏兄弟都是在舟中長大的，「舟」與「周」的諧音恐怕並非巧合。魯迅最好的散文，我以為是〈故鄉〉和〈社戲〉，兩個故事都發生在舟上，魯迅記住的偏偏是舟。世上本無所謂路，走的人多了，也就成了路。而舟的行程是無痕的，水上的波紋分了又合，無痕的舟路卻在心靈中留下最深的痕跡。范愛農水上的葬禮，何嘗不是魯迅的自況？有一葉舟，也就有了生命的支撐。舟能幫孩子們找到六一公公的羅漢豆的香味。

周作人的〈烏蓬船〉，拿到今天來看，算是最佳的旅遊廣告。「小船則真是一葉扁舟，你坐在船底席上，篷頂離你的頭有兩三寸，你的手可以擱在左右的舷上，還把手都露出在外邊。在這種船裡彷彿是在水面上坐，靠近田岸去時泥土便和你的眼鼻接近。」唯其小，方能去任何想去的地方；唯其小，方能找到與水最親近的感覺。船尾用櫓，大抵兩支，船首有竹篙，用以定船，船頭有眉目，狀如老虎，但似在微笑，頗滑稽而不可怕。這是知堂最欣賞的情調：「夜間睡在艙中，聽水聲櫓聲，來往船隻的招呼聲，以及鄉間的犬吠雞鳴，也都很有意思。」這些原本稀鬆平常的聲音，被舟一隔，都變得「很有意思」了。

知堂並沒有卓異的聽覺天賦，只是「聽」的處所變化了而已，黑夜是舟的帷幕，舟則是知堂的帷幕，他在舟中看風景，風景看不見舟中的他。波心蕩，冷月無聲，舟中的人生容易導向虛無，河邊沒有繫舟的樹，舟上沒有入水的錨。舟貌似輕巧，內心卻是沉重，這才是周氏兄弟喜歡舟的原因。會稽是個報仇雪恥的地方，會稽的舟與其他地方的不同。

歲月不是白過的，那麼多的歲月過去之後，輕舟中的周氏兄弟寫下分外沉重的文字。到了後來，是否人在舟中已不重要，他們一直保持著舟上的心境。匆匆又匆匆，行過多少急流、多少險灘，避過多少礁石、多少漩渦？

在同一艘舟中的人，也會寫出迥然不同的文字。俞平伯與朱自清相伴同遊秦淮河，寫了同題的兩篇散文〈槳聲燈影裡的秦淮河〉。不同的眼睛，看到的是不同顏色的憂鬱；不同的耳朵，聽到的是不同音調的寂寞。燈影加濃了憂鬱，槳聲添深了寂寞。俞平伯說：「小的燈舫初次在河中蕩漾；於我，情景是頗朦朧，滋味是怪羞澀的。」朱自清說：「我們默然的對著，靜聽那汩汩的槳聲，幾乎要入睡了。」在沒有大波的時代裡，即使在舟中，也躲避不掉那幾分無聊、那幾分無奈，何況是敏感、優雅、愛惜的心呢？

少年人讀不懂這兩篇散文。少年人能欣賞的是「朝辭白帝彩雲間，千里江陵一日還。兩岸猿聲啼不住，輕舟已過萬重山」。少年的夢想裡，總以為舟是長了翅膀的鳥。只有到了「天涼好個秋」的年紀，才會愛上「槳聲燈影裡的秦淮河」。要真的進入「舟中」，只有等到中年以後。

有一個靦腆的湘西人，乘舟進入我的視野，他的故鄉叫鳳凰城，有吊腳樓，有舟，有自主自為的鄉下人。他就是寫《邊城》的沈從文。《邊城》是一個關於渡船的故事。靜靜的河水即或深到一篙不能見底，卻依然清澈透明，河中游魚來去都可以計數。河邊泊著一艘方頭渡船。七十歲的祖父，二十歲便守在小溪邊，五十年來不知用船來去渡了若干人。他從不思索自己的職務對於本人的意義，只是靜靜地很忠實地在那裡活下去。

孫女翠翠觸目清山綠水，一雙眸子清亮如水晶。祖父有時疲倦了，船在臨溪大石上睡著了，人在隔岸招手喊過渡，翠翠不讓祖父起身，就跳下船去，很敏捷地替祖父把路人渡過溪，一切溜刷在行，從不誤事。翠翠長大了，鎮上船總順順的兩個兒子都愛上了翠翠，尤其是老二儺送。王團總想以一座新坊召儺送為女婿，按照常人的想法：「渡船是活動的，不如碾坊固定。」但儺送卻說：「我不想得這座碾坊，卻打量要那隻渡船。」因為「我命裡或許只許我撐個渡船」

渡船與碾坊的對立，是沈從文對現代社會困境的最深刻的闡釋。生命具神性，生活在人間，兩相對峙，糾紛隨來。渡船代表著困窘卻浪漫的生存，碾坊代表著富足卻庸俗的生活，《邊城》的筆調是憂傷的，因為選擇渡船的儺送那樣的人愈來愈少。

雷雨之夜，過渡的那一條橫溪牽定的纜繩，被漲起的山洪淹沒。第二天早上，翠翠發現崖下的渡船，已不見了。而祖父在雷雨將息時自睡夢裡死去。自然萬物間的神祕聯繫，是人不能破譯的。以後，翠翠同黃狗擺弄渡船，等待著儺送的歸來，「這個人也許永遠不回來了，也許『明天』回來」。

沈從文說：「我還得在神之解體的時代，重新給神做一種讚頌，在充滿古典莊嚴與雅致的詩歌失去光輝和意義時，來謹謹慎慎寫最後一首抒情詩。」在這最後一首抒情詩中，他把渡船作為主角，顯然寓有深意。最美好的人和最美好的情感都在舟中，是舟讓人更加純潔，還是純潔的人賦予舟詩情畫意？人類失去了舟，也就失去了祖父、翠翠和儺送們，失去了人性最接近神性的那一面。

當詩人們認識到人生的實質是「逆旅」的時候，那顆並不怎麼堅定的心便開始對幸福孜孜不倦地追求。「逆水行舟，不進則退」，所有的道理都包含在其中。沒有那麼多的橋供人們輕鬆地走過去。人們不能不乘舟，在舟中咀嚼生命的輕與重，在水聲和星群裡讓眼睛放光。舟駛得愈遠，看到的景象就愈豐富，生命的體驗像金箔一樣延展出寬廣的幅度。

走進舟中，便意味著開始一場前途叵測的精神跋涉。

我喜歡這樣。

父親的自行車

有人說，十歲的小孩崇拜父親，二十歲的青年人鄙視父親，四十歲的中年人憐憫父親。然而，對我來說，這個世界上父親是唯一值得一輩子崇拜的人。

父親是建築師，工地上所有的工人都怕他，沙子與水泥的比例有一點差錯也會招來父親的痛斥。然而，父親在家裡永遠是慈愛的，他的好脾氣甚至超過了母親。在縣城裡，父親的自行車人人皆知。每天早午晚，他風雨無阻地騎著「吱吱嘎嘎」的破車接送我和弟弟上下學，那時，我和弟弟總手拉著手跑出校門，一眼就看見站在破自行車旁穿著舊藍色中山服的、焦急地張望著的父親。

一路上，兩個小傢伙嘰嘰喳喳地說個不停，而父親一直能一心兩用，一邊樂滋滋地聽著，一邊小心翼翼地避過路上數不清的坑坑窪窪。

等到上了初中，父親的車上便少了一個孩子；等到弟弟也上了初中，父親便省去了一天兩趟的奔波。可父親似乎有些悵然若失，兒子畢竟一天天長大了。

收到大學錄取通知書的那天，我興奮得睡不著覺。半夜裡聽見客廳裡有動靜，起床看，原來是父親，他正在檯燈下翻看一本發黃的相簿。看見我，父親微微一笑，指著一張打籃球的照片說：「這是我剛上大學時照的！」照片上，父親生龍活虎，眼睛炯炯有神，好一個英俊的小夥子！此刻，站在父親身後的我卻驀然發現，父親的腦後已有好些根白髮了。

父親一出世便失去了自己的父親，慘痛的經歷使他深刻地意識到父親對兒子的重要性。因此，在他的生活裡，除了工作便是妻兒，他不吸煙，不喝酒，不釣魚，不養花，在辦公室與家的兩點一線間生活得有滋有味。輔導兒子的學習是他最大的樂趣。每天的家庭作業父親一道道地檢查，認認真真地簽上家長意見，每次家長會上他都被老師稱讚為「最稱職的家長」。

母親告訴我一件往事；我剛一歲的時候，一次急病差點奪去了我的小命。遠在千里之外礦區工地的父親接到電報時，末班車已開走了，他爬山涉水徒步行了一夜的山路，然後冒險攀上一列運煤的火車，再搭乘老鄉的拖拉機，終於在第二天傍晚奇蹟般地趕回了小城。

滿臉汗水和灰土的父親把已經轉危為安的我抱在懷裡，幾滴淚水落到我的臉上，我「哇哇」地哭了。

「那些山路，全是懸崖絕壁，想起來也有些後怕。」許多年後，父親這樣淡淡地提了一句。

父親是個不善於表達感情的人，與父親在一起沉默的時候居多，我卻能感覺出自己那與父親息息相通的心跳。離家後收到父親的第一封來信，信裡有一句似乎漫不經心的話：「還記得那輛破自行車嗎？你走了以後，我到後院雜物堆裡去找，卻鏽成一堆廢鐵了。」

我想了好久，在一個陽光燦爛的早晨給父親回信：「爸，別擔心，那輛車每天晚上都在我的夢裡出現呢，我坐在後面，弟弟坐在前面，您把車輪蹬得飛快……。」

畢業生

一

北大的夏天，只有記憶是潮濕的。我們不是植物，不能在這塊土地上生生不息。青春在窗邊的風中飄逝了。玻璃做的風鈴摔下來，發出最後短暫的呼救聲。

誰來救我們呢？水瓶躺在床腳，佈滿灰塵。大四了，沒有人像以前那樣勤勞，跑到水房去打水。寧可渴著，要麼喝涼水。床頭女明星的笑容已經蒼白，像一朵枯萎的忘憂草。錄音機裡還是那首令人心惱意亂的老歌，劣質的磁帶，快要轉不動了。

畢業論文上的字，像螞蟻，各自回自己的家。我們或留下或離開，這座城市，我們待了四年，尚未熟悉。

某某人出國了，某某人上研了，某某人找到了一個肥得流油的工作，某某人被遣返回偏遠的家鄉。一切都以平靜的口氣訴說，一切都不能引發一點激動。大四的最後幾個月是一潭死水。

一位費了九牛二虎之力才考上研的朋友誠懇地對我說：「沒意思。」他拿到那張夢寐以求的通知書後，靜靜地端著一盆衣服，到水房中沖洗去了。水房中嘩嘩的流水，總有好心的同學去關上。而時間是關不上的，雖然我們誰也不說。

蟬還沒開始鳴，我們的心便開始鳴了。畢竟我們還年輕。

那支煙一直燃到盡頭也沒有吸一口，那根琴弦寂寞了一個星期也沒有彈一下。許多老房子消失了，校園裡正在大興土木。老房子留在照片裡，我們呢？我們也能留在照片裡嗎？包括那些做作的微笑和誇張的V形手勢。

深夜，一長排自行車嘩啦啦地倒了，是個喪盡天良的傢伙幹的。樓上傳來幾聲遙遠的咒罵，卻像是上帝在說話。翻個身，又迷迷糊糊地睡去。把憤怒留給新生們，把倦怠留給自己。

快畢業了，粉刺一點也不理會這個變化，依然肆無忌憚地生長，在鬍鬚還未茂盛的臉上。隨身攜帶的小鏡子摔了好幾個缺口，還是捨不得扔進垃圾堆裡。照來照去，這個臉龐怎麼也不能讓女孩喜歡。月光都是傷人的，在一個接一個的不開心的夜晚。

昆德拉說，聚會都是為了告別。

還在想江南嗎？還在寫那些關於江南的詩嗎？還在為那江南的女孩子牽腸掛肚嗎？

「沒有。」——說「沒有」的時候，有氣無力。大講堂拆除了，沒地方看電影了。而那最後一場電影，恰恰又是看過的。

愛和被愛，似乎都沒有發生。自行車騎得太快了，驀然發覺該停下來的時候，才發現停在沒有方向的十字路口。

同窗們比陌生人還陌生，即使是那位睡在上鋪的兄弟。一直都搞不清楚他的髮型是怎麼梳出來的。好多次想問，卻沒有問。

大家都躺在床上看書，不再去教室了，不再去聽課，儘管講課的是妙語連珠的教授。也不去圖書館，儘管圖書館裡有四百六十萬冊藏書。躺在床上是自由的，看不下去的時候，便隨手把武俠和愛情扔到床下。

宿舍的牆也會寫詩，受詩人們的薰陶，牆上爬滿甲骨文，等待著下一屆的古文字學家們來解讀。他們想像得出，自己所住的鐵架床上曾住過怎樣的一位前輩嗎？女生樓前的白楊樹，聽慣了那五花八門的呼喊，或悠長，或短促，或如巨鐘，或如電子琴，或深情，或絕望。那些呼喊的男生站在樹下，日復一日地呼喚一個個女生的名字和名字後面的如花似玉。

以後，還是同樣的場景，同樣的呼喊，只是換了不同的名字。

白楊樹拱衛著女生樓，一言不發，一對戀人靠著它接吻。另一邊，是另一對戀人。

這座寬敞而狹小的校園。

男生都在打撲克，女生都在織毛衣。

打撲克不是為了打撲克，織毛衣不是為了織毛衣。畢業前的日子，必須找一種辦法來「打發」。前途是否如意，不是所能決定的。對於離開，多少有點恐懼，雖然豪言努力地掩飾著恐懼。畢業的時候，發現了彼此的不同，水底的魚浮到了水面，水面的魚沉到了水底。

校園是不能縮到鞋底帶走的。被單已經洗得發白。繫領帶的時候依然覺得彆扭。教授的批評和表揚都忘記了，因為我們將生活在彼處。

蟬鳴的時候，行李都打點好了。上路吧，畢業生。

二

長亭外，古道邊，芳草碧連天。唱到一半，就已淚流滿面。僅僅是為了這座圓明園廢墟上的校園，為了未曾燃燒的青春？

畢業前夕的小飯館時擠滿了畢業生，大聲嚷嚷著勸酒的，默默地一杯杯喝光的。酒是青春的象徵，那些最撕心裂肺的話，是剛剛喝醉的時候從心裡流出來的。

第一次喝醉酒。原來醉酒的滋味這麼難受，睡又睡不著，站又站不穩，大腦是停止轉動的風車。

老闆娘說，每年六月，都會出現這樣的場面，她已習以為常。而對這一茬畢業生來說，這是最後的狂歡。

剩下的錢剛夠點一盤花生米，那就來一盤花生米吧。

有人提議焚燒教科書，可沒有多少人響應。走道裡真的有焚燒的痕跡，紙灰在風中飛舞，像是香港鬼片裡的鏡頭。

塵埃落定。把多餘的自薦材料揉成一團，扔到屋角裡。那些美麗的字句痛苦地呻吟著，它們的主人又爬到床上去了。世界上有這麼小的床嗎？書占去了一半的空間，剩下的不到兩尺寬。

簡陋的床上往往會做出美麗的夢來，因此我們將永遠懷念它們。

畢業生是最早光顧食堂的一群。學弟學妹們都還乖乖地坐在教室裡聽課，他們就趿著拖鞋走進食堂，一邊皺眉頭，一邊挑選能夠下嚥的菜。從涼拌海帶裡吃出一隻壁虎的屍體來的經歷，以後將成為一個流傳不衰的典故。大學食堂裡，好吃的就只有典故了。

畢業生不再給家裡寫信。每次在電話裡，懶洋洋地應付幾句。這並不能說明他們不愛父親和母親了，他們只是找不到更好的表達方式。畢業生比新生更愛母親。新生最愛的是女朋友，而經歷過酸甜苦辣的畢業生們明白，最可愛的還是母親。

畢業生們更多地談論起故鄉，無論回鄉還是不回鄉的，無論語氣是炫耀還是鄙薄。談故鄉好像在談校園，談校園又好像在談故鄉，談著談著便談混了。校園，即將成為另一座島嶼，另一個故鄉。

故鄉的小屋和校園的宿舍，兩張照片重疊在一起。

哪裡才是真正的家？

哪裡才有家的感覺？

圍牆外，車水馬龍。「『三三二』路公共汽車，開往頤和園。」這是我們出門必坐的公共汽車。以後還會坐嗎？

一生何求，這是陳百強的歌。

一生何求，這是畢業生的歌。

那麼多的哲學著作，還是沒有解答這個問題。兩點一線間匆忙的日子裡，也沒有時間思考這個問題。考試分數、名次、獎學金，這是一部分人的生活。及格、無所謂、糊弄過關，這是另一部分人的生活。

兩種生活都是一樣的，嘲諷對方不如嘲諷自己。試卷就像枯草，綠了又黃，黃了又綠。

回想起絞盡腦汁向老師套題時的情形來，每個畢業生都想笑。

怎麼就到大四了？能夠標識大四的，是蚊帳上的洞洞眼眼，是飯盒上坑坑窪窪的摔掉瓷的地方。而畢業生，失去了什麼呢？可惜不是蚊帳，也不是飯盒，鏡子裡還是那張不英俊的臉。領到畢業證書之後，再看一眼校園，才發現校園陌生得像大觀園。

照不照一張穿學士袍、戴學士帽的照片？分辨是莊重多一些還是滑稽多一些？

翻開那些讀過的書，密密麻麻的批語是自己寫的嗎？怎麼自己也讀不懂了？

每本書都代表著某些時間、某些場合、某些心情。世界上再也找不到兩個像「書」與「學生」一樣親近的名詞了，大學裡，我們做過的事情中，相同的只有讀書。

六點鐘，等待在圖書館的門口。門衛一開門，便像一群瘋狂的股民衝了進去，其實裡面不是阿里巴巴的寶庫，裡面只有書和看書的座位。有一次，「嘩啦」一聲，門上的玻璃被擠得粉碎。

在圖書館的電腦前查自己的名字，查所借過的書的名字，像跟遙遠的老朋友打電話。第一本書是冰心的《致小讀者》。那一瞬間，淚眼朦朧。

畢業了，沒有揮手，那太矯情。駝著背，背上揹著沉重的行囊。記得來的時候，行囊沒有這麼重。

三

那輛騎了四年的自行車該傳給師弟們了，師弟們還看得上傷痕累累的自行車嗎？曾經坐在自行車後座上的女孩遠在天涯，天涯真的很遠，不是心靈所能包孕的距離。

自行車的輪軸發出悠長的聲音，像江南水鄉的槳聲。江南，江南，詩裡、夢裡的江南，在北國凜冽的風中凝結成一塊透明的琥珀。

冬天，校園的小路上多冰雪，騎車摔跤是常事。有時，一長串趕去上課的學生摔成一堆。大家笑笑，爬起來拍拍雪花，又疾馳而去。

只是因為年輕。那些垂垂老矣的高官，在帶著恆溫裝置的高級轎車裡，真的比我們舒服嗎？他們混濁的眸子注視著這群在雪地上滾爬的青春的軀體，心裡會是怎樣的感受呢？是否也憶起當年的青春歲月、書生意氣？

燕園裡，「老人」只有西校門的銀杏樹，它的年齡肯定比這座學校還要老。從什麼時候起，它就在天空與大地之間抖出一片燦爛的輝煌？銀杏葉的那種舒展流暢的生命本色，比黃金不知要動人多少倍。

畢業生們都要到銀杏樹下拍照。人是名，樹是影。人的名是虛幻的，花名冊一年一換；樹的影是真實的，這是天空對大地的給予。什麼叫做「成熟」，到銀杏樹下去找答案。銀杏樹還會燦爛下去，因為還會有夏天；畢業生們還會燦爛下去，因為他們的心裡裝著這個校園。

那麼，回首的人，自己站在什麼地方？

我們擁的的只有青春，但這足夠了。

青春意味著鐵肩擔道義，妙手著文章，那是李大釗的青春。魯迅卻說，青年中也有昏蛋，有懦夫，有叛徒。看來，青春也值得懷疑。

他們的青春在昏睡著，他們自稱「九三學社」——上午九點起床，下午三點起床。宿舍裡各自為政，找不到「公共空間」。唯有睡覺能夠達成默契。在痛苦的哲學家與快樂的豬之間往往選擇後者，鼾聲組成一曲澎湃的大合唱。我短暫的睡夢，時常被鼾聲所驚醒。

畢業生們睡眼朦朧地坐在樓前。《負暄瑣話》，只談舊聞，不談新聞，大家只對舊聞有興趣，即只是一些平淡得像白開水的往事。畢業前夕的日子宛如在夢中。畢業生不屬校園，也不屬將去工作的地方，兩處茫茫皆不見，腳下踏的是一塊浮冰，浮冰正在融化。

堅持或背叛，認同或否定，這不是一個問題，到了哪個村子，便入鄉隨俗。

電影院和錄影廳裡，有一半以上是畢業生，無所事事的畢業生。坐在電影院裡和錄影廳裡，並不意味著喜歡看電影，只是氛圍投合心情罷了。在黑暗中，軟弱的部分都被精細地包裹起來，螢幕上有一個玫瑰色的世界。故事本身編造得很拙劣，但畢業生們已不再像在大一時那樣挑剔地批評。他們能體味出導演的無奈。他們是導演，他們也會這麼拍。

在黑暗的、封閉的空間裡，時間不存在了。凝視著活動的畫面，心裡卻在想著自己。說什麼脂正濃，粉正香，如何轉眼零落成泥？電影裡的主人公在笑，在哭，在愛，在殺戮，而畢業生們靜靜地觀看，坐成古代英雄的石像，臉上沒有什麼表情。那些表情，留給告別的那一天。弘一大師坐化之前，揮筆寫下「悲欣交集」四個字，畢業生們離開之前，臉上的神情也可以用這四個字來形容。

有位年輕的博士調侃說，中文系的學生與其老老實實地聽四年課，不如痛痛快快地看四年電影。聽課聽不出才氣和靈感，看電影或許能夠看出才氣與靈感。

每一個畢業生想說的心裡話也就是這一句。

然而，校園生活畢竟不是一部類似於《愛情故事》的電影。

當圖書館前面的大草坪被抹掉後，歌者們移師到靜園裡。

我不喜歡靜園的草坪，在周圍院落的包圍下，喪失了草坪應有的從容。但畢業生們顧不上這麼多，在那些沒有繁星的夜晚，圍成一圈，在角落裡自彈自唱。

記得剛到北京時，還能看到滿天繁星。後來，日漸稀少，到了畢業的時候，居然一顆也沒有了。不是繁星消失了，是心靈蒙上了塵埃，怎麼擦也擦不去。

今夜，有月皎然，他們在唱卡彭特的歌。我坐在另一個角落，歌聲從草尖上傳來，這首歌從大一聽到大四，從進校聽到畢業。也許只有逝者能如此準確地把握生命的本質，也許只有畢業生才會真正眷戀這座已經不可愛的校園。

舊約《傳道書》說：「一代過去，一代又來，地卻永遠長存。日頭出來，日頭落下，急歸所出之地。風往南颳，又向北轉，不住地旋轉，而且返回轉行原道，江河都往海裡流，海卻不滿，江河從何處流，仍歸還何處。」

這是畢業生們唯一的信念。

那塔，那湖

在我之前很久，另一人在漸漸逝去的黃昏中
把這些書籍和黑暗視為自己的命運
迷失在曲折的回廊上
帶著一種神聖而又莫名的恐懼
我意識到我就是那個人，那個死者，邁著
一致的步伐，過著相同的日子，直至終結
世界先是變醜，然後熄滅

——波赫士

那塔，那湖，那些書，那群人，那片林子，那些花朵，那座校園。

我來之前，這裡曾經很燦爛。我不忍說「曾經」，說起來，是一種刻骨銘心的痛。我來之後，時光已經凋零，如勺海裡入夜的荷花，如楓島上無鳥的舊巢。只有湖還在，寧靜如日本俳句裡的古池，蘊一池的寂寞，等了許久，也沒有等來一隻入水的青蛙；只有塔還在，灰塵滿面，鬢也星星，落下傾斜的背影，在夕陽的餘暉中喃喃地自言自語。

前清的王子和公主們在這裡嬉戲過。那時候，還是康乾盛世，該輝煌的還輝煌著。那個倒楣的英國使節曾在這裡下榻，因為不肯向大清帝國皇帝下跪而結束了他屈辱的出使。可他牢牢地記住了這片園子。半個多世紀以後，他的子孫們又來了。這一次，他們一把火燒掉了「萬園之園」的圓明園，也燒掉圓明園旁邊一片拱月的星辰；暢春園、蔚秀園、承澤園、鏡春園……美麗的名字流傳下來，大觀園那樣流光溢彩的想像流下來。以致我每每閱讀北大教授們的著作，在最後一頁發現「寫於京西ＸＸ園」的文字時，總認為教授們都生活在桃花源一般的樂土上。

這是一個可怕的錯覺。實際上，剩下來的只有一群群單調、笨拙、醜陋且擁擠的樓房，它們建於五六十年代。樓房與樓房之間是坑坑窪窪的水泥道，半黃半青的小塊草地，以及匆匆行走、面有菜色的教書先生和學生們，他們幾乎全都未老先衰，吃力地蹬著鏽跡斑斑的自行車，為生存無奈地奔波。

僅有的美麗定格在未名湖區，沒有人敢給湖起名字，儘管這是一個不起眼的人工湖。經歷了一年又一年的淤塞與浚通，水已不是當年王公貴族們眼中清亮清亮的水。每天早上，一堆堆的老人聚在湖邊，在舒舒緩緩的音樂裡練習氣功。未名湖的早上是屬老人的，青年人都縮在被子裡等陽光爬上他們的臉龐。要麼就有幾對約會的戀人，依偎而行，與演練氣功的老人們一樣物我兩忘。湖邊的德齋、才齋、均齋、備齋一字排開，朱閣綺戶依舊，只是德才均備的風流人物們早已不見了萍蹤俠影。

冬天，湖水結冰了。冬季，未名湖有兩三個月可以溜冰。這對來自溫暖的蜀中、不曾見過冰凍的湖面的我來說，的確是件奇妙的事。在燕園度過的第一個冬天，冰還沒有凍結實，我便冒冒失失地走上去，果然是「腳履薄冰」，只聽一陣「喀嚓、喀嚓」的聲音，腳下裂開一道長長的縫隙，一直向對岸延伸。我魂飛魄散、連滾帶爬地往後退，發現那塊沙州上的石魚還有半截身子露在冰面上，趕快緊緊地抱著它。石魚豎著身子，似乎在與凝固的命運做最後掙扎。而我抱著它，分享著它那冰冷的體溫。

瀚海就是天堂嗎？清醒就是沉醉嗎？那一瞬間，我哭了，對著空寂無人的白茫茫的未名湖，就像當年抱著老馬痛哭的尼采一樣，我也想對石魚說：「我受苦受難的兄弟啊……！」誰知道我的昨日生不是這條悲壯的石魚，誰知道這條悲壯的石魚不是我的明日生？我害怕驚醒居住在冰層下的詩人的靈魂，終於還是什麼也沒有說，讓滾燙的淚水自由自在地濺落到石魚的頭上。或許，過不了多久，淚水就會凝成冰珠。

這裡沒有光陰的概念，草的枯榮不代表什麼。中文系在五院，小樓的牆壁被爬牆藤密密地覆蓋住了。草比人頑強，草在這兒扎根、並且繁衍，而無論怎樣優秀的學生一年就得換一批。

五院破舊的二層小樓一年四季都在修修補補。每次走進去，都有一群民工在走廊裡忙碌著，或者粉刷牆壁，或者裝飾天花板，或者更換門窗。這種繁忙的場景使人懷疑：或許這群民工才是這座小樓的主人，據說，從一院到六院，許多院落都是當年燕京大學的女生宿舍，溫柔如春水的冰心就曾居住於此，在漆黑的走廊裡，恍惚躍動著一群民國女士的裙角。一股厚重的油漆與水泥的氣味撲面而來，先生們習以為常地在這種氣味裡撰寫高深莫測的文章。

窗外，院子裡的草們瘋狂地生長，像在跟誰挑戰一般。這裡的土地並不肥沃呀，草的下面究竟有些什麼呢？

北大古老的樓房數也數不清：一教、二教、文史樓、哲學樓、化學樓、俄文樓、民主樓……。一些正被拆除，一些等待著被拆除。譚詠麟傷感的聲音飄蕩著：「淒雨冷風中／多少繁華如夢／曾經萬紫千紅／隨風吹落……我看見淚光中的我／無力留住些什麼／只在恍惚醉意中／還有些舊夢……。」是的，白髮與黑髮都留不住什麼。這裡本來就是一處「不真」的世界。

冬天，當我作為早上第一個趕到教室的學生，穿行在燈光昏黃的走廊裡的時候，我有一種喘不過氣來的感覺。空氣如此燥熱，帶著金屬般的霉味，滲透進我的每個張開著的毛孔。

封閉的空間，模糊的門牌號，被白蟻蛀壞的講臺，牆上一層接一層往下剝落的石灰，這一切就像一臺老得走不動的掛鐘，牙齒落得差不多了，咬不住時間的手指。

最放肆的是老鼠，牠往往在老師講得最精彩的時候，閃電般竄過講臺，下面爆發出男孩憤怒的喊打聲和女孩矯揉造作的尖叫。頹敗的氛圍每時每刻都在與一張張生機勃勃的面孔進行著艱巨的鬥爭。終於，在古樓裡待過的那些明朗的臉頰上，捉摸不定的神色愈來愈多；那些青春的血管裡，洶湧澎湃的鮮血愈來愈少。

窗戶整個冬天都緊閉著，灰塵與水氣使它們不再透明。於是，看不到窗外的塔和湖了，只好收起騷動的心來，學生變成了先生的同齡人，而不是先生變成學生的同齡人，早生華髮不是為多情。

這是一座遊牧的校園。然而，門衛嚴肅地檢查著進出人等的證件，好似一處保密機關。

學生們整天圍在宿舍裡打牌，劣質的撲克牌像蟑螂一樣在油跡斑斑的桌子上跳動，在樓外遊蕩的是土頭土腦的校警，與銀杏葉鋪就的小徑那樣不協調。反正這是一個沒有詩意的年份，校警們除了撕海報，什麼也不用幹。

這是約定俗成的午休時間，一個接一個的酒瓶從窗口扔出來，有一鍋頭，更多的是燕京啤酒。空瓶子親吻水泥地時聲音悅耳，破碎的玻璃片在樹根下放射著斑斕的光澤。我總算感覺到時空的更替與流轉，在一中午的蟬鳴裡，酒瓶的悲劇簡直就是貝多芬的《命運》。

風從湖邊吹來，罕有地溫潤。忽然想起軍訓時代的一樁趣事來。教官因為一件雞毛蒜皮的小事對同學大罵不止。這名平日裡逆來順受的同學，竟針鋒相對地說：「我是什麼東西——我是北大學生！你是什麼東西？」這句話一定比所有的粗話還要「惡毒」，飛揚跋扈的教官面目猙獰地扭頭而去。顯然，某個語詞令他無法抗衡。那時，我們把這種命名當作屈辱生涯中僅存的一種榮譽；今天，當我們漫步在湖光塔影之間時，卻又開始忘卻這種真正的榮譽。這種榮譽還能維持多久呢？若干年後，同齡人們的語氣是否還能如此理直氣壯？

我有過這樣的經歷，揹著沉重的書包最後一個走出圖書館的大門，背後的燈光依次熄滅，彷彿有雙手跟著我追。踏著雪泥走在燕南園的矮牆外，空氣輕微地震動，使樹枝上的幾片雪花無聲無息地落下來。雪花格外意深，幫我沉默。該睡的都睡了，該醒的還醒著。燕南園的深處似乎還亮著一盞枯黃的燈，看不真切。一句偈語湧上愕然的心頭：「飯顆山頭飯顆生，蓮花燈下蓮花起。」我儼然成了燈下讀經的主人——那位主人，可是白髮蒼蒼的老先生？那位主人，可與塔和湖一樣年長？此刻，就缺少犬吠了，否則我便成為唐時的風雪夜歸人。

那些獨行的夜晚，沒有月光，只有我自己的腳步聲舔著我的腳印。幾座新建的大樓擋住了黝黑的塔影，而湖在哪個方向呢？我迷糊了。兩句《牡丹亭》的唱詞湧上我的喉頭，儘管我依舊沉默。「原來姹紫嫣紅開遍，似這般都付與斷井殘垣。」那是唱春天，現在卻是冬天；那是唱南方，這兒卻是北方。可是不知為什麼，我總是想起這兩句唱詞，就像林黛玉想起「賞心樂事誰家院，良辰美景奈何天」一樣，帶著徹徹底底的絕望的心情。

我又一次走向塔。圍牆外，有一根張牙舞爪的煙囪，比塔還要高。完美的構圖被破壞了，照不了一張只有塔的照片，塔的旁邊是無法迴避的煙囪。煙囪是什麼時候修起來的呢？

因為煙囪不是「人文景觀」，所有人都不知道答案。

我只記得法國攝影家馬格・呂布七十年代到中國拍的一組照片，其中一張便是冰凍的未名湖、湖面上滑冰的大學生、寂寥的塔以及滾滾冒煙、欣欣向榮的的大煙囪，許多朋友都恨這根煙囪，我卻不恨。坐在楓島上望這對「兄弟」的時候，我想：「缺了煙囪，怕塔也要遜色許多吧？」這是歷史，也是現實。

我的眼角是一湖的水，這些水曾溢滿幾代人的眸子。塔在湖的一角，孑然而立。許多年以前，塔門便鎖住了，沒有登臨的可能。記得我到北大的第一天，興致勃勃地去看未名湖，卻在偌大的校園裡迷失了方向。只好紅著臉怯生生地問一名老生：「未名湖怎麼走？」

「那邊不是？見到塔就見到湖了。」他指了指突兀於鬱鬱的樹蔭之中的塔尖。我便沿著塔的方向走，終於走到了湖邊。塔成了我開啟這座迷宮般的校園的第一把鑰匙。

湖動，塔靜；湖是陰，塔是陽；湖躺著，塔立著；湖謙遜，塔高傲；湖依偎大地，塔嚮往天空；湖容納游魚，塔呼喚飛鳥。焦灼的時候，可以來觸摸湖的妥貼；軟弱的時候，可以來汲取塔的耿介。塔與湖都是有靈魂的，它們的靈魂是千千萬萬人的靈魂，是北大的靈魂。

北大如果沒有了塔和湖，就像胡適之所說的，「長阪坡裡沒有趙子龍，空城計裡沒有諸葛亮」，那該是怎樣的一種尷尬呢？年輕人們都是這樣過來的——「我們歌笑在湖畔，我們歌哭在湖畔。」那是很久很久的往事，人們已然不笑亦不哭。湖光塔影之間，還有一個人在行走。行走的這人是我嗎？

這個人是我，這個人的背已駝，足已跛。這個人衣衫襤褸，行囊裡全是書籍。在這不純真的年齡裡，未名湖像孕婦一樣忍耐痛苦；在這不純真的年齡，博雅塔像幽靈一樣撕破幸福。塔與湖分別處於對立的一極，提醒著人們保持殘存的一部分記憶。塔與湖都知道，身邊行走的這些人都不再是昔日的知己了。但它們依然像昔日那樣存在著，彷彿什麼都沒有發生。

「原來姹紫嫣紅開遍，似這般都付與斷井殘垣」，那是怎樣一種淒美而悲壯的情景啊！

讓願意枯萎的儘量枯萎，讓願意腐爛的儘量腐爛，讓願意生長的儘量生長，讓願意燃燒的儘量燃燒，讓安居者繼續安居，讓漂泊者繼續漂泊。

最後，塔依然是塔，湖依然是湖，我們依然是我們。

而這個世界，真的會像波赫士說的那樣「熄滅」嗎？

孤獨的人是可恥的

在八十年代，如果把搖滾樂作為一種重要的文化現象來討論，許多文化人也許不以為然。八十年代的搖滾樂壇只有崔健一個人孤軍奮戰，儘管崔健在一九八六年唱紅〈一無所有〉，唱出那個傷痕累累、困惑而多夢的時代的精神狀貌，但持精英立場的作家學者們寧可視而不見。然而，進入九十年代以來，沒有人能繼續無視搖滾音樂的存在。在文學日漸失去影響力的今天，流行歌曲尤其是搖滾樂卻如日中天。

不管知識界願不願意承認，事實明擺著：一個電影明星、一個音樂臺的主持人、一個搖滾歌手擁有的感召力、滲透力與影響力，完全能夠超過數十個著名作家和學者。因此，認識他們、理解他們、剖析他們，在溝通與交流中激活民間的文化資源，共同塑造新世紀的文化精神，是當代文化人迫切需要完成的工作之一。

於是，我把目光投向了中國最孤獨的歌手——張楚。張楚是一個永遠的流浪漢。從十歲起他就斷斷續續地流浪。從陝西機械學院退學後，身無分文地來到北京，瘦小的身影在舉目無親的都市裡遊蕩，偌大的城市在他的眼裡宛如艾略特筆下的荒原。北京是一個只有冬夏沒有春秋的城市，怎麼拴得住流浪漢的心呢？於是，張楚又開始流浪，命運的反覆無常正如幸福之可望不可及，新疆、內蒙、西藏，愈是文明稀薄的地方對他愈有吸引力。

我讀不出方向
讀不出時光
讀不出最後是否一定是死亡……
風吹來
吹落天邊昏黃的太陽。

在〈西出陽關〉中，張楚讓我感受到的是一種物我兩忘的境界，恰如宋人陳與義詩云：「杏花疏影裡，吹笛到天明。」相同的是對時空的超越性體驗，而張楚卻少了一分古人的疏曠，多了一分現代人的蒼茫。

在身體與精神的雙重流浪中，張楚唱出了〈姐姐〉這首成名作。記得那時我正作為一名北大新生在石家莊陸軍學院的軍營裡接受軍訓，鐵打的營盤流水的兵，個性倔強的我不得不成為隊伍中循規蹈矩的一員。星期天在水房裡用毛刷心煩意亂地刷洗厚厚的綠軍裝，水嘩嘩地流著，窗外是風吹白樺樹的沙沙聲。忽然，旁邊的一個同學幾乎是喊著唱出一句歌詞：「姐姐，我要回家！姐姐，我要回家！」我猛地一愣，他卻自個兒反反覆覆唱著這一句，不知是記不得別的歌詞，還是對這句情有獨鍾。

我的腦海裡一片空白，淚水一滴滴地掉到臉盆裡。雖然我並沒有姐姐，但在聽到這句歌詞的一瞬間，我突然獲得了「弟弟」的身分，獲得了被關切、被疼愛的權利。從此，我不僅不敢唱這支歌，而且也害怕聽這支歌。著名歌手Lou Reed說過：「搖滾需要在任何可能的領域存在，它應該有一顆可以打動你、感動你的心。它應該具有持久的魅力，就像你願意一直去回味童年時代聽過的童話故事。」從某種意義來說，每個人都是這個世界的流浪者，張楚唱出的正是人們的心聲。

〈回家〉是張楚歌曲中不斷強化的主題。無論是〈走吧〉，還是〈北方過客〉，他強調的總是「一個人走」的感覺。他具有行吟詩人的冷靜和深刻，用稚真的嗓音唱出穿透心靈的悲涼的餘響。德國哲人海德格爾認為，詩學是人類帶著濃濃的鄉愁尋找精神家園的漫長旅程，張楚的作品亦可做如是觀。

九十年代初，張楚面臨的是這樣的文化背景：人、人性、人道、主體性、人的解放等宏大理想都被對秩序的認同所取代。無可奈何花落去，新的東西降臨後並不如想像中的那麼可愛，經受了深刻的挫折感的人們很需要回家的溫馨。

所以，〈回家〉更多地體現為一種感情上的回歸。張楚的歌聲中包含著兩種互相衝突的因素：一是承認個體的軟弱和無能，個人不願再承受風吹雨打，寧願跑到「家」的屋簷下去尋找庇護，即使這個「家」是自己曾經背叛過的「家」，高老太爺當家的「家」。

另一種因素則是對當下境況的拒斥，我注意到幾首歌曲中經常出現的幾個動詞「走」、「過」、「出」、「望」……這些動詞中顯然蘊含了潛在的不安定因素，又使人聯想起魯迅筆下過客的形象：「我只得走，我還是走好罷……。」兩種截然相反的運動方向，不僅沒有導致張楚作品的自我消解，反倒使之具備了巨大的張力，從而成為九十年代人們精神廢墟上幾朵蕭索而動人的野花。

到了九十年代中期，社會轉型加劇，張楚更敏銳地捕捉人們複雜的心態，用最準確的語言和旋律把握思想上的每一波動。〈光明大道〉已明顯不同於早期的作品：

沒人知道我們去哪兒
你要寂寞就來參加
你還年輕
他們老了
你想表現自己吧
太陽照到你的肩上
露出你靦腆的臉龐。

這裡面既有憤怒也有夢想，既有失望也有無奈，張楚在認同社會進程的同時也提出自己尖銳的批評。

你還新鮮
他們熟了
你擔心你的童貞吧
青春含在你的眼裡
幸福寫在我背上

儘管不能心花怒放
嘿嘿嘿　別沮喪
就當我們只是去送葬。

儘管這一代人比上幾代人都要幸運，但張楚還是在這些表象後發現了驚人的祕密：我們面對的依然是一個嚴峻的時代，一個吞噬了同情和想像力的本質、只給人們留下一堆物的空殼的時代。物質的豐裕加劇了靈魂的痛苦，青春與童貞已成為明日黃花，衰老過早地來臨了。這是一種嵇康、阮籍式的透骨的悲涼。張楚大膽地用了「送葬」這一意味深長的詞語。為誰送葬？為即將逝去的二十世紀？為面對的無物之陣？還是為自己？

我沒法再像個農民那樣善良
只是麥子還在對著太陽憤怒生長
在沒有方向的風中開始跳舞吧
或者緊緊鞋帶聽遠處歌唱。

在〈冷暖自知〉中，張楚還是回歸到自我，繫緊的只有自己的鞋帶。我想起了本雅明寫的《發達資本主義時代的抒情詩人》，本雅明指出，象徵主義詩人波特萊爾面對的是「一群讀抒情詩很困難的讀者」；九十年代中期的張楚，面對的則是一群不瞭解自己的歌迷。

張楚的歌聲逐漸向「眾生平等」的主題集中。他以「雷鬼樂」的外在形式，表達的卻是悲天憫人的情懷。這種情懷是真誠的，在九十年代中期，這種真誠比金子還要可貴。音樂評論家張培仁這樣寫道：「這是一九九四年的春天，空氣中有一種富裕的氣氛。每個人似乎都站在一場洪流之中，等待著來自欲望的衝擊。張楚置身其中，看見從身邊洶湧而過的人群，他依稀想起生命裡許多畫面；一點簡單的浪漫，也許粗布衣裳，人們的笑容那時還沒有什麼目的，卻有許多天真。他靜靜地笑，有一些美好的事物，終將一去不返。」這正是這個時代最細微最柔軟的一部分，張楚像老牛一樣咀嚼著這些流動的情感，反芻出「眾生平等」的思想。他正式拒絕早期引以為自豪的孤獨，因為孤獨代表的是精英的立場。他更願意在深深的小巷中呼吸生長。

不請求上蒼公正仁慈
只求保佑活著的人
別的就不用再問
不保佑太陽按時升起

在〈上帝保佑吃完了飯的人民〉中，這段歌詞表現出張楚對世事深刻的洞察。表面上看這是一種妥協和退卻的姿態，但對比轟動一時的電視連續劇《蒼天在上》，我便看到了張楚鮮明的先鋒色彩。《蒼天在上》仍然堅信有一雙高高在上的蒼天的眼睛注視著世人，善善惡惡，涇渭分明，這是原始圖騰觀念在現代社會的翻版，憑什麼人在下而蒼天在上呢？張楚對上蒼並無尊崇之意，上蒼的職責被他限定在「保佑吃完飯的人民」這一空洞的要求之上，其他的事呢，人民自己會幹。這句調侃的背後，隱約可以看出哈貝瑪斯的「公共空間」理論——如果說上蒼代表著國家，那麼張楚悄悄完成的，是一種權力的轉移，權力從上蒼那兒轉移到看不見的「公眾社會」之中。

九十年代初，張楚是一位不願抒情的抒情詩人；九十年代中期，他開始成為一位躲著佈道的佈道者。他最讓人尊重的地方便是他的同情。「同情」在這樣一個時代有著特殊的意義。從大的社會經濟背景上來看，社會分層急劇加速。貧富不均，權力膨脹，必然造成對人的尊嚴的踐踏。這樣的事例報紙上每天都有，許多知識分子卻充耳不聞，在象牙塔裡用輕蔑的眼光看著芸芸眾生。

張楚採取的卻是迥然不同的態度，他把同情看作是「將心比心」——每個人包括其自身在內都是被同情的對象，天不必「悲」，人卻不能不「憫」。〈趙小姐〉中描繪了如許的生活狀態：

她有一份不長久的工作
錢不少她也不會去做到老
在一種時候她會真的感到傷心
就是別的裙子比她身上的好。

這與人們的日常生活體驗如此地吻合。張楚的優勢在於敘述，在於敘述之流中不動聲色的真情，這種真情使所有的歌詞都明亮起來，像〈陽關三疊〉一樣，從遙遠的旅社的窗玻璃外激蕩而入。

從哲學的高度看待「同情」，叔本華認為，領悟世界的痛苦也就必須認識到一切事物都在同樣的本質上掙扎，都是同一本質的幻象，從而看穿個體化原理，以他人之痛苦為己之痛苦，以世界之痛苦為己之痛苦，這就產生了「同情」。在張楚的眼裡，麥子、螞蟻、蒼蠅都是「像鮮花一樣綻開的生命」，一隻蟑螂、一隻耗子的死並不比一位偉人的逝世更不重要。

在〈和大夥兒去乘涼〉中，我體會到張楚想要表達的思想：一切純潔的愛都是同情，都是「眾生平等」。當今，這種精神尤為可貴。

很少有人能夠理解張楚調侃背後的辛酸，敘述背後的思想。〈螞蟻〉是張楚最精彩的作品之一，它在理念上達到了對「悲憫」的超越——

陰天看見太陽也看見我自己
晴天下雨我就心懷感激
朋友來作客請他吃塊西瓜皮
仇人來了銜他打個噴嚏

從這可聽性並不強的歌聲裡，我發現張楚心靈的廣度。中國士大夫歷來有憫農的傳統，但我在汗牛充棟的憫農詩中體味到的卻是一種極為偽善的表達。士大夫之所以憫農，目的不過是為了達成人格的自我完善，或是失意時所做的同是天涯淪落人的哀歎。與其說是一種感情，不如說是一種姿態，居高臨下的對「他者」俯視的姿態。相反，張楚身處苦難之中，我即螞蟻，螞蟻即我，徹頭徹尾的平等。在平等的基礎上，則是一種大度納百川的寬容，「仇人來了衝他打個噴嚏」，這使我想起聖經，想起甘地，想起德瑞莎修女。這種精神對於潤滑九十年代以來社會各階層和集團之間日益緊張的矛盾與衝突具有舉足輕重的作用。

我沒有心事往事只是隻螞蟻
生下來胳膊大腿就是一樣細
不管別人穿著什麼樣的衣
咱們兄弟皮膚永遠是黑的

張楚不同於王朔的正是在這些地方。王朔做到了「躲避崇高」，張楚唱了無數次「離開」，卻不曾離開。我想起列夫‧托爾斯泰的關於童年兄弟間生活情形的描述：「我記得，我們特別喜歡『蟻兄蟻弟』這個詞，它使我們想到沼澤地塔頭墩上的螞蟻。我們甚至還做過蟻兄蟻弟的遊戲：大家鑽進幾把椅子底下，椅子外面圍些小箱子，掛上頭巾之類的東西。在一片漆黑裡，你擠著我，我擠著你地坐在裡面。我還記得所體驗到的愛和溫存的感情，我非常喜歡這個遊戲。」這段回憶，是托翁所有作品的源泉。誰不理解這點，誰就不能理解托翁。張楚的歌試圖傳達的，也正是這種人類愈來愈疏遠的品質。

「孤獨的人是可恥的」，這是令許多知識分子無法理解的觀點。張楚的出現並非偶然，正如海子的出現一樣。如果說一九八九年海子之死象徵著文學在八十年代所依據的倫理話語（主體、人）和歷史話語（黑格爾式的樂觀進步的歷史信仰）的潰敗，以及最後一次試圖從整體上把握世界的努力的終結；那麼九十年代張楚的出現則象徵著一個青春不再、激情不再的時代，對真實、對平等、對安穩的渴望，以及由外部世界返歸自我的保守主義思潮的抬頭。這種表面上的保守，實質上卻是可貴的堅執。

當佈道成為絕大多數知識分子放棄的使命時，當年為了捍衛崇高而犧牲青春的王蒙無可奈何地讚賞「躲避崇高」的王朔。而另一群知識分子如原教旨主義的張承志不食人間煙火的姿態，使他們捍衛的崇高與大眾的生存痛苦之間劃上一道鴻溝。在精神真空中，張楚直面這個時代嚴峻的問題，並以外表平淡內心狂熱的姿態開始「佈道」。

浪花淘盡英雄，記得的老歌有幾首？回首九十年代，這大概是人們唯一能記起的一句話——孤獨的人是可恥的，也是可怕的。

第三輯　黑暗深處的光

太監中國

奄宦之如毒藥猛獸，數千年以來，人盡知之矣。乃卒遭其裂肝碎首者，曷故哉？豈無法以制之歟？則由於人主之多欲也。

——黃宗羲《明夷待訪錄・奄宦下》

紫禁城。遊人如織，一雙雙好奇的眼睛，一張張天真的容顏，一聲聲驚異的歎息。中外遊客爭睹瓊樓玉宇、雕欄玉砌。呼風喚雨的幾條巨龍似乎要從九龍壁上飛下來，現代葉公們不停地拍照。

這是一個晴朗的夏日，北中國慣有的燦爛得刺目的陽光。在熙熙攘攘的人群當中，我卻一口口地倒吸涼氣，我不知道自己為什麼這麼冷——無論在巍峨雄偉的三大殿外，還是在曲徑通幽的御花園裡，我都在不停地打著寒戰。

九千九百九十九間半的房間，沒有一間亮麗堂皇，光線被巧妙地隔在房間之外，因為這裡的主人愛黑暗而不愛光明。只有殘餘的幾束光從雕花的窗眼裡偷渡進去。在這幾束光中，有無數的灰塵在飛舞，如昔日的〈霓裳舞曲〉。

紫禁城有兩個大多數參觀者都不會注意到的、小小的、破落的院落，中央電視臺拍攝專題片

《故宮》的時候，鏡頭覆蓋了這座輝煌的宮殿的角角落落，偏偏放過了這兩個院落，因為它們「不足為外人道也」。這兩個院落，一個在西華門附近，官方的名字叫「淨身房」，民間的名字叫「場子」或「廠子」，是太監做閹割手術的地方；一個在中左門箭亭南邊，叫「懷安堂」，是太監們保存他們閹割下來的性器官的地方。

作為中華文明奇葩的太監是如何造就的？

關於太監的起源，歷史學家認為，太監制度在創建新巴比倫帝國時就已經開始，甚至認為太監與古代君主專制同時產生。被譽為「歷史之父」的希羅多德指出，使用太監是波斯人的風俗，他們認為太監遠比一般人更值得信賴。古代印度的宮廷中也有大量的太監，名為「Hoza」。直到二十世紀五十年代，印度還殘存部分太監，「印度政府拒絕把太監視為特別身分或少數民族，可是也沒有適當的處置方法」（陳存仁《被閹割的文明》）。而耶穌在巴勒斯坦地區傳道，討論到家庭及兩性關係時曾說過：「有生來是閹人，也有被人閹的，並有為天國的緣故自閹的。」（《馬太福音》第十九章第十二節）以上這些地區都隸屬於東方。真正的西方世界，直到希臘文明晚期才有關於「閹人」的記載，而且還是從波斯學來的。今天英文中的「Eunuch」一詞從希臘文沿用而來，《韋氏大詞典》中解釋說：「閹人，原為閨中之侍從，或宮中之太監。」希臘人從事販賣太監的商業活動，小亞細亞的古都或首都都有高價的波斯人太監出售，希臘參與了此種特殊的奴隸買賣。

以上種種都不足為道。在「太監文明」這方面，中國當之無愧地是世界第一。上帝造出了亞當和夏娃兩種性別，殊不知東方還有個民族，運用他們卓越的魄力與想像，首先創造了一種無與倫比的「第三性」。早在殷商時期，中國便有「寺人」，據研究甲骨文的權威日本學者白川靜考證，甲骨文中有一個字便是用以描述被閹割之後作為祭品的俘虜。甲骨文還有一段文字記載，當時的商王十分關注閹割術的成敗，以及被閹羌人的死活，顯然是因為需要術後能夠存活的閹人，以供內廷充役之用（余華青《中國宦官制度史》）。有了閹割技術，有了君主專制制度，太監制度便應運而生。

中國的太監制度不僅歷史最古老、設置最完善，延續時間也最長久。國粹家們確實有驕傲的本錢：沒有哪個國家的宦官有中國這麼多，沒有哪個國家的歷史如此深入地受到宦官的支配，即使是雄踞西亞與「東亞病夫」的中國並列的、作為「西亞病夫」的奧斯曼土耳其亦望塵莫及。

太監即宦官。「宦官」一詞，自秦漢以後逐漸成為閹人的專稱。《禮記》中說：「宦學事師，非禮不親。」古人曾釋「宦」為「養」：「宦者，養也，養閹人使其看宮人。此是小臣。」（范曄〈宦者傳論〉之李善注）。中國正史為此類人物作傳，一般名之曰「宦官傳」或「宦者傳」。而更通俗的名稱則是「太監」。太監本為古代職官名稱，後來逐漸專指宦官。明代設置由宦官負責的二十四衙門，各設掌印太監等，特指高級宦官。清代則以太監作為全體宦官的通稱。其他的名稱還有「寺人」、「宮人」、「腐人」、「中官」、「貂璫」、「黃門」、「宦寺」、「私白」、「內使」、「宮監」等等，不一而足。

太監是如何煉成的呢？中國文化中缺少信仰的元素，中國人以歷史作為信仰的一部分。

所以，中國文化的核心是「史官文化」。但是，在明代以前汗牛充棟的史書中，並沒有關於閹割技術的詳細記載。在清代梁章鉅的《浪跡叢談》、吳長元的《宸垣識略》、孫靜庵的《棲霞閣野乘》等書中，才出現了如何製造「第三性」的詳細紀載。

首先，願意淨身入宮的人，要有一名地位較高的太監援引，憑證人立下契約。各種工作準備就緒之後，便來到「淨身房」。在此有數名「刀子匠」恭候，他們不在宮廷的編制之內，沒有固定的薪水，卻是宮廷認可的專家。他們的職業是製造太監，其技術是家傳的，祕不示人。手術費是每人六兩銀子，一直負責到完全治好。如果動手術的人實在是太窮了，當時拿不出手術費來，可以找保證人保證，待拿到太監之薪水後再補交。

被手術者需要做的準備工作是：先清理大小便，之後在「淨身房」中幽閉三四天，不吃不喝，免得排泄的穢物沾染手術後的傷口，致死手術惡化，危及生命。「淨身房」的房間密不透風，以便傷口迅速癒合。到了手術的那天，被手術者仰面躺在房中的炕上，兩名助手一名按住他的雙肩，一名分開他的雙腿。刀子匠則站在自宮人的面前，口唸：「後悔不後悔？」重複數次，如見對方有猶豫之色，手術就取消。如果意志堅定，便由擔任介紹人的太監對其宣讀「自願閹割書」，此後手術便開始了。

手術過程一般是這樣的；先用白色的繩子或紗布將手術者的下腹及腰間上部綁緊，用熱胡椒將陽具附近仔細洗三遍，然後用一根極韌的細絲繫在陽具的盡頭，另一端繫在屋樑之上。這時，刀子匠上場，拿起鐮刀狀的小刀，先用手感覺一下陽具的大小，然後手起刀落，寒光一閃便將陽具及陰囊一起切除。無論怎樣淒烈的慘叫與掙扎，都無力回天了。之後用白蠟的針形栓插入尿道，傷口則用浸過冷水的紙小心翼翼地包起來。手術完成後，被手術者由兩名助手扶著在房間裡走動二至三小時，然後才允許躺下。

手術之後三天之內不許喝水，據說這段傷痛及口渴的時間最是痛苦難熬。等過了三天之後將栓拔出，如果尿像泉水般湧出來，就表明手術成功了。否則便是失敗，只能悲慘地等待死亡的降臨，誰也無法加以援手。但失敗的個案極少。手術後大約一百天，被手術人才能痊癒。此後被送到王府學習各種規矩和禮儀，一年之後再進入宮廷，由此開始嶄新的一段人生。畢竟像魏忠賢、李蓮英那樣爬到「一人之下，萬人之上」的高位的太監是萬裡挑一的，大部分人都只能在辛勞和摧迫中沒沒無聞而終了。當然，如果不是遇到天下大亂的時代，太監至少還可以在皇宮中衣食無憂——這是這個飢餓之國中許多人的最高理想。

中醫雖然拙於手術，卻在閹割手術方面一枝獨秀，遙遙領先於世界。日本人三田太助在《宦官之祕密》一書中，研究了埃及和印度閹割的方法，其「科技含量」遠遠不能與中國相提並論。古埃及動手術的都是僧侶，先用毛巾包住被手術者的性器官，再以利刃將性器官及毛巾一起割下，以熱油和草灰止血，以金屬鐵棒插入尿道，再將被手術者的臍部以下的下半身埋在熱沙中五六天。據說，這種方法導致死亡率高達百分之六十以上，與中國死亡率幾乎為零比起來真是天壤之別。

至於割下來的陽具，宮廷亦有特殊的安排。唐魯孫在〈閒話太監〉中記載，手術的過程中，刀子手旁邊的助手快速配合，將離體的殘具用轆轤吊開，以乳香、沒藥一類防腐劑摻拌。然後，擱在一個預先準備好的小磁罎裡，外面套上一隻楠木匣，匣子上寫明出家人的姓名、籍貫、年齡、淨身時日、哪位刀子手操刀、引禮太監是誰等等信息。然後，將這木匣送往所謂的「懷安堂」中列冊編號存放。

太監們口中所說的「懷安堂」，非「大雅之堂」，而是一座不起眼的、有三間小屋的小小院落。既無匾額，有沒標誌，那就是太監們收藏其殘體的所在。堂屋正中設有兩座牌位，後大前小，後座供的是大勢至尊王菩薩，前座供的是史晨大師。究竟史晨大師是何方神聖，民國初年紫禁城開放，有人遇到仍然在這個院子裡管香火的老太監詢問之，他只說是祖師爺，也問不出所以然來。周圍牆壁，都嵌有木雕長方小格，整齊畫一，有如寺廟供養的長生祿位牌的格局，一燈如豆，光線晦暗陰森難耐，誰也不願在屋裡多事瀏覽。這些盒子都置於房間的高處，取「高升」意，以祝福該名未來的太監飛黃騰達、榮登高位。

所以，「懷安堂」就是太監們的「檔案館」和「數據庫」。太監們精心保存此無用之「寶」，主要有兩個原因：一是當某人獲得晉升的時候，此人必須交驗自己儲存在此的「寶貝」，由上級太監來「驗寶」，否則不能晉升。這是一套相當嚴格的程序。二是太監死後入棺埋葬的時候，還得將這「陳年油雞」取出來，縫合在死者的私處，那份「自願閹割書」也同時在靈前焚化。據說，這樣便可以讓死者「恢復」男兒身分，在陰間有面目見父母，且可瞞過閻王，來世不再繼續當太監。

參觀故宮的人們，通常都會對三大殿的精美絕倫讚不絕口。央視的專題片《故宮》用一貫亢奮的口吻指出：「這裡的磚瓦木石，這裡的色彩，這裡的空間佈局，都昭示著中國人曾經的文明意志和理念。從此這裡開始歷經二十四位皇帝和眾多嬪妃皇子們的悲喜人生。開始上演中國歷史中許多精彩的瞬間。」然而，人數更多的太監們的命運卻再次被忽略了。其實，太和殿與淨身房和懷安堂相比，只是「大巫」見「小巫」，只是一座「中看不中用」的紙房子而已。皇朝文明的「精髓」不在三大殿及皇帝之居所，卻在「淨身房」與「懷安堂」。對於像黃仁宇《萬曆十五年》的主角萬曆皇帝這樣的天子來說，其在位數十年，在太和殿舉行正式朝會不過數次。在萬曆心目中，沒有太和殿倒無所謂，要是沒有「淨身房」和「懷安堂」那可是不得了的——皇帝沒有太監的服侍，一天的吃喝拉撒睡都沒辦法維持。所以，紫禁城是建立在「淨身房」和「懷安堂」基礎之上的，正如帝王制是建立在太監製基礎上的。帝國可以一天沒有皇帝，但皇宮不可一日沒有太監。

中國不愧為最偉大的文明古國，漢朝人將處宮刑的地方稱為「蠶室」，這個命名多有創造力啊！顏師古注釋《漢書》時如此解釋說：「凡養蠶者欲其溫早成，故為蠶室，蓄火以置之。而新腐刑亦有中風之患，須入密室，乃得以全，因呼為蠶室耳。」（《漢書・張安世傳》）李賢注釋《後漢書》時亦如此解釋說：「宮刑者畏風，須暖，作窨室蓄火如蠶室，因以名焉。」（《後漢書・光武帝紀》）這個人間地獄被賦予了一個詩意十足的名字，似乎這裡是一處醜陋的蠶變作美麗的蝴蝶的美好居所——這就是中國文化中最為卑賤的部分，用最美好的語言為最殘暴的行為進行包裝和點綴。

如此，一個帝制大廈中必不可少的尤物便誕生了。

皇帝為什麼離不開太監——不單單是為了獨占女人

我在古籍中看到過一些年紀不等的太監的畫像，經過比較之後發現：年輕時被閹的太監會逐漸發胖，但肌肉卻柔軟不結實，當然也無縛雞之力。但是隨著年齡的增長，體重又會持續下降，而且皮膚易生皺紋，往往四十歲的太監看起來就像六十歲的老人一樣。作為醫生的陳存仁這樣描述其行為舉止說：「太監的行動異於常人，由於臀部和大腿的皮下脂肪增加，所以他們行動時的重心，由胸移到腰部，像女人一樣，雙腿緊接，腳尖向外呈『八』字形，步伐短而快。他們的行動，是明顯的身分標誌。」

由於男性生殖器被切除，太監的整個身體機能發生重大變化，逐漸便在外形方面體現出來。清代學者唐甄在《潛書》中這樣描繪太監之外貌：「望之不似人身，相之不似人面，聽之不似人聲，察之不近人情。」為什麼這樣說呢？唐甄解釋說：他們長得臃腫，彎曲，好似長了瘿結，鼻子裡呼呼作響，如同牛和豬一樣，因此不像人的身體；他們長著男人的頰骨卻不是男人，沒有鬍鬚卻不是女人，雖然面如美玉卻沒有一點生氣，因此不像人的面容；他們的聲音好像兒童一樣稚細卻不清脆，好像女人一樣尖細卻不柔媚，你說它嘶啞但又能成聲，你說它如猩叫但又能成人語，因此不像人的聲音。

中國的儒家倫理強調愛護身體是孝道的根基，《孝經》中記載了孔子的一段話：「身體髮膚，受之父母，不敢毀傷，孝之始也。」但是，如此冠冕堂皇、語重心長的教導，卻未能制止纏足和閹割演化成制度與習俗。前者讓占據中國總人口一半左右的女性變成「半殘疾人」長達千年之久，後者催生了前赴後繼的太監群體並成為皇權文化的一大表徵。可見，孔子的話在中國從來就沒有被人當真，大家只是說說而已，或者需要的時候拿來為我所用。

在太監得勢的時代，民間往往會相應地掀起「自宮潮」。不僅貧寒子弟紛紛自願閹割入宮，許多小康之家的孩子也忍痛自宮，以圖仕進。這確實是一條終南捷徑；讀書須受至少十年的寒窗之苦，自宮卻是一時疼痛而能終身富貴。據《弇山堂別集・中官考十》記載：「南海戶淨身男九百七十餘人復乞收入。」南國邊陲的一個小村子，居然就有如此之多的童男自宮。那麼，整個國家會有多少自宮者呢？明天啟三年，徵募太監缺額三千人，結果應徵者多達二萬人。政府竟想不到會有如此多人，一時無措，不得不增加一千五百個名額，並將剩下的人安置在京郊南苑的收容所。即使如此，收容所也容納不下這麼多人，許多人不得不淪為乞丐和偷盜者。沈德符《萬曆野獲編・丐閹》中記載：「至有兄弟俱閹而無一選者，以致為乞為劫，固其所宜也。」

太監不是正常人，生理的變態必然導致心理的變態，再加上生活在充滿明爭暗鬥、天天如履薄冰的宮廷之中，他們當中很少有人能保持心理健康。王夫之分析說：「宮刑施之，絕人生理，老無收養，死無與殯。無罪之鬼，無人除墓草而奠懷染。故宮者，均於大辟也。且宮刑之後，二氣內乖，肢體外痿，性情內琢。故閹腐之子，豹聲陰鷙，安忍無親。」（《尚書引義・舜典四》）唐甄也指出，太監們既可以表現得很愛人，也可能下毒手害人；當他們憐憫你的時候流著眼淚說話；而當他們憎惡你時，則斬殺如草。因此，他們的感情不像人的感情。魯迅在《墳・寡婦主義》中說：「中國歷代的宦官，那冷酷險狠，都超出常人許多倍。」在那被《紅樓夢》中的貴妃賈元春稱為「見不得天日」的地方，太監們肆意發洩變態的性欲、貪欲和權力欲。

但是，就是這群生理和心理都殘缺變態的人，卻被納入帝國官僚體系的「正式編制」之中。既然是「宦官」，就是「官」的一部分，就是職責特殊的官。學者余華青指出：「歷代的宦官，不僅僅是宮廷的奴僕，一般也都同時具有國家官員的身分。宦官制度，已經深深地融合、凝固在中國傳統的君主專制王朝的整個法統之中。」歷代統治者或比附天象，或追溯先人，為宦官的存在尋求合理與合法的依據，如：「至書契已來，不無閹寺，況垂之天象，備見職官。」（《舊唐書・宦官傳序》）；「宮腐之族，置於閽寺，取則天象，事歷百王。」（《魏書・閹官傳序》）與宦官階層尖銳對立的士大夫階層，一直以來皆抨擊宦官干政，卻很少有人敢於徹底否定宦官制度。司馬光在《資治通鑑》中說：「寺人之官，自三王之世，具載於《詩》、《禮》，所以謹閨闥之禁，通內外之言，安可無也。」（《資治通鑑・唐紀七十九》）他總結了歷代宦官亂政的教訓，卻仍然肯定宦官存在的價值。

黃宗羲這個最激烈地批判君權的思想家，看到了皇帝與宦官互為表裡、互相寄生的關係，宦官誕生的根源便是君王的淫欲，「後世之君，視天下為娛樂工具。崇其宮室，不得不以女謁充之；盛其女謁，不得不以奄寺守之。此相因之勢也」，但並未從人道立場推倒整個太監制度，而僅僅是建議君王適可而止，縮小宮廷、嬪妃及太監的規模：「吾意為人主者，自三宮以外，一切當罷。如是，則奄之給使令者，不過數十人而足矣。」（《明夷待訪錄・奄宦下》）史書記載，唯一從「考據」的角度出發，建議廢除當局太監制度的人，是東漢時候的襄楷。此一舉動，足以讓其名垂青史。襄楷上書說「古者本無宦臣」，結果被朝廷加以「析言破律，違背經藝」的罪名，而下獄「論刑」（《後漢書・襄楷傳》），襄楷的下場可想而知。

君主當然要堅持太監制度，太監雖然沒有命根子，太監卻是皇帝的命根子。既然自詡為「天子」，皇帝必須龜縮在迷宮一樣的皇宮裡，跟一般老百姓保持距離——讓百姓知道皇上也是一個吃喝拉撒睡的凡人，那還了得！而飛簷翹角的宮廷內，需要一群「絕對安全」的奴僕，一群不至於讓皇帝的嬪妃們受到威脅的奴僕。於是，害怕戴綠帽子的皇帝，便與不能人事的太監「焦不離孟，孟不離焦」，共同成為龐大的帝國大廈中的兩塊基石。

一開始，太監只是為皇帝打理內務，負責後宮的日常運作，屬「貼身管家」。他們的官職的品秩只是具有象徵意義。隨著專制制度的僵化與定形，帝王的性格日益暴虐和多疑。深宮中的皇帝誰也不信任，只信任太監——儘管太監並不足以讓他們信任。皇帝甚至任用太監幫助處理帝國龐雜的政務。太監遂成為「實缺」，其重要性不斷提升，被君王當作牽制以士大夫為主體的官僚集團、控制軍隊甚至掠奪民間財物的工具。

皇帝信任太監，卻不信任士大夫，不信任軍人，甚至連自己的兄弟姐妹、皇親國戚都不信任。這是什麼原因呢？漢元帝認為：「中人無外黨，精專可信任，遂委以政。」（《漢書・石顯傳》）司馬光對太監亂政的緣由做過分析：「宦官用權，為國家患，其來久矣。蓋以出入宮禁，人主自幼及長，與之親狎，非如三公六卿，進見有時，可嚴憚也。……則近者日親，遠者日疏，甘言卑辭之請有時而從，浸潤膚受之愬有時而聽。於是，黜陟刑賞之政，潛移於近習而不自知，如飲醇酒，嗜其味而忘其醉也。黜陟刑賞之柄移而國家不危亂者，未之有也。」（《資治通鑑・唐紀七十九》）於皇帝而言，在外臣面前高高在上，而與宦官朝夕相處、感情親近；於宦官而言，沒有儒家道德的約束，為了自己的利益，可以察言觀色、投其所好。

中國歷史上真有過一個文武百官都是由宦官組成的朝廷：西元十世紀，正逢五代十國亂哄哄，南方有一個小朝廷史稱南漢。南漢高祖劉巖有一套自以為是的治國理論，他認為一般人特別是士大夫都有妻兒老小，既有妻兒老小，便有私心，不能無私奉獻自己於皇上；而太監「無鳥一身輕」，不會為後人考量，沒有後顧之憂，必死命效力。傳位到了劉巖的孫子劉鋹，更下了一紙文件，曰：凡是朝廷任用的人，不管他是進士還是狀元出身，一律要閹割，方能當官。於是，舉國上下皆爭先恐後地自宮，「凡群臣有才能及進士狀頭，或僧道可與談者，皆先下蠶室，然後求進」，這樣便造成了南漢朝廷「顯貴用事之人，大抵皆宦者」的局面（《資治通鑑・後周紀五》）。在南漢所控制的一百萬人口中，太監居然達到兩萬人左右，如此高的比例是空前絕後的。就連專門實行閹割手術的人，亦形成一個龐大的群體，宋將潘仁美滅南漢時，曾「斬閹工五百餘人」（《宋史・南漢世家》）。太監禍國，尤以明朝為最。有明一朝，太監機構的編制不斷擴大，其職位依統轄內容之不同，區分為十二監、四司、八局，總稱「二十四衙門」。司禮監有「影子內閣」之稱，其執掌太監權重於首輔大臣。令官民談虎變色的特務機構，全在太監的控制當中：錦衣衛、東廠、西廠、內廠的頭目，清一色的全都是太監，太監們組成了「大朝廷中的小朝廷」，正如研究明朝特務政治的學者丁易所云：「明代特務總機關司禮監既握有政府實權，司禮太監們成了真宰相。」（《明朝特務政治》）君權下移，太監專權，士氣淪喪，百姓悲苦，於是流寇蜂起，天下大亂。在清初的統治集團中，流行過「明不亡於流賊，而亡於宦官」的說法（《國朝宮史》卷首清高宗諭敕）。既然官官相護，那麼皇帝之間也要互相庇護。清朝顛覆了明朝，仍然要給明朝的皇帝留點面子。丟掉明朝天下的，本來是明朝的皇帝。儘管宦官助紂為虐、罪惡滔天，亦不過是「助」而已，宦官並非起決定作用的「敗家子」。

明朝吏治之敗壞，皇帝是首惡，太監是催化劑。皇帝不能逃避責任。皇帝將國庫當作私人銀行，而太監又將皇帝的財產據為己有。僅以貪污而論，據明人趙士錦在《甲申記事》中載，明末李自成進京前，偌大一個明帝國的國庫存銀竟不到四千兩！而魏忠賢被抄家時，居然從他家中抄出白銀千萬兩、珍寶無算。以致崇禎多次痛心疾首地怒斥太監們說：「將我祖宗積蓄貯庫傳國異寶金銀等，朋比盜竊一空。」崇禎的「痛心疾首」既讓人同情，又不讓人同情。讓人同情，是因為他貴為天子，卻拿太監沒辦法；不讓人同情，是因為他自己就是太監頭子，他是棵大樹，太監是在樹上築巢的鳥，倘若同情皇帝，誰來同情太監呢？誰來同情勞苦大眾呢？

太監們「赤條條來去無牽掛」，故而自私無恥、敢於冒險、既不自愛亦不愛人。王夫之認為：「刑人並齒於天地之間，人道絕而髮已凋、音已雌矣，何懼乎其不冒死而求逞於一朝？而又美其名曰，姑且憐其無用，引而置之官府之間，不知埋下禍根深矣。宦寺之惡，甚於士人，只因其無廉隅之借，子孫之慮耳，故惘不怕死，何況乎其以淫而在傍君主之側耳。」（《尚書引義・舜典四》）船山先生的這番推論大抵是正確的，漢、唐、明三代都有皇帝直接或間接地死於太監之手，還有更多的皇帝成為太監的傀儡，這大概是發明太監制的君王始料未及的吧，正所謂作繭自縛、害人終害己。

哪個中國的士大夫不是「文化太監」？

閹割是文化的死敵，也是文化的一部分。閹割侵刨著文化，吞噬著文化，改造著文化，當閹割內化為文化的本質的時候，文化便消除了被閹割的焦慮，而在一種特別的快感之中陶醉，如黃永玉所說：「一部文化史幾乎就是無數身體的局部或全部被刨去的行為史，是由閹割與被閹割兩種不同性質的快感寫成的。」

閹割是一種古典之極。司馬遷只不過幫李陵說了幾句話，就被皇帝將卵蛋刨了去了，英明神武的「今上」的價值觀可能跟法國思想家狄德羅所估計的相同。狄德羅在評價法國波旁王朝時說：「在宮廷，『狂歡的工具』從來與政治媲美。」那麼犯了政治錯誤的司馬遷，一生豈非只好以失去「狂歡的工具」，以悲苦恥辱而告終？不然，他發憤完成了「通古今之變，成一家之言」的《史記》。

從被閹到自宮只有一步之遙，從身體的殘疾到心靈的殘疾也只有一步之遙。當「去勢」是奴隸們必須對奴隸主履行的一項義務時，那些口口聲聲說「先天下之憂而憂，後天下之樂而樂」的聖人們只好裝作沒看見——他們也爭先恐後地加入其中。如果說裝在盒子裡的太監們的「命根子」，保證了皇帝的妻妾們的貞操；那麼大大小小的聖人們對閹割「命根子」的暴行保持沉默，則保證了皇帝們的權力在帝國的各個角落暢通無阻。

太監的數量，在最鼎盛時期的明朝中後期為十萬人左右，如丁易所云「千百衙門、十萬宦官」，即便如此，在天朝大國仍是滄海一粟；然而，宦官制度及其衍生出來的文化模式，卻像一片烏雲一樣，籠罩在天朝的每一寸土地上。帝國需要充當「守護床鋪的人」的太監，更需要一大批守護套綱常倫理的太監。前者是顯現的太監，後者是隱形的太監，即「文化太監」。如果說「刀子匠」們的閹割手術只能一個個地做，無法批量生產；那麼，「文化太監」則可以用四書五經作為模子來批量生產，而每一個「文化太監」又可以對成千上萬的民眾實施愚民教育——那些在帝國的殿堂上風光無限的狀元、學士、弄臣、侍讀，都是「文化太監」。

生活方式和思維方式的「太監化」，是中國知識者的最大特點。培根說，知識就是力量。知識確實是力量，知識如槍炮一樣，關鍵是槍炮口對準了誰。溫文爾雅的士人們不敢監督與批判君權，卻將筆鋒對準腳下如汪洋般的人群——他們在羞辱「引車賣漿者流」的時候最帶勁，因為老百姓沒有話語權可以反擊他們。而用語言文字為帝制大廈添磚加瓦，這一「神聖的工作」，「文化太監」們更是幹得津津有味。多勞者必多得，他們獲得了朝廷如桃花般絢爛的封誥，比如明朝的宰相張居正去世之後，朝廷下旨在「八寶山革命公墓」中為他留下位置是「太師兼太子太師、吏部尚書、中極殿大學士、謚文忠、贈上柱國」，其官銜和謚號之長，令人目不暇接。

「文化太監」建構了東方專制主義大廈的牢固根基。當不當太監，與道德之優劣、人格之高低無關，一種體制的向心力、一種文化的慣性，並不是哪一個人所能抗拒的。艾森斯塔德在〈知識分子——開創性、改革性及其衝擊〉一文中指出：「中國知識分子缺乏自己的組織，因而他們的組織架構幾乎等同國家官僚體系。在行政上，愈是接近權力核心，則用以反抗皇帝的自主的權力基礎與資源就愈少。當教育愈趨專精時，教育的具體活動往往是朝政治——行政制度設計而行。」看來，從教育方法到行政機構的設置，全都不過是「淨身房」的延伸、變形與擴大。孜孜不倦地注釋古書、考證典故，研究音韻、填寫駢文，這一切無異於被閹割了的「文化太監」們拙劣的「射精」行為。

「文化太監」所製造的知識，只能是「太監知識」。先秦子學、兩漢經學、魏晉玄學、隋唐佛學、宋明理學、清代樸學，無不是圍繞皇權做向心運動，有的軌道離中心近，有的略遠些，沒有本質的區別。無論學術內容怎麼變，士人的終極理想仍未超越升官發財、為帝王師之模式。「史」的目的是「資治」，「文」的目的是「助興」，兩千年的人文傳統是畸形、單一和片面的。所謂學富五車、德行高尚者，「禮樂兵農不務，即當世之刑名錢穀，亦懵然惘識，而搦管呻吟，自矜有學」。這種毫無用處的「學」，不是「太監知識」又是什麼呢？明人李剛主批評蛻化的儒學說：「宋後二氏學興，儒者侵淫其說，靜坐內視，論性談天……而至於扶危定傾大經大法，則拱手張目……當明季世，朝廟無一可倚之臣，坐大司馬堂批點《左傳》，敵兵臨城，賦詩進講，覺建功立名，俱屬瑣屑。」（《恕谷後集・與方靈皐書》）喜歡「太監知識」的唯有皇帝一人。宋代的開國皇帝趙匡胤，計劃用「乾德」做年號，一位「文化太監」趕緊誠惶誠恐地說，五代時蜀國有個亡國之君也用過這個年號，恐怕不太吉利。趙匡胤遂重賞此人，並深有感慨地說：「以後宰相必須用讀書人！」這就是君王們重視讀書人的原因！而「文化太監」們自然對這位英明君主如此重視「太監文化」感激涕零。

經歷了康熙、雍正、乾隆幾朝的文字獄之後，士大夫階層徹底太監化，他們的脊梁被打斷，他們的心靈被扭曲。愈是英明神武的帝王，愈是以打擊、玩弄、折磨知識者為樂。知識者身上承載的「道統」，威脅到了皇帝掌握的「政統」。帝王企圖將君王和祭司兩種身分合二為一，便不能容許士大夫把持意識形態的闡釋權，便不能容許帝國之內的任何居民保持人格之獨立。康熙十五六年間，湖北人朱方旦著書兩部，講修養身心、練氣聚功。康熙二十年，大臣王鴻緒上疏參劾朱方旦「詭立邪說，煽惑愚民，誣罔悖逆」。第二年，經康熙御批，朱方旦被斬，其著作「盡行銷毀」。

就在喜歡胡思亂想的朱方旦被康熙大帝下令斬首的同一年，明末清初在思想啟蒙上走得最遠的顧炎武黯然辭世。他沒有看到中國出現文藝復興的苗頭，反倒發現中國文化陷入「太監文化」之深淵。也在同一年，即西元一六八二年，清教徒彭威廉在北美建立了宗教上寬容、對印第安人友善的賓夕法尼亞殖民地，德國化學家貝歇爾發現煤氣可以燃燒，英國天文學家哈雷根據牛頓力學測算出彗星的週期，法國戲劇家莫里哀發表了著名的喜劇作品《太太學堂》，第一份德國科學雜誌《博學報》在萊比錫出版。兩個世界按照各自的規則運行。一百多年之後，當兩個世界相遇，其結果可想而知。

許多人都讀過《聊齋誌異》和《儒林外史》，一個個精神被閹割、思想被閹割的讀書人栩栩如生地站在面前，令人不知是怒其不爭好，還是哀其不幸好。為了有出頭之日，士子們只能讀死書、死讀書，以求科場中舉，青雲直上。不少人皓首窮經，讀了一輩子書，卻在科場上一無所獲。科舉不中，一切努力就全都如一江春水付之東流。士子四體不勤、五穀不分，沒有其他的謀生能力。落第者固然讓人憐憫，成功者是否就揚眉吐氣了呢？無數讀書人羨慕的狀元郎，是否就具有健全的人格呢？

我在《狀元圖考》中看到明朝狀元丁士美所撰的謝恩表。由華美的文辭可想見其才情，由古雅的典故可想見其淵博，最精彩的片段如下：「奎曜天開，萬國仰文明之象；乾符聖握，一人操制作之權。荷大造以兼容，愧凡才之並錄。茲蓋伏遇皇帝陛下，道備君師，德侔天地……。」當時的皇帝是誰呢？是以荒淫昏庸著稱的嘉靖皇帝——那個迷信道教、差點被宮女勒斃的傢伙。這個狀元郎卻不管他三七二十一，馬屁拍得震天響。所謂「文運與國運並隆」、「臣心體君心而共濟」，就像一隻哈巴狗向主人撒嬌。如果說閹割陽具是太監入宮的通行證，那麼閹割精神則是士人入仕的通行證。

《明史》中記載，丁士美為廩生時，年齡尚小。依據當時規定，凡為廩生者，官府皆每月供給廩米六斗。一些年齡較大的廩生欺丁年少，把他的廩米全部分掉。他依然和顏悅色，沒有一些不樂意。《明史》據此稱讚丁士美為人「縝密端重，以道義自持」。我弄不清楚他所持的是什麼樣的「道義」——一個不懂得保護自己權利的人，必不會保護他人權利；一個以忍辱負重來獲取功名的人，必不知人格尊嚴之可貴；一個對黑暗安之若素甚至與之共謀的人，必不會期望光明的到來。丁氏之所以當上狀元，當然不是買彩票中了頭彩，不是婚禮上撈到了新娘扔出的彩球，乃是因為他早已千錘百鍊，具有狀元的基本素質，符合狀元身分的「硬指標」。與金庸武俠小說《笑傲江湖》中《葵花寶典》的要求「欲煉神功，揮刀自宮」一樣，在中華帝國的科舉考試中，「若要鼎甲，揮刀自宮」。

丁士美這樣的狀元，為中國文化貢獻了哪些有價值的成果呢？當「太監文化」被頂禮膜拜，「太監人格」被內化為一種集體無意識時，這個民族就變成了閱兵式上巨大的、沒有個體的、沒有面目的方陣——這是一群穿皮袍的人、穿絲綢的人、穿麻布的人以及沒有東西可以穿的人，他們的生存狀態千差萬別，有一點卻是一模一樣的：全是半人半鬼、半陰半陽、半截子在地上半截子已經入土的太監。自我閹割與被閹割是一枚金幣的兩面，中國人只有這兩種選擇之一，不管你是帝王將相，還是文豪大師。當晚清詩人龔自珍發現四周都是「無形之殺戮」的時候，憤怒地譴責統治者對士大夫的戕害：「戮之非刀，非鋸，非水火；文亦戮之，名亦戮之，聲音笑貌亦戮之……戮其能憂心，能憤心，能思慮心，能作為心，能有廉恥心，能無渣滓心。」（《乙丙之際箸議・第五》）在龔自珍眼中，整個中國，就是一個「病梅館」，就是一個「畸人屋」。

柏楊在《醜陋的中國人》中說過：「中國傳統文化的特點就是效忠文化，效忠文化的最大特點就是要求人們如何當好奴才，至於人們是否道德、是否理性則是次而再次的事情。效忠文化必然塑造出極端的奴才來。」統治者的險惡用心得逞了。士大夫們只能全盤接受被閹割的命運。他們未能改造社會，卻為制度所扭曲。讀書為了做官，做官為了發財；做不了官便隱逸，隱逸則是為了更快地成名——無論體制內還是體制外，士人都以現存體制為價值參照系，不可能成為真正的「反體制」的力量。

中國的宰相十有八九都是「準太監」——天閹

天閹，亦稱天宦、隱宮，意思是男子而先天性陰莖短小，甚至缺如；或是非男非女的陰陽人。據元代陶宗儀《南村輟耕錄・卷二十八》記載：「黃門：世有男子雖娶婦而終身無嗣育者，謂之天閹，世俗則命之曰黃門。」《欽定古今圖書集成・醫部彙考二百》記載：「天宦者，謂之天閹。不生前陰，即有而小縮，不挺不長，不能生子。此先天所生之不足也。」中國歷史上有名的患者是漢哀帝、漢武陽侯、晉廢帝海西公、北齊臨潼令李庶、隋大將軍楊約、宋朝太尉高俅等。

近代以來，以天閹之身而榮登首輔之位的，晚清有翁同龢，中華人民共和國則有周恩來。閹人治國，表面上注重道德教化，做出愛民如子的姿態；骨子裡卻以陰柔為旨歸，以權謀為脈絡，算計精明，冷酷到底。此等閹人，非但不能使得國家走向大治、使民眾獲得安寧，反倒讓國破家亡、民不聊生。

翁同龢是咸豐朝的狀元，狀元即為「天子門生」；他後來做了同治、光緒兩位皇帝的老師，又堪稱「門生天子」。徐一士之《凌霄一士隨筆》記載，清代刑部尚書潘祖蔭和帝師翁同龢同為天閹：「同光間潘翁齊名，號為京朝清流宗主而竟復同為天閹，斯亦奇矣。」

翁同龢確實很有學問，也是名副其實的大書法家，但他的學問與藝術跟國計民生無涉。到了清末，支撐專制王權的儒家文化全然敗壞，至病入膏肓狀態。以天閹而為狀元，為帝師，為軍機，這本身就說明朝廷的「潛規則」是任用太監的同類，任用與太監有同樣性格、心志和處事方式的人物。翁同龢是「太監文化」打造出來的精品：許多人評價翁同龢說，「為人好延攬而必求其為用，廣結納而不能容異己」、「人多以其為深沉，其蹉跌亦因此而起」（金梁《四朝佚聞》）。翁身為天閹，沒有子孫，就連過繼的養子也夭折，其行事為人愈發褊狹冷酷、陰損苛刻。

翁同龢擔任戶部尚書期間，克扣海軍軍費，迎合慈禧修頤和園之舉。他在奏摺中主張，北洋海軍「十五年之內不得添置一槍一炮」，在日記中亦記載了「昆明湖易渤海、萬壽山換灤陽」之黑幕。他卻偏偏逼李鴻章開戰。

一八九八年六月十六日，翁被免去一切職務，逐回原籍。這是光緒看透了老師的本色之後的決絕之舉，而非來自慈禧的逼迫。對此，王照歎曰：「豈有臣心蓄恩怨，到頭因果自分明。」其下注曰：「及翁之死，慶王為之請恤，上盛怒，歷數翁誤國之罪，首舉甲午之戰，次舉割青島。太后不語，慶王不敢再言，故翁無恤典。」

近百年來，中國有兩名天閹當政，雖非把持最高權柄，但對政局具有舉足輕重之影響力。翁同龢之誤國，比周恩來之害國來，又是小巫見大巫。周恩來研究專家高文謙在《晚年周恩來》一書中分析說：「翻開中國現代史，周恩來的名字始終是和毛澤東的名字連在一起的。……如果說毛是掌舵的，是主宰，是精神領袖，那麼周則是執行者，是首輔，是內政外交的大管家。正是所謂『謀事在毛，成事在周』。」毛是狂想者，周是實幹家。毛如潑猴，周如老牛。毛之殺人計劃有賴於周的精心實施。可以說，如果沒有周的全力支持，在好幾場你死我活的黨內權力鬥爭的關鍵時刻，毛不可能大獲全勝並走上神壇；如果沒有周的通力配合，毛一個人單獨作惡亦不可能達到惡貫滿盈、人神共憤之地步。

毛一生中先後打倒了若干心腹、戰友、助手，卻一直沒有將周幹掉，這正說明周對毛具有不可或缺之價值。毛可以打倒彭德懷、劉少奇、林彪，卻無法將周打倒。非不能也，乃不為也。好幾次周已經被毛逼到了粉身碎骨的邊緣，道貌岸然的「周公」即將重蹈彭、劉、林等人之覆轍，但毛仍然在最後一刻伸出手去將周拉回來。並非毛不忍心，更非毛周之間有特殊的友誼，而是因為一旦周垮臺，毛便失去大內總管，黨政軍體系的運作都將失靈。其實，毛的內心深處對周懷有極深的怨毒。當周一死，毛立即命令身邊的侍從在中南海中放鞭炮以示慶祝。

周恩來知道鳥盡弓藏、兔死狗烹的道理。一九七五年六月間，在癌細胞的吞噬下，周已瘦得皮包骨，體重只剩下六十一斤，即將油盡燈枯。自知不久於人世，他在病榻上強撐著起來，用顫抖的手提筆給毛寫了一封信，信上說：「從遵義會議到今天整整四十年，得主席諄諄善誘，而仍不斷犯錯，甚至犯罪，真愧悔無極。現在病中，反覆回憶反省，不僅要保持晚節，還願寫出一個像樣的意見總結出來。」卑躬屈膝之態，宛如太監對君王，宛如小妾對老爺。周之對毛，始終曲意奉承，唾沫自乾。明知毛的暴政殺人無算、禍國殃民，亦全力維持，他與毛早已被綁在同一輛戰車上。

延安整風是毛奪取全國政權之前鞏固黨內權力的一次重大政治運動，周亦是打擊和整肅的對象。在一九四三年十一月底的一次中央會議上，周恩來向毛澤東沉痛檢討，突然向毛下跪，連聲說：「我認罪，我認罪。」毛一驚，厲聲罵道：「你這不是罵我是封建皇帝嗎？」

毛的私人醫生李志綏在回憶錄中寫道，五六十年代，他多次親眼見到周親自為毛的出行部署警衛，直接就跪在毛身邊，指著桌子上的地圖一一為毛解釋。周與其說是丞相，不如說是太監。

學者李劼以「嚴父」和「慈母」比喻毛周關係，殊為妥貼。李劼指出：「中國的所謂帝王之術有霸道和王道之分，兩者相輔相成；而中國家庭中的父母形象也正好是這兩種角色互補；由父親施行暴政，由母親施行仁政，前者是陽剛的，後者是陰柔的；前者雷厲風行，後者和風細雨。這種家庭結構與政治行為的對稱性，在一九四九年以後的毛澤東—周恩來的政治模式的構成上得到了完美的體現。」如果周不是天閹，則不能成功地扮演此種角色。身體完整的人、血氣尚存的人，不會像周那樣一輩子都「沒脾氣」。即便是對毛一貫隱忍的林彪，也有忍無可忍、奮力一搏的時刻，寧願折戟沉沙，也不願受毛胯下之辱；而周在肉體上失去了陽具、在精神上失去了自尊，任由毛為所欲為，此種低姿態反倒讓毛即便想整肅他，亦無從下手——畢竟蒼蠅難叮無縫的蛋。

李劼敏銳地觀察到周的天閹身分與政治角色之間的必然聯繫：「與毛澤東少時所受的那種中國式的父性教育不同，周恩來幼時在兩位知書達禮的中國式母親的培育和薰陶中長大，因此自小養成一種陰柔氣質，以至在五四的文明戲時代，他在舞臺上扮演的竟是女角。事實上，周恩來一生所扮演的都是這個角色。每當那個父親將那些不馴順的子民痛打一頓之後，總由這位母親出場做溫存的撫慰。中國式的家庭與中國式的政治由此獲得了有史以來最為完美的結合。」若沒有周所起的撫慰與麻醉作用，國人對毛的崇拜何須等到林彪叛逃才破滅？

而國人對周的好感，至今猶存。此種「閹臣」的人格模式，已然深入國人的潛意識之中。

這滿屋子的太監，你怎麼也叫不醒他們

在中國的士大夫看來，所謂「知識」，便是「應帝王」的本錢。而沒有純粹的知識，便沒有純粹的知識者的人格。中國哲學玄之又玄，歸結到一點都是自閹與自慰之術，無論是讀《老子》還是《論語》，都讓我覺得陰風慘慘、透體生涼，絕對找不到讀古希臘羅馬經典著作，如亞里士多德的全集時的那種感覺——清晰的邏輯、嚴密的體系、超乎於功利之上的對知識的單純的渴求，這一切都充滿了陽剛之氣，令人感到一種特別的溫暖。

美國社會學家西爾斯論述知識分子本質時說：「在每個社會裡，總有一些對神聖的事物具有特殊的敏感，對他們所處的環境的本質和引導他們的社會規律具有不尋常的反思能力的人。」令人遺憾的是，中國恰恰少了這種未被太監化的知識分子。

既然魏連殳、范愛農們逃脫不了太監化的命運，那麼阿Q、華老栓們更是無知無覺地生活在龐大的「蠶室」裡。記得父親講過一個小故事：「文革」伊始，他還是大學生。午膳時，十幾個同學圍著一張大桌子進餐。值日生端來一盤白菜湯，同學們都注意到湯裡例外地漂著一片肥豬肉。儘管人人都直嚥唾沫，但在舀湯的當兒，大家都格外小心，提防著不要舀上那片肉。一個同學一不留神，把豬肉片盛到自己的碗裡了。就在他把肉片倒進碗裡的一剎那，他發現了自己的錯誤，兩眼瞪著那塊小肉片，臉上頓時蒼白無人色。當天下午，團支部書記找他談話，他痛心疾首地檢討了貪吃豬肉的資產階級思想。這個同學本來是班上的積極分子，黨組織發展的對象，因為錯舀了一片肉，往後每次積極分子的活動都沒了他的份。他則沉溺於貪吃豬肉的深刻內疚中，鬱鬱寡歡，一蹶不振，性情大變。

一個一片豬肉便可以改變一個人性格的環境，是「過分控制」的環境，按照心理學家弗洛姆在《當代人的困境》中的分析，這樣的環境「削弱臣服者的獨立性、人格的完整性、批判性的思想和創造生產性」。一九四九年之後的中國，處處皆是「淨身房」與「懷安堂」，處處皆是「病梅館」與「畸人屋」。「文革」中為什麼會有那麼多瘋狂的暴力行為呢？究其原因，是精神的極度貧乏產生致命的無能感，而無能感正是虐待狂症發生的主要來源。喪失性欲的太監發展其攻擊性的特質，而喪失精神自主性的大眾則將懲罰當作快樂。

整個民族的內傾性、自虐性的病態人格，主體性與獨立精神的空缺，與千百年來以性壓抑為根基的倫理機制緊緊相連。生理學家賴希在研究法西斯主義群眾心理時指出，性壓抑產生僵化的性格，導致病態的榮譽、義務和自制的觀念，磨滅了人因經濟壓迫而產生的造反欲望。「人在扼殺自己的生殖職能的過程中已在血漿上僵化了。」該理論同樣適用於東方專制主義的中國。賴希的觀點可以用一句粗俗的話來概括：生殖器就是自由的源泉。這一真理，中國的皇帝們再昏庸也明白，再不懂得治國也會抓住這一法寶；所以，毛澤東將鐵血的革命倫理與禁欲主義（當然，他自己除外）融合在一起灌輸給人民。賴希認為，「自由」指的是每個人為了以合理的方式塑造個人的、職業的和社會的存在而承擔的責任。那麼，中國人之所以不需要自由，是因為中國人沒有責任感。而中國人之所以沒有責任感，是因為中國人喪失了生殖器。

一九四九年之後，全民大閹割的計劃漸次展開，首要對象便是那些追求「自由之思想、獨立之精神」的知識分子。在「反胡風」、「反右」、「文革」之前，有兩場幾乎同時進行的「集體閹割」行動，一是思想改造運動，二是大學院系調整。思想改造運動初步清除了近代以來中國知識分子普遍遵從的自由主義思想，而以「忠黨愛國」、「順服聽話」的中國式的馬列主義原則取而代之；大學院系調整則將民國時代的數十所私立大學和教會大學一網打盡，將大學全部納入黨的控制和管理之下，至此中國不再有蔡元培所倡導的「思想自由，兼容並包」的精神。

為了活命，許多博學鴻儒只能乖乖接受改造。即便善於見風使舵的馮友蘭，也好不容易才過關：馮友蘭在清華文學院範圍內做思想檢查，幾次下來，群眾「反應很好」，領導卻認為「問題嚴重」、「不老實交代」。一天，金岳霖去看馮，安慰之後突然很激動地說：「芝生，你問題嚴重啊！你一定要好好檢查，才能得到群眾的諒解。」馮回答說：「我問題嚴重，問題嚴重……！」這時金上前幾步，抱住馮，兩顆白髮蒼蒼的老人的頭緊緊地偎依在一起，眼淚和鼻涕齊下。此種痛苦，比起入宮前在淨身房中接受沒有麻醉的手術的準太監來說，何輕之有？

思想改造運動，美其名曰「割尾巴」，而不是「割陽具」。燕京大學校長陸志偉，畢竟是一名受過西式教育的基督徒，在批判大會上無法忍受此種羞辱，急得要用頭撞牆自殺，幸虧被教務長、歷史學家翁獨健一把抱住。燕大宗教系主任趙紫宸則「與時俱進」，在會上大肆辱罵他的主內弟兄和對他關懷備至的前校長司徒雷登，斥之為美國間諜。他自稱雖然年邁，不能如同野馬般奔馳，但能像駱駝一樣步步前進，希望大家能給他進步的機會並一起來監督之。由此可見，趙紫宸業已丟棄了他昔日熱愛的基督信仰和世界觀。

像錢鍾書和楊絳那樣比較早就「知趣」的人物，輕描淡寫地將「閹割」當作「洗澡」，甚至還「洗」得不亦樂乎。後來，楊絳出版了半是自傳半是小說的《洗澡》一書，以優雅之文筆寫慘痛之思想改造，並炫耀其「靈魂脫殼」的本領。其實，對於大部分試圖保存一點面子的知識者而言，這場「洗澡」是用眼淚來「洗」的。將如此殘暴的「精神閹割」當作若無其事的「身體洗澡」，這種轉換過於涼薄、過於油滑和過於聰明了。所以，常常做貴族狀的錢鍾書和楊絳夫婦，不過是穿上了西裝革履的「趙本山」而已。「洗」完這場「澡」之後，還有何尊嚴呢？從今以後，黨叫幹什麼就幹什麼。痛過之後，他們又快樂了——螺絲釘也有螺絲釘的快樂。

「文革」興起，早已成為驚弓之鳥的老教授們，當接到加入「梁效」寫作班子、為今上編寫歷史讀本、為皇后侍講古典文學的命令的時候，誰敢不從呢？誰能不從呢？馮友蘭、周一良、魏建功、林庚等學識淵博者便成了「商山四皓」。往事並不如煙，如今重提往事，確實令人難堪，令先生們的學生及學生的學生難堪。然而，難堪與事實真偽無關，它再次提醒後人：為了生存或更好地生存下去，必須付出精神的殘疾為代價。四位老人參加「梁效」的情況各不相同，有的積極主動，有的半推半就，有的被逼無奈。虐殺被合法化了，被虐殺也被合法化了，指責哪個人「晚節不保」是毫無意義的，正如指責泥鰍為什麼要生活在污泥中。我所思考的角度是：污泥究竟是如何讓泥鰍適應它，甚至一刻也離不開它的？

我讀到了一本奇書，是由詩人郭小川的子女編輯的《檢討書——詩人郭小川在政治運動中的另類文字》。那個年代的中國人，沒有不曾寫過檢討書的；那個時代的文化名流，沒有一個所寫的檢討書不是汗牛充棟的，卻從未有一本「檢討書集錦」。由此，我對郭小川的子女的敬重超過了對郭小川的敬重，那麼多名人之後，將生命用於為父母塗脂抹粉、打造高大全形象，郭家後人卻敢於將父親的陰影呈現出來，在編纂全集時毅然決定將這些「不為人所知」的文字也一併收入，「正因為是痛史，所以更不應該被遺忘」。郭小川的女兒郭曉惠在前言中寫道：「父親的這些檢討書，從內容上看，是一個主動辯解，到違心承認，再到自我糟踐的過程。為了解脫過關，不得不一步步扭曲並放棄自己的人格立場。從這一過程中，我們可以清晰地看到，一個人的精神是怎樣在這種『語言酷刑』的拷訊之下，一點一點被擊垮的。」郭小川如是，誰又例外呢？

太監的時代沒有過去。一個冬日的黃昏，我騎著自行車沿著皇城根兒趕路。疲憊的太陽斜掛在角樓上，幾個縮頭縮腦的老頭在護城河邊聊天，厚棉襖包裹下的，是一顆顆怡然自得的心。我忽然想起老舍的《四世同堂》來，這座古老的城市，這個古老的國家，在蹂躪、在踐踏中生存了下來，卻只剩下一副殘缺的身軀。一切都在過去，一切都在重演。一些醜陋的面孔在微笑，一些美麗的面孔在流淚。夢還得做下去，只有在夢裡才不知身是客。時間打磨著鮮活的記憶，空間定格著飛揚的想像，無處逃遁，無從掙扎，無法改變。

魯迅說，這是一間黑屋子，滿屋子是熟睡的人們。

我則說，這是一間大蠶室，滿屋子是麻木的太監。

後記

本文作於一九九七年，題目為〈太監中國〉，收入《火與冰》之第一版時，卻被編輯改為〈中國太監〉。兩個名詞的次序一經顛倒，意義則迥然不同。這是一種殺人不見血的閹割之術。該編輯水平之高，讓人歎為觀止。如今，重新修改並復原。

失落的「五四」

週末，去大講堂看電影《精武英雄》。依然是李連杰精美絕倫的武打動作，這次的打擊對象成了蜂擁而上的日本武士。當大群大群的日本人倒在英姿勃發的李連杰腳下時，電影院裡發出震耳欲聾的掌聲。這掌聲是真誠而熱烈的。正因為它的真誠和熱烈，正因為它在北大響起，我幾乎不相信自己的耳朵了。在一陣接一陣的掌聲中，我突然感到一種透骨的悲涼。

作為中國最精明一群的北大人，在一種浪漫的民族主義情緒中鼓掌，掌聲之外，還有些什麼呢？

於是，我很自然地想到了「五四」，很自然地下了這樣一個悲觀的結論：「五四」的內核已經在手裡失落了。今年「五四」，報紙上又是老調重談「弘揚五四愛國主義傳統」。其實，這種弘揚是一種遮蔽。周策縱在《「五四」運動史》中寫道：「二十年代中葉以後，兩大勢力黨團本身也逐漸被少數領導者所控制，各自依照自己的影子、思想模式和本身的利益來解釋『務實』運動，以便奪取政權，支持和維持他們的統治地位和權威。於是『五四』運動對自由、民主、科學、人權的熱烈號召，對權威壓迫的強烈抗議精神，就逐步給掩蓋抹殺了。」我身處「五四」發源地的北大，亦有這種痛切的感覺。

「五四」已經退卻成一道遙遠的背景，談論「五四」，憧憬「五四」，卻並不知道「五四」

為何物。

胡適的老師、美國學者杜威恰好在「五四」高潮時來到中國，他幾乎目睹了「五四」運動的全過程。作為一名在民主社會生活的自由主義學者，杜威看「五四」反倒比許多當事人來得真切。他很少這樣熱情地稱讚一個異國的學生運動：「他們要以學生的身分獨立採取行動。想想我們國內十四歲以上的孩子，有誰思考國家的命運？而中國學生負起一個清除的政治改革運動的領導責任，而且使商人和各界人士感到慚愧而加入他們的運動。這實在是一個了不起的國家。」在沸騰的學運及一系列戲劇性事件背後，杜威還發現當時學生撰寫的文章中已有了某些新的特質：「第一個特點是有很多問號，其次要求完全自由地回答這些問題。在一個思想信仰一度被正統約束成教條和自滿自足的國家裡，這種討論問題的狂熱是一個新時代來臨的預兆。」當許多當事者尚不清楚「五四」的歷史地位時，杜威已經明晰地意識到「五四」是現代中國變革的關鍵，它為中國的經濟、社會、政治、文化和思想各方面，都提供了或認同了許多新的因素。

愛國主義是「五四」精神的重要組成部分，但絕不是全部。周策縱認為：「『五四』的真精神不只是單純的愛國主義，而是基於民意至上、民權至上和思想覺醒的信念。」在「五四」時期，這兩種精神是水乳交融、互為因果的狀態。然而，二十年代之後，隨著現實政治鬥爭的白熱化，兩者產生愈來愈大的裂隙，政治集團為實現意識形態的一元化，往往需要高張「愛國主義」的旗幟，誘惑深受儒家「先天下之憂而憂」傳統浸染的知識者參與其中。

在政治勢利企圖整合社會思想的同時，「德先生」自然成為他們的眼中釘、肉中刺。「愛國主義」對這個世紀的中國人來說，是一個極其神聖的字眼。誰敢對它發生疑問，誰就與「五四」

中舉國聲討的曹、章、陸三個「賣國賊」無異。「愛國主義」使一切不合理都變得合理，美國麻省理工學院政治學教授白魯詢就尖銳批評說，中國知識分子最大的毛病就是偽「愛國主義」，在其名義下盲從家長，崇拜權威，思想有許多條條框框，不敢越雷池半步。

胡適晚年曾說：「『五四』運動偏離了新文化運動的初衷。」他這裡所指的「五四」，正是從被改寫的「五四」的意義上來說的。新文化運動及其高潮的「五四」運動裡，新興知識不僅公開主張需要介紹西方科學技術、法律及政治制度，而且也宣稱，中國的倫理觀念、哲學、自然科學、社會學說和社會制度，都應該徹底重估，參考西方的這些部門，重新創造。這已經不同於前些時候鼓吹的那種有心無意的改革，或者局部改良，它是一種廣泛的熱烈的企圖，要推翻那個停滯不前的舊傳統的基本因素，而以一種全新的文化來取代它。吉田茂在《激蕩的百年史》中有一番精彩論述：「所謂文明本來是一個整體，並不能單獨採用它的科學技術文明。例如為了要採用西方的優良的軍艦和武器，就必須建設生產它的造船廠和兵工廠；而為了能夠有效地發揮造船廠和兵工廠的機能，又必須使構成其基礎的經濟活動順利開展。於是，這便同以追求利潤為不道德的儒教倫理發生了矛盾。因此，歸根結蒂，要擁有軍艦就不能不使該國的文化深受影響。」可見，甲午之敗，中國敗不在軍事，敗在文化。可惜的是，直至今天，人們還自欺欺人地要以畸形的新加坡為樣板，不得不令人啼笑皆非。

愛國主義古已有之，並非「五四」獨創；「五四」獨創的乃是思想多元、政治民主、表達自由、全盤西化等現代理論。統治者很害怕後者，因此便巧妙地將「五四」改頭換面，裝飾成舞臺上一個濃妝豔抹的角色，照樣能吸引觀眾好奇的眼光。

北大電影院裡掌聲響起時，除了情緒，別無他物，情緒之外，是思想的空殼。不要忘了，這部電影產自市場經濟發達的香港，渲染民族主義的目的不過是投合內地觀眾迷狂的「愛國心」，多賺幾個銅板。

時下，有諸多學者談超越「五四」、走出「五四」，口號倒是很響亮。依我看，「超越」、「走出」還遠遠談不上，現在是老老實實地坐下來認識「五四」的時候了。

向「牛筋」一樣的牛津致敬

一九九六年十一月五日，牛津大學各學院的學監們以二百五十九票對二百一十四票的表決結果，否決了沙特阿拉伯億萬富翁瓦菲文・塞義德的提議。後者建議向牛津捐款三百四十萬美元，讓牛津建立一所「世界級的工商管理學院」。

這似乎是天方夜譚。哪有拒絕送上門來的捐款的道理，牛津究竟是富得流油還是瘋了？然而，牛津人自有牛津人的想法。牛津人認為，教育是讓學生對公眾服務，而不是對賺錢有所準備。他們擔心，工商教育無非是講授如何在六個月內賺取五十萬美元。所以，校監們決定：「有著古老傳統的牛津大學應該遠離沾滿銅臭味的工商教育。」

塞義德對牛津的決定迷惑不解，新聞界也有指責牛津「保守」的，但牛津人則認為：這一決定是「牛津大學歷史價值觀念的勝利」。在某些問題上，牛津確實像固執堅韌的「老牛筋」，絕不作半點退讓。現在，連某些非洲國家剛建立的大學也設置了規模龐大的工商管理學院，但有著近千年歷史的牛津，卻依然不為所動，將「花裡胡哨」的工商管理學院拒之於門外。在牛津，人們說得最多的一句話是：「What do you think?」他們把思想創見看得最為重要。這裡產生過星光燦爛的、影響世界歷史進程的大學者：托馬斯・摩爾在這裡寫《烏托邦》、亞當・斯密在這裡寫《國富論》、艾略特在這裡寫《荒原》、湯因比在這裡寫《歷史研究》……作為世界學術的聖城，「牛津本來就是為傑出的人才而存在」。

牛津人真正理解了「大學」含義。「大學」的目的是人格，而不是人力。它是一種通才教育。令人能夠應付任何可能發生的事情；它在任何環境之下都有價值，使青少年過求學求仁的生活，促使人與人之間建立和諧的關係，使人人獲得機會參與討論其本國以及世界的共同福利。它使人類消除成見，並奠定理智的基礎。這樣的大學，方成其為「大」學，正如蔡元培所說：「大學者，『囊括大典，網羅眾家』之學府也。」蔡校長真正理解了大學之「大」，他發展了前校長嚴復的思想，「大學理宜兼收並蓄，廣納眾流，以成其大」，進一步提出：「所謂大學者，非僅為多數學生按時授課，造成一畢業生之資格而已也，實以是為共同研究學術之機關。」

令人遺憾的是，八十多年後，教育界彷彿已經沒有人懂得什麼叫「大學」了。北京大學一位地位顯赫的負責人如是說：「北大要面對經濟建設的主戰場。」這是從教育部長陳至立那裡抄來的語錄。照他看來，辦大學同辦工廠、辦商店、辦公司差不多。北大那些並沒有多少優勢和底蘊的實用學科紅紅火火，而真正的根柢——基礎學科卻江河日下，文史哲、數理化奄奄一息。面對這樣的狀況，教育官員們居然還拍手稱快，其短視程度，令人不寒而慄。

與牛津大學的「牛筋」脾氣相比，北大的「俯就」姿態多少有點不堪入目。

美國加州的教育部門制定了這樣的人才計劃：要求中學畢業中，列在前面八分之一的學生，要培養成真正的專家和研究人才，所以這八分之一的人可以進入加州大學；從八分之一到三分之一之間的學生，則進入各州立大學，成為一般的律師、醫生等腦力勞動者；最後，三分之一以下的學生就進入機械學院這類的學校，成為機械工、電工等技術人士。州政府在分配教育經費時，綜合性大學比專業學院高出十倍，加上私人基金，兩者相差超過二十倍。

然而，中國教育界的領軍人物們卻糊塗到連「大學」與「學院」都分不清。一時間，「郵電大學」、「建工大學」、「體育大學」、「化工大學」如雨後春筍般出現，匆匆忙忙地摘掉「學院」的舊帽子。雖然有了新帽子，它卻顯得不倫不類：不具備學科的「廣譜性」、沒有雄厚的基礎學科的設置，也算是「大學」？與其名不副實，不如實至名歸。

牛津的執拗背後，是對現代教育出現的偏差的糾正和反思。今天的教育朝著製造技術人員的特定目標前進。結果，教育趨向功利義務，教育所產生的「智識分子」逐漸淪為技術團體唯命是從的工具。教育家艾禾指出：「教育不復是啟迪人類智慧、揭開人心茅塞的偉業，它不再引人入勝。它的結果也不難預測：教育只是附和依從的例行課業，教人在工藝世界中當學徒，學習精巧的設計而已。」喪失了銳氣的北大，正在沿著這條危險的道路大步邁進。

牛津大學拒絕的不僅僅是金錢，而是某種世俗化的思想和理念。牛津的學生可以由貴族向平民轉化，但牛津的精神絕不放棄「貴族化」的精髓。它為英國、歐洲乃至整個世界貢獻的，不是熟練的技術工人、精明能幹的老闆、長袖善舞的政客，而是具有原創性的思想家、科學家與藝術大師。這才是牛津的魅力所在，這種魅力豈是金錢所能買到的？

牛津人最可貴的是有牛脾氣，因而堅守受到攻擊的傳統；北大人捨棄了本就命懸一線的傳統，自以為輕裝上陣，殊不知最可怕的不是「重荷」而是「生命中不能承受之輕」。《紅樓夢》裡，柳湘蓮曾經說過，賈府裡除了門前的一對石獅子乾淨，再沒有別的乾淨東西了。我則發現，今日，北大除了門前一對石獅子沉重，再沒有別的沉重的東西了。

作為一名正隨著大潮變得愈來愈卑瑣的北大人，我只能對像「老牛筋」一樣的牛津大學表示深深的敬意。最後，我想把杜威的一段名言送給今日北大的決策者們：「在今日，一種真正自由解放的教育，不會將任何程度的職業訓練，與社會、道德、科學方面的教育隔離，因為各種高尚的職業，倘若管理完善，必須在具有社會、道德與科學意義的環境中從事活動。」

民國以來最黑暗的一天——「三一八」祭

一

那一天，陽光如此燦爛。那一天，人潮如此洶湧。那一天，青春如此嫵媚。那一天，槍聲如此清脆。

歲月無聲無息地逝去。五千年的文明，在這一天之前，有比這一天更沉重的記憶；在這一天之後，也有比這一天更沉重的記憶。於是，人們忘卻了這一天——一九二六年三月十八日。人們已然不堪重負，過去的就讓它們過去吧。英特爾給我們奔馳的心，寶潔給我們洗髮水，吃著麥當勞，喝著可口可樂，看著周潤發、劉德華長大的一代人，需要全副精力面對一個變化太快的世界。生命不能承受如此之重。

一九九八年三月十八日的報紙，熱熱鬧鬧的：一個電影明星赴外國電影節，她佩戴的鑽石的價值相當於一名工人一千年收入的總和；又一座巨型商場開張，世界名牌的春裝全面打折酬賓……關於那場逝去的屠殺，隻字不提。僅僅是疏忽嗎？有的火山被海水淹沒，睡著了。誰也沒有權利譴責今天，但關於昨天、關於記憶、關於愛和恨，我還有許多話想說。

一九二六年三月十八日上午十時，北大、清華、師大、師大附中等八十多所大中學校及社會各界人士共五千多人，在天安門前召開國民會議，大會通電全國民眾，反對段祺瑞政府簽證賣國密約。會後，與會群眾舉行示威遊行，前往鐵獅子胡同，向執政府請願。

在執政府門前，衛隊突然向群眾開槍，打死四十七人，打傷一百五十多人，失蹤者四十人。三月二十一日，《京報》記載當時的情景：「民眾在此槍林彈雨之下，血花飛濺，屍骸遍地，血流成渠，陳屍累累，景象慘酷，悲痛之極。」

「悲痛」前面沒有主語，誰悲痛呢？段政府的高官和士兵們是不會悲痛的。他們書寫公文，蓋章簽字，優雅如詩人；他們端起槍枝，揮動大刀，瀟灑如俠士。他們面帶微笑，看著你們像稻穗一樣一茬一茬地倒下；他們說現在勝利了，「暴徒」統統被消滅，可以安安穩穩地舉起裝滿香檳的酒杯；他們說鮮血不是鮮血，屍體不是屍體，一切都不曾發生過，往事如煙。

他們以為殺戮能夠保護他們罪惡的生活，他們以為死亡能夠威脅所有的心靈。他們錯了。一位身材矮小、神色凜然的文人站了出來。「如此殘虐險狠的行為，不但在禽獸中所未曾見，便在人類中也極少有的。」他的心原本是一團死火，凍在冰層裡，這一刻，噴湧而出。

我想，魯迅的這段文字是和著淚寫成的，儘管他絕少流淚。「中國只任虎狼侵食，誰也不管。管的只有幾個年輕的學生，他們本該安心讀書的，而時局飄搖得他們安心不下。假如當局者稍有良心，應如何反躬自責，激發一點天良？然而竟將他們虐殺了！」死者無法開口說話，但是死者還有愛人，還有師長和朋友。死者的聲音通過愛人、師長和朋友留存、傳播。要麼，殺死所有的人？殺死「歷史」？像愛因斯坦那樣，穿越時空隧道，打碎那面慘白的鏡子？

一九二六年三月底，京師地方檢察廳在調查結果中承認：「群眾並無犯罪行為，且未達到不正當侵害之程度，府院衛隊實無開槍之必要，不能認為正當防衛。」是的，墨寫的謊言怎麼能掩蓋血寫的事實呢？「大學者」陳源教授嘲笑學生「自蹈死地」。魯迅說：「這樣的議論比刀槍更可驚心動魄。」這是不見血的屠殺。

如今，陳源式的「學者散文」再度復活。製造「流言」的技巧，或許可以換取紅頂戴。我在書店裡看到「陳源」的著作，便想猛吐唾沫。就連溫和的周作人也如此開罵：「赤化赤化，有些學界名流和新聞記者還在那裡誣陷；白死白死，所謂革命政府與帝國主義原是一樣東西。」段祺瑞們為什麼不怕「史官」呢？因為陳源之流就是他們的「史官」。我用刀槍寫經典，你用筆墨來注釋。狼與狽的親密合作，完成了一部中國「大歷史」。

二

然而，我卻想寫一部中國「小歷史」。三月十八日，是一扇透出微光的窗戶。

劉和珍，一九〇四年出生於江西省南昌縣。自幼喪父，家境清貧。我可以想見你的勤勞，你高超的針線與廚藝，你與母親相依為命，你在一盞如豆的燈下讀書到天明。一九一八年，劉和珍以優異成績考入江西女子第一師範學校，擔任校刊《江西女子師範週刊》的編輯。我在圖書館找了好久，也沒找到你的文章，但我猜想，你的文字必不同於卓文君，不同於薛濤，不同於袁枚的女弟子們。蘊藉中有鋒芒，溫婉中有熱情。一九二三年，考入國立北京女子高等師範學預科，不久，轉入北京女子師範大學英語系，被選為學生自治會主席。魯迅先生的印象是「常常微笑著，態度很溫和」、「也還是始終微笑著，態度很溫和」。然而，子彈卻不會還報你以微笑。一顆子彈從你背部入，斜穿心肺。你才二十二歲。

楊德群，一九〇二年生於湖南湘陰縣。一九一三年考入湖南女子師範學校，深受楊昌濟、徐特立的賞識。一九二四年秋，考入武昌高等師範。一九二五年到北京求學，先考入藝術專科學校，後考入女子師範大學。我想，你的案頭一定放著《娜拉》，放著《狂人日記》，放著《新青年》，放著《新潮》。然而，潮已落，新已變舊，你憤慨地說：「處在這個內敵外侮交相逼迫的次殖民地之中國，倒不如死了乾淨。可是，我要死，也要先炸死幾個賣國賊才甘心。」你彷彿是「秋風秋雨愁煞人」的鑑湖女俠的轉世。當劉和珍中彈後，你想去扶起她，彈從右肩入，穿胸偏右出。你倒下了，但還能坐起來，一個兵在你的頭部和胸部猛擊兩棍。二十四歲的你殞身不恤。

魏士毅，一九〇四年出生於天津商人家庭。你的父親一定想要個男孩，否則怎麼會給你取一個男孩的名字呢？你是錦衣玉食的小姐，偏偏又極有才華，讀書過目不忘。十歲時入天津普育小學讀書。一九一九年秋考入有名的嚴氏女中。一九二三年，考入燕京大學預科。你沒有絲毫大家閨秀的嬌氣，在湖光塔影間認認真真地做功課。你本來可以成為一名女學者。那一天，你自告奮勇舉起校旗，走在女校隊伍前頭。你的手臂纖細，風吹亂了平時「一絲不苟」的頭髮。兩顆子彈擊中了你的胸膛，你還來不及理一理額前的瀏海兒便倒下了。衛兵又用刀砍、棒打，鮮血染紅了雪白的棉布衫。你快滿二十三歲了。

如花似玉的年齡，詩與歌的年齡。你們如許平凡，以致我想找一點更為鮮活的資料也未能如願。我不知道你們是否戀愛過或者正在戀愛。我想，你們收到男孩子的情書時一定臉紅心跳，去約會前一定不忘在鬢角插一朵梔子花。你們讀《傷逝》，為子君的不幸而流淚。除了校服以外，你們喜歡鮮豔的旗袍。在宿舍裡，你們製造著女孩子的祕密，同學親如姐妹。你們到北京才一兩年，還沒有吃夠冰糖葫蘆，還沒有看夠香山的紅葉，還沒有聽夠颯颯的風聲。你們原本以為，古老的北京城一團和氣，就像北京腔一樣平緩悠長。那一天，放下那本沒有看完的書，小心地摺個角，想：「回來再接著看。」三三兩兩地，上路了。

母親還在遙遠的家鄉等你們歸來，等你們靜靜在伏在膝下。最後一封家書還沒有寄出，最後一句是俏皮的笑話。你們抬著頭，蹦蹦跳跳的。你們與我同齡，還是少年人啊。三月早春，北京的天空中飛滿各式各樣的風箏。冰剛化，草剛綠。風沙很大，撲打在你們嬌嫩的皮膚上。

誰會想到呢？槍聲在風聲中響起來，你們吃驚地看著士兵們舉起槍，舉著小旗的手捂住突然噴血的傷口。你們還來不及奔跑，白色的圍巾飄落。你們呼叫著同伴的名字，卻沒有回答。

魯迅寫下了〈記念劉和珍君〉。你們喜歡讀先生的文章。魯迅寫道：「既然有了血痕了，當然不覺要擴大。至少，也當浸漬了親族、師友、愛人的心，縱使時光流逝，洗成緋紅，也會在微漠的悲哀中永存微笑的和藹的舊影。」多年之後，我讀魯迅的文章，看你們的照片，流我自己的眼淚。這眼淚與你們的鮮血相比，是怎樣微不足道。

活著或者死去，已然不是一個問題，正如周作人在輓聯中的歎息：「死了倒也罷了，若不想到二位有老母倚閭，親朋盼信；活著又怎麼著，無非多經幾番的槍聲驚耳，彈雨淋頭。」

三

劉半農作詞、趙元任作曲，合作完成了音樂史上最悲憤的歌曲〈嗚呼！三月一十八〉：

嗚呼三月一十八，
北京殺人亂如麻！
民賊大試毒辣手，
半天黃塵翻血花！
晚來城郭啼寒鴉，
悲風帶雪吹鬖鬖！
地流赤血成血窪！
死者血中躺，
傷者血中爬！
嗚呼三月一十八，
北京殺人亂如麻！
養官本是為衛國！
誰知化作豺與蛇！

「豺與蛇」都是你們的同胞，你們的「兄弟」。他們整齊地瞄準，然後射擊。他們家裡也有跟你們一樣年輕的兄弟姐妹，他們還是開槍。他們說，軍人的天職是「服從命令」！他們屠殺手無寸鐵的同胞時是勇敢的，他們面對更凶殘的侵略者時是膽怯的。他們服從誰的命令？段祺瑞、徐樹錚、賈德耀、章士釗……慘劇既成，段祺瑞及其閣員以國務院的名義發出通電，稱請願者「組織敢死隊衝鋒前進，擊死憲兵一人，傷警廳稽察及警察各一人、衛隊多名。當場奪暴徒手槍數支。」在領袖們的談笑風生中，年輕的生命灰飛煙滅；在刀筆吏絞盡腦汁的歪曲之後，天真的孩子都成了「暴徒」。他們心安理得，咀嚼著金黃的北京烤鴨。他們學習王陽明、曾國藩的「修養」，一手拿筆，一手拿刀；一手寫詩，一手剃頭。他們說，這是他們的國家，就像面前的蛋糕，想怎麼切就怎麼切。他們的勳章掛滿胸膛，一枚勳章抵多少條人命？

目擊者稱：「當時共開排槍三四次，眾人四散，當學生逃時，猶槍擊不已。」開槍的，是卑微的士兵，是農民的兒子，是工人的兒子，而不是段祺瑞的兒子。士兵的老父老母在家裡忍飢挨餓，士兵的姐妹已淪為街頭的妓女，士兵自己也被官長像狗一樣地責打。但士兵還是開槍，還是揮刀，還是無情地剝奪跟他們同樣年輕的生命。他們把你們逼向牆角，他們的槍口滾燙，他們砍鈍了鋒利的刀刃，他們發出野獸一樣的喘息。

你到死都不明白，怎麼會這樣呢？在帝國時代，就連專制的皇帝也沒有這樣赤裸裸地殺害一群請願的太學生啊！何況是在「中華民國」！憲法白紙黑字神聖地寫著，這是「共和國」。領袖們揮舞戴著白手套的手時，和藹得像家庭裡的父親。三月二十二日，上海《商報》報導說：「此次慘劇，政府早有決心。」原來如此！

屍體真的那麼沉重嗎？你們錯了。他們照樣唱他們的戲，程序一點也沒有改變。「民國」並不因你們的死亡而成為真正的「民國」，他們有的是子彈，他們的字典裡沒有「懺悔」這個詞。他們還會屠殺，這不是第一次，也不是最後一次。在這片古老的土地上，還會有更殘暴的屠殺降臨。他們教唆那些病痛者：來，快來，快來蘸人血饅頭吃！

而你們的眼睛永遠睜著，眸子裡定格的是最後一眼看到的蔚藍的天空。那時候，北京的天還很藍很藍，不像今天一樣灰濛濛、烏沉沉的。你們的眸子像鑽石，晶瑩透明。母親握著你們冰涼的手，同伴梳理你們凌亂的髮絲，暗戀你們的男孩傷心欲絕。你們太愛這個國家，太愛這個世界，這便是你們的報應。你們的裙裾再不能飛揚，你們的烏髮再不能編起來。一盞盞的燈熄滅了，一顆顆的星墜落了。

他們又開始開會，圍著巨大的圓桌。他們說：「沒事了，吃蛋糕吧。」死者如同塵土，被輕輕抹去。他們討論通緝令的名單，追捕還能開口的生者。他們自認為是強者，而你們是弱者。魯迅說，這是民國以來最黑暗的一天。魯迅不知道，在以後的時代裡，中國人還將遭遇更深廣、更厚實的黑暗。

光陰似箭，歲月如梭，保存下來的只有文字和圖片。我的案頭，一片狼藉。我聽見槍聲，看見鮮血、紅色的大地與藍色的天空、黑色的軍警制服與白色的學生裝，幽婉的鴿哨與短暫的槍聲。

那一剎那，我已經死過，緊緊地挽著你們的手。

那一剎那，我重新復活，在你們的血泊中前行。

我知道，你們的眸子注視著我，你們將為我祝福。

再版後記

一九九八年三月十八日，我在北大中文系會議室聽錢理群教授講魯迅，講北大精神，講他的老師文學史家王瑤教授。

王瑤的身體本來很好，但一九八九年夏天之後，健康狀況便迅速惡化。心愛的女兒浪跡天涯，有家不能歸。有一次，有人要上門來查抄他女兒的物品。系裡的老師擔心王先生受不了這樣的侮辱和刺激，便跟吳組緗先生商量，由吳先生給王先生打電話，請他去作客。這樣，王先生就可以避免跟有關人員碰面了。

如是，王先生來到吳先生的家中，一進門，兩位白髮蒼蒼的老人立即抱頭痛哭起來。旁邊的學生這才明白：原來老師心裡透明如鏡！不久，王先生就在上海的學術會議上病倒並很快辭世。學者死在講壇上，也算死得其所。然而，王先生直到去世也沒有見到女兒一面。

聽完錢教授的講座，我獨自一人來到西校門附近的「三一八」紀念碑。那裡，寂靜無人，人們都去舞廳跳舞去了。在微弱的月光下，我閱讀著墓碑上的文字，想像著她們燃燒的青春。她們跟我一樣年輕。她們為這個「老大帝國」而香消玉殞。

我想，有的東西是不能忘卻的。忘卻了，我們就生活在虛空之中。於是，回到宿舍之後，我連夜寫下了這篇文字，獻給在「三一八」慘案中死難的幾位女孩——當然，又不僅僅是獻給她們。

足本版後記

這篇文章，表面上寫「三一八」，實際上寫「六四」。在中國嚴密的出版審查體制下，只能採取這種方式寫作。

王瑤先生畢業於西南聯大，是聞一多的學生，先後任教於清華大學和北京大學，治中古文學史和現代文學史，著述等身，桃李滿天下。一生好煙好茶，自嘲曰「水深火熱，黑白顛倒」，濃茶為「水深」，煙斗為「火熱」，晚年頭髮變白而牙齒變黑。

王瑤的女兒王超華，為「六四」學運中被通緝的二十一名學生領袖之一。流亡海外之後，二十餘年不能歸國，任教於多所美國大學。二〇〇四年，我在美國某大學的學術會議上曾與之相逢。彼時，王瑤先生已經去世多年，王超華亦頭髮花白。

流亡者

一

文學與流亡結下了不解之緣。

文學家與流亡者也結下了不解之緣。

丹麥傑出的文學批評家勃蘭兌斯在巨著《十九世紀文學主流》中開篇便是「流亡文學」。他對在盧梭啟發下產生的法國流亡文學及其代表作家，如夏多布里昂、勒奈、史南古、諾底葉、斯塔爾夫人等都給予高度的評價。勃蘭兌斯寫道：「我們彷彿看到流亡文學的作家和作品出現在一道顫動的亮光之中。這些人站立在新世紀的曙光中；十九世紀的晨曦照在他們身上，慢慢驅散籠罩著他們的奧西安式的霧氣和維特式的憂鬱。我們感到他們經歷了一個恐怖的流血的夜，他們臉色蒼白而嚴肅。但他們的悲痛帶有詩意，他們的憂鬱引人同情；他們不能繼續前一天的工作，而不得不懷著疑慮看待那一天打下的基礎，而且得把一夜的浩劫留下的碎片收攏起來。」

從天性上講，勃蘭兌斯首先是一位詩人，其次才是一位批評家。否則，他就不可能超越「進步／反動」的辯證思維模式，直接進入文學的內核——文學之所以產生，源於人類靈魂深處有一種對現實的強烈的不滿足感。與芸芸眾生相比，文學家的這種不滿足感體現得如暴風驟雨般強烈。與現世維繫的紐帶往往承受不了這樣巨大的強力，終於斷裂了。最後，文學家含淚告別他們熟悉的世界，踏上漫漫流亡路。

被勃蘭兌斯稱為「天真得像一個孩子，淵博得像一位老人」的詩人諾底葉，是一個天生的流亡者。他的父親是革命法庭的首席法官，有一次準備處死一名資助保皇軍的貴婦人。

十三歲的諾底葉百般懇求父親豁免貴婦人，但是沒有用。他便宣佈，如果對貴婦人判處死刑自己就自殺。在最後一刻，擔心失去兒子的父親不得不讓步。詩人說：「我沒有什麼政治信念，我只是熱愛自由。」因此，他成為永遠的反對派——既反對共和國，也反對帝國。在刺刀破門而入之前，他匆匆離開自己讚美過並將繼續讚美的土地。

詩人選擇流亡，政治家選擇堅守。這是詩人與政治家之間最大的區別。羅伯斯庇爾即將簽發丹東的逮捕令時，丹東的朋友向他通風報信，勸他逃往英國。丹東卻平靜地說：「我能把共和國的土地帶在我的鞋底上嗎？」丹東寧可上斷頭臺也不願流亡，他心甘情願為了某種理念和信仰而犧牲。詩人卻不同，詩人什麼也不信，除了自由與獨立。為了擁有自由與獨立，他們可以放棄國籍和家庭、名譽和財產，背上「叛徒」的惡名。為了擁有自由與獨立，他們有勇氣對抗任何強大的政權，在極端的孤獨中消解命運的殘酷。

流亡者是思想者、回憶者、寫作者，是可以燎原的星星之火，是統治者不共戴天的敵人。

流亡本身便已顯示出流亡者所具備的內在力量，以及令統治者杯弓蛇影的恐懼。在歷史的天平上，柔弱的斯塔爾夫人並不比強大的拿破崙輕。「自然賦予我的各種能力中，我唯一充分發展的就是忍受痛苦的能力。」她出版的書被憲兵毀掉，警察總監告訴她：「你的流放是你過去幾年所堅持的行為造成的自然結果。看來這個國家的空氣對你不合適……你最近的作品是不忠於法國的。」斯塔爾夫人便戴著這樣的「高帽子」開始了她遍及歐洲大陸的流亡生涯。

第一次出國之時，「驛馬每前進一步就給我增添一分苦痛，當趕車人問是否車沒趕好時，我想到他們給我幹的可悲的差事，禁不住哭了起來」。以後，她逐漸對流亡安之若素，甚至對拿破崙主動表示的和解也不屑一顧。拿破崙悻悻地說，任何人在和斯塔爾夫人談過話之後，對他的看法就差了一大截。占領整個歐洲的法國皇帝卻不能征服女流亡者的心，這對他來說多少是一種諷刺。

「流亡文學是一種表現出深刻不安的文學。」勃蘭兌斯的這一結論意味深長，他個人的隱痛亦濃縮其中。丹麥的教會與政府十分討厭這名「不信神的猶太人」，他們撤銷了他在哥本哈根大學的教席，並採用其他卑鄙的手段繼續對他進行迫害。一八七七年，勃蘭兌斯不得不移居柏林，開始了六年漫長的流亡生活。結果，敵人弄巧成拙，將自身置於更加不安的境況中，勃蘭兌斯的影響力比他在國內時更大了。

十九世紀中期，歐洲的三個主要國家都分別流放了他們最偉大的作家：英國流放了拜倫，德國流放了海涅，法國流放了雨果。但流放並沒有使他們任何一個失掉他的任何文化影響。作為「祖國的異邦人」，他們用自己的流亡為「祖國」構建了巨大的精神財富。

二

流亡是人類文化的一個維度，一個獨特的話語形式以至人的生存方式或臨界狀態。流亡者是人類文化的承載者，他是最容易受到傷害，卻又最不容易被傷害所摧毀的人。

「如果我們造了一個孩子／就叫他安德烈，叫她安娜／使我們的俄羅斯語／烙印在孩他皺褶的小臉上／我們的字母／第一個音只是一聲延長的歎息／屹立在未來。」這是諾貝爾文學獎得主、被驅逐出俄羅斯的詩人布羅茨基的詩句。如果說法國流亡者仍然保持熱情浪漫的情懷與放蕩張揚的個性，那麼俄國流亡者則以廣博的心胸包孕故土，以堅韌的神經承受咫尺天涯的辛酸。

從天寒地凍的西伯利亞到樓高車擠的美國，都有俄國流亡者的蹤跡。幾代俄羅斯作家都逃避不了流亡的命運：沙皇時代的屠格涅夫、赫爾岑，列寧時代的蒲寧、別爾嘉耶夫，一直到史達林時代的索忍尼辛、辛尼亞夫斯基。有的作家雖然沒有走上這條荊棘之路，但精神早已流亡——這中間，既有得志的法捷耶夫（他用自殺來宣佈流亡），也有遭貶斥的巴斯特納克。

俄羅斯的土地有一種神奇的魅力，俄羅斯人的家園是生活艱苦、視野空曠的鄉村原野。俄羅斯人在富饒而貧瘠的土地上吃苦耐勞，並用宿命的觀點看待自己的不幸，為自己忍受苦難的能力感到自豪。他們的精神缺乏均衡感，時而激情迸發，時而鬱悒沮喪。俄羅斯文學的傳統是在這樣的河床上形成的——如果說西方人在認識真理時是通過個體去研究人身上的宇宙，那麼俄羅斯人的意識認識的對象首先是在宇宙中的人。這樣，悲劇的因素便蘊含在其中了：極權統治的祕密在於蔑視「人」、遮蔽「人」、迷惑「人」，將人「鎖定」在某一位置上；而文學家的使命在於發現「人」，拯救「人」，張揚「人」，讓人按自己的意願活活潑潑地生存。兩者之間必然展開一場不可調和的戰爭。

一九一九年，少年納博科夫隨同父親離開動盪的祖國。船匆匆起錨時，岸上響起的機槍聲是他關於故國最後的回憶。「孤獨意謂自由與發現，一片廣闊無垠的沙漠，會比一座城市還令人興奮。」這位貴族後裔漂泊於德、英、法、美、瑞諸國，不僅疏離於新政權，還疏離於形形色色的流亡組織。「我一直過著獨立清醒的日子，我從不附屬於任何黨派團體，因為我並沒有在哪個公司商號當過白領階級，更不曾在礦坑裡幹過普羅階級。任何黨綱或信條都不會影響我的創作。」

對於納博科夫來說，流亡既是被迫的，也是自我選擇的。絕對的流亡帶來絕對自由，而自由是創作的源泉。從旅館到客棧，他只攜帶一隻小小的行李箱，箱子裡是一疊疊的文稿；從輪船到火車，他只攜帶一顆俄羅斯的心臟，心臟的博動宛如俄羅斯森林中霍霍的風聲。

史達林時代，表面上萬馬齊喑，所有的作家都沉默了。愛倫堡卻說：「你可以用瀝青覆蓋世界，但是總有幾株青草能自隙縫中萌芽滋生。」艾克蕭洛夫便是這樣一株青草。他的童年在「人民之敵後裔收容教養所」度過，如同置身於一堆人的廢軀殘體中，如同零落在戰場或屠場上。幾本破舊的古典名著拯救了他即將沉淪的心靈。他開始思考，寫作，被捕，坐牢，最後流亡。

一九七九年，艾克蕭洛夫在美國出版轟動一時的長篇小說《鋼鳥》。小說主要敘述一個背覆金屬外殼、非人非鳥的怪物，強行住進大樓的公共電梯。不久，他便用暴力控制了全棟大廈和公寓裡的居民。因為鋼鳥日日夜夜肆意破壞，大廈潰塌了，只留下鋼鳥依舊意氣風發，昂首挺胸站在電梯頂端，冷漠地俯瞰大樓的斷垣殘壁。蘇聯當局惱羞成怒，將艾克蕭洛夫定義為「人民公敵」。有趣的是，幾乎所有的流亡者都是「人民公敵」。其實呢，流亡者就像一隻跳蚤，活躍在統治者的床頭，使服了過量安眠藥的統治者仍然無法安眠。

布羅茨基把自己形容為「一條殘存於沙灘的魚」。他的案頭貼著一句中國的古語：「千里之行，始於足下。」然而，歸鄉之途老是跨不出足下這一步，千里即意味著「嚴禁你回首望故鄉」。回去了又能怎樣呢？結果是無須猜測的——暴政時代，女詩人阿赫瑪托娃的遭遇是：「詩自然不可能發表，甚至不能用筆或打字機寫出來，只能保存在作者的記憶裡。有人因為比一張寫了幾行字的紙更小的東西失蹤過。」為了防止遺忘，女詩人只好請密友低聲朗誦。另一位詩人曼捷施塔姆去世後，他的寡妻在占地球表面六分之一的土地上東躲西藏，將一隻暗藏他詩卷的平底鍋緊握在手中，夜深人靜時默默背誦那些詩句，時刻提防執搜查證的便衣闖入內室。

民主時代應該沒有問題了吧？戈巴契夫與葉爾欽多次電請流亡美國的索忍尼辛返國。索忍尼辛回到了祖國，他坦白地說：「在長達十五年的歲月裡，我一直小心翼翼地潛匿於深處。而現在我剛露出地面就一夜成名，就好像一條慣於生存在高氣壓的深海魚，浮出水面就死亡，因為這條魚無法適應突然的低氣壓。」作家發現他面對的是一個已然陌生的國度，他的講演言不及義，形形色色的政治團體都企圖利用他。古拉格群島已經成為過去，民眾也把他看作過去。他則已適應了流亡的生涯；流亡像一條大毒蛇，緊緊裹住他。在一個不需要流亡的時代，索忍尼辛依然是心靈的流亡者。

流亡者生活在一個破碎的時空中，流亡者在這個時空中捍衛著他們自己的道德標準。土地與歷史在他們的筆下倔強地延伸。「流亡」是一個極為生動的詞語。逝者如斯的大川，標識著這群人動態的生存。除了他們之外，還有乾坤在日夜流轉。「流亡」成了不可終結的神話。

三

地球上，有一個民族，全部都是流亡者。聖經《耶利米哀歌》中有這樣的話：「你們一切過路的人哪，這事你們不介意嗎？你們要觀看，有像這臨到我的痛苦沒有？」痛苦像鹽一樣深在水中，而水在永恆地流動。

這個民族便是猶太民族。他們流亡了幾千年，足跡遍佈世界。他們曾經擁有家，擁有財富，擁有知識，但轉瞬之間就可能喪失一切，包括生命。他們的自由是以喪失任何生存空間為代價的自由，是被拋棄、被殺戮、被追蹤的自由。

我最喜歡讀的是史蒂芬・褚威格的書。心靈的焦灼既是書中主人公的，也是作者本人的感受。當流亡並不是作為上帝考驗人的手段，而是作為一種本體而存在的時候，褚威格開始動搖了。他的書被從書店和圖書館裡取出來，彙集到廣場上付之一炬。這對寫書的人來說，是一種近於原罪般的痛苦。面對這種痛苦，人天性中的脆弱最終暴露無遺。

褚威格一直在思索「托爾斯泰為什麼要出走」的問題。在《茫茫蒼天》中，他試圖解答，卻未能真正解答。褚威格是一個不情願流亡的人，是一個水晶一樣脆弱的人——他常常希望得到愛、憐憫和尊重，而這些領域恰恰都具有脆弱的本性，它們需要周圍的人無微不至的呵護。流亡生涯帶來的卻是冷漠與苛待，在陌生的環境裡，絕望像爬牆草一樣瘋狂地滋長。

褚威格愈走愈遠，告別了歐洲的心臟奧地利，告別了歐洲大陸，甚至不得不告別大陸之外的英倫，來到彼岸的巴西。他終於痛切地體驗到：流亡並不是人生的某個階段，也不是歷史特定時期的特定現象。那在記憶中美不勝收的「昨日的世界」是不存在的。流亡不是一條通向勝利與光明的征途，而是自己終生承載的負荷。精神敏感、心靈脆弱的褚威格不可能向普羅米修斯那樣，日復一日地忍受被蒼鷹叼走心臟的痛苦。聽到日軍侵占新加坡的消息後，他靜靜地喝完最後一杯酒，向妻子微笑，相互告別。

那天，陽光燦爛，槍聲清脆，流亡到此為止。

與褚威格對流亡的拒斥相反，同為猶太人的索爾・貝婁卻選擇了自覺的流亡——在他的作品中。貝婁一生在芝加哥大學裡過著平靜而優越的學院生活，但他筆下的主人公個個都是不折不扣的流亡者。在浪蕩與漂泊中，這些志高運壞、事與願違的人物堅韌地忍受折磨，嘲笑著自己接二連三的挫敗。

《雨王漢德遜》塑造了一個既成世界的背離者的形象。貝婁認為，根深柢固的位移感是我們這個時代最明顯的表徵，「誰也不能真正在生活中占有一個地位，人們都覺得占據了正當的屬旁人的地位，到處都是離開原位而被取代的人」。擁有億萬家私、美滿家庭的漢德遜應當滿足，可他仍然不滿足。他的靈魂被貪得無厭的聲音「我要！我要！」咬齧。他對目前的生活煩得要命，他是千千萬萬正在萎縮的靈魂中的一個。他離開美國，走向非洲，走向原始森林中的獅子與酋長。漢德遜的流亡不同於此前所有人的流亡——沒有人迫害他，他也不缺少自由。流亡的原因只有一個：有詩人氣質的人不可能適應散文的世界。

在實用主義氾濫的美國，當一個詩人，要幹學者的事、女人的事、教會的事。俄狄甫斯感動了木石，詩人們卻不會做子宮切除手術，也無法把飛船送出太陽系。奇蹟和威力不再屬詩人。詩人之所以受到「愛戴」，正因為他們在這方面無能為力。詩人的存在，僅僅是為某些人的玩世不恭辯護。那些人說：「如果我不是一個寡廉鮮恥的下流胚，不是一個討厭鬼，不是一個賊和貪得無厭的人，那麼我就不會取得成功。」漢德遜是個成功者，但詩性頑強地與他的成功作對。他是猶太人，他也是詩人，這就註定了他不可能是一名「完美」的成功者。他孤獨得可怕，而且恐懼，他對行為缺乏信任，對自命為英雄的行徑表示懷疑。他想實現尊嚴，並給生命加上一種道德的量度。這一切，只有在疏離於「文明」的流亡中才有實現的可能性。

貝婁筆下的流亡者都是「受苦和受辱的學徒」。作為一名心靈敏感的猶太人，貝婁保持了一種在盛世中的末日感。他看到，一般公民已經獲得自由，不再像獸類似的每日勞役，天天都有奢侈的生活供人們享受，可是每個人都發現自己懸空吊在新的安適之中，看不出應該享有此類生活的權利或理由。這樣便導致了具有反諷意味的結果：新獲得的自由反而使人們更加孤立，更加受制於權利。「人不能單獨地生活，而應兄弟般地生活。」流亡的漢德遜們終於悟出這樣的道理。迴盪在他耳邊的聲音：「我要！我要！」變成了：「他要，她要！他們要！」

生命的意義在艱苦卓絕的流亡的過程中凸現出來，人類都有一個「值得為之奔波的命運」。流亡是渺小的人與命運所做的最後一搏。流亡的動因各不相同，流亡導致的結果卻大致相同——那就是具有金剛石般的品質、文化與思想的誕生。

偉大的流亡者們以流亡的行動來作為思想的前奏曲。所有的鐘聲在那一剎那間響起，流亡者們在路上聆聽到鐘聲，清醒地知道：伊甸園是不存在的。流亡的姿態呼應著流亡者身上某種神聖的素質。能夠改變什麼，不能夠改變什麼，關於這一點，流亡者要流亡很多年才能給出真正的答案。

一部呆板的歷史，因流亡者而生動。

一部虛偽的歷史，因流亡者而真實。

一個平凡的人，因流亡而擁有不平凡的世界。

一個軟弱的人，因流亡而在火與電中迫近永恆。

叛逆者

一

阿瑞斯山天然半圓形劇場人山人海，雅典最高民眾法院及陪審法院五千人會的十分之一組成的陪審團業已就座。

這是雅典歷史上最重要的一次審判，審判的罪人是全希臘最有名望的人——蘇格拉底。他的罪名是「不承認國家信奉的神，另立新神，腐蝕青年」。

蘇格拉底出生的時候，不是以哭聲而是以笑聲向世界致敬的。少年蘇格拉底在父親的培養下，已雕刻出偉大的作品，受到伯利克里的賞識。但他就在取得一位雕塑家最輝煌的成就之前，轉行研究哲學——與其雕塑石頭，不如塑造人的心靈。

儘管祭司宣佈，蘇格拉底是最聰明的人，但蘇格拉底本人強調說，他不是有智慧的人，他並不擁有真理，但他是一個探索者、研究者、真理的熱愛者。他解釋說，這就是「哲學家」這個詞所表達的意思，即智慧的熱愛者、智慧的尋求者，而與「智者」相反，即與自稱有智慧的人相反。他認為，政治家必須是哲學家——他們還有重大的責任，他們必須是真理的探求者並且知道自己的限度。

蘇格拉底的生命激情在街道上、運動場和廣場裡。他滔滔不絕地跟幾十、幾百個弟子和信徒談話；或者赤足行走、突然站住，在街道中央立成一棵樹。按照波普爾的說法，他是道德主義者和感情主義者，「他典型地屬這樣的人，他批評任何形式的政府的缺點，但他又承認忠於國家法律的重要性」。他是純粹的民主派，他曾勇敢地反對三十僭主的獨裁政權，他更勇敢地反對日益失去自身真正目的的民主制。於是，統治者和庸眾把他指認為「反對民主的叛徒」。

蘇格拉底一生中沒有寫過一行字，他的思想通過弟子們的記錄部分地流傳下來。「誰想要推動世界，就讓他先推動自己。」他領會了自己的歷史使命：做一隻「牛虻」，把民眾從冷淡、馴服、自我安慰中喚醒。「不管有什麼權威，我也只依賴於我知道得很少的這個認識。」他是個教育家，他相信教育的使命也是政治的使命。他認為改善城邦政治的途徑就是教育公民進行自我批評。他宣稱自己是「這個時代唯一的政治家」。

這樣的人無論在怎樣的體制下都是最危險的人物。獨裁者克里提阿斯說：「我們要除掉長痂瘡的羊羔，痂瘡傳染得愈快，我們愈要加緊清除。」民主政體下的執政官阿尼特說：「這個流浪漢恨不得把我的腸子挖出來。」於是，一道一道的禁令下來了：禁止蘇格拉底跟三十歲以下的青年人談話。

要以塑造活人的靈魂來代替塑造靜止的人體，這是一種天真而危險的癖好。然而，命運選擇了蘇格拉底。他擺脫不了命運，命運像蠍子一樣蜇得他發痛。他一貧如洗，承受妻子的責罵；他如履薄冰，面對敵人的暗箭。最可怕的還是那些他所接受的、教導的、為他們的利益而奔波的雅典公民們，他們背叛了哲學家，卻宣佈哲學家是叛徒。

法庭上，由陪審員向瓦罐裡投豆子——白的代表無罪，黑的代表有罪。結果，黑豆比白豆多，蘇格拉底這位民主的捍衛者卻被民主所處死，這位創造民眾命運的人卻被民眾決定了他的命運。此時，他發現自己未能戰勝人在走向真善美道路上的主要障礙——「貧困的邪惡」和「黃金的邪惡」。窮人和富人居然聯合起來處死他。他終生與不平等作戰，「我的智慧在此枯竭，我的痛苦和憂患由此開始」，他卻成了公認的罪人。

弟子們勸蘇格拉底逃走，他堅決地拒絕了。他將以他的死來申明民主的不完善、法律的不正義。這是一個人對人類的背叛。正因為有這樣的背叛，人類才意識到自己的局限和幼稚。當太陽落山的時候，他換上雪白的長衫，靜靜地接過毒芹汁。喝下之前，他還微笑著欣賞碗上清晰的花紋。飲完之後，他開始在站成一排一動不動的朋友們面前走來走去。然後，他慢慢地，吃力地走近床邊，躺下了，把一束黃金花緊緊貼在胸前。

最後一刻，蘇格拉底笑了。他的眼睛沒有離開黃金花，「每一個人身上都有太陽——只是要讓它發光」。被宣判為叛徒、邪惡地創造新神的蘇格拉底、太陽神的教子，直到生命的終結，對塵世生活的美、對人和自然界的和諧一致，都抱有偶像崇拜的樂觀信念。

他的死，震撼了所有身上有太陽的人。

二

葛蘭西是個體弱多病的駝背的孩子。家裡人給他做了一個帶鐵環的胸圈，讓他套在身上，並把他掛在天花板上，懸在空中。大家以為這是把他弄直的好辦法，然而背後的突起部分愈來愈高，後來胸前也突起了，長大以後，畸形的葛蘭西身高不足一米五。

然而，正是這個駝背的義大利人，以他非凡的創造性的思想震撼了整個歐洲乃至世界。德國思想家胡薩爾認為，葛蘭西是「列寧逝世後最深湛和最多產的馬克思主義思想家之一」。葛蘭西也是本世紀少數的幾名真正的社會主義之一——當史達林、毛澤東、波爾布特將「社會主義」這個名詞褻瀆得臭氣薰天之際，葛蘭西的著作讓人們回歸那種與正義和愛同步的社會主義理想。

一九二六年十一月八日晚，墨索里尼發動政變。葛蘭西剛從議會回家就被捕了，儘管他有議員豁免權，法西斯分子對法律異常輕蔑。對葛蘭西的審判拖了很長時間，要用充分的材料把這個人描述成「顛覆分子」、「對公共秩序非常危險的人物」是不容易的。但葛蘭西早已對審判的結局不抱幻想，他說：「我的精神狀態極好，因此有人以為我是魔鬼，有人以為我是個聖人。我既不想當烈士，也不想當英雄。我認為我只是個具有堅定信念的普通的中間人物，我不拿自己的信念與世界上任何東西做交易。」看守「好心」地勸他倒戈，倒戈後至少能當個部長。他微笑著拒絕了。看守便認為他是個十足的傻子。

一九二八年五月，墨索里尼指定政治法庭——保衛國家特別法庭——對葛蘭西進行審判。

葛蘭西的罪名是「從事陰謀活動、煽動內戰、包庇犯罪、挑動階級仇恨」，檢察長指著葛蘭西說：「我們要使這個頭腦二十年不能工作。」果然，葛蘭西被判處二十年四個月零五天的徒刑。然而，這個偉大的頭腦並沒有停止一天的工作，忍受著病魔的折磨，他完成了輝煌的《獄中札記》，總共兩千八百四十八頁，合打字紙四千頁。

審判前夕，葛蘭西給母親寫了一封信，這無疑是一篇可與《神曲》並肩的文字：「我希望您很好地理解，從思想、感情上理解：我是政治犯，也將作為政治犯而判刑。對此我沒有，永遠也不會有任何值得羞愧的地方。說到底，在某種程度上是我自己要求被關押和判刑的，因為我從來不想改變我的觀點。我已準備為我的觀點貢獻生命，而不僅僅是坐牢。我只能感到平靜，並對自己感到滿意。親愛的媽媽，我真想緊緊地擁抱您，以便使您感到我是多麼地愛您，多想安慰你，因為我給您帶來不幸，但我只能這樣做。生活就是如此，非常艱難。兒女們為了保持自己的榮譽，保持自己做人的尊嚴，有時不得不給媽媽帶來極大的痛苦。」讀著這樣的文字時，我想起了林覺民的〈與妻訣別書〉。林覺民感情澎湃如大海，葛蘭西卻鎮靜如磐石，一點也沒有義大利人的浪漫，也許苦難早早地將他導入澄明之境。

剛入獄時，葛蘭西的健康狀況就已惡化，他掉了十二顆牙齒，患有尿毒症引發的突發性牙周炎和神經衰弱症。非人的監獄生活繼續毀壞他的身體，他患上了胃病和腦溢血。艱苦的思考和寫作讓他失眠，「我進出牢門像一隻蒼蠅，不知要飛向哪裡，也不知要死在何方」。

在病痛和監禁中，葛蘭西的「實踐哲學」逐漸成形。這是一種批判「常識」，恢復人的「個性」的哲學，它在取代現存思想方式和現存具體思潮時，「必然表現出愛好爭論和批判的姿態」。

這名垂死的囚徒，這名在國家眼中「可惡」的叛逆者，以驚人的毅力，創建了宏大的思想體系。

一九三三年，葛蘭西的生命已走近死亡線。他又添上了脊椎結核、動脈硬化、高血壓。五個月內體重猛減七公斤。法西斯政府暗示，只要他謙恭地懇求寬恕，保證不參加任何政治活動，就能重獲自由，入院治療。可是，葛蘭西認為請求寬恕便意味著道義上的自殺。一次昏迷之後他對趕來的牧師說：「牧師，你是靈魂的監護人，不是嗎？人有兩種生命：一種是靈魂，一種是肉體，赦免會拯救我的肉體，但會毀了我的靈魂，你明白嗎？」

一九三七年四月二十七日，葛蘭西死於突發性腦溢血，享年四十六歲。死前，他已預料到法西斯可恥的命運——八年之後的同一天，在逃亡途中的墨索里尼和他的情人克拉拉・貝塔西在一個名叫朱利諾的村莊被捕並被槍決，他們的屍體隨後被運到米蘭，並被倒吊在洛雷托廣場的一個加油站頂上示眾。

崇高的理想，只能屬崇高的心靈。葛蘭西心目中的「社會主義」，比任何書籍和廣播中的字眼都要美好千萬倍。那是一個他值得為之而獻身的理想。被終生放逐的叛徒但丁是文藝復興時代的豐碑，被囚繫而死的叛徒葛蘭西則是二十世紀的豐碑。

歌德說過，理論是灰色的，生命之樹長青，葛蘭西的思想是可以質疑的，但葛蘭西「叛徒」的人格將像恆星一樣永恆地閃爍。

三

納粹德國，這個謀求全面統治的國家並不滿足於占有官方的權力部門，而是從一開始起就追求這一目標：使各階層人民都服從領袖的絕對權力，不僅在物質上，而且也在思想上把他們納入這個制度。內政部長弗里克宣稱：「必須是一個意志，必須由一個意志來領導」，並把必須盲目服從的黨作為唯領袖馬首是瞻的組織體制的基礎。黨通過街道和支部組織，深入到每一個家庭，企圖控制人民生活的每一個方面。

放逐與效忠同時上演了。

戈培爾說：「德國文化應該保持純潔，擺脫一切有害的和不受歡迎的作品。」焚書公開化了，一大批作家、藝術家、科學家被放逐。從托馬斯・曼到愛因斯坦，這群最優秀的人足以在德國之外的地方重建一個精神的王國。

更多的人選擇了效忠。學者胡貝爾說：「不存在國家必須尊重的、先於國家或離開國家的個人自由。」物理學家恩斯特、萊納德、約翰內斯、施塔克等人，寫信辱罵愛因斯坦，聲稱存在著純粹的「德意志物理學」。一九三三年五月二十七日，海德格爾就任弗萊堡大學校長，建議把勞役、兵役、腦力勞動結合起來，革新大學精神。他指出：「大加稱頌的『學術自由』應遭到德國大學的唾棄……領袖本人而且他一個人就是活生生的、本來的德國現實及法律。」一九三三年十一月，七百多名教授在效忠希特勒的聲明書上簽字。

是以效忠屈從暴力換取生存，還是以背叛堅持良知面對死亡？在這決定主義的領域裡，無法避開價值問題。

在普遍的效忠聲裡，也出現了不和諧的背叛者的聲音。這些聲音，在陰暗的集中營裡和空曠的刑場上迴盪著。

自希特勒政權一誕生，叛逆者就不絕如縷。受納粹迫害的年輕的社會民主黨政治家勒伯爾、洛伊施納、米倫多夫、賴希維因和豪巴赫等人，組織了一個祕密活動小組。在神職人員中，天主教的加倫·福爾哈貝爾和武爾姆主教公開譴責大量殺死不治之症患者、精神病患者、畸形人和消滅猶太人，新教的潘霍華和卡爾·巴特等一百三十九位來自十八間「認信教會」的代表通過發表〈巴門宣言〉，聲稱教會並不是政府機構，而擁有上帝賦予的使命。

更為公開的背叛，出現在一九四三年二月。在慕尼黑大學學習的漢斯和索菲·朔爾兄妹印刷了大量傳單，他們不願再為一個黨派的卑劣的統治本能犧牲自己的生命，以德國青年的名義要求：「阿道夫·希特勒的國家把他卑鄙地從我們這裡騙走的德國人最珍貴的財富，即個人自由還給我們。」兄妹倆在散發傳單時被捕，於一九四三年二月二十二日被人民法院判處死刑後處決。

我久久地凝視著兄妹倆的照片。他們倆驚人地相似，憂鬱而深邃的眸子，跟他們的年齡那麼地不相稱。他們似乎在望著遠方，一個天水相接的地方，對於「此處」他們毫不在意。只是兩個名不見經傳的年輕大學生，卻比海德格爾更懂得什麼叫「哲學」。哥哥的眼裡多幾分剛毅，妹妹的眼裡多幾分輕蔑。兩雙叛徒的眼睛，至今仍在深情地注視著世界。

一九四四年七月二十日，高級軍官施陶芬貝格上校在大本營企圖用炸彈炸死希特勒。暗算失敗了，希特勒狂怒之下，立即將二百多人處以絞刑。此外，在幾週的時間裡，有近五千人在集中營和監獄裡被殺害。就實際意義來說，施陶芬貝格伯爵未能實現他的暴動計劃，但他們的「叛國」之舉給納粹的統治沉重打擊。在行刺前夕，東線的德軍指揮官特雷希科這樣告知在柏林的施陶芬貝格：「行刺必須進行，不惜任何代價。即使不成功，也必須在柏林行動。因為問題已不在於具體目的，而是德國抵抗運動在世界和歷史面前敢於做出這一決定性的舉動。其他一切都是無足輕重的。」當施陶芬貝格面對瞄準他的步槍的時候，他一定在微笑。他做完了該做的一切，自己的背叛交上了一份致歷史的厚禮。

這批國防軍將領的背叛，多半還是出於未受毒化的「愛國心」；相比之下，哲學教授胡伯的背叛則是一種更為純粹的背叛。

一九四三年七月二十三日，慕尼黑大學哲學教授胡伯因為參與組織地下抵抗運動，被納粹以叛國罪處以極刑。審判他的軍官百思不得其解：你是純種的日耳曼人，又是有名望有地位的教授，為什麼要跟叛徒攪和在一起呢？是不是受了蒙蔽和欺騙，或者一時失足？

胡伯拒絕了審判官為他開脫的好意。在最後陳述中，他聲稱康德的「絕對道德命令」是其採取反納粹立場的根據：「呼籲反對政治上的胡作非為，這不只是我的權利，也是我的道德責任。我曾以康德之範疇命令觀念反問我自己，如果我的這些主觀準則成為普遍法則的話，將會發生什麼事情？回答只有一個——將會有秩序、和平及對我們政府的信任。每個肯對道德負責的人，都會發出反對只有強權沒有公理的統治的呼聲。我要求——把自由還給人民，使他們掙脫奴役的鎖鏈。我確信，無情的歷史進程，必將證明我的希望和行為是正確的。」他相信在國家權力之上，還存在著更高的道德律令。當國家以及現存的法律違背這個道德律令的時候，他必須起而反對之，即便被當作賣國賊處死亦在所不惜。

只要有暴政的地方，就會有叛逆者。暴政不絕，叛逆者亦不絕。叛逆者以他們的背叛，標定了何謂正義。他們握住了正義的內核，歷史所做的，僅僅是完成最後的正名。

卡拉ＯＫ廳中的男人和女人們

在這座並不貧窮也不富有的小城，開張最多的是卡拉ＯＫ廳。這座城市剛剛開始經濟的騰飛，老城轟然倒塌，新建的花花綠綠的建築向城郊延伸著。街道上，建築材料還沒有收拾乾淨，兩邊鱗次櫛比的卡拉ＯＫ已經開張了。

「天外天」、「樓外樓」、「小瀛州」、「芳草地」、「紅太陽」、「鳳凰臺」……一家接一家的招牌、標誌和夜間閃爍的霓虹燈，標示著城市最有活力的去處。當街的鋪面是餐館，ＯＫ廳在後面的曲徑通幽處。一間間華美富麗的廳堂和包間，地毯、牆紙、吊燈、音像設備、沙發、塑膠花、正在唱歌或做唱歌之外的事的人們。當跑調的歌聲傳出門外，傳到街道上時，街道上匆匆行走的人們往往皺起眉頭——他們都是沒有錢破費的可憐人。

卡拉ＯＫ廳裡的男人們都是成功的男人。在此岸與彼岸之間，是一座搖搖欲墜的橋，他們憑著智慧與機遇，以及智慧與機遇以外的東西，終於到達彼岸。在中國，此岸是煩惱人生；擠公共汽車、啃大白菜、睡亭子間、做了無數年美麗的夢；彼岸則是快樂人生：坐豪華轎車、吃飛禽走獸、住廣廈別墅、享受提前實現的夢境。卡拉ＯＫ廳，為彼岸的男人而存在。他們不是官員便是老闆，這是兩種能在任何地方獲得尊重的身分——尤其是卡拉ＯＫ廳。他們在這裡比在家裡還要舒服，舌間的美酒，杯裡的女人，是辛勞了一天之後最好的休息方式。是的，他們太累了，官場、商場、戰場三位一體，在明槍暗箭、爾虞我詐中生存下來，比那些此岸的人的想像要艱難得多，複雜得多。

女人們也在戰鬥著。她們並排坐在暗紅色的真皮沙發上，等待著客人的召喚。在這四季都開著空調的房間裡，她們不知道外面世界的溫度，永遠是盛夏的打扮，背帶裙、小背心、牛仔短褲、水晶涼高跟鞋，裸露著大片大片的面積——肩、背、腰、肚臍和大腿，捕捉著黑暗中窺探的眼光。狩獵的是被窺視者，被狩獵的是窺視者，這裡執行著另一套邏輯。她們的臉上塗著厚厚的脂粉，嘴唇打上了鮮豔的口紅，臉上凍結著冰涼的笑容，微笑是指揮一組臉部肌肉精巧地配合運動的產物。她們翹著二郎腿。讓大腿更加修長，讓裙子顯得更短。她們塗著指甲油的手指夾著燃燒的香煙，香煙愈燃愈短，正如她們的青春。她們卻渾然不覺。

這時，肥大的身軀貼了上來，嬌小的她們迎了上去。

她們的身世並不撲朔迷離。也許昨天她還是一名初中課堂上的學生，不用功，成績平平。沒有考上高中，既不願到父親工作的每月只有二百元工資的小廠裡幹活，也不願留在家裡受窩囊氣。某一天在父母的責罵聲中跑出來，一下子便喜歡上了這最能賺錢的行當。也許她剛剛嫁給一個同村的老實巴交的農民，她幹不了農活，受不了窮，跑到城市裡來。可她一沒技術，二沒文化，能做什麼呢？

這個龐大的行業裡，大多數是普普通通的女子，沒幾個擁有傳奇故事。她們幾年前還那麼膽小、羞怯、沒心眼；幾年後卻已練達人情世故，一眼看透男人的內心世界，知道怎樣讓對方愉悅，怎樣賺到更多的錢。這就是風塵。她們跟老闆商討分成的比例，不願幹了，立刻轉到另一家。這個行業是流動性最大的行業，房間還是原來的房間，小姐卻換了無數個新面孔，「鐵打的營盤流水的兵」，門口永遠是閃爍的燈火。

關於愛情，她們無話可說。她們相信的只有錢。關於信仰，她們同樣無話可說——那些偉大的偶像般的男人們，在她們面前露出豬的本性。那些萬人大會上宣講理想與崇高的男人們，那些在辦公室裡指點江山不可一世的男人們，那些在電視節目裡滿臉和藹可親的笑容的男人們，那些名字在報紙上散發著詩意的男人們，那些在剪綵儀式上手拿金剪刀剪綵的男人們，那些製造著燦爛的辭章和顛撲不破的真理的男人們，撲到她們的身體上時，都變成一堆蠕動的爛肉。

她們還能相信什麼呢？她們的小屋，只有一張彈簧床，一隻皮箱。客人走後，她們擦洗著臉上的脂粉和男人的唾液，耳邊還迴盪著男人野獸般的喘息，腹內洶湧著經潮的疼痛，她們捏著一大把鈔票，這是一個農民幾個月、一個工人一個月的收入，而她們只需要幾個小時。她們想笑，臉上的表情卻比哭還要難看。鏡子裡愈來愈接近的三圍顯示了她們已不再年輕。退役吧，退役後遠走他鄉，隱姓埋名，找個老實男人成個家，卻不知道還能不能有兒子？再三修補的處女膜，還是一條通往幸福的孔道嗎？在沒有窗戶的房間裡，她們夢見滿天星辰。

男人們在這裡談成白天裡談不成的生意，曖昧的燈光下，欲望在蛹殼裡激蕩著，發出金戈鐵馬的聲音。白天，彼此那樣不同，文質彬彬的官與粗俗不堪的商，不苟言笑的官與笑容可掬的商，被欲望征服時卻變得如此相同。還在唱歌的時候，就已急不可耐，目光像一雙手，撫摸著坐在沙發另一端女人隱祕的地方。他們也有不如意，他們的世界不是一輪滿月；家裡是蠻不講理的黃臉婆、整天打電子遊戲機的兒子、接二連三的有事相求的窮親戚、一筆帳目正受到上司追查、一個下屬正在興風作浪準備取而代之。沒有卡拉ＯＫ廳輕鬆一下神經，行嗎？連孔夫子也說：「食色性也。」這是為了更好地工作嘛。

從廣袤的鄉村和小鎮湧向城市。城市容納她們，她們也容納城市的陽具。城市教會她們很多東西，她們也給城市增添很多東西，她們把城市縮小在子宮裡，她們卻告別了母親的身分。華倫夫人與茶花女，李師師與柳如是，僅僅是異國或過去的傳說；今天，她們無數的同行們正在凸現著這個時代僅存的真實。

這是一座陷落的城市。城市在進行著最後的、無所不在的巷戰。戰爭，在卡拉ＯＫ廳及類似的場所的男人們和女人們之間展開。

金庸在他最後的傑作《鹿鼎記》中暗示，要瞭解中國，先得瞭解皇宮和妓院。

今天，皇宮已經消失。

嬰兒治國與老人治國

英國歷史學家湯恩比把中國稱作「隱士王國」。他認為中國處於一個靜態性的農業社會中，富有一種自足的系統，而在世界秩序中，享有一種自覺不自覺的「光榮的孤立」。維護這種「光榮的孤立」的核心便是——皇帝。令人遺憾的是，中國的帝王中，明君實在少得可憐。退一萬步說，即便稱得上昏君的也不多，因為有半數以上的皇帝不是嬰兒就是老朽，他們不具備治國的能力，用明君／昏君的模式來評判他們是毫無意義的。

東漢的十四任皇帝中，只有光武帝劉秀和明帝劉莊是成年人，其他的不是弱冠登基，就是在繈褓孩提中拉來充數。其中有四個皇帝即殤帝、少帝、沖帝、質帝都沒有機會慶祝他們十歲的生日。據柏楊《中國人史綱》統計，東漢第三任到第十四任皇帝即位的年齡分別是：劉炟，十八歲；劉肇，十歲；劉隆，三個月；劉祜，十三歲；劉懿，八個月；劉保，十一歲；劉炳，兩歲；劉纘，八歲；劉志，十五歲；劉宏，十三歲；劉辯，十七歲；劉協，九歲。按照現代法律的觀點來看，十八歲以下的公民都不是完整意義上的「法律人」，即不能完全對個人的行為負責。而東漢一朝，居然百分之九十的皇帝都是這樣無法主宰個人言行的皇帝，有的甚至只能在奶娘的懷裡吃奶——除了吃奶，什麼也幹不了，能要求一個僅僅三個月或八個月的嬰孩獨立統治一個龐大的帝國嗎？

於是，外戚與宦官專政便開始交替進行。外戚當權的先後有竇氏、鄧氏、梁氏，分別形成盤根錯節的政客集團。這自然引起士大夫的不滿，大臣杜根曾要求鄧太后歸政於皇帝。杜根當然是出於耿耿忠心，但他的「忠」顯然也很荒謬：嬰兒能夠運用權力嗎？杜根的下場頗為慘烈：鄧太后下令將他裝到布袋裡，當場亂棒打死。結果是傳奇式的，杜根居然還剩一口氣，他假裝死亡，僵臥三天，眼中都生出蟲蛆，才騙走監視的人，得以逃生。外戚的輝煌只是曇花一現，因為出現了更為可怕的宦官集團。某一外戚勢力達到頂峰時，宦官便發動攻擊，結果是外戚被整族戮滅。這樣的場景像單調的循環數一樣不斷地重演著。

嬰兒治國，嬰兒是沒有罪過的。老人治國，老人卻會幹無數的荒唐事。中國歷史上，治國的老人雖不如嬰兒多，卻也不乏其人，如清代的乾隆帝弘曆，掌權一直到八十多歲。年輕時代，乾隆確有不少文治武功，可是到了自封為「十全老人」的時候，他就成為不可雕的朽木，將國事搞得一塌糊塗。

燕園據說曾是和珅的私家花園。和珅是中國歷史上最大的貪污犯，卻能將「十全老人」玩於股掌之上。和珅加速了全國官僚機構腐化的過程，當時文官從建設工程和司法冤獄中發財，武官則從兵糧餉甚至軍事行動中直接搶劫百姓而發財。發財最多的當然是和珅，他在乾隆末期當權二十年，斂私產九億兩，足足等於全國國庫十二年的總收入。老朽的弘曆，對這樣駭人聽聞的貪污卻睜一隻眼閉一隻眼，也許老人往往會特別寵愛相貌英俊的年輕人，也許他是想把財富留給兒子——乾隆死後，嘉慶繼位，迅速逮捕和處死和珅，清算其財產，有「倒了和珅，飽了嘉慶」之說。

文字獄就更可怕了。老人的心理是陰暗的、多疑的，尤其是大權在握的老人。他的思維已經停滯，不可能做出任何正確的判斷；他的心靈已經枯涸，不可能擁有任何溫暖的感情。

可以設想，整日與一大群小太監為伍的八旬老人，縮在陰森森的大殿的盡頭，日子長了，不成為偏執狂才怪呢。看到年輕貌美的嬪妃，卻再無當年風流快活的功能，同樣令老人焦心如焚。於是，乾隆大興文字獄，他晚年所興的文字獄是他在位前四十年的幾倍。

乾隆皇帝的變態心理，從他對沈德潛的態度上就可看出。沈德潛是當時的大詩人，乾隆還是皇子時就很欣賞其詩作，即位後不久，他不斷提拔沈德潛，待其極為優厚，多次賜詩、唱和，如：「朋友重然諾，況在君臣間。我命德潛來，豈宜遽引年。」將這段君臣的詩文之交寫得頗為感人。乾隆的詩稿十二本，均由沈改定，甚至不少由沈代作，後編成《清高宗御製詩初集》。乾隆因此賜詩：「清時舊寒士，吳下老詩翁。近稿經商榷，相知見始終。」

然後，「友誼」並未善始善終。晚年乾隆發現沈有「奪朱非正色，異種也稱王」的〈詠紫牡丹詩〉，又聽說沈好像透露過替皇上代筆的祕密，終於大發雷霆。是時，沈早已去世，乾隆猶不解恨，大罵其「卑污無恥，尤為玷辱晉紳」，命令開棺戮屍、奪其謚號、撤出賢良祠、仆其墓碑。這樣的舉動，難道是心理健全之人的所作所為嗎？可見，老人治國比嬰兒治國更加可怕，破壞力也更加巨大。老人時不時會有瘋狂舉措而嬰兒卻不能主動幹壞事。

嬰兒治國與老人治國都已成為歷史，不然的話，作為古老帝國的國民，每天起床都得摸摸頸項，實證腦袋是否真的沒有搬家。然而，即使是歷史，閱讀時也令我心驚膽戰。

龍性豈能馴——寫給北大文科學長陳獨秀

他是一個奇怪的孩子，無論挨了怎樣的毒打，總是一聲不哭，把嚴厲可怕的祖父氣得怒目切齒幾乎發狂。祖父不止一次憤怒而傷感地罵道：「這個小東西將來長大成人，必定是一個殺人不眨眼的凶惡強盜，真是家門不幸！」祖父看人看得很準，這個孩子長大後果然成為二十世紀中國的盜火者普羅米修斯。

一九〇三年，二十五歲的陳獨秀留學日本。當時，清國湖北留日學生學監姚煜生活腐敗、思想頑固，拚命壓制進步學生。一怒之下，三名熱血青年闖入姚的房間，將他按在地上，由張繼抱腰，鄒容捧頭，陳獨秀揮剪，「喀嚓」一聲便剪去了姚的辮子。這一瞬間對陳獨秀而言，極富象徵意義——他的一生所走的道路在這一剪中就選定了。他為之終生奮鬥的，便是剪去國民靈魂中的「辮子」。頭上的辮子易剪，靈魂中的辮子卻不易剪。他從此走上了一條悲壯之路。

辛亥前後十餘年，陳獨秀一肩行李、一把雨傘，足跡遍及江淮南北，到處物色革命同志。在諸多活動中，他以辦報刊為核心。一九〇四年創辦《安徽俗話報》，編輯、排版、校核、分發、郵寄，他一一親自動手。三餐食粥、臭蟲滿被，亦不以為苦。他先後辦報刊數十種，「我辦十年雜誌，全國思想都全改觀」。這並無任何自誇的成分。新文化運動前夕，陳獨秀堪稱獨一無二的思想領袖，蔡元培、胡適、魯迅等人的影響力都趕不上他。

在〈除三害〉一文中，陳獨秀指出中國的三害是「官僚、軍人、政客」，真是一針見血，比韓非之〈五蠹〉更能切中時弊。而五十年代的所謂「三害」，與之相比只能算笑柄。

陳氏又云：「社會中堅分子應該挺身出頭，組織有政見的、有良心的依賴國民為後援的政黨，來掃蕩無政見、無良心的依賴特殊勢力為後援的政黨。」他開始認識到政黨的重要性，然而他本質上是個性情中人，是不能為政黨所容的，即使是他本人締造的政黨。

在北大擔任文科學長的兩年，是陳獨秀一生中最輝煌的時期。而這段時間裡最驚心動魄的一幕，發生在一九一九年六月十一日的新世界屋頂花園。那天晚上，四十一歲的陳獨秀，獨立高樓風滿袖，向下層露臺上看電影的群眾散發傳單。這是空前絕後的舉動，以後愛惜羽毛的教授們是不敢效仿的。

試想，一位最高學府的文科學長，應當衣冠楚楚、文質彬彬、道貌岸然，最好是像賈政式的人物。陳氏的作為，太出格了。但陳氏如是說：「若夫博學而不能致用，漠視實際上生活上之冷血動物，乃中國舊式之書生，非二十世紀新青年也。」他一輩子都以「新青年」自居。

入獄之後，陳獨秀的痛苦很快牽動國人的心。中國第一次出現這樣的情況：歷代文字獄、迫害、殺戮，都由知識者一人承擔，而與大眾無關。這一次，大眾與知識者息息相關。

李辛白在《每週評論》發表短詩〈懷陳獨秀〉：「依他們的主張，我們小百姓痛苦。／依你的主張，他們痛苦。／他們不願意痛苦，所以你痛苦。／你痛苦，是替我們痛苦。」這首未被重視的小詩，卻蘊含了相當豐富的信息：現代中國知識分子如何定位自身？詩中人稱的轉換已微妙地說明了知識者的位置：你——他們——我們，痛苦是「你」必須承擔的。

一九二一年七月二十三日，陳獨秀在中共一大上被缺席選舉為中共總書記。遠在廣州的陳氏聽到這個消息後，該是怎樣的心情呢？興奮、驚喜、冷靜、懷疑、憂懼？八年之後，一九二九年十一月十五日，中共中央政治局通過〈關於開除陳獨秀黨籍的決議案〉，陳氏聽到這個消息，又該是怎樣的心情呢？

政治上的遊戲規則，非陳氏這樣「俠骨霜筠健，豪情風雨頻」的狂士所能理解並操作。陳獨秀只能是陳獨秀，永遠不能形成一個「陳獨秀黨」或「陳獨秀派」。後來，他的托派學生們再次將他開除出托派共產黨，亦在情理之中。

一九三二年十月十五日晚，患病在家休養的陳獨秀最後一次被捕。被捕後，打電報給國民黨中央當局要求「嚴懲」、「處極刑」、「明正典刑」、「迅予處決」的，有新疆省主席金樹仁、湖南清鄉司令何健，以及國民黨許多省、市、縣、鄉的「黨部」等單位。

同時，江西瑞金出版的「中華蘇維埃共和國臨時中央政府機關報」《紅色中華》以「取消派領袖亦跑不了，陳獨秀在上海被捕」為標題，幸災樂禍地發表消息。

《紅色中華》發表多篇社論，稱「陳獨秀叛黨以後，投降到資產階級去做走狗，充『反共』先鋒」。而《中央日報》亦發表社評，宣稱「反對並圖顛覆國民黨者，即為叛國」。相映成趣。

這也許是三十年代初國共兩黨擁有的唯一共識吧。兩個自稱革命的政黨都欲把這顆「中國革命史上光焰萬丈的大彗星」（傅斯年語）除之而後快，真是耐人尋味。

陳獨秀是革命家而非政治家。政治家是無人格、無人性、無人情的，而革命家則是單純而天真、固執而頑強的俠客和文人的結晶體，亦即葛蘭西所說的「哲學的實踐者」。陳氏在法庭上慷慨陳詞：「弱冠以來，反抗清帝，反抗北洋軍閥，反對封建思想，反抗帝國主義，奔走呼號，以謀改造中國，實現自由社會。」他的熱情從未冷卻，難怪比他小得多的胡適也羨慕他的「年輕」。

學生傅斯年談論世界大勢，悲觀地說：「十月革命本來是人類命運一大轉機，可是現在法西斯的黑暗勢力將要佈滿全世界，而所謂紅色變成了比黑色勢力還要黑，造謠中傷、傾陷、慘殺……我們人類恐怕到了最後的命運！」陳氏卻堅定地說：「即使全世界都隱入了黑暗，只要我們幾個人不向黑暗附和、屈服、投降，便能夠自信有撥雲霧而見青天的力量。」

《獨秀文存》是本世紀中國最有魅力的文集之一。一九三九年，周恩來等勸陳去延安，當時中共中央想把陳弄到延安養起來，不讓他在外邊胡鬧。但陳拒絕了。他說，大釗死了，延年死了，黨中央裡沒有他可靠的人了，「他們開會，我怎麼辦呢？」結果不歡而散。中共領袖們沒有讀過《獨秀文存》，他們沒有看透陳獨秀：誰也無法把他「養起來」。同樣的道理，今天成千上萬的被「養起來」的文人們，能指望他們寫出什麼樣的文字來呢？

晚年在江津的生活是淒苦的，卻是自由的。蔣介石的資助被他拒絕，胡適建議他去美國寫自傳也被拒絕，他只接受北大同事和學生的幫助，晚年陳氏所做的有兩件事：一是重估一切價值，「將我輩以前的見解，徹底推翻」。老人一般都是知錯不改的，陳獨秀卻截然相反。他對早年所信奉的「主義」進行了全盤的反思和清理。這種否定自己的勇氣是最可貴的。

另一項工作是語言文字學研究。陳獨秀最後一本著作是《古陰陽入互用倒表》。熱性的陳氏為何偏偏選擇這一冷性的學問？我不是語言學家，無法評定陳氏語言文字方面著作的學術價值，但直覺告訴我：陳氏的選擇絕非偶然。二十世紀後半葉，語言學在人文科學中成為顯學，思想的突破首先在語言學中實現，若干思想巨匠都是語言學家，如維持根斯坦、海德格爾、傅柯、羅蘭・巴特……陳獨秀選擇語言學，並非陶淵明式的、尋找一條自適之路、一處溫馨的桃花源，而是與他登上新世界的屋頂散發傳單的行為一樣高屋建瓴、天地大氣的分合洶湧，只有真正的「龍」才能體驗到。整個二十世紀，中國人過的都是「蟲」的生活，有幾個稱得上「龍」的人呢？

「除卻文章無嗜好，世無朋友更淒涼。詩人枉向汨羅去，不及劉伶老醉鄉。」後兩句是牢騷，當不得真；前兩句則是心裡話，令他的朋友們汗顏。

第四輯　自由的滋味

黑色閱讀

閱讀是人類藉以反抗人世急促的最好武器。在特定的時間和空間之內，人生常常被界定為一種凝固的狀態。在陰暗狹窄的舞臺上，人們不得不接受現時價值觀念的多重約束——渴求榮寵，恐懼屈辱，成敗縈懷，得失驚心。這種時候，便不得不借助閱讀來緩解無處不在、無時不有的壓力。如果把人比喻成魚缸裡的小金魚，那麼閱讀則給我們提供了一片浩瀚無涯的大海。

在絕大多數人的閱讀視野裡，所選擇的都是燦爛的「亮色」——金庸筆下縱橫四海、快意恩仇的英雄，瓊瑤書中纏綿動人、至善至純的愛侶，梁實秋雅舍裡沖淡平和、事理通達的智者閒談，汪曾祺山水間知足常樂、情趣盎然的生活姿態……這一個又一個流光溢彩的世界，與現實中昏暗的生活狀態形成鮮明的對照，彷彿是屋頂天窗上透下來的一縷縷「亮色」，充滿夢想與迷幻的魅力。

我卻放棄「亮色」閱讀的欣悅，選擇「黑色閱讀」的方式，冷峻地切入現實人生——人生既已如此昏暗，何不投身於對更深沉的黑的閱讀，使自己面臨的困境相形見絀，使自己承擔的苦楚輕若鴻毛。然後將失望轉化為希望，將憂憤轉化為高亢，不就水到渠成嗎？

漫長的黑色閱讀的旅途，就像穿越一段一段的隧道。

第一段隧道是杜斯妥也夫斯基。

杜氏是用心靈擁抱黑暗的天才。一八四九年十二月二十二日，他被一隊士兵帶到彼得堡謝苗諾夫斯基廣場執行槍決。眼睛已被蒙上，眼前是漆黑一片。士兵的子彈已經上膛，就在手指即將觸動扳機的一剎那，一個軍官騎著快馬疾馳而來，宣讀了沙皇的免死手諭。

此時此刻，杜氏跌倒在地，面部抽搐，口吐白沫。在這一秒鐘裡，他在死神痛苦的一吻之後，又不得不為受苦難去愛生活。

黎明如夜半，人世間處處是瘟疫、戰爭、死亡、饑饉，「我現在明白像我這類人需要打擊，命運的打擊，用套索套住自己，雷聲響了，我承受了一切，我將通過受苦來洗淨自己」。沙皇做夢也沒有想到，惡毒的懲罰卻使這位精神脆弱的天才變成黑暗裡的漫遊者和黑暗本身的掘墓人。《白夜》，人世間可有慘白的夜色，這「白」難道不是「黑」的？

我在斗室裡，一次次地閱讀《死屋手記》、《白癡》、《卡拉馬助夫兄弟》，讓杜氏這位精神上的父親把苦難結晶成的冰山猛地推向我，砸得我頭破血流。「在地球上，我們確實只能帶著痛苦的心情去愛，只能在苦難中去愛！我渴望流著眼淚去親吻我離開的那個地球，我不願在另一個地球上死而復生。」

是的，無論是誰，如果活著的時候應付不了生活，就應該用一隻手擋開籠罩命運的絕望，同時用另一隻手草草記下在廢墟中看到的一切。即使在有生之年死去，卻已經獲得真正的拯救。

第二段隧道是巴斯特納克。

《齊瓦哥醫生》講述了一個知識分子在暗夜裡一邊默默地舔傷口，一邊跌跌撞撞地尋找光明的故事。褚威格說過：「在精神方面的論戰中，最優秀的並不是那些毫不猶豫地投入紛爭的人，而是那些長時間猶豫不決的人們。那些最難決定戰鬥的人，一旦決定了，就是真正的戰士。」齊瓦哥是最偉大也最卑劣的時代裡的哈姆雷特，柔弱的人固執地把同時代人都認可的光明定義為黑暗。「夜色就像千百隻望遠鏡／一齊對準了我／阿爸天父啊，如果可以的話／免去我這杯苦酒吧」——只有他感受到了遙遠的痛苦。「我珍視你既定的意圖／甘願擔當這樣一個角色／但現在演出的是另一場戲／求你豁免我這一回」。只有他發現了歷史錯位的真相，但歷史不容他缺席。「然而戲的場次已經安排好／最後的結局已經決定了／我孤零零地，漸漸沉沒在假仁假義裡／人生一世實在不易」。最後一句實在是透骨悲涼：哪個時代，真誠、善良、崇高不被無法忍受卻不得不忍受的黑暗吞沒呢？

在自傳性隨筆《人與事》中，巴氏談到馬雅可夫斯基，那位一輩子歌唱陽光、白雲、鮮花、歡笑，卻用手槍擊穿頭部的詩人。為什麼「光明的化身」卻被黑暗吞沒了呢？巴氏認為：「我們中的大多數人被迫經常說違心的話，做違心的事，言不由衷，讚美自己厭惡的東西，稱頌帶來不幸的東西，日復一日，對健康不會沒有影響……我們的靈魂像口中的牙齒一樣，不可能沒完沒了地向它施加壓力而不受懲罰。」馬雅可夫斯基一貫擁抱光明，卻發現懷中是一具醜陋的腐屍，他再也沒有生活的勇氣，「對自己表示絕望，拋棄了過去，宣告自己破產，認為自己的回憶已經無用，這些回憶已經不能接近這個人，已經不能拯救他，也不能支持他。內在的連續性遭到了破壞，個人結束了」。讀至此處，我毛骨悚然，凜然驚出一身冷汗。思前思後，捫心自問：等待自己的將是怎樣的宣判？

第三段隧道是魯迅。

在生活中，魯迅肯定不是一個容易相處的人。他多疑，他敏感，像受傷的野獸，卻沒有地方療傷。他說：「我的思想太黑暗，發表一點，酷愛溫暖的人物已經覺得冷酷了。如果全部露出我的血肉來，末路真不知要怎樣。」魯迅好像是不帶一點乾糧、飲水進沙漠的旅人，早已抱定九死而不悔的決心；又好像是播種煮過的種子的園丁，只留下在黑暗中驚心動魄的吶喊。

「於浩歌狂熱之際寒，於天上見深淵」——《祝福》裡連彼岸世界也是黑漆漆的，《藥》裡的人血饅頭和墳頭也是黑色的。而把白晝當作黑夜的狂人，恰恰是魯迅的自況。美國內科名醫對他說過：「如果先生是西方人，十多年前就該去見上帝了。」從染上不治的肺病的那天起，魯迅這位深味非人間黑暗的東方哲人就昂首與黑衣的死神眈眈相向，嚇得橫行無忌的死神幾十年不敢輕舉妄動，這是怎樣一種大勇！

我習慣在夏夜裡燥熱的時候讀魯迅。沒有一絲風，室內像個蒸籠。翻開書後，黑色的方塊字一行比一行涼，如水一般涼入骨髓裡；一行比一行苦，如黃連般，要治病就得慢慢咀嚼。漸漸覺得靈魂被掏空了一般，欲笑卻又無可笑，欲哭亦覺無所可哭。合書熄燈後，在床上輾轉反側，這一夜怕又要失眠了。

在迷迷糊糊的夢中，魯迅一個人坐在黑暗中，點燃一支紙煙，煙上的火花在黑暗裡一閃一閃的。

第四段隧道是張愛玲。

我一直無法理解，那麼年輕的張愛玲，怎麼寫得出如此黑暗、蒼涼、冷漠的故事來。這位在風衰俗怨、離散喪亂的時代中成長的女子，對人性中非神性的一面保持著冰涼的眼神。她冷冷地注視著她的士大夫家庭由盛而衰，也注視著大上海的矛盾衝突中破碎的城市歷史。「活在中國就有這樣可愛：髒與亂與憂傷之中，到處會發現珍貴的東西。」在亂世的黑暗裡，沒有哪個人不是千瘡百孔的：愛欲幻滅了，只留下張愛玲冷冽、幽黯的文字。我喜歡感受《傾城之戀》中那在黑暗裡伸出手去想握住點什麼的願望，也有勇氣體驗《金鎖記》中那用黑色的利刃緩緩刺入人的肌膚時的殘酷。還是傅雷評論得好：「惡夢中老是霪雨連綿的秋天，潮膩膩、灰暗、骯髒、窒息的腐爛的氣味，像是病人臨終的房間。煩惱、焦急、掙扎，全無結果，惡夢沒有邊際，也就無從逃避。零星的折磨，生死的苦難，在此只是無名的浪費。青春、熱情、幻想、希望，都沒有存生的地方。一切之上，還有一隻瞧不及的巨手張開著，不知從哪兒重重地壓下來，壓痛每個人的心房。」在時代與人性的雙重錯亂中，人生在世，什麼是真的，什麼是假的呢？張愛玲文學的可貴，正在於她從一個艱難時世裡女子的內心感受出發，看透了所有溫情脈脈的面紗，觸及了人性籠罩在陰影裡的那一面。

推而廣之，「黑色閱讀」可以擴展到人類文化的一切領域。光明是古希臘戲劇中所有人物面對命運發出的呼喊。然而，正因為生活在黑暗中，人們才會一代代地祈求光明。有一次，我在畫冊中翻看倫勃朗的傑作《基督治病》。畫面籠罩在貧窮、愁苦、微光閃爍的陰暗氣氛裡。衣衫襤褸的乞丐，橫在手推車上的癱子，救濟院裡的寡婦……到處是七穿八洞的破爛衣服，風吹雨打，顏色褪盡。生滿瘰癧的或殘廢的四腳，蒼白的臉不是憔悴不堪就是如白癡般茫然，一大堆醜惡和病弱傷殘的景象簡直是人間地獄的寫照。而仁慈的基督卻伸出手來替窮人治病，上帝的光輝一直照在潮濕的城市上。我的情緒深深地沉浸在這幅畫裡。這幅畫傳達給人類的不僅僅是一個宗教故事，更是明暗的鬥爭，是快要熄滅的，散亂搖晃的光線穿透黑暗的力量。這就是繪畫藝術所能達到的極點。在這幅畫中，人類發現了愛與美的乾渴，雖然今天的人們學會用電腦統治世界，但這兩種乾渴無時無刻地折磨著日益傲慢的人類。

「黑色閱讀」也可以移植到音樂之中——用耳朵去閱讀。只可惜塞滿流行音樂的現代人的耳朵，已經無法閱讀出「黑色音樂」的高妙。貝多芬被克萊德曼置換成輕柔恬美的抒情曲，這是令人哭笑不得的歪曲。真正的貝多芬，像夜晚的海嘯，沉鬱悲愴，汪洋恣肆。貝多芬讓人們不得不習慣黑夜，因為白天的美麗僅僅是短促的回憶。潮漲潮落，多少年的憤怒和黑暗都融進《命運》裡。一曲終了，我在薄薄的晨曦中彷彿看見海岸線上傷痕累累的石頭的輪廓，這就是貝多芬的命運，也是人類的命運。往往是在隆冬的時候，才能感覺到心靈深處擁有不可戰勝的夏天。同樣的道理，只有貝多芬這位相貌醜陋的聾子，才能創作出最偉大的音樂。來到那金碧輝煌的朝廷之中，一切都如過眼煙雲。而在那孤獨的小屋裡，一條彎曲的路向人們敞開。

人生之旅宛如坐火車過秦嶺，隧道一個接一個，數也數不清。在咬著牙進行的黑色閱讀中，我不停地與「黑色天才」們猝然相遇；荷爾德林和他的輓歌，米開朗基羅和他十字架上的聖‧彼得，莫札特和他的安魂曲，卡夫卡和他的城堡，海明威和他大海裡的老人……是的，無論古希臘悲劇裡俄狄甫斯無法抗拒的罪孽，還是《舊約》中約伯那撕心裂肺的呼號，都象徵著人類在命運轉角處的黑暗。這種黑暗，作為人類的本體永恆存在，它不是通向光明與解放的坦途，而是與生俱來的重荷。若迴避黑暗，人類只能「生活在別處」。

少年氣盛說文章

中國不是少年的國度。連寫文章，少年人都比不過老年。市面上流行的散文隨筆集子，十有八九是老人寫的，七八十歲的老人寫的。相反，二三十歲的青年的作品卻十分罕見。

按理說，最好的文章是少年人作的。本世紀寫散文寫得最好的，梁遇春該算一個。梁遇春最好的散文都是二十多歲寫的，那時他只是北大的一名學生，但他的文章幾乎比老師及老師的老師都寫得好。「通常情侶正同博士論文一樣平淡無奇，為著要得博士而寫的論文同為著結婚而發生的戀愛大概是一樣沒有道理罷。」什麼是才氣？什麼是智慧？什麼是好文章？這就是才氣，這就是智慧，這就是好文章。

我翻了好些本老人寫的文章，覺得實在不怎麼樣。中華民族有敬老傳統，這我知道，但我更愛真理，箭在弦上，不得不發。老先生們的文章，我只喜歡金克木一個人，喜歡智慧和幽默、生機和頑皮，金先生該是老頑童一流的人物，故老來仍能作好文章。其他諸老就不行了，年紀一大才思衰退，偏偏不肯承認，打腫臉充胖子，寫不出來依然「硬寫」。我佩服他們不服老、不偷懶的精神，但他們的文字讓我無法卒讀。

張中行有不少好文章，但大多數馬馬虎虎。當然，張中行不是張狂之輩，他給自己的文章定位為「瑣話」，也就是細碎的閒話。說閒話，當然是無話找話說，有兩三句話，便儘量拉長聊上兩三個鐘頭。文章水分重了，但有水分方能顯出「閒適」的氛圍。張先生的文章，佳處在於平等，缺憾也在於平等。他不倚老賣老、不板著面孔教訓人，使人如坐春風，如沐秋陽，這種平等是一種了不起的境界，比起得理不饒人，自以為是得道聖人的韓愈來，要親切得多。

但是，文章畢竟不能等同於講故事，「山上有座廟，廟裡有個老和尚，老和尚給小和尚講故事，講的是什麼故事……」，這樣一來，讀張中行的文章跟看電視、看球賽、聽音樂、打撲克沒有什麼兩樣了，都是為了消磨時光。第一流的文章，還需要有智慧的光芒，有「為有源頭活水來」的「活水」——在張中行的文章中，這兩者多少有些缺乏。

舊事掌故，是中國文人的拿手好戲，以致明清兩代筆記氾濫成災，簡直像決口的黃河一樣滔滔不絕。張中行閱事多、讀書多，識人亦多，一回憶自然是讓逝去的人與事如走馬燈似的登場。《負暄瑣話》倒還可讀，到了《續話》、《三話》就給人以「擠牙膏」的感覺。張愛玲小說的開頭，最愛寫那把啞啞的老胡琴，剛一聽到，還頗有韻味，聽久了，老是那個調子，便讓人生厭。對此，麥克有一段中肯的批評：「張先生的清供有三樣：大老玉米一穗，香瓜一枚，葫蘆一隻，各有各的來歷，各有各的故事，拉拉雜雜，也就敷衍成一篇好文章。」

張中行的文章還有幾分味道，老喜歡給別人寫序言的季羨林的文章就更等而下之。張文如酸梅湯，季文如白開水。我並沒有侮辱季老的意思，白菜、蘿蔔各有所愛，我有不喜歡季羨林文章的自由，也有提出我的看法的權利，想必學界泰斗的季羨林本人看了，也不會怪罪下來。作為翻譯家、語言學家的季羨林，我是打心底是佩服的；但說到散文，我則認為，季羨林算不得好的散文家。

不少人稱讚季羨林的文章「平淡」。什麼是平淡？周作人的文章、俞平伯的文章，那才叫平淡，能讓讀者反覆咀嚼、體味。平淡不是沒有味道，周作人、俞平伯的文章有回味悠長的「澀味」。相比之下，季文只能算文從字順，一張薄紙，看得到背面，背面沒有什麼東西。佛家有所謂「黃龍三關」之說，曰：第一境界是「見山是山，見水是水」；第二境界是「見山不是山，見水不是水」；第三境界是「見山又是山，見水又是水」。第三境界與第一境界看似一樣，實則有天壤之別。如果說知堂散文是第三種境界，那麼季羨林的文章只能算第一種境界。做文章與做學問不一樣，做學問最重要的是勤勉，做文章最重要的是才氣。季老學問做得好，但做文章的才氣明顯不夠。

其他如張岱年、鍾敬文、南懷瑾等老先生，文章與張、季老相似，沒能避免遺老氣、方巾氣、布頭氣。到底是老了，雖不至於江郎才盡，也難有昔日的意氣風發，這是自然規律使然，任何人都無法抗拒。如魯迅，五十多歲時寫的大部分文章就遠遠不如《燈下漫筆》、《熱風》和《墳》的時代；如海明威，到了「寫不出來」的時候，烈性漢子居然舉槍自戕！

所以，我並不是要苛責諸位老人。我想說的是後半句話：在這個時代，為什麼沒有梁遇春和梁遇春的文章？

三十歲的梁啟超作《少年中國說》，縱談人之老少，氣吞長鯨，好不痛快！我引申之，人有老少，文章亦有老少。少年之文章，如烈酒，使人有拔劍斫地不可一世之慨，有引吭高歌怒髮衝冠之氣；老年之文章，如清茶，使人有清風徐來水波不興之感，有手揮五弦目送歸鴻之致。少年之文章，使人憂，使人怒，使人熱血沸騰；老年文章，使人閒，使人靜，使人冷眼旁觀。少年之文章是流出來的，老年之文章是擠出來的。少年之文章可舒張萬物，老年之文章則無可奈何。少年之文章如「壯志飢餐胡虜肉，笑談渴飲匈奴血」；老年之文章如「白頭宮女在，閒話說玄宗」。少年之文章寫未來之事，在幻想中縱橫馳騁；老年之文章寫過去之事，在回憶裡昏昏欲睡。

今日，流行老人的文章，非但不足以證明人們心理的成熟，相反倒是表現出生機的喪失。年紀輕輕的人們，自己不寫好文章，卻抱著老人們的壞文章讀得暈頭轉向，實在是一大「怪現狀」。在美國，新秀輩出，即使是獲得諾貝爾文學獎的大師級作家索爾‧貝婁，也很快就被人們忘卻。「江山代有才人出，各領風騷數百年」，只須領三五年的風騷就行了，空間仄逼得很，總得讓新人上臺吧。

這種局面的形成，究竟怪少年，還是怪老人？也許是少年不爭氣，寫不出絕妙好文來，鬚髮皆白的老先生們才不得一直站在舞臺中央。少年中沒有人願意接力，老人也就沒辦法休息，「廉頗老矣，尚能飯否」，到了這樣的地步，趙國焉能不亡國？

然而，少年們並沒有獲得茁壯成長的廣闊天地。輕狂、外露、片面、幼稚、偏激……太多的標籤貼到他們身上，就像如來佛祖貼在五行山上的偈語，任你孫猴子有三頭六臂，也得老老實實地待著。老人們開專欄出集子，「一條龍」的生產線，不費半點力氣。編輯、報社、出版社蜂擁而至，把門檻都踏破。隨隨便便寫一篇關於小貓小狗的文章，也被恭恭敬敬地捧回去放在頭版頭條發表。而少年們一次次投稿，如石沉大海，杳無音訊，再好的文章也被扔進廢紙簍裡，初出茅廬者，不屑一顧！文壇對陌生面孔是最無情的。三番五次，血也冷了，鋒芒也磨平了，人也老了，作品也就發表了。

明朝文人張岱有一番刻薄的論述：「老年讀書做文字，與少年不同。少年讀書，如快刀切物，眼光逼住，皆在行墨過處，一過輒了。老年如以指頭掐字，掐得一個，只是一個，掐不著時，只是白地。少年做文字，白眼看天，一篇現成文字掛在天上，頃刻下來，刷入紙上，一刷便完。老年如嘔心嘔吐，以後扼入齒嚨出之，出亦無多，總是渣滓。」由是，我說我的文章比張中行老、季羨林老寫得好，並非不知天高地厚，乃是歷史規律使然。老先生們該為之而高興，而不會對我眈眈相向。否則，這個社會豈不在退化之中？這不是任何一位老先生願意看到的情形吧？「無邊落木蕭蕭下，不盡長江滾滾來」，這樣的世界方有希望！

薑不一定是老的辣，只不過人們沒有嘗過嫩薑罷了。一個有生氣的時代，必是少年文章群星燦爛的時代，如初唐有神童王勃，一篇〈滕王閣賦〉，哪個老人敢與爭鋒？「落霞與孤鶩齊飛，秋水共長天一色」，純是少年人的眼光、少年人的豪氣！相反，一個沒有生氣的時代，必是老年文章汗牛充棟的時代，如清代有八十歲的老詩翁乾隆，千首萬首，全是豆腐絲（詩）、蘿蔔絲（詩），哪一句能流傳後世？

「五四」時代，李大釗說：「青年者，人生之王。」然而，今日之青年，哪有一分王者氣象，個個像沉默的羔羊。即使有一二粱遇春輩，也淹沒在群羊的「咩咩」聲裡。誰能驅動這群羊？誰能打破這鐵幕？

朋友們，放大膽子，敞開心靈，結晶智慧，拿起筆來寫少年的文章，從我的這篇文章開始！

晚年悲情

一九九六年十二月十三日，二十世紀中國最偉大的戲劇大師曹禺逝世了。他的晚年祥和平靜，卻又激蕩起伏。他看見許多事物，一些人的面孔驟然一亮的場景，但他說不出，在這個意義上講他是孤獨的。靈感就像胡地八月的狂風，時時來侵襲他空曠的心靈，但再也沒有千樹萬樹梨花開了，在這個意義上講他是痛苦的。

曹禺始終是個青年，始終是那個在清華園是琅琅讀書的青年，是劇本中那些生命在燃燒的青年。然而，他不得不接受衰老，接受白髮，接受腿腳的不靈便。精神的年輕與軀體的衰老形成強烈的對比。他的女兒萬方說：「我們對爸爸也有一套，煩心的、不順的事情不和他說，盡可能說些有趣的、帶勁兒的事。我說我兒子踢球了，喜歡和女同學來往……然而我漸漸發現，事物本身並沒有一定的色彩，重要的在於青春，在於樂觀，而我爸爸在聽了我們所說的一切之後，想：那又怎樣呢？他無法滿足。」

他怎樣才能滿足呢？對於作家來說，只有創作才能令他滿足。曹禺得過嚴重的精神官能症，睡眠必須依靠安眠藥。安眠藥能讓他放鬆嗎？吃了安眠藥後，種種潛意識就會變成話語。他多少次地講述自己所經歷的人和事，反覆說要寫，寫真實的人。有一次深夜裡他連聲叫女兒，說：「你再不來就晚了，我就跳下去了，我什麼也不想，只想從窗子裡跳下去。」那時，他的身子軟綿綿的，根本不可能跳下去，但他的靈魂一定曾站在窗臺上，感受著外邊巨大的黑夜和冰冷的空氣。

「我最後是個瘋子，要不然就是了不起的大人物，我要寫一個大東西才死，不然我不幹。」事實卻是：晚年曹禺的創作出現了十八年巨大的空白，令人困惑也令人惋惜的空白。

晚年的思想，如同秋葉絢爛且靜美。許多第一流的作家，往往將寫作延續到生命的最後一息，而且出現創作上的飛躍和昇華。曹禺本該如此，也意識到這一點，但他仍然不能提筆。

「我就是慚愧呀，你不知道我有多慚愧呀！真的，我真想一死了事！」他是怎樣忘情地想著「地獄天堂」般的舞臺和馳騁於上的偉大演員啊，但他再也登不上舞臺了。

晚年，他與傳記作者田本相談起「王佐斷臂」的故事，王佐為了讓陸文龍從金兀朮的陣營裡反正，斷臂以求信任。曹禺動情地說：「明白了，人也殘廢了，大好的光陰也浪費了。使人明白是很難很難的啊！明白了，你卻殘廢了，這是悲劇，很不是滋味的悲劇。我們付出的代價太大了。」二十世紀的中國不是藝術家的溫床，即使是天才，也無法置身於中國的「災難」之外，你能與現實獲得距離感嗎？你能擁有「自己的園地」嗎？不能。企圖「半瓣花上說人情」的周作人身不由己地成了漢奸；「正視淋漓的鮮血、直面慘淡的人生」的魯迅，晚年也免不了褊狹而神經質。更何況本非強者的曹禺呢？曹禺是個過分善良、過分真誠的理想主義者、浪漫主義者，他無法克服內心深處的軟弱。正如錢理群在《大小舞臺之間》一書中所剖析的：「他太愛護自己，更確切地說，他憐憫自己，也就無力戰勝自己。」

也許軟弱是人的本性，不然為何帕斯卡把人比作會思想的蘆葦呢？蘆葦在狂風之後能挺立起來，人呢？受到摧殘、受到壓抑、被虛偽所包圍、被日常經驗所支配的人呢？萬方寫道：「他總對我說，小方子，人老了，真是沒意思。他持續不斷的悲哀感染著我，使我難過。我知道，他也知道，他活在軀體的牢籠裡，再也當不了自己的主人了，他的思想成了蒼白、稀薄、不斷飄散而去的霧，由於他抓不住什麼東西，他懊喪極了，以至於他不再想去抓住什麼了。」他的晚年沉浸在挫敗感之中，而不是滿足感之中。像曹禺這樣輝煌過的大師，也不能擺脫挫敗感的糾纏。這種心理，並非「得隴望蜀」、「此山望見彼山高」所能概括，樹下還有很深很深的根系。這種挫敗、這種痛苦，已經內化為一種性格。融在血肉裡，剔也剔除不去。那麼稀薄的一點，卻把人折騰得夠嗆。

曹禺筆下有一系軟弱的人物：《雷雨》中的周萍，《原野》中的焦大星，《日出》中的方達生，《北京人》中的曾文清，《家》中的覺新……時代的嬗變、文化的壓迫、心靈的焦灼、理想的蒼白，使他們跌入萬劫不復的深淵。其中，多少有曹禺自己的影子。最後兩年，他一點點地放棄痛苦，放棄由痛苦所替代的那種強烈的願望，他不再說「我要寫東西」了。有時他說：「當初我應該當個教師，當個好教師，真有學問，那就好了。」這種對自我的懷疑與否定，是蠶無法破繭而出的瞬間所說的實在話。

曹禺渴望當一名普通教師，但他能滿足隨遇而安的欣然嗎？他充當的是另一種教師的角色，這個角色太沉重了。他說：「錢鍾書，人家才是真有學問。」曹禺當年在清華與錢鍾書一起並稱一龍一虎，他對錢鍾書的讚賞、羨慕是耐人尋味的。就個性而言，錢鍾書比曹禺更加軟弱；就生存智慧而言，錢鍾書「遊世」的技巧比曹禺更加高明。是不是這些，讓曹禺喪失了本來不多的自信？

衰老是一個過程，而不是結果。有的人進入老年，遲鈍了，麻木了。而曹禺則不同，他不停地提起莎士比亞、托爾斯泰、奧尼爾，他意識到自己跟他們的差距，而衰老讓這種差異無法彌補和縮短。托爾斯泰是他晚年的一個解不開的情結。「托爾斯泰走了」，是跟「蘇格拉底死了」一樣令人揪心的命題，它像冰山一樣橫亙在曹禺面前。一談起托翁，曹禺便不能自已：「他三十幾年的痛苦、他像農民一樣活著，他一天走三四個小時，然後寫、大吃、能吃極了，八十二歲呀，吃一大碗生菜。他出走了，他三十年前就想走，沒走成。安娜說你一走我就自殺，他不想跨過她的死屍走路。他每天又快樂又痛苦，真是一個偉大的人！」剛才還希望普通、平凡，現在卻又期望偉大、崇高，上窮碧落下黃泉，可憐的老人被懸置在空中。

托爾斯泰不是「想」成就「能」成的。「就曹禺，還想當托爾斯泰？」這絕非一句自嘲的玩笑話。他受得了上帝對現代約伯的嚴酷懲罰嗎？受不了，他自己知道。「我要成托爾斯泰，成不了啊！都七老八十了，還成什麼？我想走了，不要這個家了，我把你們的債還了就走……。」這只能是個夢。曹禺最好的作品應該是《北京人》，《北京人》裡最生動的人物應該是曾文清。曾文清就像籠中的鳥一樣，何嘗不想飛？可是，翅膀太重，「飛不動了」。這四個字是悲劇的最高境界。

藝術家都是有些先見之明的，「飛不動了」，豈不是曹禺對自己晚年的預感？人生的結局被不幸言中，他的生命在他的人物裡，他的人物在他的生命裡，只有藝術家才有這份敏感，只有藝術家才有這種智慧。

在清華大學寧靜的圖書館裡，他鋪開稿紙，工工整整地寫下「雷雨」兩個字，然後一發不可收拾；在四川長江邊的小江輪上，他點著油燈，一幕一幕地寫《家》，江水拍打著船舷。多少年過去了，除了遺憾之外，還收穫些什麼呢？

歷史是無法責怪的，因為歷史無法選擇。性格也是無法責怪的，因為性格同樣無法改變。究竟是曹禺欠這個時代些什麼，還是時代欠他更多？他的局限之於他的成功，就像硬幣的兩面。在這生存的悖論中，人們不必糾纏於合理或不合理，更不要可笑地提出諸多假設。曹禺是曹禺？他是獨一無二的。正因為是曹禺，他晚年不得不獨自一人面對潮水般的悲情。杜鵑聲聲，他分不清是夢或是現實。「人老了，醜，沒有一點可愛的表演，上帝把你的醜臉都畫好，讓你知道自己該死了，該走了。」這是戲劇大師最後留給世界的話。

而人生，終究不像戲劇一樣，能由戲劇大師隨意調度。那麼，無論結局如何，接受它吧。

後記

許多天才都是軟弱的，曹禺尤其是一個軟弱的天才。

在曹禺的作品中，我最喜歡的是他根據巴金的小說《家》改編的同名劇本《家》。曹禺的改編簡直就是「化銀成金」。那是現代戲劇史上少有的充滿了詩情畫意的作品。

可惜，許多人都不知道這部作品的存在。我的文章發表之後，有好幾位好心的作者給我來信指出，我犯了一個不該犯的錯誤——將巴金的《家》歸到了曹禺的名下。

我不禁啞然失笑，同時又為天才之作被湮沒的命運感到深深的悲哀。

玩知喪志

中國除了人多，就是書多。於是，讀書人也多。像孔子式的「韋編三絕」者亦多，像杜甫式的「讀書破萬卷」者亦多，但中國並沒有因為擁有多如牛毛的勤奮的讀書人而進步。

我最反感的兩句古話：一是「萬般皆下品，唯有讀書高」；二是「學而優則仕」。前者是原始時代蠻性的遺留，以為知識是具有神性的，因此掌握知識的人也就像祭司、巫婆一樣具有神性，高於一般人。中國民間有「惜字紙」的習俗，看到地上有寫著文字的紙，趕緊虔誠地拾起來，放到爐子裡燒掉，千萬不能讓它被污染了。後者更是中國政治的一大致命傷，秦檜、嚴嵩、阮大鋮都是讀書讀得不錯的人，把孔夫子當作敲門磚，門倒是敲開了，可也敲出千古罵名來。可見，讀書與當官是兩碼事。讀書不見得能夠「改造人性」。讀書多的人，仍然可能是昏蛋和蠢豬。

長輩指責後輩，特別是對花花公子、遊手好閒之徒，常常用「玩物喪志」四個字，我卻認為，「玩物喪志」倒還情有可宥，而「玩知喪志」則罪不可赦，直可打入十八層地獄，永世不得超生。中國的讀書人，十有八九是「玩知喪志」，陶然自得，樂在其中的。幾部殘缺不全的破經典，你注過來我注過去，皓首窮經，頭髮白了，經卻還沒有注完。清代的大師們，表面上看是在追求「純粹的知識」，其實是在文字獄的淫威下揮刀自宮——他們的知識大部分是沒有價值判斷的、不對當下發言的、逃避心靈自由的，通向奴役之路的知識。他們以這樣知識，被朝廷納入

「博學鴻詞」科的羅網之中。

我曾看到賣蘭州拉麵的大師傅的絕技——麵團在他們的手中捏拿拍拉，比庖丁解牛還要遊刃有餘。麵團在他們手中服服貼貼的，想變成什麼形狀就變成什麼形狀。我想，中國讀書人玩弄知識的情狀就跟大師傅揉麵團差不多，揉來揉去還是那一小塊麵團，卻能千變萬化，令人眼花繚亂。中國的知識譜系就像麵團——從中找不到任何一點堅硬的質地。這堆麵團從古代揉到今天，從今天還要揉到未來。一開口便是孔子曰、朱子曰、馬克思曰、德里達曰……唯有「我」缺席了。既然是「玩」，知識就像電子遊戲中的圖像，全在「我」的控制之下，而「我」是要處於螢幕之外的，倘若「我」加入進去了，那還叫什麼遊戲呢？偏偏有那麼一兩個傻子，要到螢幕中去，要將生命與知識融為一體，這不破壞了遊戲規則？破壞遊戲規則的人，將被罰下場去——如陳寅恪，只好哀歎「晚歲為詩欠斫頭」。

中國並不缺少知識，缺少的是反思知識的知識。中國人並非讀書讀得少，而是讀書的態度出現了問題。周作人是二十世紀中國讀書最多的作家和學者，他所讀的書用浩如煙海來形容絕不過分，在《知堂回憶錄》的最後，他不無自豪地總結一生所涉及的研究領域：希臘神話、日本俳句、英國文學、民間歌謠、人類學、性心理學……一共犬牙交錯的數十個領域。

陳平原曾說，今天的學者能在一個領域內趕上周作人就相當不錯了。

然而，周作人智商之高、讀書之博，並沒有阻止他落水當漢奸。一九三八年八月，胡適寫信給周作人，說他夢見苦雨齋中吃茶的老僧飄然一杖天南行，「天南萬里豈不太辛苦？只為智者識得輕與重」。胡適的勸告沒有起作用，周作人還是脫下老僧的袈裟，變成日本侵略軍麾下的「督辦」了。

胡適高估了周作人，他哪裡是「智者」。周作人的變節不是偶然的，與他讀書、求知、作文與做人的方式有因果聯繫。周作人當教育督辦，當得兢兢業業，在報紙上寫〈華北教育一年之回顧〉，宣稱要對意志薄弱的學生「思想管制」。他喊了幾十年「自由」，在自己擁有權力以後，又親手扼殺自由。當日軍在淪陷區實行「三光」政策時，他竟然在電臺裡鼓吹絕滅人性的殺戮，玩弄血的遊戲，叫囂「治安強化運動是和平建國的基礎，是使民眾得以安居樂業的唯一途徑」。

在三千年專制醬缸裡泡熟的中國知識傳統，滲透到中國文人的血液裡。許多文人身上都有「周作人」氣，知識是一種格調，一種情趣，一種擺設，一杯茶，一件書法，而不是自由的屏障、解放的動力。他們不是通過知識洞察當下的生存困境，而把知識作為消解個人責任的面具。認為擁有知識，便擁有超脫於俗世之上的權力，是掩耳盜鈴的做法。愛默生認為：「學者的職責是去鼓舞、提高和指引眾人，命令他們看到表象之下的事實。」中國讀書人，缺乏的正是這種對知識和世界的態度。

今天，學者文人們為貧困或受輕蔑而憤憤不平。我想，與其自作多情地跟別人賭氣，不如老老實實地想想：我在做些什麼？那些難以為繼的學術刊物上的論文，有幾篇不是為了混稿費、混職稱而拼湊出來的垃圾？許多教授已然蛻變得跟卡內提的傑作《迷惘》中的老學者差不多了——終日生活在由抽象的知識建構的世界裡，喃喃自語。通曉幾種語言文字，寫下滿書架的著作，卻被女傭人玩弄於股掌之上。最後，女傭成了主人，他被趕到大街上。

有一位我十分尊敬的、在學界地位如泰山北斗的教授問我：「回家坐火車沒有過去那麼擠了吧？」我感謝他的關心，卻對他真空包裝式的生活感到悲哀；他真不知道中國春節時有幾千萬民工運動在鐵路動脈上？他真的對外面的生活隔膜到了這樣的程度？知識讓他喪失了獲得那些對我們來說僅僅是常識的信息的能力。愛默生在黑暗的夜晚，舉著火炬，他說這才是知識分子的價值，「我不願把我與這個充滿行動的世界隔開，不願意把一棵橡樹栽在花盆裡，讓它在那兒挨餓、憔悴。學者不是獨立於世的，他是現今這個靈魂萎靡的隊伍裡，一個執旗的人。」

今天的中國，有沒有這樣「執旗的人」呢？

被錢穆美化的中國專制史

當年，誓不從共的國學大師錢穆被中共列入「戰犯」之名單——雖然他從來沒有拿過一次槍；近些年來，隨著國學升溫，錢穆又慢慢成為讓中國學界五體投地的「國學教主」。既然老先生們那麼崇拜錢穆，後輩學子自然不敢怠慢，趕緊找錢穆的著作研讀。剛好讀到錢穆的《從中國歷史來看中國民族性及中國文化》一書，妙語連珠，有如醍醐灌頂。這才痛悔自己對中國歷史、中國文化瞭解太少，不是錢穆的點撥，或許終生迷途而不知返也。錢穆大師高論甚多，容我摘引一二。

錢穆認為，中國社會一直就是自由社會，千百年來中國人無不活得自由富足。誰認為中國人不自由？那是他的無知。「中國人自由太多，不是太少。即如伯夷、叔齊，他們反對周武王伐商紂，但他們仍有言論的自由。可見反對的意見，在中國常被容忍的……秦漢以下中國人的傳統政治是一種和親性的政治。在政府裡，由下僚來批評上司，由在野來批評在朝，由下級來批評上級，一部中國二十五史中，可說隨處皆是，舉不勝舉，講不勝講。這還不算一種思想自由嗎？」讀了這段高論，我這無知小子，未曾讀過二十五史，羞愧萬分之下，立刻到圖書館去找出幾部來翻翻，滿心希望找到錢穆所說的「隨處皆是、舉不勝舉、講不勝講」的證據。

隨手翻開一頁《明史》，看到的卻是一個很殘酷的故事：西元一六一五年，發生了著名的

「梃擊事件」，一名男子持木棍闖入太子宮，被警衛逮捕。二十五年不曾舉行朝會的皇帝朱翊鈞，為了安定人心，走出寢宮，勉強到金鑾殿上亮相。從沒見過皇帝面的宰相方從哲和吳道南率領百官一齊下跪。

朱翊鈞拉著太子的手向百官宣佈：「這孩子很孝順，我怎麼會有更換他的意思呢？你們還有什麼話說？」兩個宰相除了叩頭不說一句話。御史劉光復正想開口啟奏，一句話還沒有說完，朱翊鈞就大喝一聲：「拿下！」幾個宦官立即撲上去，把劉光復抓住痛打，然後摔下臺階。在鮮血淋漓的慘號聲中，劉光復被錦衣衛投進監獄。

對於這個突變，方從哲渾身發抖但還可支持，吳道南在過度的驚嚇下栽倒在地，屎尿一齊排出來。朱翊鈞縮回他的深宮後，眾官把吳道南扶出，他已嚇成一個木偶，兩耳變聾，雙目全盲。

博學鴻詞的錢穆大師，不可能連《明史》都沒有讀過吧？假如這樣的政治還不夠「和親性」，還不夠「自由」的話，大師所說的「和親性」與「自由」究竟是何含義？

作為一代宗師，錢穆自然是「心底無私天地寬」。他相信中國人的善良：「中國人不貪利，不爭權，守本分，好閒暇，這是中國人的人生藝術。誰又肯來做一個吃辛吃苦的專制皇帝呢？」錢穆眼中，皇帝是萬民的公僕。皇帝是「吃辛吃苦」的，中國歷史上的皇帝，無不是犧牲自己以利天下的聖人。皇帝這個位子，推來推去都沒有人願意做，因為當皇帝只能奉獻、不能索取。

在對錢穆的善意肅然起敬的同時，我又翻開《資治通鑑》。南北朝時北方有一個後趙帝國，史書對其三任帝石虎的評介是「肆虐」。石虎的狠毒遠勝於猛虎，他曾一次徵集美女三萬人，僅西元三四五年一年中，因徵集美女一事就殺三千餘人，鋪天蓋地的苛捐雜稅，迫使缺衣少食的農民賣兒賣女，賣完後仍然湊不夠，只好全家自縊而死，道路兩側樹上懸掛的屍體，前後銜接。

既然當皇帝這麼好玩，怎麼會沒有人願意幹呢？石虎的長子石宣害怕弟弟石韜跟自己奪位，先派人刺死石韜，再密謀幹掉老爹提前接班。事敗之後，不久前還對大臣說「我實在不懂晉朝司馬家自相殘殺的原因，我們石家多和睦啊」的石虎，立即登上高臺，將石宣綁到臺下，先拔掉頭髮，再拔掉舌頭，砍斷手腳，剜去眼睛，扔進柴堆活活燒死，石宣所有的妻妾兒女，全都處斬。石宣的幼子才五歲，拉著祖父的衣帶不肯放鬆，連衣帶都被拉斷，但還是被硬拖出去殺死。太子宮的官吏差役數千人全被車裂。

當皇帝確實辛苦，因殺戮而辛苦，因姦淫而辛苦，因搜刮民脂民膏而辛苦。辛苦當然會獲得報酬，三百里遮天蔽日的宮殿，三千個國色天香的後宮粉黛，一頓飯吃掉一支軍隊的軍餉，一場狩獵毀掉千百畝良田。錢穆口口聲聲說中國人的人生是「高度藝術化」的，但連生命都不能保全的善良百姓，又懂得什麼藝術呢？錢穆自己可能不想當皇帝，但我發現：每頂皇冠都是沾滿鮮血的。「禪讓」是安徒生的童話。

與錢穆比歷史知識，我有班門弄斧的惶恐。錢穆讚美的「十通」，是一系列記載中國政治制度變遷的重要史籍，我略略翻過幾頁，老實說，不大看得懂。於是，只好先聽聽錢穆高見：「自唐代杜佑《通典》以下，三通，九通、十通，一切政治制度——納稅怎樣，當兵怎樣，選舉怎樣，考試怎樣，一切都有法。而這些法都是從上到下，歷代一貫相承的，所以才叫做通。我想按西方的觀念來講中國傳統政治，只可說是君主立憲，而絕非君主專政。」對錢穆來說，「十通」是中國「君主立憲」的明證。

可惜，明代的錦衣衛並沒有錢穆那麼深厚的學養，他們當中沒有誰知道「十通」為何物。關於什麼是錦衣衛、東廠、西廠、內廠，用不著我再解釋。我想描述的是「廷杖」的場面。當皇帝的判決下達後，「犯罪」的大臣立即被獄吏撲倒在地，肩膀以下被麻布捆緊，四肢由壯士四方牽拽握定，只露出臀部和大腿。廷杖時，受杖人大聲哀號，頭面撞地，塵土塞入口中，鬍鬚全被磨脫。強壯的人可支持八十下，超過一百下的往往立即在杖下斃命，杖下餘生者須割去敗肉數十碗，醫治半年以上。

錦衣衛行刑吏，全都受過特殊訓練。如果得到滿意的賄賂，他們打下的木棍，看起來很重，但受傷很輕。如無錢行賄，則下杖時看起來很輕，皮膚也不破，但痛徹心腑，只三四十杖，靜脈血管就會寸寸毀斷，全部肌肉組織潰散，不久即死，無藥可救。這已趨於「藝術化」的境界，不知錢穆對此「廷杖藝術」有無專門的研究？

既然錢穆喜歡鑽故紙堆，為什麼沒有寫一本《廷杖學》之類專著呢？可以引用汗牛充棟的材料，將美好的中國文化發揚光大。這比「空對空」地談藝術、談道德、談文化強多了。

柏楊在描述這段歷史時，畫龍點睛地寫了一句：「英國於一百年前的上世紀，即頒佈《大憲章》，保障人權，非經過法院審訊，對人民不得逮捕監禁，而中國卻出現詔獄和廷杖。」看來，「君主立憲」與「君主專制」的概念還是不要一廂情願、異想天開地亂用。

既然自詡為知識分子，錢穆的知識分子「自戀」情結是少不了的。大師之所以為大師，就在於他能突破「修身、齊家、安邦、治國、平天下、為帝王師」的模式，提出「士人政府」的說法來，令人耳目一新。錢穆認為：「中國社會大眾都能尊重士、信服士，而有士人政府的出現。這是中國文化傳統中一件絕大特出的事。」那麼，不妨讓大家看看「士人政府」中的一些陳年舊事。

明代魏忠賢當權時，負責監察的左都御史楊漣與負責評議的都給事中魏大中，是士大夫中的硬骨頭，都慘死在閹黨的拷打之下。當楊漣的屍體被家屬領出時，全身已經潰爛，胸前還有一個壓死他時用的土囊，耳朵裡還有一根橫穿腦部的巨大鐵釘。魏大中的屍體則一直到生蛆之後，才被拖出來。士人在「士人政府」中享受的不過是如此待遇。

英明神武的乾隆皇帝六下江南，儒學鉅子紀曉嵐稍稍透露說，江南人民的財產已經枯竭，乾隆便大怒說：「我看你文學上有一點才華，才給你一個官做，其實不過當作娼妓一樣豢養罷了，你怎麼敢議論國家大事？」錢穆所謂「士人政府」，豈不被剛愎自用的乾隆大帝笑掉大牙？

在中國五千年的歷史裡，從來就沒有過獨立的知識階級，而只有統治者和被統治者，皇帝與臣民。那些吟詩作畫、煮酒煎茶、知書達理、心平氣和的士大夫們，在骨子裡都是奴隸，奴隸的自私、盲從、軟弱、麻木、卑瑣。連「士」都沒有，何來士人政府？

學界評論，錢穆梳理中國思想史的工作前無古人。我對別人的結論向來持懷疑態度，在接受成見之前想先看看錢穆之高論。在評價漢武帝獨尊儒術之舉時，錢穆如是說：「依照漢代慣例，皇太子必先受教育。他十八歲做皇帝，信用他老師王臧之言，要重用儒家，那只是他青年時代所受教育的影響，哪裡是他早知專制便該用儒家言呢？」錢穆的邏輯，讓人啞然失笑；大師的智力，怎麼跟三歲小孩差不多呢？好比一個少年犯罪殺了人，難道可以振振有詞地說：「是父母、師長給了我不好的教育，與我本人無關！」教育的力量真有這麼大嗎？

漢武帝真的對老師這麼崇拜？錢穆為人師表，便產生「一日為師，終生為父」的狂想。其實，在漢武帝眼裡，是天下重要，還是老師重要？要是伏爾泰、盧梭來當漢武帝的老師，漢武帝準能成為民主主義者，這便是錢大師的思路。當年，沙俄殘暴的女王葉卡特林娜二世對伏爾泰、狄德羅等法國文化巨人崇拜不已，特意延請他們到皇宮作客。思想家們也一度異想天開，想對女皇進行「啟蒙」，結果女皇一怒，思想家只好走路。沒想到二十世紀中國還有做此白日夢的思想家。

在錢穆的描述裡，漢武帝成了天真純潔的少年，何罪之有？我在老校長蔡元培為《現代中國政治思想史》一書所作的序文中，讀到這樣一段話：「自此（指諸子時代）以後，政尚專制，獨夫橫暴，學途堙塞，士論不弘，非表章某某，即罷黜某某，文網密佈，橫議有禁，舉天下之人，曰以擁護君權為能事，有逾越範圍者，視為邪說異端，火其書而刑其人。於是，謹願者謂為天威之可畏，黠智者相戒慎言以寡尤，雖有超群拔萃、才智雄強之士，亦噤若寒蟬，罔越畔岸，豈敢妄讀經國遠猷哉！漫漫長夜，何時如旦，歷二千年之錮蔽，與歐洲中世紀受宗教之約束，如出一轍。嗚呼！此中國政治思想之沉沉暗暗，以至於斯極也。」蔡元培勇敢地面對錢穆不敢面對的歷史的黑暗，只用了幾句話便擊毀了錢穆用百萬言建構的思想史的紙房子。

對專制者的寬容，便是對民眾的犯罪，錢穆對於充當辯護律師的角色樂此不疲。他的辯護詞似乎合情合理、理直而氣壯。「我曾到北平看清代的太廟，順治、康熙、雍正，一個個神位排在裡面，排到咸豐、同治，所占屋內地方已經差不多了。同治以下，還有個光緒，勉強排下。只有這樣大一座殿，似乎僅可以放這些神位。這不是中國人的聰明嗎？現在我們硬要說中國政治是帝王專制，我請諸位去看看清代的太廟，他們早知道不滿幾百年要亡的，所以太廟的殿，亦只有這麼大。」在錢穆眼裡，順治簡直就是未卜先知的天使，早就知道王朝只有三百年壽命。順治還是天字第一號大善人：我的心腸軟，我們的統治只維持三百年，一點沒有千秋萬代的意思，親愛的子民們，你們一定要理解朕的苦心，慢慢忍耐著啊！

錢大師的這段文字，有兩種人最應讀，可惜這兩種人生得太早，都沒讀到。一類是反清復明的志士——你們幹麼去白白送死，到清朝的太廟裡去看看，人家滿人只不過當三百年的主人，三百年後，天下還不是你們的？顧炎武、黃宗羲、王夫之，你們也不向滿清的皇帝學習學習，人家的欲望多有節制啊！第二類是辛亥革命的志士——你們著急什麼？沒看見太廟裡面還剩最後一個位置嗎？等這個位置放上神位，大清也就壽終正寢了。用不著你們在這裡瞎胡鬧，祖祖宗宗多少代人都忍了，只剩這最後幾年你們就忍不住了？這樣一推理，徐錫麟、秋瑾、孫中山、黃興所做的都是無用功。但我轉念一想：大清的士兵為什麼又把徐錫麟的心肝炒了下酒吃呢？造反就讓他們造吧，太祖皇帝早就說過，天下終有一天不是大清的。鎮壓反賊，不是犯欺君之罪嗎？小子無知，這麼一想，孰是孰非，真給鬧糊塗了。

美化過去的專制文化，自然就會成為當今威權政府的辯護士。再看錢穆的〈屢蒙總統召見之回憶〉，頗多值得玩味之細節：蔣介石死訊傳出，錢穆「內心震悼，不知所措。日常閱覽寫作，無可持續，惟坐電視機前，看各方弔祭情況，稍遣哀思。」繼而深情地回憶起「總統」昔日召見的經過：第一次召見，「談話不到數分鐘，已使我忘卻一切拘束，歡暢盡懷，如對師長，如晤老友，恍如仍在我日常之學究生活中」。第二次，是蔣公賜宴，好戲連臺。「餐桌旁備兩座，一座背對室門進口，一座在右側，我見座椅不同，即趨向右側之座，乃總統堅命我坐背向室門之座。我堅不敢移步，總統屢命輟。旁侍者告我，委員長之意，不可堅辭。余遂換至背室門之座。侍者見我移座，即將桌上預放兩碗筷互易，我乃確知此座乃預定為總統座位，心滋不安，但已無可奈何。」一代大儒的精神境界，竟是如此卑瑣！一個座位的安排方式，就可讓錢穆受寵若驚，他又如何能做到孟子所說的「富貴不能淫，貧賤不能移，威武不能屈」呢？一代奸雄玩弄村學究於股掌之中，如貓捉老鼠，而老鼠渾然不覺。當然，這也怪不得錢穆，幾千年中國儒生都患軟骨症，他又怎能例外？獨立的姿態需要堅韌不拔的毅力來保持，而依附卻能一勞永逸、心寬體胖。

然而，獨裁者與奴隸之間並非全是「蜜月期」。一九五九年，錢穆赴臺定居，蔣介石在召見中突然問：「汝是否有反對我連任之意，並曾公開發表文字？」錢氏心驚膽戰，忙答並無此事。蔣隨即起身向書架取書。錢穆趕緊解釋說，那是一九五〇年在香港時寫向政府進忠告，並非為選舉總統事而發。那篇文章，其實仍是拍蔣的馬屁，希望蔣功成身退，「若總統在勝利後下野，明白昭示一成功人物之榜樣在國人心中，或可於國家民族前途有另一番甚深之影響」。沒想到馬屁拍到馬腿上，獨裁者素性是大權在握、至死方休的，你叫他「適可而止，急流勇退」，他就會給你顏色看。此刻，心膽俱裂的錢穆連忙搖身一變，慷慨激昂地說：「然而情勢所迫，以至今日，總統在此奠定一復興基地，此又是總統對國家一大貢獻。然而多數國人，終不許總統不繼續擔負此光復大陸之重任。擔負此重任之最適當人物，又非總統莫屬。」獨裁者猜忌之心十年未消，而錢大師曲學阿世之態，宛在目前！更為可悲的是，錢大師一點也不覺得這有什麼可恥的，還在回憶錄中寫得眉飛色舞、涕淚縱橫。做奴隸並不可怕，可怕的是麻木到內心中真把自己當成奴隸。

錢穆在新亞書院的學規中寫道：「課程學分是死的、分裂的，師長人格是活的、完整的。你應該轉移自己目光，不要盡注意一門門的課程，應該先注意一個個的師長。」話說得不錯，冠冕堂皇，令人心悅誠服。然而，在獨裁者面前卑躬屈膝的人，還有什麼樣的「師長人格」呢？正如錢氏所說，他的「百萬字以上之著述」，目的不過是「所以報我總統生前特達逾分之獎誘於千萬分之一者，則亦惟此而止耳」。

奴才，我是不會尊敬的；奴才的書，我是不會當作精神資源的。在臺灣發行的郵票上，錢穆大師面容嚴肅，儼然有浩然天地之間的君子之氣。稍不注意，人們就上當了。

再版後記

這是《火與冰》中我最得意的文字之一。原來的題目〈我來剝錢穆的「皮」〉，顯然是受魯迅、李敖文風的影響，有孫悟空的潑猴之氣。第二版的時候，我將標題改為〈錢穆：大師還是奴隸？〉。這是疑問的句式，我把判斷的權利交給每一位讀者。

這也是一篇引起廣泛爭議的文字。錢穆的後人錢婉約女士曾來信商榷，我也有一封回信，這段「公案」收入我的第二本隨筆集《鐵屋中的吶喊》。我不同意錢婉約認為我在落筆之前沒有對專制文化進行認真思考，僅僅是「愉快地找到了一個便利的靶子」。我批評錢穆，並不是說我跟他截然不同；恰恰相反，我們都是「錢穆」，都是中了專制文化毒害的文化人。錢穆身上的奴性存在於每個人身上。

錢穆的主要理論，是所謂的「新儒家」。在我看來，依附於專制權力的儒家思想開不出民主自由的現代文明來。連被視為「亞洲價值觀」始作俑者的新加坡國父李光耀也宣佈，儒家文化不適應現代社會。

寫完這篇文章之後，四年時間過去了。影視界的「帝王風潮」和教育界的「國學熱」愈演愈烈。看來，接受錢穆「中國文化就是好」的理論的人愈來愈多——換言之，中國人離民主、自由、平等的現代生活依然遙不可及。這篇文章沒有過時。

足本版後記

在修訂這篇舊作時，我認為文章的重點在於如何看待中國的傳統文化，而非對錢穆做出整體性的評價，所以將題目改為〈被錢穆美化的中國專制史〉。錢穆固然在國學上有極高的成就，但在知識結構上存在嚴重局限——他對西學幾乎完全隔膜，故而對世界大勢缺乏認知；在人格上亦有較大的漏洞——儒家文化本來就依附於權力而存在，故而儒家學者難以有真正的獨立性。

愚人治理愚人國——點評《榮慶日記》

榮慶，字華卿，號實夫，正黃旗人，生於咸豐九年（一八五九），卒於民國六年（一九一七年），終年五十八歲。幼年家境貧寒，讀書亦用功，「歷應芙蓉、潛溪書院課，亦間列前茅」。光緒五年中舉，年僅二十一歲。光緒二十年入翰林院，從此青雲直上，做到山東學政。庚子事變後，榮慶輔佐慶親王處理善後事務，深得慈禧欣賞。此後，歷任軍機大臣、學部大臣、協辦大學士，成為獨當一面的重臣。榮慶親身經歷晚清的時代風暴，且地位顯赫，故其日記有極高的史料價值，比讀《清史稿》裡的百十個人物傳記有趣得多。

先看《榮慶日記》中關於甲午戰爭的記述：「聞大連城不守，朱軍失利，東事日棘，毫無補救，奈何！」「聞旅順不守，軍士良死鬥，傷哉！」「聞和約已用御寶，夷情險凶，事變離奇，主弱權分，將驕兵肆，二三忠義，實難挽回，蒿目傷心，坐以待斃，真無可說也。」憂憤之情時時可見，要是在古代，確實是個難得的「先天下之憂而憂，後天下之樂而樂」的大忠臣。但時代變了，面臨三千年未有之大變局，僅有忠心耿耿、憂心如焚，於事無補。

在朝廷對日宣戰的當天，榮慶對「大張天討」十分興奮，「早抄諭旨半開，午讀《明紀事》讀倭患及援朝兩議」。讀到此，我有點哭笑不得，作為擁有封建時代最高學歷的翰林，聰明也就只能到這樣的程度——從明代抗倭的歷史中找良策。

榮慶不是昏聵、懶惰之人，為朝廷大事也算得上盡心盡責，但他對國際、國內大勢一無所知。他以為，今日之日本與明朝時的日本一模一樣，哪知道對方早已經歷了明治維新，制度與器物今非昔比，在軍事上也已經初步實現近代化。榮慶卻用刻舟求劍的方式揣摩日本的狀況，令人啼笑皆非。榮慶是當時最有學問的人之一，見識不過爾爾，中國焉能不敗？

中日戰爭慘敗之後，榮慶仍未能明白中國失敗的根本原因。一開始，他在阜成門外散步，「近臨河甸，綠樹蔥蘢，葭葦瀰漫，令人動出世之想」。這是中國文人的老毛病，一遇挫折，馬上成為縮頭烏龜，以陶淵明式的人物自居，推卸職責，保全清譽，儼然為終南隱者也。一個月後，他卻升任內閣侍讀學士，乃又有一番感想：「十載清班，愧無報稱，得遷西秩，稍與清閒，從此養氣讀書，藉藏愚拙，亦中心之至願也。」又是一副洋洋自得的模樣，筆端掩蓋不住滿腔的愉悅。榮慶是聰明人，知道官職的大小與個性的強弱成反比，一旦升官，立即意識到要「藉藏愚拙」。這樣的人，難怪官愈當愈大。甲午的敗跡，過去就過去吧，中國人是最善忘的。善忘，也就意味著將在跌倒過的地方第二次、第三次地跌倒。

歷史學家艾森斯塔德在《帝國的政治體制》中指出，中國的意識形態往往假定適當的管理行為和取向幾乎自動地解決所有實際問題，這些問題的解決又被想當然地認為將會有助於適當的文化秩序永存不朽。榮慶正是這樣的意識形態培養出來的中看不中用的「廢物」。他遍覽經書，既能給皇帝宣講經義，又能用經典來教導諸生，但不僅對世界大勢一無所知，又缺乏處理實際政務的能力。

在榮慶地位最高的時期（即一九〇〇至一九一一年），恰是清朝苟延殘喘的十一年，他只是隱約感到山雨欲來風滿樓。「國事身病糾纏一起」，卻對癥結所在一無所知。從榮慶的日記中可以看出，他對風雲突變的天下大勢的瞭解，可謂一團亂麻。南方革命風起雲湧，他的日記本該有詳細的記載和分析，然而他的心思依然在朝會、典禮、空談上。皇上或太后賜宴，菜譜如何，賞賜何禮品，倒是記得一絲不苟，偏偏把革命黨人忽略了，直到一九一二年方有「孫中山北來晉京」七字，那時滿清王朝早已傾覆。

艾森斯塔德認為：「中國官吏的聲望來自考試獲得的學銜與對文士共享的儒教理想的忠誠。」他進一步論述道：「統治者主要對通過各種禮儀和教育活動維持這些階層的忠誠感興趣。主要的強調是依據基本的文化箴言和倫理戒律維繫文化行為和文化組織本身。」榮慶正是典型中的典型。他的科舉出身、金榜題名以及一生中大部分時間都在教育文化部門任職自然不必說了，更為顯赫的是，光緒、慈禧相繼去世後，他充隨入地宮大臣，恭點神牌，晉太子少保。能為皇帝、皇太后「恭點神牌」，足已證明他是被朝廷當作頂樑柱的重臣。

榮慶的「清望」絕非浪得。慈禧獎勵他「辦事認真」，任倉場侍郎時，杜絕弊端，將按慣例可納入私囊的公款獎勵幕僚和差役，「既不違眾矯廉，亦不盡私入己」。任軍機大臣時，受賄者如過江之鯽，他總是「璧其贄，拒其請」。他說：「某所以賄我者甚至，堅不為動；某公以純臣笑我，自問何敢，但書迂耳。」若是國學大師們讀到這樣的文字，一定會歡呼雀躍：看！誰說四書五經沒有用，它能淨化人心、啟發天良，今日之高官權貴多讀四書五經，豈不全是如榮慶這般的清官？宣統元年，榮慶在病中猶要求自己「勿以久病而自恕，勿以將死而自寬」，有幾分今天官媒上宣傳的積勞成疾的清官孔繁森的味道。然而，在國家體制面臨大轉型的時刻，道德水準的高低無補於事。

讓我很感興趣的一個關節點，是榮慶與袁世凱的交往。光緒二十五年，榮慶任山東學政。不久，袁任山東巡撫。兩人在仕途上有了交集。榮嫡母病故丁憂回京，袁派隊伍護送，榮深為感激，是為兩人交往的開始。袁世凱是《榮慶日記》中出現頻率最高的人之一，如：「西訪慰亭兄於賢良寺，久話別來，夜宿公所。」可見，兩人不是官場上的泛泛之交。袁居「賢良寺」，此寺名頗值玩味。而袁在榮之心目中，亦為一賢良也。後來，袁、榮二人均入軍機處，執掌最高權柄，共事甚歡。榮對袁乃是傾心相交，以之為支撐清廷的棟樑之才；而袁對榮則只是利用而已，讓朝廷中多一個為自己說話的同僚，袁並不把這位滿口「之乎者也」的滿族大員放在眼裡，袁對榮玩的是貓捉老鼠的遊戲。

一九一一年，辛亥革命爆發。清廷被迫起用袁世凱，榮慶對「袁督鄂」極為贊成。清廷被迫下罪己詔、開黨禁、諮詢憲法，解散皇族內閣。「袁總理」，榮充「顧問大臣」，算是袁之副手。最值得注意的，是九月三十日記載：「記慰兄略話別來，忠義之氣猶見眉宇，歸來五鐘後矣。」這幾句話讓後人捧腹大笑：此時，袁氏乃圖窮匕見，「司馬昭之心，路人皆知」，榮慶卻還在讚其「忠義之氣猶見眉宇」——此八字，可令一部《古文觀止》黯然失色矣！枉讀萬卷詩書，詩書都成了豬油，蒙住了榮慶之七竅。堂堂的「顧命大臣」，見識卻不如三歲小兒；位居教育部長，偏偏看不到三步之外將要發生的事情，可歎、可悲、可笑！

日記最後提及袁世凱之處，乃是袁之北洋軍在前線大捷。「閱昨日報，項城授侯爵。」緊接著，是袁世凱在民國與清廷之間玩弄權術，以手中之重兵為籌碼奪取總統之位。袁指使部下在京城譁變，逼迫清帝退位，「槍聲隆隆震耳……暮時凶焰漸熾……亥子之交，槍聲到門，火光徹戶」。驚懼之下，榮慶避居天津，一生富貴成過眼煙雲。此後，袁氏在民國初年把持國柄、指點江山，恢復帝制以至敗亡，日記均隻字不提。日記全都是記載看書寫字、飲酒賦詩、觀賞園林、聽戲訪友的日常生活，活像一鴕鳥，把頭深深地扎到沙丘裡去，以換取心理上的安定。倒是有些詩句，略略透露出其苦澀的心境，如「臥病苦為無爪蟹，逢人不作附膻蠅」，似乎在說：「我被騙得好辛苦！」

從榮慶身上，可剖析中國知識譜系的致命缺陷。榮慶讀書不可謂不勤，品德不可謂不高，《清史稿》稱他：「持躬謹慎」，亦非虛譽。但是，他為何對國計民生「睜眼不見五指」，最後落得無所作為、坐視王朝崩潰的下場？可見，中國的「知識」出現了問題，而且是大問題。

在中國，官僚與文人是合一的，正如艾森斯塔德所說，「中國的官僚一般被看作是更廣泛的文士群體的一部分。」艾氏認為，作為精英群體，文士的存在取決於統一帝國理想的保持；其活動與官僚及行政機構密切相關。在榮慶的日記中，可以看到一枚硬幣之兩面：一是上衙門，辦公事，應酬師友同僚；另一面是逛琉璃廠買書，收集字畫文物，以風雅自許。這並不意味著文化情趣捍衛其人格獨立，相反，知識並沒有被中國古代知識階層作為維護自身獨立身分的資源。歸根到底，中國的知識——經史子集，都不具備成為這種資源的特質。知識把知識人演化成統治者十足的馴服工具，很少人具有「內在的自治」的精神取向。

公允地說，榮慶在晚清的官僚中雖然算不上李鴻章、張之洞這樣的一流人物，也還勉強能歸入二流人物。比起殘暴昏庸的端方、趙爾豐、鐵良諸人來，亦要高明許多。他雖然不是維新改良派，亦不是完全食古不化的保守派。他讀《國聞報》，與嚴復交好，日記載：「嚴幼陵到，送《原富》譯本，語多可採。」他送族中後輩留學德國，病中服用洋醫藥，審批貴州學務的報告時，說：「變法不難，而變人心實難。」這些看法都頗有見地。但只是靈光一現，對病入膏肓的知識譜系無力回天。榮慶哀歎：「臨事苦於識力薄弱，不能力持者實為不少。影衾抱久，愧汗何如。……才不稱位，學不濟時，隕越之虞，終恐不免，書此不禁憬然……。」可見，讀書多並不一定聰明，關鍵是讀什麼書；作為高級行政官員，僅僅從紙上尋求解決問題的方案是不夠的，還必須到實踐中躬行。

榮慶辦的少數的「實事」，乃是辦學。他長期管理京師大學堂（北京大學前身），雖成效不著，然出力甚多。一九〇八年，學部奏，次年開辦分科大學，計經學、法政、文學、醫、格致、農、工、商八科，開辦費兩百萬兩。京師大學堂優級師範改為京師優級師範學堂（北師大前身）。在京設立女子師範學堂，暫招簡易科兩班。在這些方面，榮慶做出一定的貢獻。

縱觀《榮慶日記》，如讀《鏡花緣》，老實官僚的老實筆墨，更增添反諷效果。船快沉了，他在船上不知怎麼辦才好——有人在給船打洞，讓船快點沉；有人在給船補洞，讓船繼續開走；有人去搶舵，想左右船的方向；有人去拋錨，想使船停在原處；有人升起帆來，企圖借助東風；有人把船上的物品扔掉，企圖減輕重量；有人放下救生筏，要偷偷地溜走……可憐的榮慶，官至極品，位極人臣，像魚游於沸鼎之中，燕居於覆巢之內，手腳無措——因為聖賢沒有告訴他該怎麼辦。

「愚人治理愚人國」，這七字足以概括中國古代的一切。

天朝是怎樣崩潰的？

正是由於鼴鼠的懶惰，
造成了牠自身的退化。

——尤金尼奧・蒙塔萊〈大鴿的叫聲〉

最近讀到三本好書：黃仁宇的《萬曆十五年》、茅海建的《天朝的崩潰》、葉曙明的《草莽中國》。這三本書巧妙地形成了一個系列：它們分別勾勒出明、清和民國三個時代中國的混亂景象，以及分別屬這三個時代的關鍵人物們的悲喜劇。

明朝不亡於崇禎，而亡於萬曆

作為一位傑出的歷史學家，黃仁宇提出「大歷史」的觀點，即「從技術上的角度看歷史」，而不像歷代歷史家那樣以道德判斷為準繩。明朝是一個最講道德的朝代，同時又是最殘忍、最無恥的朝代。朱元璋反腐的決心可移泰山，腐敗卻野火燒不盡，春風吹又生。黃仁宇認為，明朝體制的弊端在於，「當一個人口眾多的國家，各人行動全憑儒家簡單粗淺而又地法固定的原則所限制，而法律又缺乏創造性，則其社會發展的程度，必然受到限制」。因此，他挑出萬曆十五年，做一次解剖麻雀式的個案分析，因為「萬曆丁亥年的年鑑，是為歷史上一部失敗的總紀錄。」

《萬曆十五年》的「男主角」，當然是萬曆皇帝朱翊鈞。我在北京郊外的定陵參觀時，見到諸多介紹文字，涉及朱翊鈞時皆咬牙切齒，憤激之詞溢於言表，好像大明帝國毀在這個三十年不出宮門、不理朝政、不郊、不廟、不朝、不見、不批、不講的皇帝手裡。歷史上此類觀點也頗為流行。《明史‧神宗本紀》指出：「故論者謂明之亡，實亡於神宗。」趙翼《廿二史劄記‧萬曆中礦稅之害》亦認為：「論者謂明之亡，不亡於崇禎，而亡於萬曆。」但黃仁宇卻認為，這名「每餐必飲，每飲必醉，每醉必怒，每怒必殺人」的皇帝，「即使貴為天子，也不過是一種制度所需的產物」。對於一種中毒甚深的文化與制度來說，皇帝個人的勵精圖治或者宴安耽樂，都無大補亦無大害。

明神宗朱翊鈞並非天生就是虐待狂、分裂人格，他的種種乖張行徑，是豔若桃李的中華文明賦予的。朱翊鈞從小接受的教育，是儒法互補的傳統文化的精髓，他就像一隻不安分的蛹，被精美的絲一圈圈地纏住，最後成了活死人。萬曆朝，南京各道御史曾經上疏：「臺省空虛，諸務廢墮，上深居二十餘年，未嘗一接見大臣，天下將有陸沉之憂。」朱翊鈞不僅自己成了活死人，也將帝國的無數官員和百姓變成活死人。臨江知府錢若賡被神宗投入詔獄達三十七年之久，終不得釋，其子錢敬忠上疏：「臣父三十七年之中……氣血盡衰……膿血淋漓，四肢臃腫，瘡毒滿身，更患腳瘤，步立俱廢。耳既無聞，目既無見，手不能運，足不能行，喉中尚稍有氣，謂之未死，實與死一間耳。」朱翊鈞是歷史漩渦裡的悲劇人物。這使我想起法國作家羅伯—格利耶在《重現的鏡子》中所說的一段頗有深意的話：「希特勒和史達林的出現並非歷史的偶然；即使從醫學的角度上看他們都是瘋子，但他們身上卻的確反映出他們所體現的那種制度的必然結果。」

《萬曆十五年》還詳細敘述了幾名傑出人物的作為：「剛愎自用的張居正、首鼠兩端的申時行、古怪的模範官僚海瑞、自相衝突的哲學家李贄，以及孤獨的將領戚繼光。」我最感興趣的，是作者筆下的戚繼光。作為優秀的軍事家，戚繼光要完成功業，不得不找張居正做後臺，不得不向後臺老闆送銀錢美女。他看到軍事體制的致命弱點，但帝國不允許也沒有能力做全面改革。戚繼光的成功在於他的妥協之道，讓先進的部門後退，使之與落後的部門不致相距過遠。在組織制度上沒有辦法，就在私人關係上尋找出路。而戚繼光的不幸也在於他的妥協，使得中國軍事近代化的夢想化為烏有，《明史》說他「操行」有污，而他晚年亦在貧病交迫中死去。

清朝不亡於宣統，而亡於道光

緊接著《萬曆十五年》，茅海建的《天朝的崩潰》則展出現一幅更為悲慘的畫面。在一切都上軌道的社會中，「垂拱而治」是中國傳統政治哲學的最高境界，無所作為的朱翊鈞幸運地成為明代在位時間最長（四十八年）的皇帝；而清代的皇帝道光沒這麼幸運，他在一個中國面臨西方威逼的環境中，無論無為還是無不為，都挽救不了天朝走向崩潰的趨勢。他把陵墓的規格降得比歷代皇帝都低，除了因為他生性儉樸，還有向列祖列宗謝罪的意思。道光帝旻寧在個人生活習慣上幾乎無可指責——「衣非三浣不易。宮中用款，歲不逾二十萬，內務府掌司各官，皆有『臣朔飢欲死』狀。頌之者謂其儉德實三代下第一人，雖漢文帝、宋仁宗亦不能及。」但是，當鴉片戰爭硝煙瀰漫之際，他卻手腳無措，當不起國家最高統帥的職分。

《天朝的崩潰》以嶄新的歷史觀看待鴉片戰爭這一中國近代化發生的起點，專門分析中國人，尤其是決策者們，究竟犯了什麼錯誤以及如何犯錯誤的。作者第一次打破了「忠奸不兩立」的思維模式，以詳實可靠的歷史材料為依據，還原當事人的心路歷程及行為方式。道光帝、林則徐、琦善、奕山、伊里布、牛鑑……作者並不著力於對他們的功過是非做一錘定音之評價，而是研究他們為什麼會這樣做，他們受到哪些有形無形的歷史條件的約束。

鴉片戰爭之敗，並不敗在區區幾個「賣國賊」身上。運轉不靈的體制早已決定戰爭的必敗：法律過於簡單，稅收過於短少，政府無操縱經濟的能力，以均一雷同的方式統治全國，老牛本已拉不動破車，更哪堪旁邊又鑽出幾隻老虎來？

然而，沒有誰意識到制度本身「氣數已盡」，更沒有誰窺透老虎們的野心，即使是後來成為神話的林則徐，眼界也相當有限。林則徐在給道光的奏摺中稱：「夷兵除槍炮之外，擊刺步伐俱非所嫻，而腿足裹纏，結束嚴密，屈伸皆不便，若至岸上更無能力，是其強非不可制也。」可見，這個被譽為「第一個面向西方」的大臣，對西方的瞭解亦不過如此而已。

一部鴉片戰爭的歷史，也是一部謊報軍情的歷史。前線敗績連連，官員們仍然凱歌高奏，他們的精力不是用在對付英軍上，而是用在如何欺騙皇上上。但這並不全是臣下之過，因為皇上是一位乖戾的皇上——道光在上諭中經常問及臣子們是否具有「天良」，彷彿「激發天良」便可治社會百病，以道德的責難掩蓋機制的沉痾。他總以為每次決策都是最佳方案，儘管後來一變再變。而一旦出現問題，他便把責任推諉於臣下。於是，臣下只好欺騙他，他也樂於被臣下欺騙。他們賴以生存的文化，便是瞞與騙的文化。

時任禮部右侍郎的曾國藩如此批評道光時代：「九卿無一人陳時政之得失，司道無一摺言地方之利病，相率緘默。」「以畏葸為慎，以柔靡為恭。」「京官之辦事通病有二：曰退縮，曰瑣屑。外官之辦事通病有二：曰敷衍，曰顢頇。」歷史學家孟森認為：「宣宗之庸暗，亦為清朝入關以來所未有。」他稱這時期為「嘉道中衰」。就在停滯的道光朝，西方的政事與科技一日千里：一八二〇年代，英國英格蘭的史托頓與達靈頓鐵路成為第一條成功運作的蒸汽火車鐵路；一八三八年，摩斯密碼的創立者塞繆爾・摩斯，首次公開示範電報；一八四八年，德國首屆德國國民大會在法蘭克福召開。

所謂民國，不過是流寇與草莽的舞臺

清朝滅亡了，但維繫清朝的文化卻沒有滅亡。所謂民國，其實是草莽中國。葉曙明的《草莽中國》一書，著重分析地緣、文化與人三者的關係。例如，被譽為「革命先行者」的孫文，雖然深味西方政治體制的優點，但他要在中國掀起革命，亦先要加入幫會，以幫會頭子的身分與各方勢力周旋——而幫會，恰恰是中國封建文化中最陰暗的一面。在黑社會裡面混久了，孫文基督徒身分漸漸淡去，慢慢就以為自己真是「龍頭老大」了。

這片土壤已經鹽鹼化，再好的樹苗也養不活。總統制、內閣制在西方運轉自如，在中國卻始終是社會上的「游離體」。國會建立起來了，但國會所頒佈的法律與社會實際情況風馬牛不相及。私人的軍事力量就是一切，孫中山沒有軍隊，只好在軍閥之間游走，被嘲諷為「孫大炮」。而軍閥們，不過是劉邦、朱元璋那樣的流氓們的翻版：無論是以沒有信念為信念、憑著一次又一次背叛和投機成為強者的馮玉祥，還是西北文化的化身、以土財主的方式解釋儒家典籍、穩做山西王的閻錫山；無論是馬匪出身、殺人如麻、滿口髒話的大帥張作霖，還是上海灘流氓出身、代表江浙財團的利益、最有「領袖」氣質的蔣介石，這些人之所以擁有腳下的土地，是因為他們向流氓文化、遊民文化屈膝。這個時代的強者，唯有一種人：手捧《論語》，心想《厚黑學》；外表是聖人，骨子裡是草莽。

草莽時代，意味著舊秩序的失控與新秩序的空缺。草莽英雄們，顯然不可能具備追求自由經濟、民主政治、多元文化的意向。草莽們曾經一無所有，甚至餓過肚子，他們的理想是天天「大塊吃肉、大碗喝酒」，而在肉和酒都少得可憐的中國，要想「大塊吃肉、大碗喝酒」，就得擁有權力（武力）。文化的缺陷與人性的弱點相結合，使這個民族只剩下對權力無休止的渴望。還要記住一點，在這個國度，權力不受制約，沒有上帝，沒有法治，沒有公民社會，權力遂肆無忌憚。這樣的權力誰不愛呢？

一位西方觀察家指出，整個二十世紀「理解中國」的，只有三個人：魯迅、蔣介石、毛澤東。李銳在《廬山會議實錄》中記載，毛自詡頗有「山野之氣」，而田家英私下裡批評毛「古書讀得太多，深味權謀之術」。魯迅認為，歷史是鬼們的庇護所；傅柯則說，深藏在歷史背後的是「存在的話語」，這種話語在某一瞬間抓住某一個人。不管這個人如何了不起，就像齊大大聖一樣，逃不出如來佛的掌心。時間久了，被害人與作案人、吃人者與被吃者的界限模糊了。

從明到清，從清到民國，中國大地便是一個大舞臺。想上舞臺當主角，就得抹上花花綠綠的油彩，穿上奇奇怪怪的服裝，做出扭扭捏捏的動作，或男人扮女人，或少年扮老人。在這個舞臺上，只有高度扭曲的人物，他們並不真實，也缺乏美感。從晚清到民國的歷史，乃至整個中國的歷史，都只是一場「亂哄哄我方唱罷你登場，反認他鄉是故鄉」的戲劇。可以說，沒有一個演員演的是自己喜歡的劇目與角色。

讀完像「三部曲」的這三本書之後，我不得不對中國的未來抱悲觀看法。那麼多美麗的謊言像秋天金黃的銀杏葉一樣隨風而逝，那麼多巨大的青銅像被拖到煉獄裡五馬分屍。雅斯貝爾斯低沉的聲音自回音壁的那一端傳過來：「誰以最大的悲觀態度看待人的將來，誰倒是真正把改善人類前途的關鍵掌握在手裡了。」

生活在中國，過去、現在和將來，都是同一個糟糕的劇本。

向死而生——關於詩人之死的沉思

我們每個人都不得不走這條道——跨過歎息橋進入永恆。

——齊克果

死亡是人類無法克服的有限性。

我很喜歡《金薔薇》中的一則故事：「漁村裡，一代又一代的居民幾乎全都死在海上。一名遊客好奇地問：『大海太危險了，你們為什麼不換一種生活方式呢？』漁村裡的小夥子反問：『我們都會死去，在床上死去跟海上死去有什麼區別呢？』」我的腦海裡閃電般地浮現出幾位詩人的死亡。他們的死，或是自己選擇，或是突然降臨，富於詩意的或者毫無詩意的死，都好像是燈的熄滅與星的墜落。

在這個世紀，有那麼多值得回憶的詩人之死：飛機失事的徐志摩、孤寂地躺在地毯上的張愛玲、山海關臥軌的海子、從老樓房縱身一躍的胡河清……他們已長眠，卻向死而生。當逝去的生命被納入漆黑的彼岸世界，靈魂卻結晶成雪白的燧石。被追憶和尊敬所激活的火花，與後來者鮮活的生命同在。

徐志摩：是人沒有不想飛的

是人沒有不想飛的。……這皮囊若是太重挪不動，就擲了它。可能的話，飛出這圈子！飛出這圈子！

——徐志摩

一九三三年十一月十日午後二時，一架司汀遜式小型運輸機展翅北飛，把它的身影投射在深秋斑斕的大地上。

忽然突如其來的一場大霧鋪天蓋地，飛機頓時迷失航向。經過幾分鐘艱難的飛行，飛機撞到泰山北麓的白馬山上。「轟」的一聲巨響，緊接著一團衝天大火，挾裹著濃煙墜落山下……

這架飛機上有一位特別的乘客——現代詩壇的夜鶯徐志摩。在烈焰中，這位年輕的詩人結束了三十五歲的生命，而靈魂已飛向天外，逍遙地「雲遊」去了。

「悄悄的我走了，正如我悄悄的來。我揮一揮衣袖，不帶走一片雲彩。」在中國現代文學史上，徐志摩是一位從頭到腳都充滿浪漫氣息的天才詩人。他的一生，如同他熱烈崇拜的拜倫、雪萊、濟慈一樣，徹底地奉獻給遠在雲端的理想。我感到驚奇的是，在那「處處是非人間的黑暗」的二三十年代的中國，怎麼會有如此「單純」的詩人？

我始終覺得，徐志摩不像中國人。中國人很少像他那樣快快樂樂、認認真真地做夢。中國人都是世故的、鄉愿的、滑頭的。而在徐志摩的眼裡，生命如同一注清泉，處處有飛沫，處處有閃光；生命也像一段山路，處處有鮮花，處處有芳草。

不幸的是，錯亂的時代與困苦的現實一天天浸蝕著徐志摩明朗的心房，他渴望像孩子那樣哭，像孩子那樣笑，生活卻強迫他長大。他的歌聲愈來愈低沉，他的目光愈來愈黯淡，他的笑容愈來愈稀疏，他的詩作愈來愈晦澀。一枝禿筆去，一枝禿筆回，再無當年劍橋的神采飛揚。

生活的牽制、政治壓迫、輿論的指責、友人的背離……團團地包圍住這位堅持浪漫理想的詩人。「你們不能更多的責備。我覺得我已是滿頭的血水，能不低頭已算是好的。」徐志摩一輩子都沒有絕望過，也沒有怨恨過誰。在最悲壯的那一幕到來之前，儘管現實的黑暗一點點地吞噬著他那理想的新月所放射的清輝，他還是在痛苦中竭盡全力掙扎著，寫詩作文、教書、辦刊物、開書店，甚至實驗農村烏托邦計劃……也許正因為單純，他的政治評論反倒比那些老於世故的政治學者寫得透徹，可惜他沒有繼續寫下去。

徐志摩是為了藝術、為了自由、為了美而生活。「我之甘冒世之不韙，竭全力以鬥者，非特求免凶慘之苦痛，實求良心之安頓，求人格之確立，求靈魂之救度耳……我將於茫茫人海中訪我唯一靈魂之伴侶；得之，我幸；不得，我命；如此而已！」在答覆梁任公的責難時，徐志摩說出了肺腑之言。但是，世間有沒有「靈魂之伴侶」呢？張幼儀、林徽音、陸小曼……有不愛而勉強愛的，有愛而不能愛的，有且愛且不愛的。無論怎樣求索，「愛」一次次被現實碰得粉碎。浪漫的愛，有一顯著特點，就是這愛處於可望不可及的地步，存在於追求的狀態中，被視為聖潔高貴虛無縹緲的東西，一旦接觸實際，真與這樣一個心愛的美貌女子自由結合，幻想立刻破滅。原來的愛變成了恨，原來的自由變成了束縛。於是，從頭再開始心目中的愛。如此周而復始、兩次三番地演下去，以至於死。

這是無法擺脫的悲劇模式，徐志摩深深陷入漩渦之中，每一次的掙扎反而加速漩渦的運轉。他本不該來到這個世界的，就好像一粒沙落進眼睛，肯定會被流出的眼淚沖走。他只能被當作異端。不設防的城市，往往招致最猛烈的攻擊，這是他怎麼也參不透的邏輯。進入三十年代，徐志摩感到，儘管詩歌弱小的翅膀還在那裡撲騰，卻沒有力量帶整份的累贅往天外飛。「太醜惡了，我們火熱的胸膛裡有愛不能愛；太下流了，我們有敬仰之心不能敬仰；太黑暗了，我們要希望也無從希望。太陽給天狗吃去，我們只能在天邊的黑暗中沉默著，永遠的沉默著！」徐志摩很像安徒生——既深味人世的苦楚，又保持不老的童心。

長不大的彼得・潘畢竟只是遙遠的神話。徐志摩是一棵無法與土地告別的樹，追求了一輩子的美，突然發現面前傲然開放的是一朵惡之花。後人無法揣度徐志摩當年的心態，在好友梁遇春的回憶錄中，印象最深的一幕，是徐志摩拿著一枝紙煙向一位朋友借火時說一句話：「Kissing the fire（吻火）。」人世間的經驗好比是一團火，許多人都敬鬼神而遠之，隔江觀火，拿出冷酷的心境去估量一切，不敢投身到轟轟烈烈的火焰裡去，因此這個黯淡的生活，簡直沒有一點光輝。「只有徐志摩肯親自吻這團生龍活虎的烈火，火光一照，化腐朽為神奇，遍地開滿了春花，難怪他天天驚異著，難怪他的眼睛跟希臘雕像的眼睛相似，希臘人的生活就像他這樣吻著人生的火，歌唱人生的傳奇。」還是梁遇春看得真切透徹，徐志摩的血液裡，真有希臘人天真好奇的因子呢。

「飛」是徐志摩理想的象徵。在詩歌〈愛的靈感〉中，他寫道：

脫離了這世界，飄渺的，
不知到了哪兒，彷彿有
一朵蓮花似的雲擁著我，
（她臉上浮著蓮花似的笑）
擁著到遠極了的地方去……
唉，我真不希罕再回來，
人說解脫，那許就是罷！

於是，他真的不回來了，真的解脫了。這是他早已洞悉的宿命。人們不得不相信宿命的存在。否則，這個沼澤地一樣的世界上，怎麼會有徐志摩這樣不濕鞋襪的人來走一遭呢？

作為詩人，徐志摩註定像蠶一樣用生命結成雪白的繭，在繭成的那天羽化飛升而去；作為詩人，他也註定像荊棘鳥一樣，銜著銳利的荊棘，在只有一彎新月的夜晚，不斷為理想而鳴唱，直到滿嘴鮮血淋漓，直到生命的終了。

張愛玲：執子之手，死生契闊

「死生契闊，與子成說，執子之手，與子偕老。」……比起外界的力量，我們人是多麼小、多麼小！可是我們偏要說：「我永遠和你在一起，我們一生一世都別離開。」

——張愛玲

一九九五年九月八日，洛杉磯警署的探員古斯曼打開大學區一所公寓的大門時，出現在他眼前的是一幅他無法設想的淒豔圖畫：一位體態瘦小、身著赭紅色旗袍的華裔老太太，十分安詳地躺在空曠的大廳中一張相當精美的地毯上。桌子上，有一疊鋪開的稿子，有一枝未合上的筆。古斯曼更想不到，這個華裔老太太就是風靡華文世界的女作家張愛玲。

張愛玲早已預料到自己的死。不然，她為什麼留下「將骨灰撒到任何一處曠野」的遺言？家已經回不去了，能回去的，已然不是家。舊日的老友殷切地邀她回上海，她固執地拒絕了，如果回去的話，上海還能是「上海」嗎？她要完成的，是對自我徹徹底底的放逐。在一群群柏克萊學子健步如飛、意氣軒昂的身影之間，她不緊不慢走著，放逐是保持心靈不碎的唯一選擇。

「相片這東西不過是生命的碎殼，紛紛的歲月已過去，瓜子仁一粒粒嗑了下去，滋味各人自己知道，留給大家看的惟有那狼藉的黑白的瓜子殼。」然而，張愛玲還是在《流言》這本小說集的扉頁，放進了一張自己最喜歡的照片：一襲古式齊膝的夾襖，超低的寬身大袖，水紅的綢子，用特別寬的黑緞鑲邊，右襟下有一朵舒展的雲頭——也許是如意。長袍短袖，罩在旗袍外面。五十年後，那張照片隨同書頁一起泛黃。光陰是不能用日晷測量的。五十年後，張愛玲偏偏又翻出些珍藏的照片，一張照片一段注釋的文字。於是，《對照記》成了她的絕筆。

「對照」語帶雙關，既喻新時代與舊時代的對照，又喻作者面對照片時的心情。「悠長得像永生的童年，相當愉快地度日如年，我想許多人都有同感。然後崎嶇的成長期，也漫漫長途，看不到盡頭，滿目荒涼。然後時間加速，越來越快，越來越快，繁弦急管轉入急管哀弦，急景凋年倒已經遙遙在望。」三言兩語就概括了一生。值得珍藏的生命歷程，就只有這麼些印記？

在對照片的否定與肯定之中，讀者看到了一個平凡女子的無奈、一個不平凡女子的超脫。張愛玲微笑著、微笑著，眼淚不知不覺滴到稿子上。無法不愛，也無法不恨，愛與恨在時光的流轉中反而更加刻骨銘心。記憶如同螺旋狀的樓梯，迂迴往復，沒有人知道會在哪一個方向中迷失，沒有人知道會在哪一級階梯上永遠地停下。

爺爺是清朝的翰林張佩綸，滿腹經綸卻只會紙上談兵，馬尾海戰頂著銅盆逃命；奶奶是李鴻章的掌上明珠，美女兼才女，可惜四十多歲就去世了。在張愛玲誕生的時候，大家庭的故事已經像《紅樓夢》一樣演到最後一回。嗜鴉片煙如命的父親、新派摩登的母親、崩解的家庭、四角的院子，演繹成張愛玲筆下變幻多端的人物與場景。

她十幾歲時的文字，就比一些三四十歲的作家來得老到。她把浮沉分合的家國經驗，以最華麗的文字表達出來，不惜用強烈對比的顏色來表達挫敗的感受。要冷豔就冷豔到底，絕望的時代，倘不是絕望的文字又怎能相配？

香港的陷落，成全了《傾城之戀》裡的流蘇——「誰知道呢，也許就因為要成全她，一個大都市傾覆了。成千上萬的人死去，成千上萬的人痛苦著，跟著是驚天動地的大改革……流蘇並不覺得她在歷史上的地位有什麼微妙之點。她只是笑盈盈地站起身來，將蚊煙香盤踢到桌子底下去。」張愛玲的命運，與流蘇一樣，上海的陷落成就了她。兵荒馬亂的天地之間，這個年輕女子緩緩地伸出手去，握住的那種感覺就叫「蒼涼」。

蒼涼是一種感覺，蒼涼是虛無邊緣僅有的一點充實。

張愛玲的客死異鄉，使傳奇最終完稿。她在冷寂中死去，與一舉成名、春風得意的那幾年的光陰相比，漫長的是青絲化白髮的寂寞生涯。在她居住的公寓裡，鄰居只知道她是個寡言少語、孤身一人的中國老太太，沒有人知道她就是被夏志清教授稱讚為「中國現代小說史上唯一能與魯迅並列」的天才女作家。她與外界的聯繫極少，當電影《紅玫瑰與白玫瑰》紅遍海內外時，她不動聲色，彷彿那與自己無關。人們很難體味張愛玲晚年的心境——是黯淡還是閒適？是悲愴還是荒遠？讀者只能重新咀嚼她筆下說不上好、也說不上壞的時代的負荷者。

如果說蒼涼是女人臉上雪白的粉底，那麼日常生活裡一丁點平庸的快樂則是臉頰飛起的一抹紅暈。張愛玲沒有被絕望所吞噬，她停留在街間熱熱鬧鬧的碰碰戲旁邊，一聽便不想走了。俗嗎？是俗，正如她的名字。極端痛苦與極端覺悟的人終究不多，時代是這麼沉重，不容易一下子大徹大悟。她既善於將生活藝術化，又滿懷悲劇感；既是名門之後，又自稱小市民。不尷不尬之中，就這麼走過來，人也這麼活過來。「他們雖然不徹底，但究竟是認真的。他們沒有悲壯，只有蒼涼。悲壯是一種完成，而蒼涼則是一種啟示。」

細心的人還是在《傾城之戀》裡發現了張愛玲的祕密。當我反覆閱讀「死生契闊，與子成說，執子之手，與子偕老」這四句引自《詩經》的句子時，眼前有螢火蟲一閃。在這一閃中，我一切都明白了，原來如此！可憐的女子，無論是江南才子胡蘭成還是第二任美國丈夫賴雅，都沒能「執子之手，死生契闊」，你假裝無比蔑視的，正是內心深處無比渴望的啊！

張愛玲雖然不寫詩，卻比任何一個小說家都更像詩人。她撒手而去，帶走的只有「蒼涼」。從此，「蒼涼」將是挪不動的形容詞；從此，都市裡的「愛情」該找另一個名詞代替，誰都配不上這兩個字。

「每一隻蝴蝶都是花的鬼魂，回來尋找它的前身」，張愛玲是不是這隻不死的蝴蝶？

海子：詩是生命的倒刺

> 遠在幼年，悲哀這倒刺就已扎入我心裡。它扎在那兒一天，我便冷嘲熱諷一天——這刺兒一經拔出，我也就一命嗚呼了。
>
> ——齊克果

一九八九年三月二十六日，當外面的世界剛剛開始熱鬧時，一個相貌平凡、髮鬚蓬亂的青年，捧著一本厚厚的聖經，躺在山海關冰冷的鐵軌上。

火車呼嘯而來，作為物理意義上的生命，在那一瞬間被碾得粉碎。濺起的鮮血，是抒寫在北中國大地上最後一行詩句。他的這一選擇，與校友們正在參與的那場政治運動沒有任何關係。這位叫海子的天才詩人，留給人們的，不僅僅是一具慘不忍睹的屍體。

海子，原名查海生，一九六四年生於安徽省高河鎮查灣村，一個地地道道的農家孩子。一九七九年，十五歲的海子以優異的成績考入北京大學。在寧靜的湖光塔影之間，他開始寫詩，用詩來解答哈姆雷特那個古老而艱巨的命題——「活著，還是死去」。

在海子筆下，中國當代文學第一次有了純粹的詩歌。天才往往以隱祕的方式誕生。海子在粗糙的稿紙上塗滿潦草的詩句，在雞毛滿地飛的九十年代，當更年輕的學子們像拾起稻子一樣拾起這些詩句，他們將體驗到「不是我們不明白，這世界變化太快」，唯一不變的是海子和海子的詩。像我這樣一個悲觀的人，完全有理由下斷言：海子是二十世紀中國最後一位詩人。

如同梵谷在畫布上發現向日葵與生命的深沉聯繫一樣，海子在詩歌中找到了麥子與生命的神祕聯繫。這位自稱「鄉村知識分子」的詩人，把南方那片黝黑的土地置換成魅力無窮的伊甸園。當代中國少有這樣美麗的詩句，美麗得讓人傷心的詩句：

泉水白白流淌
花朵為誰開放
永遠是這樣美麗負傷的麥子
吐著芳香
站在山崗上。

他的每一行抒情詩都具有金剛石的質地，光芒閃爍卻又無比堅硬，世界上沒有比海子的詩歌更堅硬的東西。至剛的物體，本來就蘊含了些許的悲劇性在其中。海子便試圖尋找幾分溫柔的氣息。我羨慕他有個純潔的妹妹：

蘆花叢中
村莊是一隻白色的船
我妹妹叫蘆花
我妹妹很美麗。

我更羨慕他有個成熟的姐姐：

姐姐，今夜我在德令哈，夜色籠罩
姐姐，我今夜只有戈壁
……
姐姐，今夜我不關心人類，我只想你。

實際上，海子比任何人都一無所有。沒有「妹妹」也沒有「姐姐」的海子，為這個世界創造出涼入骨髓的溫馨，這正是流星般逝去的八十年代令我嚮往的原因之一。我無法相像，海子這樣的人，活到九十年代將是怎樣的結局。至少，八十年代，夢還是夢，美麗的還美麗著。海子在八十年代最後一個春天到來之前死去，他拒絕了九十年代。

海子喜歡蘭波的詩「生活在別處」。這句被米蘭・昆德拉引用無數次的名言，早已成為人們日常談話中故弄玄虛的口頭禪。很少有人像海子那樣深刻理解其真義。古龍在《楚留香》中描述絕世英雄的心境：「你不顧一切地向上攀登，山路為生命的一部分。你超過一個又一個的行人，到達絕頂時你卻失去擁有過的一切。俯瞰山下，後來的人還沒能爬上山腰。孤獨是山峰給征服者唯一的禮物，這時你再想回頭已經來不及了。」對於生活在山腳下的人們來說，海子生活在別處；對於生活在山頂的海子來說，人們生活在別處。

「你從遠方來，我到遠方去」——在這樣「前不見古人，後不見來者」般茫茫大荒的心境中，海子試圖創作輝煌的「史詩」。海子就像是杜斯妥也夫斯基筆下瘋狂的賭徒，孤注一擲，把寶全押給「崇高」。難道「崇高」也能逃避？在旗幟降下前的那一刻，海子挺身而出，拔出他的劍，明晃晃的劍：

你說你孤獨
就像很久以前
長星照耀十三個州府
的那種孤獨

然而，這場豪賭卻失敗了，烏托邦是一輪「毒太陽」。抒情詩人未必能寫好史詩。海子以毛澤東為偶像崇拜，卻什麼也沒有得到；他打開聖經，卻草草翻過，對於苦難，誰能有約伯的安穩與忍耐呢？海子走過的每一座橋都成為斷橋，峰回路不轉，「我走到了人類的盡頭」，當他寫下這樣的詩句時，已然選擇死亡的結局。

剛剛用「大詩」為自己加冕的海子，卻被「絕對」的詩歌逼著退位。海子忙忙碌碌地設置好祭壇，他早就知道祭品是自己。在京郊昌平的一間宿舍裡，他不分白天黑夜寫詩，詩句就像黑暗裡的煙頭，閃爍、閃爍，然後熄滅：

我請求熄滅
生鐵的光，愛人的光和陽光
我請求下雨
我請求
在夜裡死去。

靈魂如此地沉重，脆弱的身體支撐不住它。此刻，幸與不幸都毫無意義。耶穌在地上是孤獨的，沒有人體會並分享他的痛苦。就連耶穌也有憂傷得彷彿承受不住的時刻，弟子們卻都睡著了。如今，站在「太陽痛苦的芒上」的海子，漂浮在一座一千多萬人口的巨型都市裡，找到了與當年曠野中的耶穌相似感覺。他再次打開翻閱聖經，聖經的字跡在他的淚水中模糊不清。

最後，有了山海關鐵軌上發生的那一幕。庸碌如我輩，無法知道海子為什麼選擇山海關，為什麼選擇鐵軌。海子的朋友、詩人西川說：「隨著歲月的流逝，我們將越來越清楚地看到，一九八九年三月二十六日黃昏，我們失去了一位多麼珍貴的朋友。失去一位真正的朋友意味著失去一個偉大的靈感，失去一個夢，失去我們生命的一部分，失去一個回聲。」西川似乎過於樂觀。這個世界上，究竟有多少雙「越來越清楚地看到」的眼睛呢？人們的眸子愈來愈混濁與黯淡。

對於受難者來說，慈母般溫暖的土地已不復存在；對於肉食者來說，沒有詩的生存更為輕鬆自如。在海子的母校，未名湖畔已換上了一批捧著《托福大全》的學子。海子理應死去，他不可能行走在這樣的隊伍裡；海子將永遠痛苦，即使他用死亡來消解痛苦。

海子以他的死肯定了詩。

海子以他的死否定了詩。

胡河清：滿天風雨下西樓

有些人通過指出太陽的存在來拒絕苦惱，而他則通過指出苦惱的存在來拒絕太陽。

——卡夫卡

胡河清走了。他選擇了一個雷電交加的夜晚，選擇了一種毫不妥協的方式，從他居住的那幢有上百年歷史的公寓的窗口縱身一躍，在地上畫出一個豐碩的紅點。在這個每天都有無數人死去的大都會，即使是這樣不尋常的死法，也尋常得無人驚詫。

「勞歌一曲解行舟，紅葉青山水急流。日暮酒醒人已遠，滿天風雨下西樓。」這是胡河清最喜歡的一首唐詩。沒想到，最後詩意盎然的七個字，竟成了他最後時刻的寫照。作為一個文人，胡河清終於獲得了純粹的自由。在跳下去的一瞬間，他釋放的全然是個體生命本身所擁有的能量。

胡河清，祖籍安徽績溪，一九六〇年，生於西部黃河之濱。少年時代，他就已挑起家庭的重擔。當時，他穿的衣服在班上是最為襤褸狼狽的。「我常常在風雪交加的夜晚騎自行車路過咆哮的黃河，遠處是黑黝黝的萬重寸草不長的黃土高山，歸路則是我的已經感情分裂缺乏溫暖的家庭。」這樣的情境，即使在胡河清進入熙熙攘攘的大上海之後，也難以忘懷。這樣的情景，鑄就了他敏感孤獨的心性。

從小學、中學到大學，從碩士到博士，胡河清的生命彷彿是一條平緩的直線。不幸的是，這個敏感而固執的青年迷戀上了文學——也許，所有敏感而固執的青年都會選擇文學為志業。文學是與這樣的青年如影隨形的撒但。文學不僅沒有成為胡河清風的一處風平浪靜的避難所，反而倍加了他的敏感與固執。

「文學對我來說，就像一座坐落在大運河側的古老房子，具有難以抵抗的誘惑力。」胡河清愛這座房子中散發出來的線裝舊書的淡淡幽香，也為其中青花瓷器在燭火下映出的奇幻光暈所沉醉，更愛那斷壁殘垣上開出的無名野花。「我願意終生關閉在這樣一間房間裡，如寂寞的守靈人，聽潺潺遠去的江聲，遐想人生的神祕。」他像是從《史記》中走出來的人，從《世說新語》

中走出來的人，從《聊齋誌異》中走出來的人，在否定了現實生活，轉身面對一片無邪的天空。

在人心叵測、爾虞我詐的社群裡，胡河清顯得如此格格不入。對於不喜歡的人，他毫不掩飾地白眼相向；對於朋友和學生，他全拋一片真心，以致有的畢業的學生從千里之外趕到他的靈前泣不成聲。他扛著一道黑暗的閘門，在暴風雨中，以光裸的頭頂去承受光電霹靂。

在殘忍與非正義的深淵中，胡河清為了生存下去，做了許多的嘗試。從一疊又一疊的文稿到單身遠遊時神采飛揚的照片，從洋溢著生命激情的西方繪畫到窗前那盆青翠的綠色植物，從一群比他更年輕的學生到一卷彙集了東方最高智慧的佛經……然而，一切的一切，最終都失敗了。他無法降低生存的標準，他的血液中缺少苟活的因子，他發現周圍的環境比狂人的時代還要冷酷和醜惡。生命的尊嚴與驕傲，就這樣輕易地被平庸所摧毀嗎？他奏出最後一個變徵之音後，生命之弦就此斷裂。

在評論集《靈地的緬想》的序文裡，胡河清繪聲繪色地談起自己的夢：「我夢到自己騎上了一頭漂亮的雪豹，在藏地的崇山峻嶺中飛馳。一個柔和而莊嚴的聲音在我耳朵邊悄悄響起，『看！且看！』我聽到召喚，將頭一抬，只見前面白雪皚皚的高山之巔幻化出了一輪七彩蓮花形狀的寶座。可惜那光太強大，太絢美，使我終於沒有來得及看清寶座上還有別的。」神缺席了，可神諭還縈繞在他耳邊。他認為，神不過是一個影像，在這個影像中，他看到了在永恆的牆壁上的自畫像。

齊克果說過：「人們對待生活就像小學生對待他們的作業，他們懶得自己運算，總想抄襲算術課本裡的答案哄過老師了事。」胡河清是一個要自己運算的人。經過運算，發現外部的時鐘與內部的時鐘走得並不一致。內心的時鐘發瘋似的猛跑，滴滴答答，沒有安靜下來的可能，每一秒鐘都在奮力向前衝。既不能睡著，也不能醒著，再也不能忍受生活的連續性了。自己的影像崩潰了，只剩下雪山和陽光，只剩下吉力馬札羅山上死去的豹，寂寞的曙光，一片平靜。

胡河清生前最得意的一篇文章是〈錢鍾書論〉。在「錢學」成為顯學的九十年代，這篇文章據說是唯一受錢鍾書激賞的評論。知音固然是知音，但在生命的內蘊與價值的取向上，胡河清與錢鍾書迥然不同。相反，他更接近王國維。錢鍾書的生命狀態是做學問的，故能「落花無言，人淡如菊」，臨亂世而繼絕學；胡河清的生命狀態是任性情的，故能如破冰之日的黃河，汪洋恣肆地奔騰而下，遂成絕響。與錢鍾書那蝸角、兔毛中亦能見乾坤的智慧相比，我更欣賞胡河清心靈經緯中「白茫茫一片大地真乾淨」的力度。

胡河清曾談到「苦求兵士向塵寰」的王國維：「他集詩人、哲學家的癡氣於一身，竟把柏拉圖那冰清玉潔的理想國當作了人生的題中應有義，則哪能不失望？哪會不歎息？……王氏對人生持論過高，故有『昨夜西風凋碧樹，獨上高樓，望盡天涯路』之歎息，終於自沉以沒，走了『空掃萬象，斂歸一律』的絕路。」這裡，又出現了「獨上高樓」的意象。表面上是在說王國維，何嘗不是胡河清的自況！高樓上，兩個淒苦得令人揪心的身影，合二為一。

胡河清到底沒有像錢鍾書那樣「將人生的醜惡、缺憾轉化為審美形象的特殊本領」，他奮然一躍，消滅了命運巨大的陰影。

卡夫卡說過：「你可以逃避這世紀的苦難，你完全有這麼做的自由，這也符合你的天性，但也許正是這種迴避是你可以避免的唯一的苦難。」胡河清為此付出了高昂的代價。

「滿天風雨下西樓」，這一個「下」字，超越了魯迅《過客》中赤著腳在荊棘地上向前走的過客，而再現了馬奎斯《百年孤獨》中布恩迪亞家族中最後一人將家族歷史翻到最後一頁的蒼茫景象。胡河清的好友李劼把胡河清的縱身一躍稱作是「中國當代文化的共工篇」，他沉痛地寫道：「我不知道胡河清以後是什麼樣的時代……但是，如果可以把王國維自沉、陳寅恪的《柳如是別傳》、圓明園的廢墟並稱為二十世紀中國文化之三大景觀的話，那麼胡河清則以共工的形象為之提供了第四個景觀。」

大上海，千百座高樓拔地而起。今世之後，還有來世，離我們而去的胡河清，向我們標識了另一番景象。

他終將被遺忘。他已經被遺忘。對此，人們不必悲哀。只需要記住一點：當平等的路途匯聚在一起時，那麼整個世界在一段時間看起來就像是家鄉一樣。人類的使命，是在世界中展示一個島，也許是一個榜樣，一個象徵，去預示另一種可能性的降臨。

——保羅・策蘭

布羅茨基：詩歌與帝國的對峙

他穿門而去，雨在背後追他。
我們死了，卻能夠呼吸。

一九九六年一月二十八日，紐約市布魯克林區公寓。一間到處放滿書籍的房間裡，布羅茨基因心臟病發作，在睡眠裡逝世。詩人沒有經歷任何的痛苦，死亡是在瞬間之內降臨的。

詩人唇邊的一抹微笑，依舊如許溫柔，好像在說，我寫完最後一行詩，我累了，我走了。

五十五歲的俄羅斯詩人結束了與帝國的對立。在他生命的最後幾年裡，他目睹了放逐他的帝國像紙房子般倒塌。紅色政權回歸歷史河灣，而他的詩句在他深愛的土地上口耳相傳。

約瑟夫・布羅茨基，一九四〇年生於列格勒一個猶太人家庭。他的童年時代，戰爭剛剛結束，灰色和淺綠色的建築物立面上彈痕累累，無盡頭的、空曠的街道上很少行人和車輛。

父母是高雅的知識分子，從小給他以良好的藝術薰陶，但也賦予他抹不去的猶太血統——在史達林時代的蘇聯，「猶太人」一詞有些像一個髒字或某種性病的名稱。七歲的時候，小男孩在學校撒謊說，不知道自己的民族是什麼。然而很快全班都知道他是猶太人，他為此吃盡苦頭。

卑微者最先醒來。「從前，有一個小男孩。他生活在世界上一個最不公正的國家裡。其統治者，從人類的各種觀念來看都可以被稱為墮落者。但是沒有人這樣稱呼過。」領袖的肖像就掛在小男孩床鋪上方的牆上，每天兩雙眸子都要經歷若干次艱難的對峙。小男孩想：

「是烏鴉重要還是太陽重要？是烏鴉的翅膀遮住了太陽，還是太陽把烏鴉變成一個小黑點？」他把自己所在的世界上最漂亮的城市看作一個倖存者，而倖存者是不能用列寧來命名的。他意識到自己生活在停滯了的文明裡，生活在卡夫卡的世界裡。

小男孩十五歲時退了學，這與其說是一個有意識的選擇，不如說是一次勇敢的反抗。在一個冬天的早晨，並無明顯的原因，他在一節課的中間站起身來，走出學校的大門。在老師與同學驚詫的目光裡，向灑滿陽光的一眼望不到頭的大街奔跑而去。

那時，布羅茨基一家一貧如洗，父親因為是猶太人，被趕出軍隊，失去收入。小男孩決心獨立生活，在龐大的帝國的角落裡漂泊，好似艾蕪《南行記》中的主人公。不過，布羅茨基沒有那麼濃的書生氣，他什麼粗活都幹得了，先後做過火車司爐、地質勘探隊員、水手、車工等十多種工作。這些工作與寫詩沒有什麼差別。掄起斧頭來的時候，那麼重，又那麼輕，提起筆桿時的感覺也一樣。

「今日我們就要永遠分手，朋友。／在紙上畫一個普通的圓圈好了。／這就是我：內心空空如也。／將來只須看上一眼，隨後你就擦掉。」哀歌裡並不出現「悲哀」這個詞，這是布羅茨基的風格，在最輕鬆的敘述方式中藏著最深廣的憂憤。他的詩句像是一條道路，當你走上去，才發現是一根絆腳索。讀者不得不與作者一起感受跌倒時的劇痛。「一所學校就是一座工廠、一首詩、一家監獄、一門學問、一種無聊，並伴有恐懼的閃回。」應當更多地關注謊言，因為謊言比真理更能指認這個時代，詩人是漁夫，不網魚，卻撈起河中的水。

一切創造自身的詩人都否定主人與奴隸的世界。生活在一個自稱「革命」的政權下，詩人的反叛卻受到了可恥的鎮壓。一九六四年，布羅茨基受到蘇聯官方的審訊，罪名是「社會寄生蟲」。這名從事的強度體力勞動遠遠超過他的前輩托爾斯泰、杜斯妥也夫斯基的詩人，居然成了「寄生蟲」，這一審判暴露了帝國全部的非正義性。

按照卡繆的說法，革命就是把思想灌輸到歷史經驗中去，而反叛只不過是從個人經驗走向思想的運動，反叛者發現了革命的蛻變，革命立即把反叛者關進監獄。布羅茨基和他的同伴們「衣衫破舊，不知為何卻仍有幾分優雅；被他們頂頭上司無聲的手招來揮去，兔子般地逃避國家豢養的為數甚多的獵狗和數目更多的狐狸。窮困潦倒，日益衰老，但他們依然對那些不存在的、被稱之為『文明』的東西癡情不改」。詩人被判入獄五年，後來減至一年半。

一九七二年，布羅茨基被驅逐出境。這固然是一種灼人的痛苦，但比起史達林時代死在集中營裡的古米廖夫、曼德爾施塔姆等人來，則要幸運得多。「還不知道要走多少個千里／尤其是每一次都得從零算起。」一九七七年，布羅茨基加入美國國籍，但他聲稱：「我的心靈永遠為俄羅斯歌唱。」沒有人比他更懂得文學和歷史，沒有人比他更能自如地運用俄語，沒有人比他更徹底地蔑視覆蓋世界六分之一土地的大帝國。

布羅茨基用詩歌為自己重建一個世界。二十多年時間裡，他出版了四十一本著作，絕大部分是詩歌。他相信，對於靈魂來說，沒有比詩歌更好的居所了。一九八七年，布羅茨基獲得諾貝爾文學獎，瑞典皇家學院稱他「具有偉大的歷史眼光」，他的詩歌「超越了時空的限制」。當時，布羅茨基年僅四十七歲，是迄今為止最年輕的諾貝爾文學獎得主。

卡夫卡說過：「生活叫做：置身於生活之中，用我們在其中創造了生活的眼光看生活。」布羅茨基嘗試著這樣做了——他雖然沒有顛覆大帝國，卻成功地驗證了一首詩可以比一個帝國重。「在茫茫的宇宙間。／地球就這樣運轉，／我們時而熱，時而冷，／時而在光明的白天，時而在晦暗的夜間。」暴君和殺人者並不可怕，在這晦明未定的時刻，誰是法官？誰是罪人？且聽下回分解。

帝國先於詩人隱匿在黑皮的史書裡。疲憊的詩人也該休息了。記得果戈里有句名言：「你們都是詩人，而站在死亡一邊。」布羅茨基則說：「死」即便是作為一個詞，也和詩人自己的作品，即一首詩那樣是確定的。一首詩主要的特徵在於其最後一行。「當我們閱讀一位詩人時，我們是在參與他或他的作品的死亡。」他對死亡早有預料，像朋友一樣，等待死亡的到來。

那天夜晚，他擰滅檯燈，拉上窗簾，紐約的萬家燈火被他隔在外面。他想起了憂鬱的母親，以及母親教他朗誦的普希金的詩篇。他躺在床上，眸子盯著天花板，盯著俄羅斯，佈滿森林和監獄的俄羅斯。他笑了。

法西斯：未死的幽靈

不久前，報紙上刊登了一則不起眼的消息：阿根廷陸軍司令承認，軍人政權期間阿根廷有三萬多人被殺害。一九七三年三月，阿軍人政變推翻裴隆夫人執政的文人政府，解散議會，禁止一切政黨活動。不到十年間，軍人政府先後逮捕五萬名左派人士、進步知識分子、學生和市民，他們中的大部分在受盡酷刑後，被裝上直升機，分批扔進浩瀚的大洋。在給他們家庭發送通知時，只有「失蹤」這個最簡單的解釋。

讀到這則報導時，是一個炎熱的夏夜。突然之間我有一種涼入骨髓的感覺。想想那麻袋中的活人被扔進大海的場面，那響徹天空與大海之間的慘號彷彿縈繞在我的耳邊，那入水時濺起的水花彷彿也飛濺到我的臉上。我又想起五十年前柏林那陰沉沉的地堡裡，希特勒向自己太陽穴開槍的時候，眼光依舊如鷹隼一樣冷酷強悍。他是以一種心滿意足的而並非絕望的心態結束自己的生命的，希特勒也許清醒地意識到：「我雖然死去，但法西斯主義並不像陪葬品一樣消亡。」法西斯的幽靈將徘徊在此後人類文明的裂縫之中。

在文明破裂的地方滋生的惡魔

我更傾向以寬泛的視角，從文化—心理層面來剖析法西斯主義。從中非以吃人為樂的皇帝博薩卡到拉美文豪阿斯杜里亞斯筆下的「總統先生」，從發動「肅反運動」的史達林到掀起「文化大革命」的舵手毛澤東，其精神取向都與法西斯主義有著緊密的聯繫。正是在文明和歷史的斷裂處，暴露出人類共通的的缺陷與危機。

德國作家赫曼・赫塞在《荒原之狼》中寫道：「每一個時代，每一種文化，每一種道德風俗與傳統都有自己的方式，都有與之相適應的溫和與嚴厲，美好與醜陋。」只要當兩個時代，兩種文化與宗教相互交錯的時候，一代人失去了一切本來是理所當然的東西，失去了一切慣例，一切安全感和純潔無邪。於是，地獄之門就打開了。在這裡，赫塞敏銳地預見到法西斯主義產生的社會基礎：動盪時代裡失去根基，失去希望，驚恐交加的人群。

二十世紀二十年代末那場史無前例的經濟危機，將生存的危機籠罩在每個西方人頭上。經濟基礎的瓦解引發上層建築的崩潰，文藝復興以來「人的神話」瞬間破滅，康德那曾被奉為聖經一般的名言——「人是一種如此高尚的生物，所以他不能只被當作他人的工具」，被雨打風吹去。

在風雨飄零、朝不保夕的處境之中，自由與權利變得無足輕重。人類制定法律，其最主要的功能是劃定某種界限，在界限之內建立起人與人溝通的孔道。而在恐懼中互相孤立的個體，誤將「界限」當作災難的根源，希望打破傳統、挑戰秩序，並企圖建立新的「最高規律」。於是，他們便在選票上虔誠地填上希特勒的名字——有什麼東西比「國家主義」和「社會主義」兩個字眼更加誘人呢？即使是那個時代的精英人物，如海德格爾、龐德等人亦義無反顧地加入這一歷史逆流之中。

俄國哲學家洛斯基檢討這段歷史時說：「惡魔不是以魔術來征服人的意志，而是以虛構的價值來誘惑人的意志自覺服從它。」波蘭哲學家柯夫斯基是集中營裡的虎口餘生者，他的體驗更加真切：「惡魔聲稱他們是出於大愛才對你們行惡，他們要解救你們，給你們提供心靈的幫助，給你們帶來偉大的學說，讓你們靈魂開啟。惡魔這樣聲稱時，他們並沒有說謊，他們相信自己是天使般的，並早已打算為崇高的事業獻身。」希特勒剛剛出現在公共視野之中的時候，不是剛愎自用、歇斯底里的獨裁者的形象，而是體貼入微、娓娓道來的好朋友的面貌。他告訴德國民眾，生活中的不幸都是外國人、猶太人以及貪官污吏造成的，如果德國人願意加入到他倡導的崇高的事業之中，那麼，一切的不幸都將被抹去，美好的生活將徐徐展開。他深味大眾心理學，輕輕撩動了人們心中最脆弱的那一部分。

「我」與「你們」如何合為一體？

那麼，「崇高的事業」是如何混淆善惡、深入人心的呢？

季羨林教授在《留德十年》中回憶了二十年代在德國的留學生活。那和藹可親、關懷備至的房東太太，那機靈活潑又帶幾分憂鬱的德國同學，那一絲不苟做學問，把東方青年視若己出的老教授……人們是那樣地善良、聰明、彬彬有禮、溫文爾雅。於是，一個最大的悖論產生了：為什麼具有高度哲學、科學和藝術修養的德意志民族，會被納粹組織成一架瘋狂的殺人機器？為什麼平時愛好文學與音樂的市民面對慘絕人寰的種族滅絕的悲劇，居然會無動於衷，甚至助紂為虐？

德國哲學家雅斯貝爾斯曾在惡劣的環境中保護猶太血統的妻子，因而被解除教職，逐出大學，差點付出生命代價。正是他第一個深刻反思納粹如何征服德國的人心。一九四五年底，在一片廢墟與墓碑之間，雅斯貝爾斯發表了〈德國人的罪責問題〉。他指出，除了負有法律上罪責的戰犯以外，全民族中所有沒有公開反對納粹的人都不可推卸地負有政治上、道德上和本體上三個層次的罪責。因為罪責是全民性的，對它的懲罰也是全民性的。這種懺悔已經不僅僅是懺悔了，雅斯貝爾斯將鐵鍬深深地挖向法西斯主義盤根錯節的根系。

希特勒在一次對閃電部隊的講演中，有一句流傳甚廣卻未被深入剖析的名言：「你們所有的一切透過我的存在而存在；我所有的一切也透過你們的存在而存在。」這裡，「我」與「你們」似乎水乳交融，獨裁似乎是一種比民主更民主的制度。美國學者亞特蘭認為，極權主義的統治者認為最理想的子民並不是真心信服自己觀念的人士，而是喪失分辨力，匍匐在觀念腳下的民眾。

在一部德國影片裡，集中營的司令官此前曾經是一個整天樂呵呵的啤酒商人，在公務閒暇自得其樂地教小女兒製作植物標本。然而，一入集中營，他便面若冰霜，動輒處死戰俘。兩種截然不同的面目，是如何統一於一人身上呢？人們也許覺得難於理解，但法西斯主義輕而易舉地將兩者結合得天衣無縫。法西斯主義認為，全權專政具有歷史及存在的合理性，具有合乎規律的價值根據，他們代表著某種總體的權益，例如德意志民族的振興、大同烏托邦的實現等等。他們通過恐怖的形式將歷史或自然的力量透過人類，而自由自在地運行。因此，有罪與無罪、善良與殘暴這類名詞變得沒有意義：所謂有罪就是指阻礙自然或歷史過程的行為，犯有這種罪行的人被控訴為不適合生存的個體、低劣的民族、墮落的階級，驅逐與消滅他們是自然而然的事。法西斯主義就這樣巧妙地完成了對人的精神的整合。

美國作家蘇珊娜曾研究法西斯的美學特徵，她透過希特勒大閱兵的紀錄片、歐洲修剪整齊的宮廷園藝、史達林紅場上的群眾集會、日本三島由紀夫和伊朗霍梅尼的個人裝束等等，看到了人們心靈深處強烈的生命欲求和對神祕主義的嚮往。「法西斯主義代表了今天混在別種名目下的理想：以生命為藝術、迷信美、盲目尊崇勇、丟棄理智、隱身群眾消解疏離。這些理想顯得生機勃勃，無限動人。」而西班牙作家奧德加則針對佛朗哥統治下的西班牙，挖掘民族的劣根性：「西班牙是一個一百年以來就生活在治理與服從之間良心敗壞的國家。」這種中世紀以來形成的波希米亞式的遊民風格，正為法西斯的崛起提供了現成的無政府狀態。推展開去，這也正是拉美極權主義的淵源。由此可見，法西斯主義是現代社會隱藏甚深的一大惡疾。

淡忘歷史是災難重臨的前奏

北大放映《辛德勒名單》時，近二千人的大影院自始至終鴉雀無聲，異國的恐怖、異國的災難、異國的悲劇，深深地打動了學子們的心。在慣於用掌聲、笑聲、噓聲、吆喝聲來表達自己情感的北大，極少有哪部電影是在如此靜穆氛圍中放映完畢的。而在放映《活著》時，北大學生對影片中一個接一個喜劇性的場面如此好奇：大煉鋼鐵時沸騰的村莊、用來做訂婚禮物的紅寶書、婚禮上對毛主席像的鞠躬、大食堂裡狼吞虎嚥的農民……時而引起哄堂大笑，時而引起掌聲如雷，觀眾比看周星馳的喜劇還要開心。我無意責怪以商業為準繩的張藝謀或影院裡年輕的觀眾們，也不想用時髦的理論來分析這種現象。面對悲喜劇的錯位，我不寒而慄。

樂黛雲教授說過，一位德國學者想與她合著一本比較納粹與「文革」的書，回答這麼一個問題：為什麼在短短的三十年之間，東西方兩大最優秀的民族會發生同樣令人髮指的暴行？然而，由於種種原因，這種願望一直未能實現。回憶是艱難的，在回憶中懺悔與反省則更為艱難。蘇聯女詩人阿赫瑪托娃在〈悲歌〉中寫道：「可怕的葉諾夫時代裡，我在列格勒的監獄中度過了十七個月，某人認出了我：『你能說明這些嗎？』我說：『我可以！』她那往昔曾為面孔的臉上掠過一個似笑非笑的表情。」顯然，對方對阿赫瑪托娃描述歷史真實的信念持懷疑態度。但是，正是這種信念，讓俄羅斯畢竟有了《日瓦戈醫生》、《古拉格群島》。面對「文革」，中國人有什麼值得誇耀的文學作品留下來呢？中國人有什麼值得誇耀的文學作品留下來呢？

看看中國的傷痕文學，在張賢亮、王蒙這一代「文革」親歷者自傳性的作品當中，「文革」僅僅是主人公品格的試金石。他們以受難者的身分沾沾自喜，災難像日蝕一樣，一旦過去，便信心百倍地重新踏上紅地毯。風靡一時的《血色黃昏》處處是暴戾和血腥之氣。一個曾經用皮帶上的銅扣抽打白髮蒼蒼的老教授的紅衛兵為自己辯解：「我要說，在紅衛兵一代人身上發生的很多事情，其動機其潛力完全是正常的乃至美好的。我們追隨毛澤東的最根本原因畢竟不是醜陋，不是私利，更不是恐怖。一個紅衛兵的忠誠和英雄的靈魂，其外在表現為愚昧、盲從、打架、凶暴，可是他內心中是正義的烈火、友誼的信念，斯巴達克的靈魂是壯美的境界和不屈不撓的追求。」如此混淆目的倫理與實踐倫理的自白，居然獲得滿堂喝彩，巴金倡導的「全民共懺悔」至今沒幾個人跟上。如果沒有對自身積澱的法西斯毒素做出清理，當人們在矛盾重重的現實中產生困惑與不滿時，「文革」的慘劇有可能以充滿理想和激情的方式重演。

法國思想家傅柯不愧為當代危機的最高明的診斷者，他指出：「希特勒和墨索里尼曾經有效地動員和利用了群眾欲望的法西斯主義，存在於我們所有人中間。存在於我們頭腦和日常行為中的法西斯主是使我們愛慕權力，渴望被支配和被壓迫的法西斯主義。」二十世紀三十年代，面臨日寇瘋狂進攻，民心全面潰散的局勢，錢瑞升、蔣廷黻等學者向蔣介石鼓吹「法西斯救國論」；而面臨世紀交替的今天，一些學術刊物又開始討論「新權威主義」，人們是否應該有某種警覺呢？

二戰勝利已經半個多世紀了，今天的世界遠未臻於盡善盡美之境界。南斯拉夫出現了對峙雙方大規模殺害戰俘的暴行；索馬里、盧旺達，難民的生命更是賤如草芥輕若鴻毛；在中國南方某個開放城市的街頭，因為小小的摩擦，一名大學生光天化日之下被父子三人活活打死……在歷史的回音壁旁邊，人們聽到了希魔猙獰的笑聲。法西斯的幽靈，依舊徘徊在這個所謂的太平盛世。

徹底根除法西斯滋生的土壤，除了倚靠理性與良心之外，還需要什麼？面對那些冠冕堂皇的「真理」與「正義」的旗幟，該做怎樣的選擇？在核時代的陰影下，每一種選擇都將波及「人類是否能繼續存在」這一並非聳人聽聞的話題。在歷史與未來之間，恐怖或自由的生活，都將由人類一手創造。對於昨天，我們不應當忘卻，而應當記住。

狗的幸福與人的自由
——兩本書，兩把打開蘇俄帝國大門的鑰匙

蘇俄帝國，如何崛起，如何覆滅，對於很多人來說，仍然是一個謎。蘇俄帝國，亦是中國的一面鏡子，「蘇聯的今天，中國的明天」，既是預言，亦是咒語。

有兩本書，宛如兩把打開蘇俄帝國大門的鑰匙。一本是弗拉基莫夫的中篇小說《忠心耿耿的魯斯蘭——一隻警犬的故事》，另一本是謝夫成柯的自傳《與莫斯科決裂》。前一本書的主人公是一條忠誠的狗，後一本書的主人公則是一名叛逃的外交官。忠誠的狗眼裡的蘇俄與叛逃在外交官眼裡的蘇俄，互相重疊，共同構成一個「帝國」——即詩人布羅茨基所說的「與詩對立帝國」。現在，令人恐懼得不知道什麼是恐懼的帝國消失在歷史長河之中，詩卻存留下來。

上篇：什麼樣的邪惡，讓狗也喪失了「狗性」？

六十年代，蘇聯民間流傳過這樣一個故事：某地的集中營被撤銷後，計劃在原址上建設一個聯合企業。來自各地的年輕建設者們下車後，在車站廣場開完動員大會，便整隊向目的地進發。原來在集中營裡押送勞改犯隊伍、如今流落街頭的警犬們聞訊趕來，誤認為這是新來的勞改犯，

於是主動地擔負起押送任務，結果造成一場人與狗之間的衝突。弗拉基莫夫根據這則新聞創作了《忠心耿耿的魯斯蘭》。也許，魯斯蘭是一個在世界文學長廊中相當出色的狗的形象；而魯斯蘭眼裡的人世，雖然與索忍尼辛的《古拉格群島》相比只能算滄海一粟，但足以讓人驚心動魄。

魯斯蘭是一條優秀的警犬，早在訓練場裡就已顯示出不凡的天賦。被分配到集中營後，牠跟著主人勤勤懇懇地站崗放哨，忠於職守。主人經常向牠發出「撲上去」的命令，牠立即帶著服從命令的欣喜，急速地衝出去，做出從一邊跳到另一邊的假動作。於是，敵人就慌作一團，不知道是逃走好還是自衛好。最後，牠一下子跳過去，爪子撲到敵人的胸脯上，設法將其撲倒。牠和敵人一起翻倒在地，望著嚇變了樣的臉發狂地吼叫起來，但只咬他的手，不理他的喊叫和掙扎，嘴裡灌滿稠稠的溫熱的又腥又臊的液體——直到主人用力扯住頸圈拉開為止。那時，魯斯蘭才感覺到自己挨了打和受了傷。主人賞給牠一塊肉或麵包乾，牠接受這些東西主要是出於禮貌，因為當時牠根本吃不下。

後來，在陰沉沉的犯人的隊列前，主人讓魯斯蘭去咬一下那個被抓住的人。這也不是獎勵，因為那個人已不反抗了，只是可憐地喊叫著。魯斯蘭更多地撕他的衣服而不是在咬他的身體。「奇怪的是，主人們雖然都很聰明，卻不懂得這一點。」魯斯蘭是一條良心未泯的狗，牠哪裡知道，兩腳動物殘忍起來不知比牠要厲害多少倍！

體制能扭曲人，這一點已為無數的作家所發現和書寫；體制還能扭曲狗，這一點卻是弗拉基莫夫的新發現。這種新發現令人毛骨悚然，「我們可憐的小星球被一道道的邊界線和國境線，被一層層的高牆和鐵絲網劃得遍體鱗傷，它在冰冷的遠方旋轉著，衝著這些星星飛去，在它的表面上，沒有一寸不是看守著人的土地。總有一些囚徒借助於另一些囚徒小心地守著其他的囚徒以及他們自己，以防人們多呼吸一口有致命危險的美好的自由空氣。魯斯蘭遵從這一條除了萬有引力定律外最重要的定律，仍願充當一個日夜不撤的守衛。」魯斯蘭的忠誠使牠成為警犬的模範，在一個人性消亡的時代，連狗的天性也蕩然無存。傅柯所說的「規訓制度」連狗都不放過——在小說中，狗的視角是天真的，這種天真卻讓人窒息。

魯斯蘭不再是「狗」，而成了「警犬」。當集中營撤消後，牠的「警犬」身分被取消。然而，牠只願做「警犬」，拒絕當「狗」。當牠昔日的同伴紛紛自謀出路，到各家各戶投靠時，牠「沒有接受過任何人施捨，沒有執行過任何人的命令，沒有對任何人搖尾乞憐」，一心一意等待著，希望主人把牠召喚回去重新執行「公務」。牠天天呆在站臺上，眺望著鐵軌的盡頭，等待著運送犯人的車廂的到來。

車廂終於到來了，忠誠的魯斯蘭撲上去，沒有主人，也要執行公務呀！牠與那群眼中的犯人一直戰鬥到最後，直到致命的鐵鍬揚起來。魯斯蘭命中註定在牠生命的最後時刻也沒有脫離公務。公務在牠快要抵達彼岸去的時候召喚牠。「當最最忠實的，曾經發誓要為執行公務毫無保留地獻出生命的人紛紛背叛的時候，當旗手們本身把執行公務的那面受到污辱的大旗扔到爛泥地裡的時候，在這個時刻，公務尋找支柱，向尚存一點忠心者大聲疾呼——於是魯斯蘭這個瀕臨死亡的士兵聽到了戰鬥的號角。」

忠誠成為悲劇的核心。是魯斯蘭錯誤地理解了時代，還是時代扭曲了魯斯蘭？魯斯蘭把整個星球都看作集中營，把所有兩腳動物都看作可鄙而不可憐的犯人，眼裡閃爍著「真理」的火花。

魯斯蘭與卡夫卡一樣聰明，卡夫卡眼裡的是一個服從、機械、抽象的世界，是不為人所知的神話中一眼望不到盡頭的迷宮，人的身分在從一個辦公室到另一個辦公室的途中失去了。實行極權制度的國家，都有無比龐大的行政機關；一切工作都在那裡被國家化、各行各業的人都成了職員。一個工人，不再是工人，一個法官不再是法官；一個商人不再是商人；一個教士不再是教士；甚至一條狗也不再是狗。

如果說魯斯蘭因愚忠而喪命，那麼詩人曼德爾施塔姆則因清醒而喪命。早在十月革命初期，曼德爾施塔姆就感受到當代生活中人道主義受到無情摧殘：「我們懷著恐怖和猶豫在這陰影中前行，不知道這就是即將來臨的、黑夜的翅膀或是我們應當步入的故鄉城的陰影。」他最終被陰影所淹沒；一九三八年，詩人於肅反中被捕，不久死於遠東的流放地，屍骨無存。

阿赫瑪托娃的日記中記載，巴斯特納克曾為曼德爾施塔姆奔走。史達林親自打來電話，問道：「他是您的朋友嗎？」巴氏不知道詩友已被定為何罪，不敢答話。史達林繼續問：「他是大師吧？是大師吧？」巴氏這才回答說：「這無濟於事。」是的，狗難道因為你是大師就不咬你嗎，笑話！在魯斯蘭眼中，所有人都是有逃跑念頭的犯人。

狗眼看世界，只是角度變了，並不會將世界的本質看走眼。赫胥黎說，新世界並不美麗，我相信這個結論。

有的時候，人咬起人來，狗都望塵莫及。我想起一個名叫江青的中國女人。關於江青獄中生活的傳聞很多，據說她看到「紅色中國」資本主義化而氣得渾身發抖。像失去戰場的戰士，她的感覺比魯斯蘭好不到哪裡去。

失去集中營的魯斯蘭，處境悲慘，「牠習慣於在乾淨的墊子上暖暖和和地睡覺，習慣於有人給牠洗澡，梳理毛髮、剪指甲、裹傷抹藥，在失去這一切之後，很快一落千丈，落到了就是喪家野狗也不如的地步」。野狗避免在火車頭的爐渣堆上取暖，魯斯蘭一時糊塗這樣做了，結果幾天內牠最可靠的防寒物——又厚又密的毛弄亂了，開始脫落，爪上佈滿了搔破和割破的傷口。牠一天天地變得邋邋遢遢，愈來愈瘦，對自己感到厭惡。眼睛卻愈來愈亮——閃爍著永不熄滅的狂怒的黃光。每天早晨檢查完站臺上的崗哨後，便跑到廢棄的集中營去。

與之相似，偉大的丈夫躺在水晶棺材中的江青同志，不僅沒有享受丈夫遺囑中擔任黨的副主席的待遇，反而被關進監獄。她在法庭上咆哮說：「我是主席的一條狗，主席叫我咬誰我就咬誰！」她說了一輩子的謊話，唯獨這一句是真話。她堅持了二十年，期待的「二次革命」依然沒有降臨。於是，江青自殺了。

《忠心耿耿的魯斯蘭》不是一篇童話式的動物小說。這本書不會給人以閱讀的愉悅。面對魯斯蘭的炯炯有神的狗眼，有誰能無動於衷呢？

下篇：那些領袖原來都是腦滿腸肥的庸人

謝夫成柯，莫斯科國際關係大學博士，曾任蘇聯派駐聯合國代表團政治部門首腦、蘇聯外長葛羅米柯私人顧問、聯合國副祕書長，一九七三年投奔美國。我一向喜歡看「叛徒」寫的書，謝夫成柯的《與莫斯科決裂》一下子吸引了我。

謝夫成柯出身特權階級，一直受著精英教育。「典型的蘇聯教育方法所主張的獨立思考及行為，事實上就是指儘量瞭解規則的意義，然後全力以赴地去執行命令，任何試圖超越規則的衝動是危險的，必須加以鎮壓。這套理論有效地製造了許多蘇聯的現代農奴。」然而，謝夫成柯逐漸發現馬克思列寧主義與蘇聯現實不盡相符，只是不敢表達出來，他有同學因此被開除。大學生必須通過考試，不能向任何理論挑戰、質疑或尋求答案。教科書的理論不斷遭到修改。史達林常突發奇想，政策一變，昨日的寵臣隔夜就變成階下囚，顛撲不破的信條轉眼就成為異端邪說。「在那個年頭，一個人要是錯過一場演出，沒有把當日修改的『真理』記下來，很可能就會釀成一場大禍。」教授們苦口婆心要學生相信蘇聯是由工人階級統治，正處於馬克思理想中由資本主義變成共產主義天堂的轉化時期。事實上，除了少數指定的「工人英雄」用作宣傳樣板之外，無產階級為統治階層所鄙視。

謝夫成柯三十歲出頭就成為葛羅米柯的大使級顧問，可謂少年得志。他得以瞭解最高權力機構的運作，也看到「偉大人物」面具後面的醜態。

高級官員中最正直的是葛羅米柯，他對蘇聯體制的忠心毫無保留。有一次，西方記者問及葛氏的心路歷程，葛氏的回答是：「我對我的個性不感興趣。」赫魯雪夫說，如果他命令葛氏「脫掉褲子在冰上坐一個月，他也會一一照辦」。勃列日涅夫上臺後，葛氏拜倒在這名昔日的下屬腳下。勃氏喜歡打獵，葛氏雖無此愛好，立即將打獵作為政治副業，成了勃氏最好的陪伴。

在葛羅米柯的政治生涯中，看不到平民的存在。他早上十點乘高級轎車到外交部，再坐專用電梯直升到七樓辦公室，直到晚上八點回家。他的女兒形容說：「他已經二十年沒有踏上過莫斯科的街道。」葛氏是外交天才，是天生的演員，慣於隱藏情緒意欲，平常舉止嚴肅沉著，必要時，也能咆哮如雷。有時，還會裝聾作啞，或者擺出高深莫測的狀態。此外，居然還能戲謔一番，只是玩笑都開得不太高明。葛氏知道何時該硬、何時該軟，當西方人士向其提起蘇聯違反人權的暴行時，葛氏立刻暴跳如雷。

除了頂頭上司葛羅米柯外，謝夫成柯還與若干蘇共黨魁有過接觸。在他眼中，赫魯雪夫是「複雜而自相矛盾」的領袖。謝夫成柯欣賞赫氏的活力、通俗的幽默以及開放，希望其能除去史達林的陋規，使蘇聯走向自由。赫氏將權力集中於一身，也曾試圖改革，至少為蕭條的社會注入一點光和生命氣息。赫氏是正統的共產主義者，工於心計、重實際，又具有賭徒缺乏理性和冒險的性格。這位出身卑微的黨魁，懂得虛張聲勢、自吹自擂、威脅利誘的伎倆，明白核戰爭的可怕，又忍不住要擴張侵略。

謝夫成柯認為，赫氏努力提高人民的生活水準，但其措施一無是處。赫氏有農人的智慧及靈巧，教育程度不高，卻有窮根究底的精神。同時，作為總書記，又太容易衝動和受旁人左右。赫氏的悲劇在於，無法徹底瞭解蘇聯體制的缺陷以及其所作所為導致的後果。

如果說謝夫成柯對赫魯雪夫褒貶參半，那麼他眼中的勃列日涅夫則是十足的小丑。「勃列日涅夫和赫魯雪夫的強烈對比相當令我震撼。」勃氏的衣服剪裁合身，一件法國的襯衫使之顯得甚為高雅，其神態也頗為矯揉造作。這一切與粗魯的赫氏極為不同，後者總是一身寬鬆的衣服，待人真心誠意，勃氏則是一派驕矜自持的模樣，其觀點陳腐，好似不太清楚自己在說些什麼。

謝夫成柯最後一次見到勃列日涅夫，是在一九七七年陪同聯合國祕書長瓦爾德海姆訪蘇期間。「這位當代共產主義世界最有聲望的政治人物，雙眼遲滯，顯示他正在接受嚴密的醫療看護，七十一歲生日的前夕，勃氏一手扶拐杖，耳戴助聽器，臉上佈滿了風霜歲月的痕跡。」勃氏誦唸準備好的草稿，全都是千錘百鍊的陳辭濫調，聲音就像機器人。討論到防核擴散條約時，勃氏回頭低聲問道：「條約是否已生效？」謝夫成柯想不到勃氏的記憶衰退到如此程度，當場怔住。葛羅米柯趕緊解釋說，條約早在七年前就通過生效了。幸虧一旁的瓦爾德海姆不通俄語。

會談結束告辭時，瓦氏贈予勃氏一枚聯合國和平獎章。在五十分鐘的會談中，勃氏第一次露出生氣活潑的模樣，盯著金星閃閃的紀念章像小孩一樣咯咯地笑成一團。長久以來，勃氏就喜歡各種各樣的勳章，從陸軍元帥的大勳章到列寧文學獎獎章，一概包攬，掛在身上，琳琅滿目。百姓中傳為笑談：克里姆林宮的外科醫生可得給領袖多裝一根肋骨，才撐得住他上百枚獎章的家當。

安德羅波夫繼位的時間很短。與別的首腦不同，安氏不下命令，只是提建議，從不用斷然的口吻說話。這種溫和的表面只是誤導，正如安氏的助手所說，主子看上去像一張柔軟的羽毛床，等到你跳上去，才發現底墊塞滿了磚塊。在其文雅的外表之內，隱藏著冷酷無情的真面目。

安德羅波夫從不贊成任何自由化政策，或者支持實質的經濟改革。安氏殘酷地摧抑「異化分子」，甚至連勃列日涅夫也搞不清楚，這名克格勃頭子究竟把多少政治犯送進了監獄。

人們都被其表面上那種喜愛藝術的「文明的知識分子」形象瞞過了。

之後的契爾年科，以七十二歲的高齡登基。人不是絕頂聰明，可是做事很實際，契氏一向的態度相當苛求、粗魯、獨裁、傲慢，而又無比的自大。

終其一生，契氏這個黨務工作者一向堅決主張蘇聯全體上下都要納入黨的控制之中。契氏對中央委員會的運作了如指掌，堪稱「意識形態的傳聲筒」。契氏自認為是勃列日涅夫的接班人，誰知「螳螂捕蟬，黃雀在後」，到頭來栽在安德羅波夫手上。安氏掌權後，契氏很長時間沒有露面，健康急劇惡化。安氏死在前面，契氏終於坐上總書記的位子——儘管同安氏一樣，位子沒坐熱便一命嗚呼。

「大人物」原來是一群卑鄙無恥之徒。謝夫成柯與他們同桌而坐，眼見「偉大領袖」輕率地論斷是非，眨眼間又顛倒黑白；眼見他們虛偽腐敗，無所不為；更眼見他們隔絕群眾，罔顧民心。在克里姆林宮金碧輝煌、古老沉靜的回廊裡，暗藏著一座博物館，架上盡是主義教條，雖然清楚可見，早就變成化石了，就像嵌在琥珀裡的蒼蠅一般。謝夫成柯感歎說：「克里姆林宮是全世界最缺乏正直、誠實、開放的地方。從領導人私人生活，直到他們堂皇的政治計劃，到處充滿了虛偽作態。」這裡，真正受到頂禮膜拜的只有權力，權力帶來永無止境的需求，小至進口汽車，大到吞併別的國家。

整個社會變成犬儒社會。人們為了各種理由在雙重生活的夾縫中匍匐前進：怕傷害到家庭、全然地依賴國家、以及懷疑是否有更好的選擇——思考者變成瘋子或酒鬼，要不就自殺身死。要想保持上層階級的身分地位，不能光靠作假撒謊，一個人不是設法打倒別以人求自保，就是被人打倒，永世不得翻身。這正是克格勃大逞威風的原因。

在蘇聯社會，從最低階層到最高職位，從出生到死亡，都有一個共同的特點，就是「猜忌」。每個領導人只要一步步往上爬，他的顧慮就隨之更加嚴重。新獲的權力愈大，相對損失也就愈多。即使是最親密的朋友，也無法信任，深恐有一天會被人賣了。出賣別人是正常現象，勾心鬥角，懷疑的算計變成高級藝術。「即使馬基亞維利再世，活在當代莫斯科，他也必定歎為觀止，自歎弗如。」

謝夫成柯的理想破滅了。儘管他功成名就，是蘇聯最年輕的大使級官員，並且是副外長的人選，但他對這一切喪失了興趣。「雖然我正步步高升，可是想到自己一方面在心理上秉持異議，實際上都又得扮演官僚主義的應聲蟲，這種日子未免太可怕了。想到時時要勾心鬥角，爭權奪利，處處要面對克格勃的陰影，還有黨的疲勞轟炸，簡直無法忍受。如果繼續下去，我就得一直支持我痛恨的一切事物。等我登上極峰，才發現那兒不過是一片沙漠。」

最後，謝夫成柯投奔美國。在聯合國工作期間，謝夫成柯有數年時間詳細比較兩種不同的體制及生活方式。「許多美國人視為天經地義的事物強烈地吸引了我。我羨慕他們能自由自在地說話行事。我也想隨心所欲地過日子，可是在祖國我絕對沒有這麼做的機會。」決定投奔美國是艱難的：謝氏不得不放棄已有的地位、特權、財富、前程、家庭，到一個新的國度開始普通人的新生活。

自由無價，做專制國度的「大人物」，不如做民主國度的一介平民，這就是謝夫成柯的信念。他背叛的是行將消亡的權力體系，而不是祖國與同胞——二十年後，歷史證明，他當初的選擇是正確的。

望斷天涯路——民主化進程中的舊俄、臺灣知識分子比較

一

俄羅斯的現代化進程晚於歐洲諸國，卻早於亞洲諸國。從某些層面看，它取得了輝煌的成就，軍事的強大，地理的擴張，以及文學、科學、藝術、音樂、美術領域的星光燦爛，都是其引以為自豪的。然而，不可否認，從最基本的層次，即建立一個健全、民主、蓬勃有生機、能適應現代世界的國家這一點來看，長達兩個世紀的改革卻徹底失敗。民主遭到踐踏，在大動亂、大革命之後，舊俄羅斯變成了新的「古拉格群島」。新引入的馬克思列寧主義經歷七十年，仍不能適應俄羅斯的環境。七十年之後，俄羅斯又一次忍受整體崩潰的打擊。

俄羅斯的知識分子堪稱世界上最有智慧的一群人。普希金、萊蒙托夫、托爾斯泰、杜斯妥也夫斯基、契訶夫等文學大師，赫爾岑、巴枯寧、舍斯托夫、奧加列夫、別爾嘉耶夫等思想大師，是其他任何民族也無法提供的。那麼，他們為什麼無法拯救祖國？他們在舊俄民主化、現代化進程中起到了怎樣的作用？他們致命的缺陷在哪裡？

這些問題，在俄裔歷史學家拉伊夫的名著《獨裁下的嬗變與危機》一書中有精闢的回答。

這本著作中，拉伊夫剖析了幾代俄國知識分子所犯的錯誤，而在以前，人們只是歌頌那些偉大的心靈。

早在十八世紀，俄國文化的誕生以普希金為標誌。這是一種態度曖昧的文化，既受歐洲啟蒙主義的影響，又吮吸著東正教—專制君主制精神的毒汁。彼得一世時代，俄國文學中充滿揭露暴行、暴力的描寫和宛如脫韁野馬的諷刺小品，但是，新的知識分子人格的產生，依然遙遙無期。

葉卡特林娜二世時期，由於控制的加強，知識分子作為上層的先鋒，敏銳地感受到兩個方面的矛盾和衝突：一方面是上層的道德使命和為人民做好事的責任感，另一方面是對國家、對最高權力的化身即獨裁君主所承擔的義務。

兩者之間如何選擇？「不選擇」是不是最好的選擇？不幸的是，「不選擇」是俄羅斯的傳統，它可追溯到普希金的《奧涅金》中——我什麼不也不幹，總不至於有罪孽吧？我只救出我自己，算不算一種進步呢？萊蒙托夫的《當代英雄》是一個醒目的標誌。獨具慧眼的別林斯基稱之為「高聳在當代文學沙漠上孤獨的金字塔」，作者的用意顯然不在於對高加索山水的詩意描繪，也不在於以故事套故事的敘述技巧，而在於從「當代英雄」畢巧林身上顯示俄國知識人的本質。

所謂「英雄」，卻是「心靈的殘缺者」，萊蒙托夫是嚴肅作家，他並不把此書當作一部喜劇。「我的軀體中有兩個並存的人：一個完全體現了『人』字含義。另一個則是在思考、判斷著的人。」後一個「人」不斷地揭露著一個「人」的卑鄙與無恥、荒淫與無聊。畢巧林指責「我的心靈讓上流社會給毀了」，他以被上流社會驅逐作為唯一的反抗形式。在那個時代，確實算得上「英雄」了。

「我是為了自己才愛別人，為了滿足自己心靈中的一種怪癖的需求。」畢巧林的這種「愛」給他周圍的人帶來災難，他成了人間悲劇的「成全」者。萊蒙托夫不愧為偉大的詩人，洞見了俄羅斯知識分子心靈的祕密：他們游離於社會整體之外，是名副其實的「多餘人」。而「多餘人」在俄羅斯文學中是最為突出的人物系列。

為什麼出現畢巧林這樣的「多餘人」？難道僅僅是性格的因素？那又如何理解「多餘人」的普遍性？拉伊夫的發現與萊蒙托夫一樣，不過他用的是史學家的顯微鏡。拉伊夫在分析十九世紀初的一代青年知識分子時認為，他們首先領悟了倫理和理智準則，並從這些原則產生日後的社會與精神理想。孤立與自我專注是這些年輕人成長的特權環境的不幸產品，圈子裡的人與外界隔斷，和社會上的人形同陌路。他們反對官僚作風，也看不慣國人那樣在乎物質利益。有些人朝內心退縮，沒能發揮在社會進程中起積極和建設作用的能力。在批判現有制度、譴責社會不平等現象時，他們表現出崇高的道德標準，有時還充當社會的榜樣。但他們沒有幾個人順利回到自己所屬的社會中去，而只能生活在自己造成的封閉世界裡，經受夢想和幻覺的誘惑——也就是說，以空談代替現實，那似乎是唯一的現實。到了契訶夫那裡，他們都被關進精神病院。

赫爾岑是十九世紀三四十年代思想界的領袖，即使是列寧也把這位自由主義知識分子看作舊俄的「思想庫」。拉伊夫第一次對赫爾岑及其集團提出異議：這群精英知識分子一方面背叛貴族出身，另一方面又不願與政府或商業社會合作，他們根據「人民」來界定自我——其實，「人民」對他們來說是陌生的。作為一小撮，他們在「圈子」裡過著孤立的精神生活。「與農民一樣生存」只能在口頭上說說而已，正如拉伊夫不無嘲諷的說法：「除非他們顯示能為遠遠落後於俄國文明進步的農民的前途發揮何種特殊作用，否則這個目標是達不到的。」

知識分子不參加改革，源於知識分子本身的劣根性。他們太迷戀於真理和「新啟示」，不屑於零星的改革活動。「即使帝俄沒有採取檢查和處罰等愚蠢手段，知識分子骨子裡也不可能在帝國政權的指導和鼓勵下參加創造性活動。於是他們索性對種種改革的努力袖手旁觀。」沒有知識分子參與的改革，結果會是怎樣的呢？

民粹主義的暴民政治來臨了。國家倒是強大起來，但制度的核心卻是極權主義。「沙皇」是一片撥不去的烏雲，這片烏雲甚至愈來愈厚，「新沙皇」史達林的可怕超過老沙皇千百倍。暴行無須再描述，從詩人阿赫瑪托娃的詩句中就能感受到：「恐懼和繆斯輪流／在失寵的詩人家中值日／夜來了／何時黎明它不知。」

暴政是夜，民主是晝。舊俄知識分子向來不太重視民主的價值，這也跟舊俄的傳統有關。舊俄信仰東正教終極性的理想，如絕對的善、最後的真理等等。中間性的、過渡性的、用以制衡惡的、承認人的局限的「民主」，在舊俄知識分子眼裡變得非常次要。他們不理解，民主雖然是「最不壞」的制度安排和生活方式，民主本身有太多的弊端，但與獨裁相比，民主畢竟是一大進步。參與民主進程，比起袖手旁觀來，哪一個是更好的選擇？

袖手旁觀一陣，就要捲起袖子來放火。孤芳自賞，和外界隔斷，一心等待通過社會革命來一次劇烈的、徹底的大變革的知識分子，逐漸對「守株待兔」感到絕望。為了堅持最終目標，他們反對任何妥協方案和溫和改革，拒絕參加當時正在逐步形成的公民社會。拉爾夫的的分析是準確的：「既不能接受任何不按他們條件進行的改革，他們便採取不妥協的反對態度。這是知識分子深刻的本性使然。」

當民主被懸置以後，虛無主義和激進主義便氾濫起來，異化的激進知識分子的憤恨強烈而冷酷。這種仇恨超過了法國大革命。不管社會要付出多大代價，除非專制獨裁徹底垮臺，不會甘心罷休。卡繆寫過一部名為《正義者》的劇本，主人公是一群從事暗殺活動的舊俄青年知識分子。悲壯的獻身精神是否能維繫事業的正義性？這是卡繆所否定的。拉伊夫亦發現了這個懸崖：「從這個方面看來，不是激進知識分子的行動而是他們的思想帶有極權主義色彩。」

一八八一年三月一日，沙皇亞歷山大二世被人民意志黨成員暗殺。那聲槍響已然預示著舊俄將成為列寧主義的天下，儘管那時馬克思主義在俄國還只是星星之火，列寧主義還未成形。就像君主獨裁由於它在專制政體中所扮演的角色不能改變，激進知識分子的立場也註定一成不變。一面是獨裁的沙皇，一面是激進知識分子，構成俄國社會對立的兩極。這兩極都不接受民主。悲劇便誕生了。

當知識分子意識到自己給自己套上絞索時，再想掙扎已經遲了。革命首先毀滅的便是知識分子。知識分子的生存依賴民主制的保障。史達林消滅了托爾斯泰，這是俄羅斯最大的災難。

民主困局一直延宕到二十世紀末，蘇維埃聯盟解體，也是「兩極對立」思維的解體。新俄羅斯的民主嘗試是艱難的，要把為「真理」而奮鬥的傳統扭轉到為「民主」而奮鬥上來，不是立竿見影就能辦到。在新俄羅斯，拉伊夫所讚賞的「有根」的專業知識分子漸成氣候。

「在白銀時代」，這類知識分子勢單力薄，未能幫助公民社會產生出一套包括價值、原則與實踐經驗的意識形態，藉以引導國家的政治生活和經濟發展，而今天，這一切成了可能。

專業知識分子與民主互為因果。公民社會愈成熟，專業知識分子就愈活躍。拉伊夫所列舉的「白銀時代」的專業知識分子，如：自由職業者、工程師、化學師、律師、醫生、教師等，還包括一九〇〇年前後出現的職業藝術家、作家、「思想家」——他們忠於學術研究與藝術，除了本行之外，在社會上不擔任任何角色，並靠出售作品過活。他們未能發揮相應的作用，原因在於：沒有作為目標的民主讓他們追求，也沒有作為制度的民主保護他們，只好聽任激進分子主宰。民主，既能保全君主本身，也能保全知識分子。知識分子和君主都對它視而不見。民主，像一塊磁石，能將兩極之物吸到一起來，可惜，舊俄沒有這塊磁鐵。

如果把金字塔看作是專制體制，那麼哥特式建築則可看作民主體制。曼德爾施塔姆的這段話是意味深長的：「使我們迷戀的不是一座新的社會金字塔，而是社會的哥特式建築；重心和力量的自由遊戲，人類社會被想像為一座複雜、濃密的建築森林，在那兒，一切都是有目的的，一切都是個性化的，每一部分都與巨大的整體相呼應。」

二

在臺灣這塊土地上，美麗與苦難成正比。臺灣割讓日本之後，在半個世紀的殖民地歷史裡，像微量元素一樣的知識分子，一面抗議、反叛、揭露異族殘酷的統治，一面對本民族腐朽麻木的精神痼疾痛加針砭；一面從中國的新文化運動中盜來民主和科學的火種，一面加強保護著遭受摧殘的傳統文化。一九四五年，國民黨軍隊入臺，一種「自我殖民主義」式的「中華民國在臺灣」

成為奇特的政治實況。臺灣知識分子在威權主義意識形態的高壓下，自覺地肩負起尚未完成的啟蒙使命，為了自由，像杜鵑啼血般吶喊。

二十世紀八十年代中後期，臺灣民主化進程迅速推進。時至今日，「開放社會」初步形成，國民黨壟斷權力的政治格局被打破，權力的制衡成為可能，新聞出版全面放開，民主觀念深入人心。這種情勢的出現，固然與國民黨領袖人物蔣經國的開明決策有關，但更重要的，則是幾代知識分子以身相殉、前仆後繼的奮鬥。他們直接或間接地與現行體制抗衡，從不同的層次、不同的方面積極地、堅韌地反抗既有制度，正如卡繆所說：「在這不可敬的歷史中，用可敬的方式努力於人的尊嚴。」

民主在臺灣的開花結果，還有很多因素，如經濟的騰飛、教育的普及、信息的傳播和美國的壓力等。但我認為，知識分子的工作乃是「重中之重」。他們從五十年代初播下種子，數十年如一日地培育，終於長成一棵鬱鬱蔥蔥的參天大樹。

如果說俄羅斯知識分子「上窮碧落下黃泉，兩處茫茫皆不見」，脫離於現實也脫離於歷史，從而被排斥於風馳電掣的社會進程之外；那麼，臺灣知識分子則是「腳踏東西文化，手寫家事國事天下事」，敏銳地為時代把脈，當仁不讓地給孤島開出藥方，成為歷史進程有力的推動者。

蔣介石政權敗退臺灣以後，頒佈「戒嚴令」，嚴酷控制島內人民的生活，在臺灣形成「大屠殺大恐怖後遺症」。蔣政權認為失去大陸是因為專制不足，所以在臺灣發展特務體制，尤其注重對輿論的監控，凡是出版物、印刷品，必須送警備司令部備查。在三十多年的「勘亂」時期裡，臺灣知識分子所受的迫害、壓制、折磨，罄竹難書。

「白色恐怖」時代的臺灣，被囚禁、被刑罰、被殺戮的知識分子無法計數。從「二二八」事件中被殺害的島內精英到八十年代震驚世界的林宅血案及江南案，都可窺見蔣氏政權之慘無人道。最可怕的是殺戮所造成的心靈陰影和人格殘缺，影響幾代人。女作家李昂在小說《迷園》裡，塑造了一位感人至深的知識分子「父親」的形象，父親既有西方開明的思想，又有傳統薰陶下的美德，曾熱情澎湃地迎接光復。但是，經歷了「二二八」的屠殺後，父親被「戮心」的極權制度變成了一個「廢物」，困居園中，以攝影的愛好來消磨時光。《迷園》中的「父親」，可以說正是悲情臺灣的縮影。

在數十年的政治高壓下，臺灣文學取得了令人仰視的輝煌成就。從日據時代的賴和、楊逵、吳濁流，到五六十年代的鍾理和、陳若曦、李喬，他們的文學儘管存在種種不足，卻具有真誠和正直的質地。保持精英的思考，關注民生的生存，他們在兩者的張力之間嘔心瀝血。以鍾理和的《笠山農場》為例，堪稱一部光復前後臺灣農村社會的史詩。作品的筆調雖然淒惘沉悶，但有一股悲天憫人之心。唯其悲天，才不怨天，唯其憫人，才不尤人，對自身的反省和對民眾的關懷、濃郁的悲劇感和真切的生命感，都是中國當代文學中最為缺乏的品質。廣而言之，單就侯孝賢的電影和羅大佑的校園民謠而言，其精神高度均是中國的電影和音樂不可企及的。

幾代臺灣作家的主流思想，都是自由主義和民主主義。黃春明筆下的農民、楊青矗筆下的工人、白先勇筆下的沒落貴族、黃凡筆下的市民、張系國筆下的留學生、李昂筆下的女性……這一系列栩栩如生的文學形象，展示了臺灣作家啟蒙的迫切和使命感的強烈。他們與民眾之間的關係是敞開的，而不是封閉的；是雙向交流的，而不是高高在上的；是心心相印的，而不是猜疑蔑視的。他們在整個社會中，雖然是微量元素，卻是「活的資源」，在各種渠道中以各種方式傳播和轉化。

在白色恐怖時代，臺灣的民主運動主要沿著三個方向展開。首先，一批與「五四」有直接或間接關係的高級知識分子，爭取言論自由和以刊物推動思想啟蒙。《自由中國》就是以頭顱撞擊專制石門的嘗試。

《自由中國》原為胡適創辦，後由雷震、殷海光接手。五十年代中期，該雜誌與國民黨當局的矛盾日趨激化。一九五四年，《自由中國》刊載〈搶救教育危機〉一文，揭露當局「假教育之名而行黨化之實」，呼籲「不能讓青年在受教育階段就使他們對於民主制度有了全然歪曲的認識」。蔣介石勃然大怒，親自下令開除雷震的國民黨黨籍。一九五七年，《自由中國》公開反對國民黨「法統」，反對蔣連任第三任總統（這一年，中國正是「反右」運動）。國民黨當局將《自由中國》視為「毒素思想」，百般打壓。

一九六〇年春，雷震等人不滿足於辦刊物，聯合島內自由主義知識分子和中小資產者，準備成立新黨，挑戰國民黨一黨獨裁的政體。國民黨當局驚恐萬分，以「製造顛覆陰謀」和「知匪不報」的捏造罪名，逮捕並重判雷震等人，撲滅了「中國民主黨」。

《自由中國》的主要撰稿人，最為外界熟知的是作為自由精神象徵的殷海光。但另外兩位學者的重要性不亞於殷海光：一位是經濟學家和翻譯家夏道平。《自由中國》總共出刊二百四十九期，社論共有四百二十九篇，其中一百一十六篇是出自夏道平之手，其他尚有不少是夏道平以本名或筆名寫的和譯的。夏道平是最早翻譯美國自由主義經濟學家米塞斯和海耶克著作到臺灣的人，他與海耶克的弟子周德偉經常私底下往來與討論，也曾在政治大學、東海大學、輔仁大學、東吳大學、銘傳商專等校任教，傳佈自由經濟理念。

另外一位是政治學家張佛泉。張佛泉早年任教於北京大學，擔任政治系教授，是胡適等主辦的《獨立評論》的主要撰稿人之一，也是自由主義的重要理論家。後來，曾任西南聯合大學政治系主任及任教於燕京大學。到臺灣之後，張佛泉是《自由中國》的重要撰稿人，又任教於東吳大學政治學系，教授西洋政治思想史。一九五四年，他發表《自由與人權》一書，奠定臺灣自由主義論述的里程碑。

在俄國的知識分子當中，反抗現存體制的多是文學家、哲學家和神學家，缺少的正是夏道平這樣的經濟學家和張佛泉這樣的政治學家。在俄國的思想啟蒙史上，少有介入形而下的政府管理、經濟制度安排和權力分配等問題的著述，使得自由思想無法落到實處、生根發芽，並與老百姓的日常生活發生息息相關的聯繫。

其二，因為國民黨當局標榜三民主義，以「自由中國」對照共產黨中國，而且日治時代給臺灣留下了地方自治的傳統，所以臺灣的基層選舉始終沒有中斷。在五十年代，少數本土派民主人士以「無黨無派」的身分參與省議會選舉，尤其以「五龍一鳳」為人矚目，他們是李萬居、郭雨新、許世賢、郭國基、吳三連、李源棧。在戒嚴體制下，他們的政治參與對國民黨的監督和制約作用相當有限，但他們的選舉經驗激勵了後起之秀。

到了七十年代，黃信介、康寧祥、張俊宏等本土精英興起，以黨外的名義投入選戰，逐漸形成政團。在那個時代，他們屢屢受到國民黨當局的監視、跟蹤、滲透、恐嚇，媒體的抹黑、誹謗，更是如影隨形。但是，他們不斷在選舉中獲勝，與選民親密互動，有的人甚至成為家喻戶曉的人物。

這一特點也是俄國知識分子所匱乏的。俄國知識分子大都坐而論道，少有起而行道。這既有外部環境的限制——沙皇統治是一種絕對的君主專制，立憲和選舉到了其末期才得以實行，留給民主人士參與和實踐的機會相當有限；又是因為俄國知識階層大都眼高手低，沉迷於理論建構和主義論爭，不願介入千頭萬緒的選舉工作。所以，一旦變局來臨，俄國自由派知識分子對民眾毫無感召力，眼睜睜地看著布爾什維克黨人煽動群眾、贏得民心，將俄國帶入暴政深淵。

其三，臺灣長老教會積極參與民主運動，在七十年代以三次人權宣言震撼人心。長老教會在過去一百多年來，扎根本土，與社會大眾同呼吸共命運，一脈相承了宗教改革以來西方長老教會關心社會公義和人權的傳統。同時，長老教會也聚集了一大批如高俊明那樣兼具牧師與公共知識分子身分的優秀人才，他們不畏強權，毅然站在人權事業的最前線。他們的背後有教會和教友的支持，使得當局打壓的時候不得不有所忌憚。

一九七一年，臺灣退出聯合國，長老教會在人心動搖之際，發表第一次聲明，呼籲國民黨當局尊重人權，主張全面改選與臺灣住民自決。一九七五年，國民黨當局打壓臺語，查禁臺語聖經。對於此種明目張膽侵犯公民宗教信仰自由的行徑，長老教會再度發表聲明，呼籲維護宗教信仰自由，關懷社會公義。一九七七年，美國即將與中國建交，臺灣的國際處境更為困難。長老教會發表第三次聲明，主張「使臺灣成為一個新而獨立的國家」。

此一特徵也是俄國民主之路所不具備的。俄國東正教歷史更為源遠流長，但東正教與沙皇體制關係極為密切，沙皇本人即為東正教的最高庇護者。此一政教混淆的體制，使得東正教對權力卑躬屈膝，其內部也未能催生出一個關心民主和人權的神職人員和知識分子階層。

在臺灣，經過此前三十多年的積累與抗爭，至一九七九年的「美麗島事件」，民主運動臻於頂峰。黨外人士以《美麗島》雜誌為核心，在高雄舉行數萬人的遊行集會，喊出「打倒特務統治」、「反對國民黨專政」的口號，並與警方發生激烈衝突。蔣經國下令鎮壓，一百五十二人被捕。其中，施明德被判無期徒刑，黃信介被判十四年，姚嘉文、張俊宏等被判十二年。儘管如此，「美麗島事件」成為臺灣民眾民主人權意識覺醒的里程碑。此後，國民黨當局發現，再進行大規模的鎮壓已經沒有可能。

一九八六年，民進黨成立，黨禁終於被突破。一九八七年，國民黨宣佈解除戒嚴令。與此同時，臺灣經濟騰飛，民間財富增加，人們更有力量從事社會運動，爭取自由和有尊嚴的生活。雖然專制勢力不斷反撲，釀成鄭南榕自焚事件、林宅血案、陳文成命案，但知識分子和民眾前赴後繼，學運、原住民運動、婦運、環保運動等此起彼伏，民主潮流已不可逆轉。

臺灣知識分子的「民主主義」，不是中國和俄國知識分子的空洞理念、蒼白教條、華麗詞藻、悠遠玄思，而是踏踏實實的對人的愛、對人的關心、對人的價值的尋找、對人與人、人與自然之間健康關係的恢復。

俄國民主派知識分子以文學家、哲學家、詩人、神學家為主；而臺灣民主運動中，則更多是各個領域的專業人士，如律師和醫師。俄國民主派知識分子少有在基層執政和施政的經驗，不瞭解民眾的需求；而讓臺灣民眾運動的若干先鋒人物，都是崛起於地方政治，有著豐富的在地方擔任公職的經驗，並有相當不錯的政績和名望。

今天臺灣的民眾毫無愧色地享用民主的果實，因為他們擁有一群值得驕傲的知識分子。

三

在寫舊俄知識分子時，我用了較多的理論分析；在寫臺灣知識分子時，則更多地對事件做概括和描述。看似體例不統一，實則對症下藥。

舊俄知識分子大都出身貴族，終其一生都帶有揮之不去的原罪感，後來很多人都轉向激進的民粹主義。他們以為這樣做才能「贖罪」。托爾斯泰是典型案例：他放棄奢侈的生活，像農民一樣過儉樸生活。然而，這個群體仍然沒有得到農民和工人的理解和支持。舊俄流行一句頗為惡毒卻中肯的玩笑：「老爺造反，為的是想當車夫。」

與之相反，臺灣是一個平民社會，經過半個世紀的日治時代，臺灣階級分野已經不是十分明顯。臺灣的知識分子大都出身於平民家庭，甚至是貧民家庭。比如，鍾理和就是地地道道的、家貧如洗的農民，被困苦的生活折磨，英年早逝。這群平民出身的知識分子，後來卻毫不猶豫地轉向啟蒙者的立場。

前者失敗了，後者成功了，勝敗的差異在於如何理解「民主」這一概念上。俄國知識分子更關注精神生活和道德上的滿足，以博大、崇高的舉動，帶著宗教的情懷，追求自我的拯救和昇華。而臺灣知識分子參與民主事業，是一種務實的、水滴石穿式的選擇，不免帶著世俗的功利主義的考慮，注重實際運作，在選舉和社會運動中「日拱一卒」。

從審美的角度上，人們可能更欣賞前者；但從制度建構的角度來看，後者所走的才是一條明智的道路。

對現代知識分子的基本要求，乃是民主意識、自由意識、獨立意識。捨此三者，縱然為學界泰斗、博學鴻儒，亦是不能對社會進步有貢獻的廢物。有人說，中國最缺乏的是關於民主、憲政的知識，我不以為然。中國的知識夠多了，數千所高校，數百萬研究人員，堪稱舉世無雙。這是一個知識氾濫的時代。中國最缺的，不是知識，而是以上三大意識。

望斷天涯路，天涯在哪裡？一百年來，中國學習的榜樣是蘇俄，結果造成亙古未有的暴政與慘劇。而今，蘇俄自己也走上了一條艱苦而漫長的「回頭路」。那麼，中國應當換一個學習的榜樣。

新的榜樣，應當是臺灣。若中國知識分子能像臺灣知識分子那樣百折不撓、知行合一，中國的未來，必將出黑暗，入光明。

「勇敢者」遊戲——與柯林頓對話的北大學生

一九九八年六月二十九日上午，美國總統柯林頓來到剛剛結束百年校慶的北京大學。柯林頓首先在北大辦公樓禮堂發表長篇演講。演講以後，有七名北大學生被選中對柯林頓總統提問。

早在六月二十五日，北大副校長遲惠生就對中外新聞界說，北大將採用抽籤的辦法決定參加聆聽柯林頓總統講演的學生名單。然而，許多北大學生並沒有獲得參加抽籤的機會，他們紛紛表示不知入場券分配的內情。

據一九九八年八月號的《華聲》月刊報導說，四百多張「珍貴」的學生入場券，以三種方式發放下去：一是直接進入班級，由學生民主抽籤，運氣好的自然「登堂有門」；二是流入學生團體，由平時就喜好參加此類活動的積極分子獲得；三是系裡支配，主要「照顧」對象，是那些口才好、思維敏捷的「優秀學生」。通過第一種途經分發的票數量最少。後來，進入禮堂的學生大部分是學生黨員、學生幹部和有向這兩方面發展的「積極分子」。這些學生能夠代表北大嗎？尤其是那七名學生所提的問題，真的就是北大學生的水準嗎？

當時在會場外面，就有一家香港電視臺採訪場外的北大學生。有幾名學生就很不客氣地說：「他們不配！真正的北大人不在裡面。」裡面與外面形成了一個很有趣的分野。

那天北大學生所提的問題，大多數確實非常尖銳，有的甚至有挑釁的味道。事實上，北大校方在提問還沒有開始之前，就已經暗示學生：要注意友好氣氛，畢竟柯林頓是十年來第一位訪問中國和訪問北大的美國總統。

但是，提問的學生依然要表示他們的勇敢和愛國，他們的「勇敢」使整個提問過程充滿了火藥味。他們的情緒普遍都激動，彷彿美國是中國的頭號敵人似的，彷彿被壓迫已久的人好不容易找到了一個出氣筒。柯林頓在會後坦率地表示，「當天批評的成分多了一些」。這些學生也許因此而滿意了——他們在提問中表現出了自己以及所代表的國家的「勇氣」和「信念」。

在蘇聯史達林時代，有一個笑話說：一個美國人和一個蘇聯人見面，談論誰的國家更民主，美國人說：「當然是我們美國，我們能到白宮門口拿著標語罵羅斯福。」蘇聯人說：「那算什麼，你們充其量只能到白宮外面，而我們卻能到克里姆林宮裡面去，當著史達林的面大罵羅斯福。」相同的道理，在北大的禮堂裡，無論怎樣尖刻地質問柯林頓都不需要付出任何代價，相反還會有許多收穫。這樣有利可圖的遊戲，誰不願意玩呢？今天，一本萬利的好事也許就只剩下這麼一樁了。

持續半個小時的「辯論」，由CNN向全球直播。世界各國的觀眾，很大程度上從這七個學生身上捕捉北大的形象。這所大學，是中國最進步的力量的集結地。這所大學，是世界關注中國的一扇窗口。然而，這次北大的形象卻在柯林頓訪問過程中受到前所未有的破壞。人們由此對北大產生徹頭徹尾地失望。北大不僅沒有把握住一次站起來的機會，反而再次重重地跌下去。

那麼，讓人們再一次走進「勇敢者」們的遊戲，靜下心來思考這一切是如何發生的。不該發生的已經發生，我們無能為力，但能做的是：尋找一條條的線索，那讓人們羞愧的一切之所以發生的線索。找到這些線索，複雜的疑團就迎刃而解。這次北大學生的表現，是若干年以來北大疾病的一次大發作，是一次原形畢露——醜陋雖然醜陋，但醜陋明明白白地昭示於天下，對北大來說是一件好事。不用遮遮掩掩，瘡長到臉上，怎麼辦呢？

從《華聲》雜誌上，可以發現提問學生的名字，以及各自在會後的想法。結合會場的一問一答，可以返過頭去，對這一特殊的、意味深長的事件做一次有趣的解讀。

柯林頓的演講十分精彩。鑑於正值北大百年校慶，演講中，柯林頓以中文「恭喜，北大」開始，引起全場長時間的掌聲。在演講中，他從歷史和思想層面展開，著重談了中國的轉型、環境保護、經濟發展和人權問題。柯林頓強調人天生的基本權利的普遍性，認為個人自由是人類創造性的來源，而且是不可分割的。他說：「我們相信，並且我們的親身經歷也證實了，自由可以加強國家的穩定並推動它的變革。」

你有什麼權利要求美國人必須瞭解中國？

第一個提問的是北大藝術系學生梁山鷹。他的問題是：「總統先生，很榮幸第一個提問。一如您在演講中提到的，中、美兩國人民應向前邁進，而在這個過程中，最重要的是我們應增加交流。我個人認為，自從中國開放改革以來，我們對美國的文化、歷史、文學已有很多瞭解，對美國總統也知道得很多。我們還看了電影《鐵達尼號》。但美國人對中國人民的瞭解卻似乎沒有那麼多。也許他們只通過一些描寫『文化大革命』或農村生活的電影來看中國。所以我的問題是，身為十年來第一位訪問中國的美國總統，閣下計劃怎樣加強我們兩國人民的真正瞭解和尊重？」

有趣的是，這個學生後來表示，當時所提的問題只是大家認為更重要的問題，並非自己認為最感興趣的問題。他本人坦白說，他是音樂愛好者，熟悉美國許多搖滾樂隊，如同熟悉他的廣告專業術語。「如果有時間，我倒希望像朋友一樣，問問柯林頓，他最喜歡的搖滾樂隊是哪一支？」

這是深刻的人格的分裂。你心裡想問什麼就問什麼，為什麼要言不由衷呢？一個人安身立命的根本在於，說自己想說的話。如果在外部的壓力之下不能說自己想說的話，這樣的人是最不自由的；如果主動放棄說心裡話的自由，這樣的人是最可恥的。

梁山鷹有什麼理由認為，他在大會上所提的問題，是「大家」關心的問題呢？他經過怎樣的統計和分析得出這樣的結論？即使大家都關心這個問題，但他並不關心，為什麼就不能問自己的問題？老想充當大眾的代表和代言人，這樣的思路是有問題的。一個連自己也代表不了的人，又能代表誰呢？這種「代表」是虛幻的代表。

接著再來分析梁山鷹所提問題本身的矛盾和混亂。首先，中國是否很深入地瞭解了美國的文化、歷史和文學？西學東漸以來，文化在中國社會一直僅僅是游離體，像油浮在水面一樣，並沒有被中國吸收。對於美國的清教主義、對於美國的人權理念、對於美國的法律制度，即使是自稱精英的北大學生和教授，又有多少的瞭解？

梁山鷹同學用《鐵達尼號》來作為瞭解美國的例子，顯得十分荒唐。這部電影能代表美國文化的精華嗎？這樣的自信還是少一點的好。在自以為是地發言之前，應該好好泡在圖書館裡，讀讀傑斐遜、富蘭克林、愛默生等美國政治家、思想家的著作，瞭解究竟什麼是美國和美國精神。憑空而來的自信是空中樓閣。作為北大學生，舉一部娛樂電影證明瞭解美國文化，未免太掉價。為什麼不說惠特曼、梭羅、馬克‧吐溫、福克納呢？柯林頓總統在演講中頻頻引用胡適的名言，與對方相比，倒是顯出梁同學不瞭解美國。

其次，強迫別人瞭解自己是可笑的行為。中國需要瞭解美國，因為美國民主、富強到了非讓中國瞭解不可的地步。美國對中國的瞭解，確實遠沒有中國對美國的瞭解那麼多，這只能說明中國沒有民主、富強到讓美國必須深刻瞭解的程度。關鍵在於，中國得從自身做起，一步一步地做起，推動政治和經濟的改革，中國強大了，人家自然就會來瞭解你，那時候，用鞭子抽也抽不走。而現在呢，還是埋頭苦幹吧，埋怨別人是沒有意義的。世界本來就是這樣，國家與國家之間、民族與民族之間，從來就沒有平等過。美國人即使一點也不瞭解中國，也沒有必要內疚。梁的反問毫無理由。

第三，梁山鷹很輕率地說美國人不瞭解中國，「也許他們只是通過一些描寫『文化大革命』或農村生活的電影來看中國」。瞭解中國，當然要瞭解改革開放二十年來的中國，但能忘卻「文革」的中國嗎？瞭解中國，當然要瞭解大城市的中國，但更加廣袤的農村就能抹掉嗎？

梁同學很輕鬆地談到「文革」。對「文革」的瞭解，梁本人有多少呢？作為「文革」以後出生的一代人，對「文革」已極其陌生。第一流的「文革」研究的著作是美國學者麥克法夸爾寫出來的，這難道不是中國學者的恥辱嗎？你還有什麼臉去質問別人？作為一個中國的青年，梁同學倒是需要讀一些有關「文革」的歷史書籍，包括就在北大這塊土地上所發生的一切、甚至就在這個辦公樓禮堂裡發生的氣勢洶洶的批鬥會。梁同學知道這裡曾經染過多少人的鮮血嗎？知道北大有多少位教授在「文革」中自殺身亡嗎？好像「文革」成了中國人的一個傷疤，自己不說，也不讓別人說。

再就是關於農村的問題，張藝謀等導演拍攝的農村題材的電影在海外獲獎，國內有人表示譴責，譴責西方世界的獵奇心理，譴責西方希望看到中國的落後和愚昧。然而，譴責是無濟於事的，最重要的是，中國的農村是不是那樣落後和愚昧？稍微對中國農村有所瞭解的中國人，不得不承認，中國的農村比電影裡表現的更加落後與愚昧。農村的苦難不是梁同學這樣整天喝著可口可樂的孩子所能知曉的。農村是中國的大多數，為什麼要迴避農村呢？在梁同學的敘述語氣裡，彷彿農村與中國無關，這是他的表述裡最要命的地方。

挑釁不是愛國的最佳表現

第二個問題，是談一個具體問題——美國如何看待臺灣與中國的關係。問問題的方式咄咄逼人，柯林頓收起臉上的笑容。提問題的學生十有八九從來沒有去過臺灣，不認識一個臺灣朋友，不瞭解臺灣民眾的心聲，卻想當然地認為統一是可以用武力來捍衛的至高價值。

第三個問題是所有問題中最糟糕的一個。這是地質系學生段玉祺提的：「據我們所知，你來中國之前，在國內表示，之所以去中國，是因為它太重要了，接觸是最好的壓制方式，你這句話是否是為了使這次訪華成行而向反對派做出的承諾？此時你站在講臺上，帶著偽善的微笑，這微笑背後是否還藏著真正的、壓制的初衷呢？請總統先生正面回答我的問題。」

柯林頓聽到這樣的問題後，面露驚訝之色。他沒有想到北大學生會這樣對待客人。他把北大學生當作中國未來的領導人看待，沒有想到他們連起碼的待客之道都不具備。受到中國最好的高等教育的北大學生，居然缺乏基本的外交禮貌，這是怎樣一種教育呢？難怪總統先生要神色大變。

許多北大人則以此為榮：柯林頓為難了、柯林頓尷尬了、北大人難倒了柯林頓！多麼偉大啊！殊不知，想侮辱別人，首先侮辱的是自己。全世界都發現，這所中國的最高學府的學生，怎麼如此沒有禮貌？連幼兒園的孩子也不如？

這時，柯林頓表現出大國領袖的風範來，他從容地回答說：「要是我有遏制中國的意思的話，我不會把它藏在笑臉後面。但我沒有，那就是說，我講的是肺腑之言。我們必須做決定，我們大家都得做決定，特別是生活在一個擁有重大影響力的大國的人，更得決定如何界定他們何以是大國。」他談到俄羅斯的選擇，俄羅斯選擇了向前看，他希望中國也如此。而美國的政策是：「我想要有夥伴關係，我沒有笑裡藏刀，這是我真正的信念。」

相比之下，段玉祺同學說話的方式讓人極其不舒服。這種敘述，讓人聯想起「文革」的大字報。斬釘截鐵、不容對方有回旋餘地。將對方逼進死胡同，目的也就達到了。這位年輕的學生，是怎樣沾染上「文革」的氣味的？一個受過高等教育的人，應該避免粗暴和專橫。這兩種性格，是文化的對立面。段同學兩者兼而有之，並且很是為此驕傲。念了十幾年書，連粗暴和專橫都沒有磨洗掉，這書是怎麼念的？一向自稱最有禮節的中國人，卻表現得最沒有禮節，讓全世界的人都在電視機前面搖頭。

第四個問題，是問高等教育對未來的意義以及柯林頓對中、美兩國青年的期望。

第五個問題的惡劣程度直追第三個問題。提問的是經濟學院的學生劉麗娜。她的問題使會場的氣氛再次變熱：「老實說，中、美兩國對民主、自由、人權這些議題確有歧見。您非常驕傲地回顧了美國貫徹民主、自由的歷史，同時也為中國提出一些建議。我們當然歡迎發乎至誠的建言。可是，我記得有人說過，我們應該在虛心接受批評之餘，勇於自我檢討。您認為時下的美國社會裡，民主、自由、人權等方面是否同樣存在問題？」

這位女同學的言談激情澎湃，每個字的發音都抑揚頓挫，好像在演一場話劇。她的爐火純青的演技可以跟人藝的演員們相比美。她的觀點與中國外交部發言人一模一樣，她說的話，發言人們已經說了無數遍，她再來重複，有點畫蛇添足。

其實，柯林頓在演講中已經檢討了美國的民主歷程：「當我們由於種族、宗教、價值觀等問題而剝奪人民的自由，或限制新移民的自由，美國最黑暗的歷史時期便出現了。但當我們致力落實美國獨立宣言的精神，對持不同政見人士的自由提供保護、並把自由交還給以往曾遭受剝奪之人時，美國的歷史便進入最輝煌的時期。」

在回答劉麗娜的問題時，柯林頓繼續說：「我從未在其他國家——當然不只是中國——訪問的時候，自欺欺人地不承認我國也有類似嚴重的問題。……我相信，任何人都不能自稱住在應該凡事十全十美的國家。為了創造並享受更好的生活，我們不斷向理想邁進。」

女發言人不是在問問題，而是在闡述個人的觀點，也不是在闡述個人的觀點，而是在闡述官方的觀點。她不知道什麼是提問、不知道怎麼提問。這就是北大學生的素質，能不讓人失望嗎？

奴隸的勇氣與奴才的自由

緊接著，另一位女發言人發言了。這是中文系學生馬楠。她反駁柯林頓說：「本校前任校長蔡元培曾經說，當偉大的道德精神實際運用時，它們不會相互抵觸。而且，我也不認為個人的自由會與集體自由抵觸。以中國為例，它的蓬勃發展實際上確是我國人民自由選擇與集體努力下的成果。因此，我認為，所謂真正的自由，應該是人民有權自行選擇他們想要的生活和發展方式。只有那些真正尊重他人自由的人，才能瞭解自由的真諦。」這同樣是在闡發中國政治書本上的教條。

這是一個認真讀書的女學生，她背下來那麼多條條框框。後來，馬楠與第一個提問的梁山鷹一樣，也透露說，這不是她所想問的問題，她與柯林頓的女兒一樣，是素食主義者，她想與總統交流一下對「健康、綠色的食品」的看法。

那麼，又是什麼原因，使馬楠不問自己內心深處想問的問題呢？連自己的心靈都不自由的人、連心口都不能保持同一的人，還有什麼資格談論自由？洛克說過：「最低級的自由是大聲說出自己心裡話的自由。」

蔡元培的話，前提是「偉大的道德精神」，然而，世界上有許多並不偉大的道德精神，有一些甚至是邪惡的價值觀。個人的自由與集體的自由既有融合時，也有衝突時，不然，人類社會就沒有矛盾了。在西方的自由主義學說裡，有消極自由和積極自由這兩種自由，消極自由不是積極自由的反面，它們是一枚硬幣的兩面，哪能分開它們呢？這名學生對自由理念的內涵與外延都缺乏起碼的釐定，卻輕率地發表似乎是「自己」個人的見解，讓人啼笑皆非。

馬楠是在一個條件優越的家庭裡長大的，她覺得在中國沒有什麼不自由的——一切都在蓬勃發展嘛！一切都是中國人自己選擇的嘛！林黛玉的感受與焦大的感受確實不一樣，雖然他們都生活在賈府。這名清秀的短髮的中文系女生，應該在學習之餘到學校外面去走走，看看外面人們的生活，看看失業工人的生活，看看山區農民的生活。那時，再來談論「自由」兩個字，才不會如此輕率。

最後一個學生問了兩個問題，一個是關於美國經濟的，一個是如果有人在外面示威，總統會採取什麼樣的態度。柯林頓對此做了很好的發揮。

這次對話，顯示出北大學生似乎都有很強的民族主義情緒，似乎很堅持自己的理念。但在後來的採訪中，他們統統露出「原形」。《華聲》雜誌披露說，七名北大學生在談到對美國的看法時，都一致「叫好」。他們喜歡美國的理由五花八門，藝術系的學生說：「美國人自由奔放的民族個性非常吸引人。」經濟系的學生則表示：「尖端的科技研究環境，有利於個人成就的誕生。」中文系的女生理由很別緻：「因為美國吸引走了我的一個親密朋友。」

學生們對美國早有了共識：美國是文化包容性極強的國家，不同膚色、不同語言、不同民族、不同文化背景的人，都可以找到適合自己生存的土壤。身處美國，也就身處於一個自由世界。目前，北大每年有將近百分之四十以上的學生參加出國考試，而出國的人中，九成以上首選美國。赴美留學成功的人數占了全校學生總數的近百分之二十。北大也成了「留美預備學校」，北大人戲稱自己是「寄托（GRE和TOFEL）的一代」。在提問的七名學生中，有五人明確表示，他們只要有機會，一定會去美國。

那麼，他們在會場上的言行就成了地地道道的表演。他們把提問當作體現「勇敢」的好機會。這是對「辯論」精神的侮辱。他們的表演卻給世界錯誤的認識：在全球一體化的今天，中國成了民族主義的重災區。

據瞭解，北大學生與柯林頓「交鋒」的一幕，在美國一些人物的心目中，已經產生了另外的看法，美國國務院主管東亞及太平洋事務的助理國務卿陸士達，於當天給出的反應信息是：在中國這一代青年人身上，有一種正在增長的民族主義情緒，這反映出一種真實的趨勢，未來美國必須對此加以處理。而大部分中國學者對北大學生的表現給予喝彩。美國人的誤解和中國學者的不理智，在同一個層面上相會了。他們都不瞭解這最年輕的一代精英分子。這些年輕人與他們所想像的相差很遠很遠。

這是怎樣的一代精英呢？這是喪失自身價值觀的精英們，他們所保留的僅僅是自己的利益，他們的表演沒有其他目的，僅僅為了獲取利益。在北大平時的學生社團活動中，他們的表演就已內在化了，連意識到在表演的能力都失去了。「我口說我心」，對他們來說，早就是一個比盤古開天地還要古老的神話。他們只知道：說那些對自己有好處的話。久而久之，把表演當作本色。平時，他們「養在深閨人未識」，如今，在一個特殊的時刻、特殊的場合，一切都暴露在光天化日之下。

這些「精英們」清醒地明白：站在柯林頓的對立面，在此一特定時空中能讓自己獲益。儘管他們心裡深愛美國，也要故意與美國總統過不去——這樣做有好處。康德所說的「內心的絕對的道德律令」對他們來說早就不存在了。道德律令並不利於獲取現實利益，乾脆拋棄掉。

這是人格極度扭曲的、卻自以為最健康不過的一代人。

這將是可怕的一代人。

這是可怕的教育所釀造出來的可怕的一代人。

到了這樣的時刻，還不深切反思中國的教育嗎？

足本版後記

關於比我低兩屆的同系學生、被譽為「反美女傑」的馬楠以後的人生經歷，有人整理出一張年表：

一九九八年，柯林頓訪華期間去北大演講，馬楠現場提問，駁斥美國人權狀況惡劣，一舉成名。

二〇〇一年，美國人寇白龍到中國教書，認識馬楠，兩人戀愛並結婚。馬楠辭去在北大的行政工作，成為全職家庭主婦。二〇〇三年、二〇〇五年，先後產下一子一女。

二〇〇六年，馬楠接受《南方人物週刊》訪問，承認當年想問柯林頓素食主義的問題（柯林頓的女兒切爾西是素食主義者）。馬楠成為素食主義者，是由於初戀男友畢業後赴美留學，英語底子薄的馬楠卻未通過托福考試，導致兩人戀情終結。「我那時的確曾經嚮往美國，因為那裡有我深愛過的人。我當時唯一的信念就是學好英文，要到美國去找他。」對此，馬楠極為傷心，移情於素食和宗教。

馬楠談及人生理想，首先是養育兩個孩子（當然，她不會去關心那些陳光誠關心的被強迫墮胎的農村婦女，而她之所以能有兩個孩子，因為她丈夫是美國人，他們的孩子是美國籍）；其次，「我要做一名人大代表，去為老百姓說話，能為老百姓說話真是太痛快了。」訪談文章發表後，引起很大反響。馬楠繼而投書新浪網，聲稱她是一名愛國者，仍然堅持當初的觀點，並認為中國走出了一條自己的道路。

二〇一一年，寇白龍與馬楠離婚，據離婚協議，兩個孩子暫由馬楠撫養一年，之後再商議監護權。

二〇一二年，兩人的離婚協議期滿，女兒被寇白龍接走。

二〇一二年九月，馬楠開博客，聲稱尋女；之後寇白龍也開博客，譴責馬楠。雙方各執一詞，將爭執公開化。馬楠說是寇白龍有外遇；寇白龍說是馬楠篤信邪教「觀音法門」，不但把自己生活弄得一團糟，而且強迫兩個未成年的孩子苛刻食素，因勸說無效，不得不離。

馬楠曾在採訪中說自己因為熱愛中國而拒絕移民官給她的美國綠卡。然而，美國移民局從來不會主動給任何外國人發放綠卡，除非其主動申請，並符合相關條件。對此，寇白龍在博客上寫道：「我可以在這裡作證，馬楠確實沒有綠卡。因為在婚後我與馬楠去申請過，也填寫了相關表格，但是後來得知持綠卡者須每年在美國居住至少六個月，而我的工作都在中國，所以後來放棄。但是我與馬楠在二〇一〇年年底離婚的時候，馬楠在聖誕節晚上發來短信：『請你先幫我拿到綠卡。』」

對於馬楠同學生命中遭遇的不幸，我深表同情；但對於讓馬楠一輩子都生活在謊言中的共產黨的奴化教育、洗腦教育，我不能有絲毫的容忍。

當年，喜歡上了
——中國最大的讀書網站豆瓣網關於《火與冰》的評論摘錄

PETER PAN

初二那年看到《火與冰》，我的人生從此改變。

很慶倖那一年我遇到了這本書，還遇到了同樣喜歡這本書的語文老師。

小姿

我忘了我是二〇〇七年還是二〇〇八年的時候，在大四學長畢業賣書的時候淘得的。我很少看書如此入迷，我覺得自己比較幸運吧，現在這書都絕版了吧。如今畢業了。書一直珍藏保留著的。這本書給我的觸動挺大的。

陶陶

初三讀的這本書，七八年過去了，依然忘不了，那時他全部影響了我的價值觀，直到今天，我依然很偏激，書生意氣，蔑視一切。

拼命阿水

記得當年在高中政治課上看這本書，入迷了……結果不幸被老師發現，但奇怪的是老師沒收我的書，而是意味深長的歎了口氣，現在我明白了那是無奈，理想和現實交鋒時的無奈。希望我也能建構一個豐富的精神世界……來對抗無奈的現實。

我是阿Q

我怎麼也不會想到，就是這樣一本盜版書竟會改變我精神成長的路徑。雖然在這之後，我看過無數本比它精緻，比它深刻，比它耐看的書，但沒有一本書能比這本書對我的影響更大。

書買回來的當天，我沒有像往常一樣按時睡覺，熬夜看完了它。現在我難以描述它當時帶給我的巨大的震撼——偏見的堅固城堡被炸得粉碎，我開始戴著另一副眼鏡來看世界，雖然還看不太清，還有些朦朦朧朧。但毫無疑問的是，我舊有的世界坍塌了。我開始學會質疑，學會批判，學會思考。

三童

書已泛黃，人已長；舊書重讀，感慨唏噓。但是書夢依舊，這本帶著百合般詩意和刀鋒般思想的隨筆集依舊散發著光芒，依然指引著許多青年的夢想。

開到荼蘼

每次想到余杰，我的腦海裡都會出現兩個字：「孩子」。雖然已經很久沒有看他寫的書了，但是我仍然記得，在他的書裡他自己就是這樣評價自己，他是一個當眾人都對皇帝的新衣保持沉默的時候，天真的喊道「他什麼也沒穿」的「孩子」。

顛個趴

初中時候讀的，對於閱讀量很少很少的青春期，這本書真讓我開了眼。當時覺得是萬丈光芒平地起，擲地有聲的文字啊。某種程度上是一種啟蒙了。

唉，年少時候的閱讀條件真的是很有限，初中圖書館的書都老得不行了，而且藏書少，權限又有限。這本書是在學校外的書店借的，租一天兩毛錢。當時就差把整本書抄寫來了。嗯，我抄書的習慣是不是跟閱讀條件的艱苦樸素有關？那本書後來小可也借了，發現了我的罪行，把那本書蹂躪到不行了……哈哈。

秀真

上大學的時候，同屋八個女生共同的愛好就是晚上熄燈後安安靜靜的聽廣播，其中一檔讀書夜話最受青睞，有一天談到了余杰，主持人說他和其他作家不一樣，說他有著大智慧，還說他能看透人間的百態，於是第二天都搶著去圖書館找他的書。從此，余杰的書走進了我們的生活。

紀超 SanJi

九八年剛剛出版的時候就已經入手，在年幼的時候約莫接觸到北京高校圈子那時青年思想的激烈火花，小小心靈不能自持，常引嗟而坐，自恨不能早生數年。而今已然進入當年所盼之年紀，卻不復兒時之心，又歎。說此書，沉穩圓滑者不宜讀，猥瑣膽小者不能讀，偽面盜行者不屑讀，雖然不能說是字字珠璣，但其文筆辛辣素樸之能事，非他人可擬。

Vincent

我很難相信，一個有著熱血的年輕人，不會為書中某些句子所打動。

這本書出版了十多年，當年的余杰也不知身在何處，但是，這本書的啟蒙意義並沒有褪色。

西楚霸王

這本書是余杰的第一部公開出版物，也是我讀到他的第一本書，就在九八年，今天不覺已經十年有餘，十年間能夠讓我不斷翻看的，一是王小波的，另一個就是余杰的。這是余杰的首部，也是最為經典的雜文作品之一。在今天這個缺乏思考和立場的年代，余杰是個寶，但可惜這個寶也已不那麼多見了。

安生

上初中的時候就讀這本書，很多年之後，還在讀，一遍一遍，總是放不下，可能我比較戀舊吧。上初中的時候，看不懂裝懂，憤世嫉俗的，高中、大學還看，現在畢業了工作了，又是另一番境界。

benben萬

刺桐城的冬天還是有些冷的，因為風大的緣故。在這個冬天，重讀一本可以暖和心情的書，人也就跟著暖和了起來。

在書架上取下這本書，幾天後讀完把它又放回去。合書之前，記下了書中的一句話：

生活像水一樣如此之輕，也如此之重。

不留

那是上高三的時候，在一個小縣城的小書店，我打算買本書。我翻了半天的《世界上下五千年》，正決定要買時，我無意翻到了一本書，一個從沒聽說過的作家，我卻被裡面的幾行文字呈現出的鮮活的思想和生命所吸引了。我就鬼使神差地買了這本書。影響了我的從此以後。

我那時是一個文學青年，喜歡小說，詩歌和散文，對雜文不感冒。後來他的文字吸引我全讀完了，我徹頭徹尾一發不可收拾地喜歡上了他和他的文字。

塞上揚塵

初讀此書，還是剛剛進入大一的學生，無事時常在圖書館遊蕩，於是遇到了這本書，封皮已經破破的，幾近與書本分離，除了版本比較老的原因，還有就是讀的人也比較多。

那時常懷一種不適應大學生活的孤獨情緒，圖書館便成了最佳的桃源，以一名政治學專業的學生觀點來看，這本書漸漸啟發了我更多的思考，還有當時存有的激昂文字的些許情懷，大一新生的青澀和思考，也便與此書結下了深深的友誼。

J

第一次讀到這本書，正是我剛剛決意離開學校的日子。

我以為，窒息只在圍牆之內，不想卻將自己投進更巨大的迷惘中。

有天從一個言行乖張的女孩手裡得到了這本書，稍微看了幾行，就忍不住一氣讀下去。

我靠在家裡陽臺上的尼龍躺椅裡，點盞小燈，徹夜未眠。

讀畢，天邊稍有啟明。我合起書，閉上眼睛，感覺掉落進飽餐後無望的饑餓裡，我所抱有期望的一切變成從未見過的碎屑，在黑夜的鐘鳴裡化為烏有。

其實，我是一個大學生

我在高中時代，是在漫無邊際的考試與分數中度過的，沒有認真的看過幾本有價值的書。跨進大學之後，我就一直尋找能點燃我的激情的文字，然而當我讀到《火與冰》的時候，我知道，我找到了。

余杰，猶如一位在黑夜的曠野裡大聲呼喊的勇士，在那些冷漠而麻木的眾人看來，他完全是一個另類。他是孤獨的，選擇了吶喊也就選擇了孤獨。然而可悲的是，大部分人始終不知道，余杰究竟在為誰呼喊。

貓空－中國當代文學典藏叢書22　PF0355

火與冰 27周年紀念版

作　　者　余　杰
責任編輯　莊祐晴、洪聖翔
圖文排版　陳彥妏
封面設計　王嵩賀

出版策劃　釀出版
製作發行　秀威資訊科技股份有限公司
114 台北市內湖區瑞光路76巷65號1樓
電話：+886-2-2796-3638　傳真：+886-2-2796-1377
服務信箱：service@showwe.com.tw
http://www.showwe.com.tw
郵政劃撥　19563868　戶名：秀威資訊科技股份有限公司
展售門市　國家書店【松江門市】
104 台北市中山區松江路209號1樓
電話：+886-2-2518-0207　傳真：+886-2-2518-0778
網路訂購　秀威網路書店：https://store.showwe.tw
國家網路書店：https://www.govbooks.com.tw
法律顧問　毛國樑　律師
總 經 銷　聯合發行股份有限公司
231新北市新店區寶橋路235巷6弄6號4F
電話：+886-2-2917-8022　傳真：+886-2-2915-6275

出版日期　2025年3月　BOD一版
定　　價　550元

讀者回函卡

Printed in Taiwan

國家圖書館出版品預行編目

火與冰 / 余杰作. -- 一版. -- 臺北市：釀出版, 2025.03
面；　公分. -- (貓空-中國當代文學典藏叢書；22)
BOD版
ISBN 978-626-412-073-9(平裝)

855　　114002247